KB106085

가이안 상

– 오키나와의 일상 –

가이안 상

발행일	2022년 10월 20일		
지은이	김승만		
펴낸이	손형국		
펴낸곳	(주)북랩		
편집인	선일영	편집	정두철, 배진용, 김현아, 장하영, 류휘석
디자인	이현수, 김민하, 김영주, 안유경, 한수희	제작	박기성, 황동현, 구성우, 권태련
마케팅	김회란, 박진관		
출판등록	2004. 12. 1(제2012-000051호)		
주소	서울특별시 금천구 가산디지털 1로 168, 우림라이온스밸리 B동 B113~114호, C동 B101호		
홈페이지	www.book.co.kr		
전화번호	(02)2026-5777	팩스	(02)2026-5747
ISBN	979-11-6836-553-7 04810 (종이책)		979-11-6836-554-4 05810 (전자책)
	979-11-6836-555-1 04810 (세트)		

(주)북랩 성공출판의 파트너

북랩 홈페이지와 패밀리 사이트에서 다양한 출판 솔루션을 만나 보세요!

홈페이지 book.co.kr • **블로그** blog.naver.com/essaybook • **출판문의** book@book.co.kr

---

작가 연락처 문의 ▸ ask.book.co.kr

작가 연락처는 개인정보이므로 북랩에서 알려드릴 수 없습니다.

가이안 상

오키나와의 일상

북랩

새로운 인연의 시작

샘의 가족은 우루마(산호무덤)시 이시가와(石川)에 위치한 이 집을 구해 둥지를 틀고 23개월 정도의 시간을 거의 23시간 붙어서 서로 집중 치료를 받으며 보낸다. 그는 가끔 혼자 무덤 옆 물이 빠진 산호 바닷가로 글 작업을 하러 나가기도 한다. 그러다가 어느 날은 이시가와 해변 길을 산책하다가 발견한 스포츠 바에서 맥주 한 캔을 마시며 포켓볼을 치고 오는 정도다... 그렇게 서서히 회복 모드로 돌아와 12개월 전부터는 한 달에 한 번 동네 연습장 주최 골프 토너먼트에 참가하기 위해 5시간 정도 필드에서의 태닝과 3일에 한 번 정도 연습장에서 2시간 운동하고 오는 이슈가 없다는 전제를 제외한다. 그 외 모든 외출은 식품 마트 쇼핑, 가끔 다니는 공원 산책, 유적지 탐방, 그리고 1년에 두 번 드라이브 겸 나가는 나하시에 위치한 아시비나 아울렛 쇼핑 등등 거의 모든 시간을 같이 공유한다. 그리고 대부분의 시간은 집에서 보낸다. 간혹 멀리서 손님이 올 경우를 제외하면 외식도 거의 하지 않는다. 일반적 시선으로는 이상해 보일지도 모르지만, 그들에겐 그냥 자연스러운 일상일 뿐이다. 이들은 집에서 3개국 언어를 섞어서 사용한다. 한국어, 일본어, 영어를 랜덤하게 사용하며 서로에게 언어를 배우고 서로를 교정해주며 지내고 있다. 우유는 일본인 아버지와 한국인 어머니 사이에서 태어난 도쿄 토박이로 고등학교에 다니며 동거 생활을 시작하고, 동경의과치과대학 재학 중에 출산한 여자아이가 있다. 졸업 후 전남편과 함께 라면 가게를 오픈해서 연예인들이 추천하는 맛집으로 소문나 방송을 타고 인기를 얻어 3호점까지 영업점을 늘려 본 나름 실력자다. 하지만 전남편의 지인 폭력 사건으로 경찰서에서 그동안 모르고 있던 충격적인 비밀을 알아 버린 그녀는 미련 없이 이혼을 결정하고 혼자 과감히 한국 유학 생활을 시작한다. 어려서부터 그림 그리기를 좋아하고, 만화 콘테스트에 입상도 해본 경험이 있는 우유는 서울대학교에서 동양화를 전공하며 자유로운 싱글 라이프를 즐긴다. 그러다 호적상 띠동갑 샘과의 인연으로 연인이 되어 다시 졸업 전 곤을 임신한다. 임산부의 몸으로 졸업전시회 준비 등 바쁜 일정을 소화해서인지 출산 예정일보다 32일 빠른 조산을 하지만, 다행히도 건강한 곤이 태어난다. 그는 한국의 전국 팔도 하늘 곳곳에도 나타나는 켐트레일을 뿌리는 하늘 아래 곤을 키울 수 없었다. 그나마 청정 지역이 유지되는 나라와 장소를 찾는다. 이미 세계 곳곳에 악마적 만행이 드러난 자료가 넘치지만, 메이저 미디어는 침묵을 지킨다. 그리고 그 침묵의 이유는 너무나 명확하다. 현재 전 세계 대부분 정치 세력들은 하나의 공통점을 갖는다. '딥스테이트'라는 강철 몸통에 좌파, 우파로 나뉘어 결국 하나의 정부를 향해 걷고 있다. 'NEW! WORLD!! ORDER!!!'

그래서 찾은 장소가 오키나와 제도 중 본도다. 사계절 사방팔방에서 불어오는 바람으로 항상 신선한 공기가 유지되고, 무엇보다 많은 미군이 주둔하고 그들의 가족들과 살고 있기 때문이다. 그는 이러한 이유로 그녀를 설득하고 불편할 수도 있는 시골로 이주를 결정하고, 새로운 결혼 생활을 시작하고 있다. 이들에겐 이렇게 평범한 일상을 평범하지 않은 방식으로 삶을 같이 배우고 같이 아파하고, 같이 즐거워하며 욕심을 버리고 살고 있다. 소소한 일상에서 행복을 느끼고 나누며 시골 생활을 즐기고 있다. 3개월 전 우연히 집 근처에서, 멋지게 정돈된 정글 쉼터를 찾았다. 그들의 집에서 차량으로 4분 정도 거리의 북서쪽으로 3m 폭의 이시가와 강이 흐르는 다리를 지나면, 성인 7명 크기의 거대한 검은 투우 사육장이 보인다. 그 앞길을 지나서 코너를 돌아 올라가는 언덕 길 끝에 미키즈 하우스란 엔터테인먼트 장소를 발견한다. 도로 입구에서 차량으로 1분 정도를 들어가면 식물원만큼 풍부한 오키나와 나무와 꽃, 식물들을 자연스럽게 볼 수 있는 정글 숲속에 위치한다. 누구든 예약만 하면 사용이 가능한 다목적 힐링 정원 같은 곳이다. 2,000평이 넘는 이곳을 여자 사장이 운영하고 관리까지 하고 있다. 주인장 미키는 오키나와 출신으로 20대에 잠시 가수 생활을 한 열정과 넘치는 매력을 소유한 여성이다. 50대 초반이지만 나이를 예상하기 힘든 얼굴과 스타일을 가지고 있다. 그녀는 어려서부터 발레와 피아노 등 춤과 음악을 가까이하고, 고등학생 시절 라이브 밴드 경험 등의 공통분모를 가지고 있는 우유와 친해진다. 가끔 이벤트 정보를 SNS 라인을 통해 커뮤니케이션하는 사이로 미키는 오키나와에서 그녀가 만든 첫 번째 지인이 되었다. 이곳에선 매달 한 번씩 열리는 로컬 장터가 있다. 얼마 전 중공에서 출발한 우한 바이러스의 시작으로 1달 쉬다가, 지친 주변 사람들이 응원하는 차원으로 음악 공연과 장터를 개최한다는 연락을 받았다. 그래서 샘 가족은 오랜만의 외출이라 가까운 거리지만 즐겁고 가뿐한 마음으로, 미키의 힐링 쉼터로 놀러 간다. 정글을 다듬고 다져 주차 공간을 확보한 이곳에 20여 대의 차량이 거의 가득 주차되어 있었다. 다들 그동안 실체 없는 보이지 않는 공포에 선동되어, 지치고 답답한 마음에 이렇게 모여 있을 것이다. 곤이는 유모차에 태우고 아라는 우유의 캥거루 주머니 같은 베이비 캐리어 벨트에 푹 안겨서 언덕 위쪽으로 천천히 이동한다. 올라가는 길은 정글 야산을 깎아서 만든 18도 정도 되는 경사 길로, 오른쪽 언덕 위로 작은 생태 연못을 인공적으로 확장했다. 여러 종류의 물고기들과 연꽃 등 다양한 수중식물들이 자라고 있고 맹족죽, 담죽, 오죽, 이대, 4가지 종류의 대나무들이 곳곳에 군락을 이루고 있다. 언덕 위 평지에 다다르자 임시로 만든 간이 스테이지에서는 오키나와에서는 보기 힘든 집시 스타일의 30대 여성이 스툴에 앉아 노래를 부른다. 그녀 옆 의자에 앉아 기타와 악기를 연주하는 로컬 아티스트들의 공연이 진행 중이다. 입구 초입에서 행사를 진행 중이던 미키가 우유 가족을 보고 반갑게 다가와 인사한다.

"이야~~ 오랜만에 나왔네! 어떻게 지냈어요? 모두 건강해 보이네요~~"

"네. 미키상 오랜만에 봬요. 사람들이 생각보다 많이 나오셨네요?"

"그러게요~ 2달 만에 다시 오픈했고 날씨도 좋아 모두 산책 겸 쉬러 와주셨네요~ 호호호"

샘은 미소 짓지만 무심하게 형식적인 인사를 나눈다.

"안녕하세요~ 생각보다 많은 분이 활기차 보여서 다행입니다."

"그렇죠! 오키나와 사람들은 본토 사람들보다 건강해서 감기도 잘 안 걸리지만, 세상이 시끄러워져 아무래도 조금은 조심스러워하고 있죠. 아효~ 아이들도 잠깐 안 본 사이에 많이 컸네!"

유모차에 앉아 주변을 신기한 눈으로 바라보는 곤에게 눈높이를 맞추고 인사한다. 곤이는 시크하게 모르는 척하고 노래 부르는 가수에게 시선을 보내고 있다.

"아이들은 정말 빨리 자라는 것 같아요! 이제는 너무 잘 뛰어다니다 넘어져 다치기도 했어요~~"

그녀가 곤이 대신 인사를 받아주고 대화를 이어간다.

"아이들은 그렇게 놀면서 다치고 배우고 성장하는 거야~~"

"네! 그러네요. 오늘 장터는 다양하게 여러 종류로 준비되어 재미있을 것 같아요."

"그렇죠! 그동안 아쉬워서 나름 신경 써서 준비했으니 즐거운 시간 보내고 재미있게 쇼핑도 즐기세요! 그럼 전 행사 진행 때문에..."

스테이지 옆으로 돌아간 미키는 진행 상항을 체크하고 있고, 다른 누군가가 다가와 반갑게 인사를 나눈다. 좌측 목제 건물은 천장이 높은 33평 크기에 다목적 사용이 가능한 공간으로 활용된다. 음악을 좋아하는 주인장의 취향에 따라 피아노, 드럼, 기타 등 온갖 악기가 준비되어 있어서 음악 세션도 가능하다. 2층은 나무 계단으로 연결되어 허리를 낮추어 들어갈 수 있는 높이에 7명~9명 인원이 누울 수 있는 공간과 침낭이 정돈되어있다. 넓은 발코니와 연결된 스테이지 정면은 99평 규모의 직사각형 빈터가 자리 잡고 있다. 직사각형 네변을 중고 장터가 둘러싸여 자리 잡았다. 지인들과 주민 또는 참가를 원하는 신청자를 받아 선정하여 동선을 만들었다. 사용 안 하는 인테리어 용품, 수공예 작품, 유기농 과일, 밑반찬 등 이번 장터는 볼거리가 풍성하다. 직사각형 외변은 오키나와에 서식하는 여러 종류의 나무들과 식물들은 아담한 크기의 야생 식물원을 연상케 한다. 입구 라인으로 연결되는 외변은 파파야, 바나나, 패션프루트, 망고 등이 자라고 있고, 계단식 텃밭을 만들어 여러 종류의 채소들이 자리 잡고 자라고 있다. 샘 가족은 오른쪽 동선을 따라 이동하며 즐거운 시간을 보내고 있다. 한 코너에는 접이식 안마 테이블을 가지고 와 500엔에 20분 안마 서비스를 하고 있었다. 미니 트럭을 개조해 군침 도는 냄새가 올라오는 카레도 팔고 있다. 그들 가족은 일단 천천히 구경하며 동선 끝까지 돌아보고 준비한 에코 백을 펼쳐 역순으로 쇼핑하며 이동한다. 그가 곧 또래의 남자아이와 조금 커 보이는 여자아이가 놀고 있는 코너에 멈추어, 흥미로운 무언가를 발견하고 우유에게 물어본다.

"이건 어떻게 한다는 거야?"

"아… 잠시만요. 내용을 좀 읽어 보고 얘기해 드릴게요."

그녀는 보드에 적힌 내용을 속독하고 이해가 된 듯 고개를 끄덕이며 그에게 설명한다.

"저 남자분이 손님의 눈을 보고 그 사람의 기운을 느끼고, 보이는 내용을 덕담으로 써준다고 하네요. 이 나무판에 붓글씨로 직접 작성해주신 다네요. 비용은 500엔입니다."

"오~ 재미있겠다. 해볼까?"

"네~ 궁금하네요! 무슨 말을 해주실지... 저~ 실례합니다. 이거 해보고 싶은데 지금 가능한가요?"

그녀의 질문에 뒤에 앉아 아이들과 놀고 있는 30대 후반으로 보이는 남자가 일어나 다가온다.

"안녕하세요! 어느 분이 하실 건가요?"

"제 남편이 하고 싶어 합니다."

"안녕하세요. 어떻게 하면 되나요?"

샘이 인사하며 그에게 다가간다.

"저랑 눈을 잠시 마주 보시고 가만히 계시면 됩니다."

"아~ 간단하네요. 자 이렇게 서 있으면 되나요?"

그가 가까이 다가와 말한다.

"선글라스는 벗어 주시고 잠깐 제 눈을 바라봐 주세요."

"앗! 그러네요... 실례했습니다."

샘은 그때에야 비로소 선글라스를 끼고 있다는 사실을 인지하고, 바로 벗어 그의 눈을 바라본다. 하지만 모르는 남자의 눈을 이렇게 가까이서 쳐다보는 일이 익숙하지 않은 그는 어색하기만 하다.

"됐습니다. 여기 빈 종이에 성함을 한자로 써 주시고 잠시만 기다려 주세요."

우유는 그의 이름을 한자로 종이에 쓰고 있고 그는 가로세로 40㎝ × 18㎝ 크기의 나뭇결이 보이는 얇은 합판 앞에 붓을 들고 잠시 고민하고 있다.

"저... 실례하지만 다시 한 번 두 눈을 보고 싶습니다."

진지한 표정으로 묻는 그에게 샘은 간단히 대답하지만 좀 뻘쭘한 느낌이다.

"물론입니다. 자~ 보시죠."

그는 선글라스를 다시 벗어 얼굴을 들이대고 어색한 미소를 지으며 보여 준다.

"네! 감사합니다. 이젠 됐습니다."

무언가 확신에 찬 표정으로 써 내려가는 그의 필체는 범상치 않다.

"다 됐습니다. 지금은 홍보 프로모션으로 저렴한 가격에 작성해 드리지만, 마음에 드신다면 나중에 제가 일하는 곳으로 찾아오세요. 그곳은 수려한 여러 나무에 액자까지 선택할 수 있는 작업이 가능합니다."

그리고 그는 샘에게 온나 성 리조트에 위치한 명함을 내민다.

"아! 그렇군요. 배움이 짧아 한자를 다 해석하진 못하지만, 이렇게 멋진 서체로 무언가 메시지를 남겨주신 대가가 너무 싸 좀 민망하네요. 기회가 되면 찾아뵙겠습니다. 감사합니다."

우유도 이 작품이 마음에 들었는지 미안한 마음으로 500엔을 지불하고, 그에게 감사하다는 인사를 남기고 돌아선다. 그는 가족들과 다시 이동하며 궁금한 마음에 우유에게 적힌 내용을 물어본다. 그녀는 나무판을 들고 읽어 내려간다.

"어떤 방법이라도 좋다! 그대가 원하는 인생은 이루어진다!! 그렇기에 지금 일어나는 모든 것을 맛보고 아이디어를 행동으로 변화시키기를... Ryuichi 2020.02.02. Miki's house. 엥? 이 사람 삼상이랑 이름이 같아요. 한자도 같은 한자 사용하고... 어머! 이런 인연도 있네요."

"잉? 정말! 헐... 신기하네... 설마 지금 내가 쿠로가와 상과 시도하고 있는 프로젝트도 보였나? 단순 덕담으로 보기엔 묘한 느낌이네. 올해 01.03일 새벽꿈에서 본 검은 용도 그렇고. 이 먹으로 쓴 날아오를 것 같은 용 한자도 아주 마음에 드네. 이런 복채가 너무 작아 미안해지는데..."

"저도 내용이 신기하고 마음에 들어요. 이름도 같은 사람을 만났다니... 일본에선 류이치 발음은 같아도 한자는 다른 용(甬)자를 사용하거든요."

"음... 역시 느낌이 맞았어. 왠지 재미있을 것 같았거든!"

그들은 계속 이동하며 여러 가지 과일과 오키나와 전통 밑반찬 등을 쇼핑한다. 그러다 우유가 흥미로운 인형을 발견하고 주인에게 물어본다.

"어머~ 귀여워라~~ 이 인형들은 직접 만드는 건가요?"

"네! 인디언이 행운의 피리를 불어 복을 가져다준다는 콘셉트입니다."

21㎝ 크기의 작은 알록달록한 천으로 솜을 넣어 만든 귀여운 인형이다. 어딘가에 걸터앉을 수 있는 모양에 날씬하고 긴 두 다리가 하늘거린다.

"예쁘네요! 하나 주세요. 얼마죠?"

"300엔입니다. 마음에 드시는 걸로 골라 보세요."

다섯 형제가 디스플레이 나무 판에 걸터앉아 하늘을 바라보며 피리를 불고 있다. 그중 핑크와 하늘색이 섞인 인형을 고르고 동전을 지불한다.

"오~ 굿 초이스~~"

그도 마음에 들어 하며 그녀의 선택에 동조해 준다. 그리고 다시 이동하다가 아까 스치고 지나갈 때 눈여겨 보아둔 간접 조명을 다시 본다.

"안녕하세요! 이 조명은 얼마인가요?"

"안녕하세요. 200엔입니다."

"작동은 되나요?"

"집에서 가지고 나오기 전에 문제없이 작동하는 것을 확인하고 나왔습니다."

인디언 움막 형태로 가느다란 대나무 기둥 3개를 삼베 천으로 만들었다. 원뿔 기둥 모양으로 감싸 움막 안에 작은 전구에 불이 들어오는 낡은 빈티지 조명기구다.

"유짱! 이거 어때? 먼지만 좀 제거하면 거실 코너에 간접 조명으로 나쁘지 않을 것 같은데?? 좀 전에 산 인디언 인형 여기 꼭대기에 앉혀 놓으면 어울리겠다."

"오~ 운치 있네요. 얼마에요?"

"200엔!"

"에... 야스이(저렴해)~~ 그런 건 묻지 말고 구매해 주세여! 득템이네요."

"미안! 지갑을 차 안에 놓고 나왔네."

그녀가 대금을 지불하고 다시 이동한다.

"확실히 오늘은 물건들이 다양해 재미있네요~~"

"그러게... 잘 나왔네. 이제 대충 다 본 것 같은데 난 저기 안마 좀 받아 볼까나?"

"그러세요. 전 아이들이랑 음료랑 수제 과자 좀 보고 올게요."

우유는 뒤쪽 중앙 라인에 위치한 가판대로 이동하고, 그는 입구 쪽으로 이동하여 안마 코너로 간다.

"안녕하세요! 지금 안마 좀 받을 수 있나요?"

오키나와 사람으론 안 보인다. 긴 머리에 뱀이 똬리 틀고 앉아있는 헤어스타일의 키가 큰 50대 남성이 대답한다.

"도죠~ 도죠~~"

"감사합니다. 잘 부탁합니다."

그는 간이 안마의자에 엎드려 눕고, 큰 키의 남성이 큰 타월을 목부터 등까지 덮어주며 묻는다.

"이곳 이시가와에 계신가요?"

"네!"

"오키나와 분은 아니신 것 같고 본토에서 오셨나요?"

"아니요! 본토 넘어 한국에서 왔습니다."

"오~ 한국 사람들도 오키나와에 관광 많이 온다고 들었습니다."

"아... 그렇군요. 근데 저는 가족들과 이주해서 살고 있습니다."

한동안 침묵이 흐르고 50대 안마사는 결코 안마사라 말할 수 없는 안마를 하듯이 나름대로 열심히 주무르고 있다. 들려오는 라이브 노랫소리와 주변 새들의 지저귀는 노랫소리는 불평할 수 없는 하모니를 이루고 햇살 아래 누군가가 뭉친 근육을 풀어주고 있다. 그의 안마 실력에 상관없이 이 소소한 사치를 감사히 누리며 잠시 긴장이 풀려 졸다가 입속에 고인 침이 바닥에 떨어지려는 순간 그녀의 목소리가 들린다.

"삼상! 너무 편안해 보여요~ 시원한가 보네요?"

"응! Can't complain!!"

안마사가 그녀에게 인사하고 묻는다.

"아내인가요?"

"네! 안녕하세요."

"오키나와엔 얼마나 계셨나요?"

"한... 23개월 정도입니다."

안마사는 그녀도 한국 사람이라고 생각했는지 어색한 한국말로 인사한다.

"일본어 잘하시네요. 판!깝!스!무!니!다! 까~르~비~마~시~쳐~여?!"

그녀는 웃으며 한국말로 다시 올바른 발음으로 인사만 해주고 일본어로 대화한다.

"전 동경에서 온 일본인입니다."

"엥! 한국어 발음이 왜 이렇게 좋으세요? 동경 어느 쪽에서 오셨나요?? 제 와이프도 동경 출신이라..."

"아~ 그러시구나... 전 에도꾜입니다."

"오~ 이런~~ 제 와이프도 에도꾜 출신인데... 전 오사카 출신입니다. 반갑습니다."

에도꼬는 서울 토박이와 비슷한 개념으로 직계 가족들이 계속 동경 중심부에 태어나 살았던 사람들을 지칭한다.

"아~ 그렇군요. 삼상? 시간 꽤 된 것 같은데 혹시 40분 받는 건 가요?"

"아닌데... 20분 거의 다 됐을 것 같기도 하고..."

"20분은 지났는데 남편분이 편안해 보여서 조금 더 서비스하고 있어요."

서비스를 주고 있었다는 안마사의 말을 듣고 그는 몸을 일으키고 앉는다. 눈 부신 햇살에 얼굴이 찌그러진다. 그는 일어나 선글라스를 꺼내어 끼고 말한다.

"아주 좋았습니다. 감사합니다."

곤이 그를 보며 외계 방언을 시작한다.

"아~ 엄마가 사준 초코칩 과자 맛있어요? 주스 마시고 싶다고?? 유짱! 들고 있는 오렌지 주스 곤이 좀 달래~"

그는 주스를 받아 곤이와 눈높이를 맞추고 곤이의 방언을 알아들은 것처럼 영어로 물어본다.

"목이 과자 때문에 말라 퍽퍽했었지?"

곤이는 알아듣고 고맙다는 듯 웃으며 방언으로 대답한다. 안마사가 갑자기 샘에게 영어로 물어본다.

"와~ 너 영어 할 줄 알아? 학교에서 배웠어??"

평범한 일본인치고는 영어 발음이 부드럽다. 샘도 미군을 제외하면 다른 사람과 오랜만에 나누는 영어 대화라 반가워 미소 짓고 영어로 대답해 준다.

"응! 대화 정도는 가능해~ 학교 공부를 목적으로 배운 것이 아니라 생활하면서 사람들과 커뮤니케이션하기 위해 배운 거야! 넌 어디서 배워서 이렇게 발음이 좋아?"

"오래전에 호주에서 6년 살면서 배웠지!"

"역시... 그렇구나! 반가워~ 난 샘이라고 해. 넌 뭐라고 불러줄까?"

"반갑다. 샘! 난 초크야. 너야말로 본토 발음으로 들리는데? 미국??"

"미국은 맞는데 미국인들이 내 발음 들으면 바로 알아차리지. '노란 원숭이'라고..."

주변을 의식한 듯 초크는 목소리 톤이 더욱 올라가 시선을 끈다.

"하하하~ 재미있는 친구네. 너 와이프도 영어 할 수 있어?"

"남편처럼은 못해도 대충 알아들을 정도는 돼!"

그녀가 대화에 들어와 샘 대신 대답해 준다.

"와~ 너희는 오키나와에서 볼 수 없는 흥미로운 커플이구나. 여기 내 명함을 줄 테니 나중에 시간 나면 밥 먹으러 와. 가정식 파스타와 카레 전문점이야. 바도 같이 있어서 술 마실 수도 있고... 네가 원한다면!"

명함을 건네어 받은 그는 위치를 확인해 본다. 그들의 영어 대화를 듣는 주변 시선을 느낀 샘은 주변을 둘러본다. 덩치 풍만한 50대 아줌마가 전신 히피 코스프레 의상을 입고 다가와 마주한다.

"오~ 샘! 인사해 내 와이프 냥코야! 저기 옆에서 카레 코너를 담당하고 있지."

초크는 냥코에게 지금 상황을 설명해 주고 있다.

"안녕하세요~ 샘입니다. 처음 뵙겠습니다."

"아..아... 네! 저는 냥코입니다. 잘 부탁드립니다."

샘도 냥코에게 우유를 소개하자 그녀가 인사한다.

"처음 뵙겠습니다. 동경에서 온 우유입니다."

"어랏! 반가워요~~ 잘 부탁해요. 아이들이 예쁘네요! 둘 다 여자 아이인가요?

"아니요! 유모차에 앉아 있는 아이가 이 아이의 오빠예요."

"역시 그렇군요. 씩씩하게 생겼네요~"

"네... 너무 활동적이라 좀 피곤할 정도입니다."

우유의 변하는 표정을 놓치지 않은 그는 자리를 마무리하려 초크에게 영어로 다시 말한다.

"우린 이만 저쪽에 앉아서 음악 좀 듣고 갈게. 만나서 반가웠어. 다음에 기회가 되면 연락하고 찾아갈게. 이 주소로..."

"물론! 언제든 연락하고 오라고~"

그와 악수하고 냥코와도 목례 인사를 나눈다. 그리고 그들 가족은 스테이지 정면 앞쪽에 나열된 간이 의자 방향으로 이동하고 중앙 정도 위치한 빈자리를 찾아 앉는다.

"삼상! 더운데 시원한 아이스커피 한잔 사 올까요?"

"좋은데! 한잔으로 같이 마시자~~ 조금 맛만 볼게."

"넵! 적당하네요. 곤이 주스도 다 마시지 못할 것 같고... 다녀올게요."

스테이지에는 행사 순서에 따라 올라오는 로컬 아마추어 가수들이 수줍어하지만 순수한 열정으로 관객들의 귀를 즐겁게 해준다. 지금 연주되는 곡은 「산신의 꽃」이라는 오키나와를 대표할 수 있을 정도의 대중적인 샤미센으로 연주하며 부른다. 샤미센은 이름처럼 3개의 현으로 연주하는 이 악기는 중국의 '쌴시엔', 중동의 '라바브', 페르시아의 '세타르'라 불리며 모두 같은 3줄의 현이란 공통점을 가지고 있다. 그도 알고 있는 곡이라 곤이를 무릎에 안고 같이 흥얼거리고 있다.

"도죠~~ 삼상 기억하고 있네요. 이 노래는 단순한 선율의 울림이 너무 좋아요."

"오~ 감사... 응~ 오키나와 사람들의 민족성이 잘 표현된 것 같아. 슬픔을 억눌러 죽은 산호를 뚫고 올라와 한줄기 한 속에 피어오르는 작은 에메랄드 꽃 같은 느낌...? 곤이도 좋아하네."

"곤이는 정말 음악적 재능이 보여요. 제가 피아노 치고 있으면 옆에서 자기도 같이 건반 누르는데, 손가락 힘도 좋고 두드리는데 나름 리듬도 가지고 있더라고요."

"부모의 시선은 모든 천재성이 보인다고 말할 수도 있지만 아직은 조용히 지켜보자~~ 다른 더 큰 재능이 나타날 수도 있고... 사실 모든 가능하지. 이 녀석이 스스로 좋아해 집중만 한다면."

"맞아요~ 아~~ 너무 보고 싶어요. 어떤 재능이 나타나 자신이 원하는 코디로 옷을 입고 다닐지. 제 욕심은 곤이의 패션을 스테이지에서 유명 가수 G씨처럼 보고 싶지만, 그냥 제 상상으로만 가지고 있겠습니다."

"시원하게 맛있네~ 진한 향이 드립 커피 같네. 그러자... 문명이라는 제도 속에 우리의 대리 만족이라는 마스터베이션적인 욕심을 아이가 욕망하게 만들지는 말자! 모든 좋아한다면 좋은 선배로서 가이드만 해주어도 아주 멋지게 성장할 거야. 채울 수 없는 욕망을 욕망하게 만들지는 말자~~"

"넵!"

다음 스테이지에 로컬 가수가 나와 노래를 부른다. 그런데 이 정겨운 음률도 어디선가 들어 본 적이 있어 물어보니 그녀가 대답해 준다.

"아? 이 노래는 오키나와 출신 전설적인 아저씨 가수 키나 쇼키치 상의 「하이사이 오지상」입니다. 하이사이는 무슨 말인지 아시죠?"

"어! 오키나와 방언으로 '안녕하세요!'라는 의미라며? 그러면 아저씨 안녕이라는 의미겠네??"

"네! 맞아요. 아마 이 아저씨가 어려서 만든 곡으로 대박이 나셨던 곡으로 정말 유명했었죠. 그래서 일본에서도 응원가나 축제 때 사용하는 곡으로 아주 유명해요. 매년 가을 이시가와 가을 축제 거리 공연 기억하시죠? 골목골목을 돌며 동네 전체가 울리며 사람들 모여 그들 공연 팀 쫓아 다니면서 구경하는 큰 로컬 행사 중 하나에요. 삼상도 작년 가을엔 밖으로 나가 사진도 많이 찍으셨잖아요. '에이사'라고 북 치면서 춤을 추는 오키나와 전통 마쯔리입니다. 그 행사에 가장 인기 있는 노래가 '하이사이 오지상'이고요."

에이사 가을 축제는 가장 풍요로운 가을 수확에 대한 감사와 다음 시즌의 풍작을 기원한다. 거리거리를 돌며 북소리로 나쁜 기운을 몰아내고 흥거운 리듬으로 자연에 감사한다. 온 동네를 돌아다니며 집마다 기원을 드리는 행사이다. 각 가정은 봉투에 각자의 마음을 담아 나누며 그들의 노고를 위로해주고, 봉투를 받은 그들은 그 가정에 잡귀를 염원의 북소리로 쫓아 주는 주술적 의미도 있다. 하지만 모든 가정이 돈 봉투를 주지는 않는다.

"아항~ 그때 10살 미만으로 보이는 어린 친구가 굉장히 강렬한 율동과 회전을 하면서 두드리는 북소리가 꽤 인상적이었던 기억이 난다. 그럼 그때 그들이 부르던 노래가 이 노래구나?"

"넵! 맞습니다. 기억하시네요~~"

"응! 흰색 바탕 옷에 빨간 두건에 곳곳에 파란 줄무늬들이 나에겐 왠지 태극을 연상시켜서 관심 있게 보았고 특히 그 꼬마 친구의 힘찬 몸놀림은 예술이었지! 거기다 노래까지..."

"그렇게 듣고 보니 태극기가 떠오르긴 하네요. 그리고 그 아저씨는 정치도 잠시 활동하신 적 있다고 들었어요."

"홍미로운 분이네! 이름이 뭐라고?"

"키나! 쇼키치!!"

"설마! 류큐 왕가 라인의 쇼는 아니겠지? 음... 나중에 좀 찾아보아야겠다."

"그렇지는 않은 것 같은데... 잘 모르겠습니다."

"자~ 마마모 도죠~~"

우유는 그가 건네준 아이스커피를 마시다 미키와 같이 다른 두 사람이 이들 가족 방향으로 걸어오는 것을 발견했다. 그녀와 눈이 마주치자 미키가 말한다.

"우유짱! 소개해 주고 싶은 분들이 있어서..."

샘 부부는 일어나 가볍게 목례로 맞아준다.

"오키나와 라디오 스테이션 PD를 맡고 계시는 히라야마상과 라디오를 진행하시는 D.J인 아내 사이카상."

"아~~ 처음 뵙겠습니다. 우메무라 우유입니다."

"반갑습니다. 샘입니다."

"처음 뵙겠습니다. 히라야마입니다. 이쪽은 제 아내 사이키입니다."

"안녕하세요. 사이키입니다. 미키상을 통해 오키나와로 이주하셨다는 말을 들었습니다."

중후한 60대로 보이는 남성과 30대 후반에서 40대 초반으로 보이는 스타일리쉬한 여성의 조합이 자연스럽게 보인다.

"네~ 자연과 공기가 너무 좋아 매일 힐링 받고 있어요"

"그렇죠? 이곳의 자연은 매일매일이 선물인 것 같아요. 미키상에게 전해 듣기로 이곳에서 동화책 작업을 하신다고 들었는데 저희라디오에 게스트로 모시고 청취자들과 대화 나누는 시간을 갖고 싶어서 이렇게 소개 부탁드렸습니다."

"네? 아... 약간의 커뮤니케이션에 오류가 있었나 봅니다. 전 동양화를 배우긴 했지만, 지금은 만화 작업을 위주로 하고 있고, 남편이 소설 작업을 진행 중이신데..."

"어머나... 내가 잘못 알아들었나 보네요. 미안해요. 지난번 새해 파티에서 너무 정신이 없어서 잘못 이해했었나 보네요."

미키가 당황하며 말한다. 샘 가족은 미카의 초대로 2020.01.01. 이곳에서 신년 행사에 참여한 사람들이 돌아가면서 큰 절구에 넣은 모찌를 나무망치로 단체 떡 치는 이벤트에 참여한 적이 있다.

"아니요. 괜찮습니다. 다만, 제안은 감사하지만 전 미디어 울렁증이 심해서요..."

사이키는 포기할 수 없다는 듯 활시위를 돌려 샘을 바라보며 말한다.

"한국분이시라고 들었습니다. 어떤 소설을 쓰고 계시는지 여쭈어보아도 될까요?"

"네! 물론입니다. 오키나와의 작은 일상에 지내는 가족의 시선으로 보이는 무너져 가는 세상 모습들이 그들의 아픔을 밟고 위로 올라오는 진실들입니다. 제 소설 속 세상에 오키나와가 독립하여 과거의 영광을 다시 누리는 모습도 그리고 싶습니다."

히라야마가 자기 목에 가죽 줄로 연결된 고급 뿔테안경을 콧등에 올리며 말한다.

"아주 흥미로운 말씀을 하시는군요. 작품 완성에 어느 정도 기간을 생각하시나요?"

"글쎄요... 아직은 많은 자료 리서치와 목차를 구분한 정도의 뼈대 작업뿐이라서 완성은 아예 보이지도 않고 있습니다."

"실례가 안 된다면 사무상이 게스트로 나와 주실 순 없나요?"

"말씀은 감사합니다만 라디오에서 콘텐츠 될 만한 스토리가 아직 부족하고 무엇보다 제 일본어 실력이 온-에어 방송에 민폐가 될 수준이라 핸들 하기 어려울 것 같습니다. 지금 대화도 단어가 생각이 안 나 영어 단어를 마구 섞어 대화하는 실례를 저지르고 있는데..."

사이키는 포기할 수 없는지 샘을 설득한다.

"저희 입장에선 지금 정도의 의사 표현이라면 아무 문제가 없을 거라고 생각합니다."

사이키는 남편을 바라보며 무언의 동조를 구하고 있다.

"그렇습니다. 편안히 출연하셔도 진행에 무리 없을 겁니다. 목소리도 좋으시고..."

"그래요~ 삼상! 내가 듣기에도 별문제 없어 보이는데 나가 보세요."

미키도 합세하여 설득하지만 샘의 의사는 확고하다. 그의 품에 안겨 있는 곤이도 무언가 자기 생각을 얘기한다.

"거듭 말씀드리지만 아직은 민폐 안 드릴 자신이 없습니다. 시간이 좀 더 지나 일본어로 청취자분들이 공감하실 수 있는 스토리가 생긴다면 연락드리겠습니다."

"그러시다면 잘 알겠습니다. 언제든 연락해주시길 기대하고 있겠습니다. 고맙습니다."

"별말씀을요. 미키상! 좋은 분들 소개해 주셨는데 도움을 못 드려 죄송합니다."

"천만에요. 이렇게 갑자기 부탁해 오히려 미안한 마음입니다."

샘은 미키와 그들 부부도 과히 불쾌한 표정은 보이지 않아 다행이라 생각한다. 그렇게 기약 없는 다음을 약속하고 그들은 자신들의 자리로 돌아간다.

"저 사람들 꽤 끈질기네요. 갑자기 찾아와서... 근데 재미있네요. 제가 그림 동화작가라고 생각했었다니~~"

"아마도 유짱과 나를 합쳐 자신이 듣고 싶었던 말로 해석하셨나 봐. 그래서 커뮤니케이션이 중요한 거지!"

"그러네요. 햇볕이 너무 좋아 이제 좀 더워 지내요. 자외선 차단 크림도 안 바르고 나왔는데..."

"그러게... 근데 오늘 날 잡았네. 새로운 사람들이 기다렸다는 듯 나타나 간만에 정신없네! 이 나무판 메시지도 신기하고..."

"오늘은 이런 날인가 봅니다. 그만 이동 할까요? 곤이도 얼굴이 빨개졌어요."

"웅! 그럽시다. 오늘은 여기까지 하고 R2B 하자."

"잉? 알뚜비??"

"리턴 투 베이스!"

"깔깔깔~~ 그래요. R2B 하시죠."

그들은 쇼핑한 물품을 이동 중 떨어지지 않게 잘 정리하여 유모차 곳곳에 집어넣고 주차장으로 이동한다. 입구 쪽으로 향하다가 초크와 냥코가 보여 그가 인사한다.

"조만간 전화 드리겠습니다. 그럼 다음에..."

그녀도 목례로 간단히 인사하고 샘 가족은 스테이지 옆에 있는 미키에게 이동한다.

"왜? 벌써 돌아가려고요??"

"네! 아이들이 좀 더워하는 것 같아서요. 덕분에 즐거운 시간 보냈습니다. 좋은 상품들도 구매했어요!"

"그 나무판은 뭐야? 아~ 저기 뒤쪽에 있는 남성분이 써 준 건가요?? 이 장터에 처음 참가해서 나도 오늘 처음 보는 사람이에요.

뭐라고 쓰였는지 봐도 되나요???"

샘이 웃으며 대신 대답한다.

"꽤 재미있고 좋은 말을 써 주셔서 감사했습니다. 자~ 보시죠."

미키는 나무판을 받아 들고 노안이 좀 있는지 안경을 꺼내어 자세히 읽어 본다.

"오잉? 삼상 한자 이름이 류이치?? 저 남성분 이름도 류이치상으로 들었는데..."

우유가 반갑게 대답한다.

"저희도 좀 놀랐어요. 한자도 같은 이름을 여기서 만나서~~"

"그러네요~ 내용도 재미있고 '용'자 들어간 류이치는 흔하지 않은 이름인데 오늘 우리 정원에 용이 2마리 오셨네요~~ 호호호호~~~"

"하하하 덕분에 좋은 시간 보내고 갑니다. 다음에 뵐 때도 건강한 모습으로 뵙죠."

"시간 내어 와주셔서 내가 고마워요. 그럼 조심히 가세요. 우유 짱도 잘 가요~~ 아가들도 안녕~~~"

그렇게 행사장을 뒤로하고 경사가 진 비포장 길을 조심히 내려간다. 연못을 지나 주차장이 보일 즈음 피디 부부가 걸어 올라오고 있다. 사이키 손에는 귀여운 오키나와 시샤(해태)가 동서남북으로 프린트된 양산을 들고 있다.

"아~ 우유상 벌써 가시나요?"

"네! 아기들이 땀을 흘려서요..."

"그렇군요. 저도 햇볕이 강해서 차에서 양산을 꺼내 들고 나머지 공연을 보러 올라갑니다."

샘도 히라야마에게 인사를 건넨다.

"만나서 반가웠습니다. 기회가 되면 또 뵙죠."

"감사합니다. 저희도 다음 만남을 기대하겠습니다. 안녕히 가세요."

그는 유모차를 우유에게 맡기고 먼저 빠른 걸음으로 걸어가 차에 시동을 걸어 에어컨을 맥스로 돌려놓고 창문과 트렁크 문을 열어 가족을 기다린다. 곧 도착한 곤이를 먼저 차 뒷좌석에 앉히고 쇼핑한 물건들과 유모차를 접어 트렁크에 정리해 넣고 집으로 향한다.

"오랜만에 다른 사람들과 얘기했더니 속도 안 좋고 좀 피곤하네..."

"그러네요. 항상 우리끼리 편하게 얘기하다가 오늘은 좀 새로웠네요. 그래도 이젠 가끔 새로운 만남이 좋은 자극이 되네요. 그리고 곤이가 얌전해서 덜 힘들었어요."

"그래. 녀석도 사람들이 많아서 좀 신기했었나 보네. 평소 같으면 유모차 탈출해서 막 여기저기 뛰어다녔을 텐데. 이렇게 조금씩 알아가며 성장하나 싶네."

"그럼요. 곤이 요즘 무언가 표현하려고 노력하는 과정이 너무 귀여워요."

"그런데 아라는 집에선 그렇게 활발하다가 밖에만 나오면 얼음 공주가 되네. 이러다 집에 도착해 땡! 하면 스위치 온 돼서 아장아장 휘젓고 다니겠지?"

"그래도 아라 너무 편해요! 울지도 않고 얌전히 있어 주어 감사해요."

"확실히 남자아이와 여자아이는 차이가 크네. 아라는 확실히 곤이보다 성장 속도가 빨라 보여. 운동량은 곤이가 높지만..."

"네! 저도 여자아이만 보다가 곤이 보니깐 성장도 언어도 좀 차이가 나는 것 같아요."

"나중에 아라가 곤이보다 더 커지고 말도 더 잘하면 아라가 누나 되겠네. 하하하 보인다 보여. 설마 아라한테 맞지는 않겠지?"

"지금 아라 힘센 것 보면 가능성이 커요."

"뭐 어쩌겠어! 곤이도 지혜롭게 서바이벌해야지~~"

조용한 뒷좌석을 샘은 백미러로 살펴보고 말한다.

"녀석 벌써 뻗었네. 앉아 있기만 했는데 햇볕과 많은 사람 덕분에 에너지 많이 소비 했나 보다."

"아라도 자요~~"

쿠란 만화 프로젝트

오랜만의 가족 외출을 즐겁게 마치니 돌아가는 길이 너무 가깝다. 집 입구에서 천천히 9m 거리의 주차장 입구로 진입하다가 그는 중간에 차를 천천히 멈춘다.

"왜요? 뭐 있어요??"

"응! 냥냥이 녀석 바닥에 엎드려 살균 중인가 봐? 귀찮은지 안 비키네??"

"전 안 보이네요... 앗! 저기 뒷마당으로 걸어가네요~~ 쟤는 이 집이 자기 별장쯤으로 생각하나 봐요."

"뭐 좋다는데 어쩌겠어! 공생해야지..."

차량을 주차하고 곤이를 먼저 안고 현관으로 이동한다. 우유가 잠긴 현관문을 열고 먼저 들어가 아라를 푹신한 군청색 공 쿠션에 놓고 샘이 곤을 빨간 공 쿠션에 누인다.

"내가 정리해서 들고 올게! 시원한 맥주 한잔하면서 한 대 피울까?"

"좋네요~ 준비하겠습니다."

그는 에코 백에 가득한 오늘의 헌팅 수확물을 들고 주방으로 들어간다.

"나중에 제가 정리할 테니 손 씻고 일단 한잔하시죠!"

"오키도키~~ 나가 볼까나?"

거실과 스크린 도어로 연결된 앞 마루는 이들 부부의 공동 쉼터 같은 공간이다. 일반 테이블보다 높은 타원형 나무 테이블 위에 놓인 일본 스타일 청화백자 그릇이 중앙에 있다. 수려한 외관 그릇 안에 수북이 쌓인 담배꽁초들은 미려하게 디자인된 외관과 어울리지 않는 어울림이 그들의 흡연 양을 증명해 주고, 전면 미닫이 통창문은 아이들과 어른의 경계를 담당해 준다.

이 부부는 해비스모커지만 가능한 집에서만 담배를 피운다. 발코니 도어를 열면 바로 앞마당 정원과 연결되고 테이블과 폭이 넓고 푹신한 쿠션의 대나무 의자와 등받이 회전 사무용 의자가 있다. 대나무 공예로 촘촘히 수공한 넓은 의자는 그들이 안 보이면 늦은 밤마다 주차장 입구를 막았던 고양이 녀석이 노릴 만큼 편안한 의자임에 틀림이 없다. 우유는 자리를 잡고 불을 댕기고 손을 씻고 나온 그도 대나무 쿠션에 체중을 실어 앉아 불을 붙인다. 이 발코니에서 마당을 연결하는 33㎝ 폭의 좁은 길 건너 1m 23㎝ 타원형 젠가든(zen-garden)을 만들어 작은 크기의 하얀 자갈을 촘촘히 깔아 놓았다. 그가 직접 여러 해변을 돌아다니며 수집한 각양각색의 돌들로 아치형 돌다리를 만들어 중앙에 배치하고 기하학적 패턴의 33㎝ 정도 크기의 두 개의 돌들을 남쪽과 북쪽 방향 땅속에 박아 놓았다. 타원형 가든 바로 뒤 왼쪽엔 길이 81㎝ 형이상학적 모양의 거석이 누워 있어 미니정원과 경계를 만들어 준다. 돌 위쪽은 거의 수평을 이루어 넓이 33cm 크기의 평평한 중앙에 한 변이 거의 직각 형태의 삼각형 길쭉한 돌 2개를 3.3cm 사이를 두고 세워 빈 공간에 12개의 비슷한 크기와 형태의 해변 돌들을 층층이 쌓아 놓았다. 제일 위층 돌 위에 구멍이 뚫린 원형 산호를 가로, 세로 3.3m로 중앙 구멍을 드릴로 갈아서 넓혀 놓았다. 거석 오른쪽엔 3m 조금 안 되는 피닉스 단풍나무가 자라고 있다. 그리고 거석 바로 뒤엔 6m 높이의 알로카시아 계열 식물 같은 나무가 넓은 잎이 무성히 자라 하늘을 가리고 자연 그늘을 만들어 준다. 단풍나무 뒤쪽으론 알로카시아 오키나와 실버가 듬성듬성 자라고 있다.

각자 자리에 앉아 샘이 직접 땀으로 샤워하면서 삽질하고 조경한 앞마당을 바라보며 담배에 불을 붙인다. 이들 부부는 이렇게 낯선 땅이지만 따듯한 그린의 에너지와 청량한 공기가 주는 편안함에 동화되어 부부 이상의 무언가를 향해 그들은 천천히 걸어가고 있다.

"오쯔카레냥~ 간바이~~"

"삼상도 수고하셨습니다. 간빠이~~"

둘 다 꿀꺽꿀꺽 맛깔난 소리를 내며 목울대 고개를 넘겨 식도 폭포에서 자유낙하 시킨다. 아일랜드 생활에 맥주는 맥주가 아니다. 특히 오키나와 로컬 맥주인 오리온 드래프트는 쌀과 보리, 옥수수 전분과 옥수수 배젖만 도정한 콘 그릿츠를 황금 비율로 배합한 탄산 보리차다. 독일 헬(밝은) 라거 D.N.A를 계승하지만 청정한 오키나와 바다의 향기와 마음을 가미해 완벽히 로컬라이징에 성공한

브랜드로 맛은 부드럽지만 상쾌하고 가벼워서 시원하게 마시는 탄산 냉차다. 단, 한 가지 부작용은 일정량을 넘으면 즐거운 어지럼증이 생길 수 있다. 샘은 입을 오리주둥이로 만들어 나무들을 향해 연기로 용을 토해낸다.

"우리가 외출하고 집이 항상 그리워지는 건 우리 전용 녹 푸른 공간이 주는 편안함도 있지만 역시 이걸 빼놓을 수가 없네."

"넵! 건강에 나쁘다는 걸 알지만 당장 끊어서 오는 스트레스 매니지먼트 부작용보다 천천히 나빠지는 것이 가벼운 거죠. 정말 끊어야 하는 상황이 오면 언제든지 끊을 수 있지만..."

"웅! 일반 사회적 시선엔 어린애들 키우는 부모들이 집에서 담배 피운다는 냉랭한 시선이 있을지도 모르지만 뭐 어때? 그런 시선 따위쯤이야 먼지보다 가볍다! 누가 어떤 논리로 아무리 지랄해서도 우린 이 공간에서 최대한 사랑하고, 용서하고, 자연에 감사하면서 살고 있는데 이런 우리를 어느 누가 비판할 자격이 있을까? 그러니깐 괜찮~우~~유~~~"

"삼상! 그런 아저씨 개그 이젠 재미없다고 몇 번을 얘기해요!!"

재미없다는 그녀는 웃으며 연기를 휘날린다.

"이야~~ 근데 아까 그 류 이치상 생각할수록 흥미로운데? 왜냐면 유짱이 새해 초부터 몇 번 쿠로가와 선생님께 연락드리라고 잔소리했던 것을 적당한 기회를 보려고 미루다가 오늘 새벽 곤이한테 얼굴에 발차기 한 대 맞고 4시쯤에 일어나 한 대 빨고 멍때리다가 불현듯 선생님께 이메일 보내려 메모했었거든. 그리고 나중에 유짱에게 번역해서 선생님께 보내 달라고... 그런데 메일 내용이 비슷하게 류 이치상이랑 겹치는 것이 있는 거지. 볼래?"

"어머? 드디어 쓰셨나요?? 보여주세요!!!"

쿠로가와 케이지로 프로듀서는 일본 만화계의 원로로 아톰의 아버지 '테즈카 오사무'와 같이 작업한 팀 멤버 만화가며 서킷의 늑대 작가로 명성을 얻고 많은 창작 활동으로 높은 탑을 쌓고 있다. 샘과는 여러 가지 인연이 있었다.

그는 주머니에서 휴대폰을 꺼내어 메모장을 열고 오늘 아침에 기록된 내용을 보여준다.

안녕하세요. 선생님!

우한 바이러스 바람이 선생님이 계신 곳은 피해 가리라 믿습니다.

건강하신 모습으로 저희 집 방문하실 그날을 고대하고 있습니다. 10년 전 서울에서 그날처럼 술잔 기울이고 나누며 즐거운 말씀들을 듣고 싶습니다.

얼마 전 몇십 년 만에 2번째 용 꿈을 꾸어 놀라움과 흥분으로 전신이 기분 좋게 떨려와 일찍 일어났습니다. 꿈속에서 넓은 호숫가를 산책하고 있다가 햇볕에 반사되는 빛나는 검은 호수를 호기심 가득한 마음으로 구경하고 있었지요. 그러다 갑자기 호수에서 솟구쳐 오르는 검게 반짝이는 용이 구름을 뚫고 하늘로 사라져 신기하게 쳐다보고 있었습니다. 그런데 이상한 느낌에 뒤를 돌아보니 거대한 용의 머리가 저를 내려다보며 뜨거운 숨을 내쉬고 있었죠. 저는 너무 신비해 다가가 용에게 물었습니다. "제가 잠시 만져 보아도 될까요?" 용은 제게 "무섭지 않다면 만져도 좋다."라고 허락을 받아 만졌는데 짙은 검정 벨벳처럼 부드럽고 호흡이 느껴지는 따뜻하고 포근한 느낌과 용린은 검은 다이아몬드처럼 깊게 반짝여서 감탄하고 있었습니다. 그러다 저는 어느덧 용의 뿔을 잡고 하늘을 날며 세상을 바라보며 미친 듯 즐겁게 비행하고 있다가 하늘과 연결된 높은 계단 앞에 내려서 하늘 위 어떤 장소로 이동하는 꿈이었습니다.

- 중략 -

선생님이 링크 보내주신 총괄 프로듀싱하시는 웹툰 작품을 보고 아내와 놀라움을 넘어 신비로운 운명을 느꼈습니다. 저도 현재 작업 중인 소설이 인류의 시원에 대한 의문을 전제로 수메르 문명에서 메소포타미아, 바빌로니아, 그리고 이집트로 이어지는 문명보다 훨씬 이전에 초 고대 문명이 존재한다는 가설이 지금 연재하시는 선생님 작품과 일치되더라고요. 아직도 넘치시는 재능과 열정에 아내와 감탄하고 존경하고 있습니다.

저와 진행하시는 이번 쿠란 만화 제작 프로젝트는 수니파와 시아파의 경계를 넘어 쿠란을 믿고 공부하는 순수한 어린아이들에게 일본 최고 수준의 만화 문화의 합작품으로 기존에 만들어진 보편적 해석과 단순한 평면적 그림체를 뛰어넘는 작품을 선생님과 만들어 가고 싶습니다.

잘못된 시아파의 해석이 아닌 이슬람 90%인 수니파의 순수한 코란 의미를 잘 살려 표현한다면, 이슬람을 올바로 이해하는 좋은 지침서가 되리라 확신하고 명작이 나오리라 믿습니다.

예전에 아부다비에서 한석과 팀을 만들어 U.A.E에 진행하던 프로젝트에 저희와 조인트 벤처를 만든 귀족 출신 회장님과 여담 중, 이슬람을 잘 모르는 세계 일반인들의 인식이 10%의 시아파 테러리즘 영향으로 90%의 순수한 이슬람 신자들이 오해받고 있어 매우 안타까워하셨던 기억이 납니다. Dr. Saeed 회장님 포함 U.A.E 연합 지도자들의 생각도 다르지 않다고 느껴집니다. 미래의 주인공들인 아이들에게 양극단주의를 멈추고 종교의 이름으로 자행되는 폭력과 학살을 멈출 수 있는 지혜와 희망이 이번 코란 만화 프로젝트에 펼쳐지는 멋진 작품을 소망합니다. 이 프로젝트 펀드 메인 투자자들의 규모와 조합 멤버들도 선생님이 주관하시는 팀의 실무 구성원과 인지도에 따라 달라질 것 같습니다.

소견이지만 항상 경청해 주셔서 감사드리며 무엇이든 상담해 주시면 성심성의껏 회신 올리겠습니다.

샘 배상.

"아~ 흑룡 꿈 얘기 쓰셨네요. 그러네요... '검은 용'과 '아이디어를 행동으로 변화시켜라!' 정말 신기해요~~ 진짜 그렇게 생각할 수도 있겠네요."

"그렇지?!"

"삼상은 쿠로가와 선생님의 팀 멤버로 어느 작가 섭외를 희망하시나요?"

"정말 개인 욕심은... 드래곤볼 작가 아니면 헌터x헌터 요시히로상? 쿠로가와 선생님 낚시에 절대 안 걸리시겠지만. 특히 토리야마 아키라 작가는..."

"네! 아키라 작가님은 본인이 내는 세금으로 작은 도시 하나를 먹여 살려 주시는 분이라 돈으로 움직이실 분이 절대 아니죠."

"알지! 그래서 그나마 1% 희망의 가능성도 꿈꾸어 보는 거지. 선생님의 인맥과 내공을 갈아 넣으시면..."

"그렇게만 된다면 그건 대박이 아니고 종교사에 남을 만한 명작이 나올 것 같습니다. 전 개인적으로 세일러문 작가님이 더 어울릴 것 같은데... 참! 아시나요? 헌터x헌터 작가님과 세일러문 작가님 부부인거??"

그는 잠시 턱 빠져 찌그러진 용의 얼굴로 코와 입에서 연기가 흘러내린다.

"에에에엥! 진짜? 마지데(정말)?? 혼마니(진짜로-오사카 방언)???"

"넵! 일본에선 유명한 세기의 커플로 정상에 앉아 계세요."

"우와~ 두 분이 함께라면 드래곤볼 아일랜드 만들어서 작은 가상 판타지 나라 하나 세팅할 수도 있겠네."

"재미있겠네요~ 두 분만 원하신다면 문제없을 것 같습니다만... 그런데 그렇게 노래해도 안 쓰시다가 이제야 쓰셨네요. 톡에 보내주세요. 나중에 번역해 드릴게요."

샘은 고맙다는 인사 대신 우유와 가벼운 금속성을 울리며 탄산 발효 보리차를 마신다.

"어~ 저 녀석 언제부터 저 무화과나무 아래 수풀 사이에 숨어 있지?"

이 집을 좋아하는 길냥이 중 한 마리로 이제는 앞뒤 마당이 녀석의 구역이 되었다. 전신은 부드러운 아이보리 색상에 양쪽 귀와 두 손 두 발 그리고 긴 꼬리 색상만 다크 브라운 줄무늬 털에 제법 야성미가 보인다.

"어디요? 안 보이는데??"

나무들 주변을 두리번거리는 그녀에게 말한다.

"저기 발코니 끝 방향 담벼락 아래 수풀 속!"

"아~ 보인다~~ 보여!!! 그런데 완전 헌팅 모습인데요?"

"흠... 그러네. 녀석 뭔가 노리고 있나 본데? 설마 또 연못의 금붕어?? 아닌데... 그럼 연못 주위에 있어야지 저기서 숨어 있지???"

그 순간 입구 쪽 6미터 높이 오키나와 산 소나무 가지 위에 앉아 있던 커플 비둘기 중 한 마리가 갑자기 연못 앞에 내려앉아 주변을 도리도리 둘러보다가 이내 땅바닥에서 무언가 콕콕 찍어 먹고 있다. 바로 그때 호랑이처럼 멋진 점프로 가볍게 착지하고 치타의 가속력으로 비둘기에게 달려가 왼손으로 살기를 담은 손톱을 길게 세워 회심의 냥냥이 펀치를 날리는 순간, 달리며 지탱해 주던 두 발과 오른손이 바닥 작은 돌들에 미끄러진 몸이 붕 떠올라 공중 기계체조로 옆 돌리기를 하며 오른쪽 연못 속으로 슬라이딩 착지한다. 비둘기는 기겁하며 날아올라 손톱에 스친 꼬리와 날개에서 나온 털들이 한 움큼 빠져 주변에 휘날리고 동시에 냥냥이는 물속에 빠져 안타까운 비명을 지른다.

"오~ 홀리~~ 응꼬~~~ 마마!!! 유짱 봤어? 봤어??"

"깔깔깔깔~~ 쟤 너무 웃겨요~"

"이야~ 방금 우린 눈앞에서 고양이가 새 헌팅 성공 장면을 볼 뻔했네. 녀석 그래서 계속 저기서 노리고 있었구나. 핫하하하~"

"어머! 쟤 우리 처다보고 뭐라고 화내는 것 같아요."

"창피하겠지! 사냥에 뛰어난 수컷의 자존심 때문이라도 의기양양하게 성공해서 이 마당의 진짜 주인이 누군지 알려 주고 싶지 않았을까?"

"삼상, 꿈보다 해설이 더 좋은데요?"

"그래? 꿈보다 해몽이 더 좋았나??"

"그런데 어떻게 수컷인 걸 알아요? 가까이서 봤나요?? 저한테는 거리를 두어 곁을 안 주던데...

"얼마 전 저 녀석이 어린 냥냥이 강간하는 걸 봐서 알지! 우리 집 마당에서 태어난 검정 바탕에 흰 점박이 무늬 어린냥이 있잖아? 봤지??"

"아? 그 작은 고양이요. 제가 빨래 널 때 끝자락에서 얼마 전부터 일광욕하던 고양이가 우리 마당에서 태어난 아이인가요?"

"응. 1년 좀 안 됐을 것 같은데 주차장 안쪽 벽면 캐비넷 아래 공간에서 태어난 녀석인데 대낮에 싫다고 소리치는 그 애냥이 위에 올라타고 반항하지 말라고 목 깨물어 가면서 으쌰으쌰질 하는 거 봤거든. 뒷마당 발코니에 깔아 놓은 우리 방석 위에서... 순간 참견할까 하다가 죽이는 거 아닌데, 괜히 자연계에 간섭하는 것 같아서 아는 척 안하고 조용히 동영상만 찍어 놓았지. 볼래?"

"이얏~~ 야하다! 왜 그런 걸 찍어요? 삼상 쪽 변태 취향 있었나요?? 그 방석 버릴래요!!"

"아니 그게 무슨 변태 소리 들을 일인가? 난 그냥 고양이 응응하는 것 처음 봐서 신기한 마음에 작은 기록으로 남겨 보려던 것뿐인데?? 근데 결과를 말하고 보니... 정리해보면 야생 고양이의 응응 영상을 몰래 찍은 나...??? 그럼 몰!카!야!고!동! 찍은 거네. 그리고 그 방석은 내가 이미 버렸어. 이상한 것들이 묻어 있어서..."

"삼상! 그런 개그가 아재 개그라고 그렇게 얘기해도 계속하시네요...”

“미안 근데 어쩌겠어? 나 아저씨 맞는데!! 안 웃기면 웃지 마세요. 단, 혐오는 말아 주세냥~~”

이들의 비아냥에도 무심한 척 야생고양이는 주차장 입구 보도에 엎드려 햇볕 아래 젖은 몸을 말리며 상처받은 자존심을 긴 혀로 세심히 핥아준다.

“유짱! 한 캔 더?”

“아니요! 사 온 것 정리 좀 하고 아이들 잘 때 좀 쉬었다가 저녁 만들어야죠. 나중에 시원한 아와모리로 반주하시죠!”

“오케이~ 사운즈 굿~~”

“저 먼저 들어가요~~”

“그래... 그럼 난 한 대 더 피우고 들어가 좀 누워있을게.”

그는 남아있는 한 모금의 발효 보리차를 마시고 불을 붙인다. 그리고 촘촘히 격자로 엮은 대나무 등받이에 양반다리로 앉아 눈을 감는다. 바람에 실려 오는 흰 꽃 만발한 진한 오렌지자스민 향기와 흔들리는 나뭇잎 소리, 그리고 새들이 지저귀는 서바이벌 노래들, 연못 안 미니폭포에서 떨어지는 물방울 소리까지 정겹다. 그는 그녀에게 텔레그램 문자로 쿠로가와 선생 이메일 내용을 토스하고 문득 생각이 난 듯 주머니에서 아까 받은 명함을 꺼내어 본다. ‘초크 와카이’ 이탈리안 레스토랑 겸 게스트 하우스 오너라고 적혀 있다. 샘은 그에게 흥미로운 인연의 고리를 느끼고, 가까운 시간 안에 다시 만나 봐야겠다는 생각으로 전화번호를 등록한다. 그리고 마지막 한 모금을 즐기고 들어간다. 잘 자는 아이들을 확인한 그는 편안한 복장으로 갈아입고 큰 방으로 들어가 침대에 몸을 던진다. 킹사이즈 침대와 싱글 침대를 연결해 가족 모두가 뒹굴 수 있는 수면 방 겸 낮잠 방이다. 샘은 이곳으로 이주 후 정신적 안정을 찾고 나서 인터넷을 통해 배달 민족 상고사 관련 많은 자료를 찾아 정보의 바다를 서핑 다니고 있었다. 생각보다 많은 사람이 한국 고대사의 뿌리를 찾아 고증하고 유적지를 답사하며, 역사적 진실을 찾아 세계 곳곳을 조사하고 책을 편찬했었다. 하지만 여전히 대중들은 그 위대한 내용을 알지 못하고 조용히 묻히고 있는 현실이다. 이것이 가능한 이유는 정부와 언론이 진실을 통제하고 있다는 사실이고, 그들 위에 더 큰 세력이 존재한다는 명백한 증거인 것이다. 그러다 우연히 발견한 채희석 박사 강의는 그에게 일상의 큰 루틴이 되어 그의 강의를 청취하기 시작한다. 그전에 샘은 편안히 누워 온몸에 힘을 빼고 최대한 침대에 몸을 밀착시키고 숨 고르기를 한다. 천천히 백회를 통해 들숨을 쉬고 가득 모은 숨을 부드럽게 끌고 내려가 인당, 천돌, 단중, 중완, 기해, 회음혈로 보내고 날숨으로 조금 더 부드럽게 회음부터 밀어 올려 명문, 영대, 대추, 옥침을 거쳐 백회를 통해 보낸다. 한 번의 호흡으로 한 바퀴 돌리며 같은 방식으로 반복 호흡한다. 그가 오전 명상할 때 사용하는 호흡법이지만 누워서 휴식을 취할 때도 같은 방법을 사용한다. 채 박사는 그의 인생에서 가장 영향을 준 인물 중 탑 라인에 있다. 서로 일면식도 없지만, 운명적으로 만난 그의 강의를 통해서 그가 20대에 L.A에서 만난 현각 스님보다 강한 정신적 충격을 안겨 준 사람으로, 지금은 샘의 삶에 대한 인식을 바꾸어 준 인물이다. 채 박사는 회화 작가이자 철학자고, 인류학과 고고학의 뛰어난 리서쳐로 신지학의 신봉자라 말할 수 있다. 신지학의 창시자는 19세기 러시아 귀족 가문의 여인이었던 헬레나 블러바츠키다. 이후 오컬트적인 요소와 점성학을 접목하여 발전시켜 신지학 형태로 자리 잡힌다. 영지주의, 뉴에이지 과학, 양자역학, 프렉탈 이론, 카오스 이론들이 모두 신지학에 포함된다. 1995년 5월 E.Norman Pearson은 『시공과 자아의식』이란 신지학 저서를 출판하고 그가 말하는 신지학적 예언에 아리안의 후손들이 세상을 지배하는 시대가 다가온다고 한다. 이 아리안 민족이 앗시리아 바빌로니아를 세운 민족이다. 그리고 지금 유럽 연합 중 특히 프랑스, 독일 고고학자와 인류학자들의 공통된 놀라운 의견은 '순수 아리안족은 동이족이다!'라고 말한다. 또 피어슨이 정의한 진정한 예술가는 '귀의와 헌신자의 하늘의 계시 및 철학자의 영지 그리고 과학자의 지혜를 모두 가져야 한다고 말한다.' 바로 이것이 채 박사가 추구하는 예술의 방향성과 일치한다. 그리고 근대 미술사에 뛰어난 지성을 가진 대부분의 예술가가 심취한 학문이 신지학이었다고 한다. 그는 채 박사의 동영상 강의를 틈나는 대로 청취하고 의식 확장의 툴로 사용하며 수많은 진실된 정보를 취합하여 소설을 준비하고 있다.

"또 그 선생님 강의 듣고 있네요. 이젠 저한테도 목소리가 친숙하게 들려요."
"유짱 어머니와 같은 동향에 당신한테는 대선배 같은 분이라 더 친숙한가?"

"근데 강의 하시는 스타일과 말투가 전 알아듣기 좀 힘들어요..."

"뭐 나도 처음엔 좀 그런 부분이 있었지만, 이제는 익숙해져서 잘 들려~ 한국어 사용하시는데 듣고 싶은 마음이 있다면 다 안 들릴 수 없지. 게다가 내가 20대 초반에 잠시 심취했던 수메르 문명에 대해서도 당시에 몰랐던 많은 부분을 강의해 주시네!"

"그런 대단한 분이 한국에서 인정 못 받고 계시는 현실이 안타까워요."

"맞아! 그분 주장을 받아들이는 순간 강단 반도식민사학자 자신들이 기존에 조작된 기록을 주구장창 앵무새처럼 떠들어 주장하는 근본 없는 이론들과 거짓 역사가 모래성 되는 거지. 그러다 큰 바람 한 번 불면 허공에 흩어져 자신들의 생존과 바로 연결되니깐 집단 이지매 시키는 거지 뭐..."

"그렇군요... 천사들 잘 자네요~~"

"그러네... 빈볼 쿠션이 등 쪽엔 열기를 못 빼서 더울 수도 있는데 잘 자네~~ 마마짱도 좀 쉬어. 녀석들 잘 때. 일어나면 걸어오던가 울면서 부르겠지?"

"네! 좀 피곤하네요. 누울게요.

그도 동영상을 멈추고 같이 눕는다. 고요한 정적이 흐르고 머리맡 뒷마당에서 지저귀는 새 소리만 울린다. 그녀는 곧 새근새근 코를 골며 잠들고 그도 숨쉬기에 집중하다 이내 집중이 사라져 버린다. 30여 분이 흐르고 곤이가 후다닥 뛰어와 침대로 점프한다. 그의 품에 누운 곤의 등은 땀에 젖어 축축하다. 곤의 티셔츠를 벗겨 주고 그 티셔츠로 작은 등을 닦아 내고 손바람으로 열기를 식혀

준다. 곤은 그 자세 그대로 다시 잠들고 9분 정도가 지날 때쯤 깨어난 아라가 울음을 터트린다. 눈을 뜬 그는 우유 품에 곤을 내려놓고 재빠르게 이동해 아라를 안아 올리니 그녀 역시 땀에 등이 흥건하다.

"오잉~~ 공주님 더워서 일어났는데 아무도 없었어요?"

대답 없는 아라는 다시 그의 품에 푹 안겨 고개를 어깨에 밀착시키며 고개를 끄덕인다. 그는 주방을 지나 욕실로 아기를 안고 가 타월 한 장을 꺼내 등을 닦아주고 거실로 나와 아라 등을 토닥이며 다시 꿈나라로 인도하지만 이미 에너지 충전된 곤이 뛰어나오는 소리에 아라도 고개를 번쩍 든다. 달려 나온 곤이는 자기도 안아 달라고 매달리고, 그는 곤도 안고 텔레비전 앞으로 이동해 아동용 교육 방송을 틀어준다.

"이제 너희들 좋아하는 프로그램 나오니깐 재미있게 보고 있어라~"

여전히 대답은 없지만, 아이들은 표정과 몸짓으로 누구보다 훌륭한 커뮤니케이션을 구사한다. 그는 주방에서 시원한 옥수수차를 한 잔 따라서 발코니로 이동한다. 의자에 앉아 차를 마시고 다시 멍 모드로 들어간다. 잠시 후 그녀가 자동 스크린 도어가 열리듯 부드럽게 열고 나와 인사한다.

"오하이요~"

"피로 좀 풀렸어?"

"넵! 삼상은 안 잤어요?"

그녀는 시원한 옥수수차를 벌컥벌컥 들이키고 담배를 입에 문다.

"숨쉬기 운동 좀 하다가 스르르 잠 들었지."

그도 한 모금 남은 옥수수차를 바닥까지 마시고 자신의 담배에 불을 당기며 그녀에게도 당겨준다.

"미안해요. 내가 거의 다 마셔서... 다시 한 잔 떠올까요?"

"놉! 충분히 마셨어. 도모~ 오늘 저녁 메뉴는 뭐야?"

"지금 생각하고 있는데... 생닭이 있으니 그걸로 찜닭으로 갈까요? 아니면 볶음 닭으로 갈까요??"

"음... 상쾌한 아와모리엔... 얼큰한 닭볶음탕이 더 땡기는데!"

"넹~ 어울리네요~~ 결정했습니다!!!"

애연가인 그가 일상에서 담배를 피우다, 맛있다고 뇌가 거짓말하는 포인트 구간들이 있다.

- 아침 일찍 일어나 상쾌한 공기를 마시며 명상을 마치고 피우는 담배.

- 아점을 먹고 느긋하게 피우는 담배.

- 마당 정리를 마치고 피우는 담배.

- 뒷마당에서 골프 연습 스윙을 99번 마치고 피우는 담배.

- 개운하게 샤워를 끝내고 시원한 발효 보리차 마시며 피우는 담배.

- 한 줄이라도 마음에 드는 글을 쓰고 나서 피우는 담배.

- 저녁에 반주로 술 마시고 피우는 담배.

- 새로운 정보를 받아들여 이해하며 피우는 담배.

- 잠들기 전 하루를 정리하며 피우는 담배와 중간중간 이유 없이 습관 적으로 피우는 담배까지...

그는 그냥 담배 중독자가 맞다.

무언가 맛있는 것을 먹는 표정으로 연기를 내뿜는 그녀가 무언가 생각난 듯 그에게 물어본다.

"아까 미키상 정원에서 사람들이 우리 쳐다보는 시선이 너무 노골적이지 않나요?"

"우리가 어디 가든 안 그러나? 우리들의 기운이 글씨로 나타나나 보지. 외!지!!인!!!! 아니면 외계인인가?!"

"어디 가도 보기 힘든 캐릭터 커플이긴 하죠! 미키상이 처음에 삼상보고 한국에서 연예인이었냐고 물어보더라고요. 졸지에 전 매니저 되어 버렸습니다."

"헐... 그 아줌마 보는 눈 있으시네. 근데 진심은 반대 아닐까? 유능한 아티스트 옆에 있는 나이 든 까칠한 매니저로...!"

"헐... 전 아직 스스로를 아티스트라 부를 자신이 없습니다. 삼상 만나기 전 한석 오빠가 자기 친구 중에 너보다 더 아티스트 같은 친구 있다고 여러 번 들었습니다. 그분이 삼상이란 걸 만나고 나서 알았지요."

"한석이는 가끔 모르는 사람한테 날 소개할 때 그 말을 농담처럼 던지긴 했다. 그러니 농담으로 들으세요. 유 작가님!"

"네! 삼 작가님!! 전 들어가 천천히 준비하겠습니다."

그녀는 생닭을 손질하며 아이폰에서 흘러나오는 아무로 나미에 노래 리듬에 맞추어 흥얼거리고 있다. 그는 아라를 안고 앉아 어린이 교육 방송을 같이 시청하고 있고 곤은 귀여운 소녀 진행자의 율동에 맞추어 움직여 보려고 즐겁게 애쓰고 있다. 아라가 벌떡 일어나 자기가 곤보다 잘할 수 있다는 듯 율동을 따라 하고 곤이는 질 수 없다는 듯 더 열심히 흔들고 있다. 그는 흐뭇한 미소로 아이들의 재롱을 관람하고 있다. 아이들 웃음소리에 그녀도 고개 돌려 잠시 구경하며 말을 던진다.

"곤이는 기억력이 정말 좋은 것 같아요. 벌써 동작들 다 외워 따라 하네요~~"

"전부는 아니지만 정말 잘 따라 하네~~ 너무 귀엽다. 아라도 안 넘어지면서 회전도 잘하고 리듬감이 좋은데?"

"네~ 아라는 운동 신경이 곤보다 좋아요."

"여자아이가 발육이 좀 빠르긴 해도 아라는 확실히 곤이보다 잘할 것 같아. 곤이 놀라고 사준 장난감 골프채 가지고 곤도 아직 정확히 공 못 치는데 아라는 조준하고 때리더라~"

"확실히 곤보다 운동 쪽은 더 빠른 것 같아요. 하지만 곤은 패드로 혼자 어린이 동영상 찾아보면서 노래 따라 부르는데 음정이 정확해요. 아직 말을 못 해서 그렇지. 그런데 알파벳 노래 나오면 A~Z까지 따라 하는 것 보면 너무 신기하고요. 피아노 음감도 그렇고..."

"그러게~~ 발음도 좋고... 어떻게 성장할지 즐겁게 지켜보자!"

"넹~"

닭 껍질까지 손질을 끝낸 그녀는 닭볶음탕 양념을 만들고 있고 그는 살며시 작업 방으로 이동한다. 앉아서 작업할 수 있는 등받이 의자와 무거운 나무 테이블, 노트북과 프린터, 이젤, 물감 등 온갖 잡다한 것들을 모아 놓은 방이다. 두 개의 큰 창문이 직각으로 붙어 있어 환기 기능이 가장 뛰어난 방이다. 방으로 들어가는 문도 두 개다. 일본 전통 미닫이문으로 옆 다다미방으로 바로 연결된다. 다다미방 동쪽으로 미닫이문을 열면 좁은 복도 넘어 뒷마당 전체가 보이는 큰 베란다 도어가 나온다. 복도 왼쪽으로 끝 문을 열고 들어가면 넓은 침실 방으로 연결되는 구조로 침실 끝 방향엔 다시 미닫이문으로 이어져 오른쪽 화장실 입구와 왼쪽 복도로 끝나는 지점으로 양쪽에 공간이 나온다. 오른쪽은 거실과 주방으로 이어지고 왼쪽은 정사각형 다다미방으로 연결된다. 이 공간은 삼면이 섬세한 세공이 가장 수려한 미닫이문으로 장식되어 집안 중앙 방을 담당한다. 한 번도 방의 용도로 사용된 적 없는 지나가는 공간일 뿐이지만... 이렇게 중앙 방을 기준으로 총 5개의 방이 양쪽으로 동선이 연결되어 있어 샘이 아이들과 숨바꼭질 놀이하기에 최적화되어있다. 방 곳곳엔 밀폐형 벽장이 있어 놀이를 시작하면 아이들의 울음소리가 들리기 전엔 들킨 적이 아직 없다. 그는 등받이 의자에 앉아 노트북을 오픈하고 문득 떠오른 생각들을 타이핑하고 있다. 얼마나 지났을까...? 아라가 다가와 그를 부르며 손짓한다.

"파파~ 파파~~"

아라는 주방 방향을 손가락으로 찌른다.

"하이! 천사쨩~~ 마마가 불러요? 저녁 먹자고??"

아라는 해맑게 웃으며 고개를 끄덕인다. 그는 아라를 번쩍 안아 들고 주방으로 향한다.

"아라가 파파 잘 불러왔네~~ 식사하시죠!"

"아라가 손가락으로 저기저기 하더라! 오~ 애들 좋아하는 야채 볶음밥도 있네~~"

그는 아이들을 각자의 스툴 의자에 앉혀 주고 자신의 자리에 앉는다. 아이들과 식사 타이밍 맞추기가 아직은 쉽지 않지만, 오늘은 네 식구가 같이 앉아 저녁 식사를 즐긴다.

"이야~ 맛있어 보이네! 먹읍시다!!"

순동 구리잔에 얼음이 채워져 있고 그들은 반주로 아와모리를 반 잔씩 채운다. 아와모리는 인디카 쌀과 검은 누룩곰팡이로 쌀누룩을 만들어 물과 효모를 첨가해 발효시키고 전통 단식증류기로 증류하여 원주를 만든다. 그 후 물을 조절하여 도수를 정하고 1년 이상 숙성시켜 완성된다. 숙성 방법과 장소에 따라 다양한 맛이 나오는데 이들 부부는 바다 물속에서 숙성시킨 브랜드를 선호하고 도수는 32도 정도를 가장 좋아한다. 하지만 평소에는 저렴하고 가볍게 마실 수 있는 용 아와모리를 마신다. 많은 아와모리 종류가 있지만 평소에 용 아와모리를 선호하는 이유는 이름, 맛, 가격까지 흠잡을 것이 없다. 무엇보다 매달 열리는 로컬 골프 토너먼트 멤버 중 가끔 같이 라운딩 하는 지인이 경영하고 제조하는 회사고 같은 지역에서 만들어 로컬이다.

"간만에 새로운 이벤트가 있었네. 오늘도 수고했어~ 치어스!"

"네~ 쇼핑도 성공하고 재미있었어요~~ 치어스!!"

오키나와 사람들은 대부분 물을 각자 취향에 맞게 적당히 희석해서 미즈와리 스타일로 마시지만, 이 부부는 언더록스를 좋아한다.

"역시 상쾌한 바다의 맛을 담은 아와모리는 이 달짝칼칼한 국물

감칠맛이 잘 어울리네."

"간은 잘 맞아요? 아직은 들쑥날쑥해요..."

"오늘은 제대로 삼박자가 맞았는데! 염도, 매콤, 달콤 거기에 부드러운 육질은 보너스!! 점점 내공이 올라가고 있어. 우마이(맛있어)~~"

"요캇타(다행이다)~~ 그런데 삼상은 아까 초크상과 냥코상 첫인상 어땠어요? 냥코상은 재미있는 캐릭터 같은데 뭔가 순수하지 못한 가식이 느껴지고, 초크상은 좀 에로지지(느끼한 아저씨) 한 느낌이 많았어요~~"

"비슷하네... 초크상은 얼굴빛과 눈빛이 좀 맑지 않지만, 그 나이에 해외 경험도 꽤 있어 보이고 서퍼 느낌도 좀 나고... 좋은 사람 나쁜 사람 이분법적 판단보단 오키나와에서 보기 힘든 캐릭터 같아 궁금하긴 하네. 소설 소재로서의 스토리가 나올 것 같은 느낌적 느낌?! 그리고 그 아줌마는 친해지고 싶지 않은 캐릭터?! 정도... 뭐 자신들 만의 삶의 방식이 있을 테지만 그냥 작가적 관찰자의 호기심이랄까?"

"네! 그 정도가 딱 좋은 것 같습니다."

곤은 나이에 비해 놀라울 정도로 깨끗이 먹고 있고, 아라는 그 나이에 맞게 주변에 흘리며 맛있게 먹고 있다. 그러다 곤은 부모가 맛있게 먹고 있는 닭볶음탕을 '왜 저런 걸 먹지'라는 표정으로 바라본다.

"녀석, 맛이 궁금한가? 계속 쳐다보네. 곤아 조금 맛볼래??"

그의 입으로 들어가려던 수저를 곤에게 주는 시늉을 하니 고개를 절레절레 흔든다. 색으로 구분하는지 냄새로 구분하는지 모르지만, 곤은 정확히 인식하고 있다. 먹으면 위험하다고...

"아라는 스프계열 다 좋아해서 가끔 매콤한 된장국이나 뭇국도 잘 먹는데 곤이는 너무 혀가 너무 민감하네요."

"응. 자기가 안 먹는 재료가 들어간 볶음밥은 세심히 골라내고 먹고 기분 안 좋으면 아예 쳐다보지도 않고 시위하잖아. 그나저나 아라는 나중에 김치도 잘 먹겠다."

"김치뿐만 아니고 매워도 맛있으면 다 잘 먹을 것 같아요."

"아라가 먹는 것에 좀 진지하긴 하지."

"곤이는 아라 태어나기 전에는 그렇게 많이 잘 먹고 토실했는데... 이상하게 양이 많이 줄었어요."

"그러게. 녀석 밥 많이 먹을 땐 나보다 더 먹을 때도 많았는데... 뭐! 건강하니깐 언제고 다시 돌아오겠지! 몸에서 달라고 아우성칠 때가..."

이렇게 화려하지 않지만, 일상에 따듯한 그들만의 저녁이 또 흘러간다. 그리고 특별한 이슈가 없으면 9시~10시면 하루를 마무리하고 5시 정도에 일어난다. 물론 중간에 아이들이 깨면 같이 깨어날 수밖에 없다. 이들의 하루는 이렇게 빠르게 지나간다.

평범한 일상

3일 후 촉촉한 습기가 가득한 아침. 샘이 눈을 떠보니 그녀는 자리에 없었다. 곤히 잠들어 있는 아이들을 확인하고, 그는 뒷마당 쪽으로 연결된 방문을 열고 나가 통 창을 통해 회색빛 새벽의 새로운 하루를 맞이한다. 작업 방 쪽에서 들리는 인기척에 그가 다가가 만화 작업을 하는 그녀를 발견한다.

"굿모닝~ 일찍 일어났네... 작업은 잘돼?"

"오하이요~~ 3시 정도에 아라 깨서 빗소리 들으며 수유해 주다가 잠이 달아나 커피 좀 내리고 마시면서 재미있게 작업하고 있었어요."

"좋네~ 빗소리 너무 좋아서 자장가처럼 들으면서 자고 있었네."

"지금 몇 시예요?"

"5시 반 좀 넘은 것 같아..."

"벌써 그렇게 됐나요? 전 조금만 더 작업할게요."

"마실 것 좀 가져다줄까?"

"지금은 괜찮아요~ 삼상 주방에 커피 내려놓은 것 남아있어요!

혹시 드실 거면 도죠~~ 그리고 쿠로가와 상 이메일은 번역해서 당신 이메일로 보내 놓았습니다."

"오~ 탱큐~~ 그래! 나중에~ 지금은 물 한 잔 마시고 싶네. 수고~~"

그는 먼저 화장실에 들러 하루를 시작한다. 개운하게 볼일을 마치고 복도 오른쪽 작은 방을 통해 주방으로 들어가 생수 한잔을 마신 후 가볍게 몸을 스트레칭하고 발코니로 나간다. 늦은 밤부터 이른 새벽까지 시원하게 내린 비로 촉촉한 흙냄새와 풀, 여러 향기가 공기에 섞여 불어오는 화창한 날씨다. 그는 대나무 의자에 있는 넓고 두꺼운 쿠션을 빼서 발코니 바닥에 깔아 놓은 인공 잔디 위에 내려놓고 앉아 정원을 지켜주는 나무와 식물들에게 말 없는 인사를 나눈다. 그리고 가만히 눈을 감고 숨 고르기 운동을 시작한다. 비 내린 후 앞마당과 뒷마당은 새들에게 오전 영양 뷔페를 제공해 준다. 서로 맛난 먹이를 차지하려는 경쟁도 치열하다. 새들의 서바이벌 헌팅 현장이지만 그에게는 노랫소리로 들린다. 그는 숨쉬기 운동을 하면서 가끔 자신은 나무가 되어 새들이 어깨 위에 내려앉는 멋진 상상을 해보지만, 단 한 번도 그런 일은 일어나지 않았다. 그녀가 발코니로 나오는 기척에 눈을 떠보니 회색 새벽을 밀어낸 아침이 눈을 뜨고 있다.

"삼상 오늘도 아침부터 스톤 모드셨네요~~"

"난 나무가 돼보고 싶은데 절대 안 되네. 돌덩어리밖에... 몇 시?"

"6시 좀 넘었어요."

쿠션을 제자리에 복귀시키고 앉아 그녀와 같이 담배를 물고 서로에게 불을 붙여 준다.

"역시 비 내리고 나서 마당 공기는 맛있어요!"

"음... 우리 마당의 공기는 향기롭고 신선하지~~ 담배도 맛있고~~"

"네~ 저 오렌지자스민 향기는 웬만한 향수보다 좋아요."

"그러네... 오늘 나 대신 마당에 물 주신 분이 있으니 오전에 연습장 다녀올게. 운동 좀 하고 들어와 샤워하고 점심시간 맞추어 같이 초크상 가게 한번 가 볼까?"

"오~ 좋은 계획이네요. 일단 모르는데 식구 다 같이 이동하는 것보단 먼저 혼자 다녀오세요. 그리고 괜찮으면 나중에 다 같이 가요~~"

"오키도키! 그게 나을 수도 있겠다."

"운동가시니깐 간단히 샌드위치에 주스 한잔하시고 가세요!"

"감사하죠~ 와~~ 그런데 우리가 처음 이사 들어왔을 때는 너무 깔끔해서 황량했던 이 마당이, 물 뿌려 주니 풀이 자라고, 벌레가 생겨 새들이 모이니깐 없었던 식물과 나무들이 자라고, 예쁜 꽃을 피우다 씨가 떨어지네."

"네~ 정말 신기해요~~ 도시를 벗어나니 자연의 순환을 여기서 관찰할 수 있네요."

"그렇지? 여기 안 왔으면 우리도 자연의 작은 일부라는 진리를, 더 천천히 느끼고 알았을 거야. 많이 배우고 빨리 순환 고리 끊어 버리자~~"

"네~ 그럼 전 샌드위치 만들러 들어갑니다."

"오호~ 그럼 작품을 기대해 볼까나...?"

그녀는 대꾸 없이 주방으로 들어가고 그는 땀에 찌들어 세탁한 골프 장갑이 떠올라, 뒷마당 자연 건조실로 나가 장갑을 확인한다. 역시 새벽에 내린 비로 다시 물방울이 떨어진다. 오른손 장갑 2개를 걷어와 주방 옆 무거운 나무 파티션으로 가려진 세면대에 올려놓고, 욕실 보관함에 있는 드라이어기를 가져온다.

"장갑 빨아 놓은 걸 깜빡하고 안 걷었더니 흥건하네..."

"드라이어기로 말리세요!"

"응~ 지금 하려고~~ 음~~~ 냄새 좋은데? 전혀 생각 없었는데 냄새 맡으니 동하네!"

드라이어 소리에 그녀는 그의 말이 들리지 않는다. 샘은 운동복으로 갈아입으려 주방 옆 옷 방으로 들어갔다 나온다. 그리고 장갑 입구에 고정한 드라이어기를 멈추고 상태를 확인한다.

"다행히 금방 마르네. 나머지는 그냥 다시 밖에 걸어 놓아야겠다."

"이제 다 됐어요. 앉으세요~"

식탁에 만들어진 오늘의 샌드위치가 완성되어 접시에 담겨 있다. 그녀의 샌드위치는 만들 때마다 내용물과 스타일이 조금씩 바뀐다. 그날 재료에 따라서... 하지만 예전에 호카마 지인이 운영하는 집 근처에 위치한 샌드위치 가게보다 최소 2배 이상 맛있다고 그는 생각한다.

"자~ 오늘은 어떤 작품이 나왔을까 맛을 좀 볼까나?"

한입 크게 베어 물고 음미하고 주스 한 모금 마시며 말한다.

"음~~ 오늘도 예술인데? 작가님! 자기는 왜 안 먹어??"

무언가 만들고 있는 그녀가 기분 좋은 톤으로 대답이 넘어온다.

"전 좀 이따 아이들 일어나면 밥이랑 된장국 먹을래요. 초크상은 연락했어요?"

"아니! 아직... 시간이 너무 이르니깐 운동하고 천천히 전화해 보면 되겠지 뭐~~"

간단하지만 적당한 요기가 된 그는 그녀에게 감사 인사를 하고 주차장으로 이동한다.

골프장 가는 길은 2가지 경로가 있지만, 그는 좀 느리지만 항상 바다가 보이는 라인들을 타고 돌아간다. 이른 아침의 연습장에서 마주치는 손님들은 항상 일정하다. 노인들과 프로 지망생들이다. 그는 항상 오른쪽 끝 좌 타석 바다가 보이는 곳에서 운동한다. 그리고 항상 150개가 담기는 바구니 2개를 가지고 600번 정도의 스윙을 하고 돌아간다. 보통 1시간에 150개의 공을 날리고 한 타임 쉬면서, 등받이 나무 의자에 앉아 바다를 바라보고 담배를 피운다.

"삼상! 좋은 아침입니다."

이곳 미하라 연습장의 총매니저 호카마가 다가와 인사한다.

"네~ 오늘도 좋은 날씨입니다."

"오늘도 열심히 하시네요."

땀에 흠뻑 젖어 전신에 흐르는 그를 보며 매니저는 안타까운 생각을 하고 있지만, 그를 배려하는 마음에 섣불리 자세나 방법을 교정해 주지 않는다. 샘보다 2살 많은 호카마는 중학교부터 골프를 시작하여 20대 초반부터 지역 대회에서 스팅어 샷의 귀재라 불리며 활약한 프로다. 하지만 프로 투어 중 부상으로 선수 생활을 접고 골프 지도자 자격을 가지고 이곳에서 20년 넘게 일하고 있다.

"아직은 서툴러도 땀 흘리는 재미로 연습합니다."

"네~ 지금은 만족할 만한 샷이 안 나와도 연습하다 보면 어느 순간 '이거다'라고 느끼는 포인트가 있을 겁니다. 힘내세요~~"

그의 평소 표정은 잘 모르지만, 손님을 대하는 그의 표정은 항상 밝고 진중하다. 그래서 그는 샘에겐 오키나와에서 친하게 지내는 첫 지인이 되었다.

"이번 달 27일 토너먼트에도 참가하실 거죠?"

"네! 특별한 일이 생기기 전까지는 계속 참가 하겠습니다. 항상 감사합니다."

호카마의 배려로 토너먼트가 열리면, 항상 같은 카트에 배속되어 같이 라운딩하며 코치를 받는다. 그는 샘과 같은 2000년 용띠에 태어난 야구 경기를 하는 아들이 하나 있지만, 지금은 혼자 어머니를 모시고 생활하는 돌싱이다. 한번은 그의 여자 친구와 같이 샘의 집에서 우유가 만들어준 한국 자장라면으로 점심도 나눈 적이 있다.

휴식을 끝내고 나머지 공을 때린 그는 이미 축축해진 타월을 바로 뒤쪽 세면대에서 짜내고 물로 행군 시원해진 타월로 다시 전신을 닦는다. 그리고 다시 담배를 피우며 쉬면서 초크에게 전화를 걸어 일본어로 대화한다.

"안녕하세요! 샘이라고 합니다. 지난 번 미키즈 하우스에서 뵀었죠?"

"오~오~~ 사무상! 반가워요. 기억하고말고요."

"오늘 영업하시면 점심에 찾아갈까 합니다만..."

"물론이에요. 명함에 적힌 주소로 오시면 됩니다. 몇 시쯤 오시나요?"

"12시 30분~1시 정도에 도착 예정입니다."

"알겠습니다. 기다리고 있겠습니다. 그럼..."

"네! 나중에 뵙겠습니다. 고맙습니다."

점심 예약을 마치고 그는 스마트 폰으로 이메일을 열어, 그녀가 보내준 번역을 복사해서 쿠로가와 이메일 계정으로 들어가 복사된 내용을 붙이고 발송한다. 잠시 후 자리를 정리하고 집으로 곧장 이동한다. 운동하면서 흘리는 땀은 사우나 수준을 넘고 항상 반갑지 않은 발효가 심하게 된 된장 냄새에 오직 샤워 생각뿐이다. 이렇게 도시 생활에 찌든 노폐물을 이곳에서 배출하고 있다. 집에 도착해서 주차하고 차 안에 남은 냄새를 빼려 네 군데 창문을 33% 정도 열어 놓고 페브리즈 항균제를 뿌려 환기를 시킨다.

"다다이마(다녀왔어)~"

아이들이 반응이 없이 조용하다. 주방으로 들어가니 3명이 이른 아점을 즐기고 있다.

"오카에리(어서와)! 아이들 늦게 일어나 이제 밥 먹어요~~"

"그렇구나... 밥 먹는데 미안해 애들아! 파파 빨리 샤워할게요."

"오늘도 사우나하고 오셨네요~~"

"응! 개운하지만 오늘도 냄새가..."

"풋~ 된장국과 이 나또보다 진해요, 냄새가..."

그는 행동으로 신속하게 대답한다. 세면대 옆 세탁기에 전신 탈의한 옷을 넣고 뚜껑을 닫아버리고 바로 샤워를 시작한다. 그리고 샤워를 마칠 즈음 곤이 방수 미닫이문을 열고 구경하고 있다.

"곤아! 파파랑 샤워하고 싶어?"

곤이는 말없이 웃으며 옷을 벗고 있다. 마무리하고 보니 빠르게 탈의한 곤이 이미 들어와 있다. 그는 온도를 조금 올려 샤워 호스를 잡고 곤에 몸에 물을 뿌려준다. 곤이는 기분이 좋아졌는지 방언을 시작하지만, 지금은 해석이 불가능하다.

"음... 비누도 칠해 달라고??"

"여전히 대답은 없지만, 천진난만한 미소로 말을 대신한다. 그리고 허밍으로 알 수 없는 노래를 부르고 있다. 곤의 즐거운 모습에 아라도 욕실 앞에 서서 뭔가 망설이고 있다.

"아라도 샤워하고 싶으면 들어와~~"

아라는 기다렸다는 듯 기저귀를 내리고 들어온다. 작은 몸이라 비누칠도 간단히 끝내고 두 아이에게 물세례를 장난치며 뿌려준다. 신난 아이들의 웃음소리가 좁은 욕실에 쩌렁쩌렁 울리고, 언제부터인지 욕실 입구에 서서 지켜보는 눈을 발견한다.

"잉? 마마짱도 들어올래??"

"아니요~ 애들 안 보여서 찾아본 거예요."

그가 곤에게 말한다.

"아들! 엄마한테도 물 뿌려 줄까?"

곤은 알아들은 것처럼 샤워 호스를 달라고 한다. 호스를 넘겨주자 망설임 없이 소방관 모드가 되어 그녀에게만 안 보이는 불을 보고 물을 뿌린다.

"야하다(싫어)! 다메(안돼)!! 물 다 튀잖아!!! 야메로(하지마)~~~"

순식간에 일어난 상황이지만 재빠르게 물러서며 소리치는 그녀를 보고 그는 웃으며 호스를 다른 방향으로 돌리며 말한다.

"이 개구쟁이 녀석! 자기가 듣고 싶은 것만 다 알아듣고... 밖에 뿌리면 엄마가 젖은 옷이랑 물바다 된 바닥 정리 곤이가 다 해결할 자신 있어? 그러면 해봐??"

역시나 대답은 없지만, 이번엔 놀이의 대상이 바뀌어 여동생에게 뿌린다. 개구쟁이 얼굴로... 그는 아라 대신 물을 맞으며 곤을 안아 올려 일본 스타일로 바닥보다 낮은 욕탕에 넣어주고 배수구를 막는다. 그리고 벌거벗은 소방관 놀이를 하는 곤을 욕탕 안으로 투입한다. 탕 안에 물이 차오를 만큼 아이들은 30분 이상 즐겁게 물놀이한다.

"애들은 어쩜 저렇게 물놀이를 좋아할까요?"

"우리는 안 그랬나?"

"저러고 한 1시간 정도 잘 놀 거예요."

그녀가 건네주는 타월을 받고 몸을 닦은 후 바닥에 남은 물기를 마저 제거한다.

"휴~ 뚜껑 닫아도 냄새가 슬금슬금 올라오네."

"타월 주세요, 같이 돌려 버리게. 지금 안 하면 다른 빨랫감에도 전염돼요."

"미안... 나도 된장과 청국장 냄새까지 좋아하는데 이 냄새는 적응 안 되네."

"아직도 빠질 독소가 남아 있다는 거죠. 그런데 삼상 운동하고 오시면 피부가 30대라고 해도 사람들 믿을걸요?"

"유짱이나 콩깍지 씌어서 그렇게 보일걸!"

"하기야 내 눈에 그렇게 보이면 그만이지..."

그는 옷 방으로 들어가 반바지와 티셔츠만 걸치고 나와 시원한 옥수수차를 들이킨다.

"마마짱! 식후 연초 했어?"

"넵! 다녀오시죠~"

그는 현관문으로 나와서 오른쪽 코너를 끼고 돌아 좁은 쪽 길을 지난다. 오른쪽 베란다 테이블 위에 놓인 담배에 불을 붙이고 쪽 길을 따라 끝부분 벽면 앞에 자라는 무화과나무와 눈인사한다. 왼쪽을 따라 집 출입구까지 이어지는 벽면은 바닥에서 66㎝ 높이의 흙 둔덕을 바위들이 곳곳에 높여져 있어 바닥과 경계를 만들어 준다. 무화과나무 옆자리는 오키나와 바나나가 자라고 있다. 그 앞에 형이상학적 모양의 길쭉한 바위와 연못을 건너 다른 모양의 널찍한 바위가 자리 잡았다. 그는 졸졸졸 떨어지는 물방울 소리를 들으며 금붕어 12형제와 구피 대가족들에게 인사를 하고 앉아 그들의 삶의 현장을 내려다본다. 금붕어 13형제 중 가장 큰 녀석은 2달 전에 어떤 고양이에게 공격당했었다. 옆구리가 세 군데 살짝 찢어지는 자상을 당해 시름시름 앓다가 결국 수면 위로 떠 올라 풍장을 치러 주었다. 처음엔 같은 크기의 치어 66마리가 살다가 지금은 12마리만 남아 있고, 28마리 생존한 녀석들부터 항상 리더가 보였다. 가장 많이 먹어 살찌운 녀석이 맏형을 맡는다. 하지만 맏형의 운명은 항상 먼저 죽는다. 고양이나 새의 먹이로 당첨된다. 그래서 지금 남은 12형제 중 리더는 다른 녀석들 덩치의 2배를 넘는다. 이 금붕어 또한 열심히 자신을 살찌우고 스스로 제물이 되어, 다음 카르마로 기쁘게 넘어갈 준비를 하고 있으리라. 이렇게 이 집 금붕어들은 온 힘을 다해 몸집을 키워 숭고한 희생으로 더 나은 다음 생을 준비한다. 구피 가족들은 골프 연습장의 호카마에게 9마리 분양받아 이사시켜 주었는데 지금은 81마리의 대가족이 되었다. 한 번은 임신한 구피의 산란을 지켜보고 싶어 분만실 전용 어항을 구매했다. 묵직한 나무뿌리를 자연스럽게 정돈해 받침으로 사용한다. 뜨거운 하늘색 유리를 그대로 뿌리에 눌러 밀착된 디자인의 어항이다. 바닥에 크기가 다른 색동 구슬과 형형색색 자갈을 깔아 주고 배가 가장 불뚝한 녀석 2마리를 분만실로 이동시켜 놓았다. 3일이 지난 저녁 10시경부터 출산을 목격한다. 똥구멍 쪽에서 알이 아닌 치어가 빠져나오자마자 활발히 움직이는 모습을 본다. 3시간 동안 33마리나 출산했다. 신기한 첫 경험을 이미 잠든 가족과 나누지는 못했다. 그래서 들뜬 경험담을 나눌 아침을 기대하며 잠들고 새벽에 일어나 커피 마시는 그녀를 불렀다. 그렇게 어항에 다가가 보여주니 치어들이 사라지고 없다. 그녀는 잘못 본 것 아니냐는 얼굴로 그를 쳐다보지만, 홀쭉하게 들어간 배가 증거로 남아 있다. 그래서 자세히 살펴보니 치어 한 마리가 구슬과 구슬 사이에 끼여 도망치다 압사당해 죽어 있는 사체를 발견했다. 처음 키워보는 구피라서 아무 정보 없이 키우다 당한 황당한 사건이었다. 인터넷에 알아보니 구피는 새끼를 잡아먹는 어종 중 하나라는 사실을 알았다. 그래서 그는 연못 곳곳에 해변에서 주워온 산호와 돌로 아주 작은 빈 공간을 만들어 치어가 보호받을 수 있는 방공호를 제공해 준다. 그 이후로 더 이상 구피의 숫자 파악이 불가능해졌다. 지금은 물 삼분의 일이 구피다. 연못 뒤쪽 라인은 일렬로 소죽을 심어 놓아 잘 자라고 있다. 왼쪽 옆으로 다시 2m 넘는 무화과나무가 자라고 있고 그 옆은 뽕나무가 자리를 잡고 있다. 그리고 가장 끝 출입구 벽면으로 큰 소나무가 묵직하고 묵묵히 문지기로 자라고 있다. 오른쪽으로 이어지는 방향의 한 사람이 겨우 통과할 수 있는 좁은 길은 주방을 지나 직각으로 꺾이면서 3배 넓이의 길이 나온다. 이곳에 LPG 가스 충전 통이 놓여 있고 왼쪽 벽면은 옆집의 정원과 1.8m 담벼락이 경계를 그어준다. 그 길을 따라 전에 없던 아카시아 나무들이 자라고 있고, 욕실과 큰 방을 지나면 넓은 뒷마당이 연결된다. 그는 거의 매일 마당을 산책하며 이 공간을 공유하는 생명체들과 인사를 나눈다. 뒷마당으로 이동하다가 이 집에 처음 놀러 온 야생 달팽이 커플과도 인사를 한다. 오키나와 야생 달팽이의 크기는 성인 주먹 반 정도의 크기로 비가 내리면 도로 주변에도 널려있다. 작년엔 그의 주먹보다 큰 군청색 소라게도 방문해 포토타임도 나누고 잠시 재미있는 시간을 보냈었다. 이 집 마당은 오픈 게스트 하우스로 주변 생명체들에게 맛집으로 소문이나 인기가 좋은 곳이다. 주차장 벽면으로 이어지는 뒷마당은 앞마당 3배 크기로 널찍하다. 6개월 전 빈 2층은 집 주변 큰 공사 현장의 임시 사무실로 3개월간 사용되었을 때 뒷마당에 6대의 차량이 주차된 적도 있다. 처음 이사했을 당시 뒷마당에는 감나무와 뽕나무, 무화과나무 3그루뿐이었지만 지금은 벽면 라인을 가득 채운 새로운 아열대성 식물들과 가시나무 등 바람을 타고 날아온 또는 새들의 배설물을 통해 자리 잡은 푸른 생명체들이 풍성하다. 뒷마당에서 서성이는 그를 발견한 곤이 뛰어와 스크린도어를 두드리며 자기도 나오고 싶다고 어필한다.

"곤! 아빠 이제 들어갈 거야!! 기다리세요~~~"

앞마당 현관으로 들어가자 곤이가 나체로 뛰어온다. 아열대성 기후에 적응해서인지 곤은 옷 입는 것을 싫어한다. 그래서 외출을 제외하고 집에서는 항상 벗고 다닌다.

"벌써 물놀이 끝났어? 이 녀석! 너 아직 오줌도 혼자 못 가리면서 기저귀는 왜 안 차고 다녀? 또 어디다 영역 표시하려고? 이미 엄마 아빠가 인정해 주었잖아~~"

"기저귀 입혀 주려니까 도망가요!"

"너도 환경 운동에 도움이 되고 싶은 마음은 알겠는데 아직은 빠르니깐 기저귀라도 잘 입자!"

그녀의 손에 들린 기저귀를 받아 곤을 쳐다보니 전속력으로 도망간다. 나 잡아봐라~ 놀이가 시작된다. 그는 곤의 뒤를 잡을 듯 말듯한 속도로 쫓자, 곤은 자지러지게 웃으며 도망치다 집안을 한 바퀴 돌고 결국 항복한다.

"녀석! 아빠한테 벗어나려면 아직 백 년은 남았다!!"

아라도 덩달아 즐거워하며 아장아장 쫓아 오다 이제야 도착한다.

"에이~ 지금 곤 속도면 10년 안에 성공할 것 같은데요?"

"그렇게나 빨리? 뭐 그렇다면 기쁘게 보내주지!!"

"초크상은 연락했어요?"

"응! 아까 연습장에서 통화하고 1시 전에 도착한다고 했어."

"그럼 한 시간 정도 후에 여유 있게 출발하시면 되겠네요."

곤이 자신의 전용 블루 패드를 가지고 와 비밀번호를 눌러 달라고 조른다.

"몇 번이나 가르쳐 주었는데 아직도 몰라? 자~ 따라 해봐. 원! 원! 원! 원!"

간단한 영어는 제법 잘 따라 한다. 곤은 그의 목소리를 따라 원! 원! 원! 원! 말하지만 버튼은 1, 2, 3, 4를 누른다.

"곤이 지난번에 혼자 보았는데... 일부러 그러는 것 같아요. 관심 끌려고~"

"그럴 수도 있겠네. 영악한 녀석~~"

그가 비밀번호를 풀어 주자 신나 자신이 선호하는 빈볼쿠션에 앉아 아동 유튜브를 클릭하며, 선호하는 콘텐츠 서핑을 시작하자 아라는 자기도 보고 싶다고 울먹인다. 그는 자신의 아이패드 에어를 열어주어 유아용 콘텐츠 플랫폼을 클릭해 준다. 아라는 언제 울먹였냐는 듯 바로 해피 바이러스를 뿌리며 곤 옆에 앉아 동영상 삼매경에 빠질 준비를 한다.

"우리 아라는 웬만한 배우들보다 더 리얼리티가 훌륭하네."

"연기를 넘는 순수한 마음의 표현이죠! 전 새벽 작업했더니 좀 피곤하네요. 누워있을게요."

"하이! 도죠~~ 난 자료나 좀 찾아봐야겠다."

그녀는 침대 방으로 그는 작업 방으로 아이들은 거실로 나뉘어 각자의 시간을 보낸다. 그는 노트북을 열어 일상이 되어버린 채 박사 강의를 청취하며 메모 노트를 오픈한다. 1시간 4분 영상 강의가 끝나기 전 곤이 파파를 부르며 돌아다니다 곧 작업 방으로 찾아온다. 그의 팔을 잡고 무언가를 원하는 제스츄어를 한다.

"오케이~ 뭔가 필요하구나? 그래~~ 가보자~~~"

그의 손을 잡고 주방으로 이동한 곤은 냉장고 아래 냉동실을 열어달라고 방언한다.

"갑자기 달달한 아이스바 먹고 싶어?"

문을 열어주자 곤은 자신이 고르겠다며 그를 밀치고 안을 들여다본다.

"곤아! 다 먹었나 보네. 안 보인다."

여기저기 매의 눈으로 살펴보던 곤이 구석에 가려져 있는 보라색 아이스바 비닐을 발견하고 꺼내려 하지만 다진 덩어리 고기에 눌려 움직이지 않는다.

"그걸 찾아내는구나. 알았어! 파파가 꺼내어 줄게."

고기를 들어내니 보라색 포도 맛과 분홍색 복숭아 맛 두 개가 남아있다. 곤이는 취향대로 포도를 선택하고 복숭아를 아라에게 주려고 부르는데 이미 그의 등 뒤에 서서 두 눈을 반짝인다.

"어떻게 알았어? 자~ 파파가 오픈해 줄게요."

작은 아이스바 2개로 아이들은 다시 행복 게이지가 올라간다. 다시 자신들의 자리로 돌아간 아이들을 보고 자연스럽게 입꼬리가 올라간 그는 외출복으로 갈아입으려 냉장고 옆 옷 방으로 들어가 캐주얼한 복장을 하고 반대쪽 문을 열어 침대 방으로 들어간다. 누워서 스마트 폰을 검색하는 그녀에게 점프해 스킨쉽을 시도 하지만 가볍게 저지당한다.

"밥 먹고 올게! 아이들이랑 잘 챙겨 먹고..."

"넹~ 즐거운 시간 보내고 오세요! 혹시 무슨 일 생기면 전화하시고요."

"그럴 리가 없겠지만 변수가 생기면 문자할게. 자~"

"네~~"

외계인의 메시지

그는 주차장을 빠져나와 골프연습장과 같은 코스로 달리다가 연습장을 지나 언덕 오르막 끝에서 좌회전한다. 왼쪽으로 보이는 해변 도로를 따라 주행한다. 양쪽에 위치한 미군 베이스캠프를 지나 두 번째 신호등에서 좌회전한다. 도보로 절도 있게 걸어가는 신참들의 모습과 상관 가족들로 보이는 유모차를 끌고 이동하는 여성이 지나간다. 오른쪽 미군 전용 아파트 단지를 지나 첫 번째 신호등 전 우회전을 하니 두 대가 동시에 통과할 수 없는 작은 길이 나온다. 천천히 주위를 살피며 주행한다. 좌측은 밭으로 무언가 재배하는 사람이 보이고 곧 안내를 종료한다는 구글 지도의 AI 여성 음성이 들린다. 역시나 정확한 위치를 안내 받지 못한다. 우측은 넓은 공터가 보이고 그 옆에 좁은 길이 휘어져 연결돼있다. 그는 공터 앞에 잠시 임시 주차를 하고 내려 주변을 둘러본다. 전방은 휘어진 도로로 더욱 깊은 시골길로 연결되어 내려간다. 그는 좁은 길이 맞을 것 같다고 생각하지만, 아닐 경우 후진하면서 코너 길을 빠져나오기가 만만치 않다. 지금은 운전 연습할 상황이 아니라서 일단 걸어 들어가 확인해보기로 한다. 9m 정도를 걸어가니 길 끝에 2채의 집이 보이고 왼쪽으로 9m 정도의 절벽 아래 나무들과 수풀이 무성하게 자라 있다. 물이 없는 골짜기 건너편엔 미군 전용 주거 공간 단지가 줄 맞추어 지어져 있다. 탁 트인 공간에 초록색이 많아 풍경이 시원하다. 좁은 길 오른쪽에 초크가 마당 계단에 앉아 순박하게 생긴 점박이 고양이를 앉고 엉덩이를 두드리며 담배를 피우고 있다.

"안녕하세요! 샘입니다."

"오옷~~ 어서 와요! 차는 어디다 놓고 걸어와요?"

"구글 지도 안내가 정확하지 않아서 혹시 몰라 골목 입구에 임시 주차하고 왔습니다. 금방 돌아오겠습니다."

위치를 확인한 그는 차로 돌아가 가게 겸 그의 아지트 마당에 안내받으며 주차한다. 시동을 끄고 내리자 초크가 다가와 갑자기 허그하며 영어로 반겨 준다.

"우리 가게에 온 걸 환영해! 다시 만나 반가워!!"

정말 반가운 듯 큰 목소리가 작은 동네를 울린다.

"환영해 주어 고마워! 조용한 동네에 위치해 아늑하네."

"잘 왔어~ 안으로 들어가 얘기하자고~~"

초크는 그의 아내 냥코를 부른다. 올라가는 계단에 키우는 고양이인지 야생 고양인지 구분이 안 되는 기묘하게 생긴 검은 고양이 한 마리가 편안히 엎드려, 그를 경계하지 않고 쉬고 있다. 입구 위에 서핑 보드가 걸쳐져 있다. 초크가 문을 열자 냥코가 입구 안쪽에 서 있다.

"안녕하세요. 실례합니다."

"어서 오세요~ 여기 편하게 앉으세요."

반갑게 맞아 주는 그녀의 안내를 받고 넓은 5인용 'ㄴ'자 소파 3명 자리 중앙에 앉는다. 입구 정면을 중앙으로 좌측에 높은 스툴 의자에 맞게 디자인된 Bar 테이블 뒤로 주방이 있고 Bar 정면에 6인승 테이블이 'U'자 형태로 높게 만들어져있다. 중앙 우측으로 포켓볼 테이블이 설치되어 있는데, 평소에는 테이블 위를 두꺼운 스티로폼 3장으로 나누어 대리석 패턴 커버를 씌워 테이블로 이용하고 있다고 한다. 포켓볼 테이블 가로로 끝부분 벽면엔 장식용 벽난로가 설치되어 있고 벽난로 위쪽 벽엔 그림 2점이 전시되어 있다.

"고맙습니다. 와~ 코지하면서 취향이 잘 드러난 인테리어가 인상적입니다. 직접 세팅하신 건가요?"

"네! 남편이 지인과 같이 공사 했고 소품 인테리어는 제가 취향대로 정리했습니다."

"감각이 좋으시네요~ 장소가 조금 외곽이라 찾기 쉽지 않았지만, 이 정도 편안하고 감각적인 공간이라면 한 번 오신 분들은 멀리서도 찾아오실 것 같습니다."

"호호호~ 그렇게 생각해 주셔서 고맙습니다. 요즘은 새로운 바이러스 때문인지 손님이 더 없어서, 예약 팀들이 아니면 한가한 편입니다.

초크가 메뉴판과 물 잔을 들고 소파에 앉으며 영어로 대화에 참여한다.

"맞아! 장소가 조금 외곽이지만 지인들 위주로 아지트로써 인기가 많지."

"그렇게 보여. 이 정도의 장소라면 놀랍지도 않아."

"너는 이사가와 어디에 살아?"

"시로메 초등학교 근처..."

"그렇군. 이시가와 해변이랑 멀지 않겠다."

"어? 아는구나. 맞아! 이시가와 해변에서 5블럭 거리 정도..."

"오키나와는 어떻게 오게 됐어? 이시가와는 누군가 아는 지인이 있어서 온 거야??"

"아니! 하늘에서 떨어지는 독극물 피할 장소 찾다가 마침 한국과 가장 가까운 이곳 오키나와로 결정했지. 그래서 와이프와 아이가 먼저 오키나와 도착해서 렌트 차량으로 남쪽부터 북쪽까지 여행 다니며 적당한 장소를 찾아다녔지. 그러다 나도 합류해서 중간 정도인 우루마시로 결정하고 게스트 하우스에 머물면서 여기저기 알아보다가 이시가와를 찾아 결정했지."

"무슨 소리야? 하늘에서 독극물 떨어진다니?"

"켐트레일 살포 중이잖아?"

"켐트레일이 뭐야?"

"처음 만나 이런 얘기 하면 나보고 음모론 신봉자라고 욕할 수도 있겠지만 진실이기 때문에 얘기해 줄게... UN 산하에 있는 글로벌 지구 공학 프로그램을 진행하는 과학자 단체가 있어. 이들이 주장하는 오존층 파괴를 막아 지구 온난화를 해결하겠다며, 실험한다는 거짓 명목으로 하늘에 켐트레일을 전 세계 곳곳에 뿌리고 다니거든. 그런데 문제는 이 켐트레일의 주성분이 알루미늄, 바륨, 티타

나이트, 마그네슘 등의 중금속 나노 입자 또는 여러 종류의 바이러스가 포함된 성분을 살포하고 있다네."

"에헹? 언제부터 그런 물질을 하늘에서 살포했는데?"

"정확히는 모르겠지만 한 15년 정도 전후에 미국 어느 과학자가 제출한 리포트에 여러 독성금속을 포함한 물질을 살포하는 프로젝트가 미국국방부, 국립연구기관, 민간방위산업체, 제약회사, 대학들 등이 관련된 딥스테이트 조직이 추진하고 있다고 주장했다네."

"딥스테이트는 또 뭐야?"

냥코가 알아듣고 대신 대답한다.

"왜? 당신에게 내가 가끔 얘기한 일루미나티 음모론들 있었잖아? 사무상! 그들과 연결된 것 맞죠??"

"네! 딥스의 하부 조직 중 하나가 일루미나티입니다."

"에이... 그런 독을 전 세계 하늘에 뿌리는데 이렇게 조용할 수가 있나?"

"절대 안 조용했지만, 아직도 대부분의 사람들은 모르고 지내지! 그래서 더 무서운 세상인 거야. 그리고 이미 수많은 연구를 통해 밝혀진 사실이야. 그들이 살포하는 미세한 중금속 입자를 흡입하면 알츠하이머, 주의력 결핍증, 천식, 결핵, 자폐증, 자가면역질환 등 많은 질병을 유발한다고...

최근 알츠하이머 환자들과 ADHD, 자폐증 환자들이 급격히 늘어난 것과 무관하지 않아. 미국에선 양심선언한 개념 있는 항공기 조종사들이 대규모 켐트레일 반대 거리 행진 시위도 진행한 적이 있었어. 하지만 세계 언론들은 조용했었지. 그리고 이미 많은 사람이 진실을 밝히고 원인 모를 사고사를 당해 왔어. 그들 중 CIA 국장과 전 FBI 국장도 있었지."

"와우~ 그래서 켐트레일을 피해 오키나와로 왔다고? 그럼 오키나와를 와 본 적이 있었어??"

"아니! 나는 처음이고 와이프는 어려서 놀러 온 적이 몇 번 있었다고 들었어."

냥코가 내용이 궁금한지 초크에게 상황을 물어본다. 내용을 전해 들은 그녀가 샘에게 묻는다.

"용기가 대단하시네요. 그럼 오키나와에는 얼마나 머무를 예정인가요?

"저는 워낙 돌아다니며 지내보아서 별로 대단하다는 생각이 들지는 않습니다만... 구체적인 계획보다는 그냥 흐르는 데로 지낼 예정입니다. 하지만 최소 5년 정도는 머무를 것 같습니다."

그의 일본어 실력은 아직 상황에 맞는 정확한 단어를 구사하지 못해 영어를 자주 섞어 사용한다.

"냥코상! 그 메뉴 좀 볼 수 있을까요?"

"그렇군요. 이런... 식사하셔야죠? 메뉴라고 해봐야 다양하지는 않습니다만 일단 보시죠??"

그녀가 메뉴판을 오픈해 건네어 준다. 왼쪽은 카레라이스와 카레 우동, 오른쪽은 파스타 3종류와 이탈리아 스타일 생선 요리 2가지가 전부인 단조로운 메뉴다. 생선을 선호하지 않는 그는 면과 밥을 고민하다가 안전한 밥으로 결정한다.

"카레라이스와 맥주 부탁합니다."

"네! 알겠습니다. 잠시만 기다려 주세요."

초크가 아사히 드라이 맥주 두 캔과 컵 하나를 들고나오고 그녀는 주방으로 들어가 준비한다. 컵에 맥주를 채우자 그가 건배를 제안한다.

"샘! 새로운 만남을 위하여~ 치어스~~"

"고맙다. 치어스~~~"

샘은 그의 맥주를 목 넘김 소리로 그도 애주가라는 사실을 인지한다.

"너는 언제부터 미국에 있었어? 시민권자인가??"

"아니, 영주권자였지. 한국 군대를 잠시 다녀오고 바로 가족들이 있는 미국으로 이주했어."

"아~ 맞다! 한국은 군대가 의무라고 들었어. 그런데 잠시? 얼마나 잠시??"

"정확히 6개월! 복무 중 사고가 있어서 일찍 제대했었지..."

"그렇구나. 짧게 있었네! 그럼 총은 다룰 줄 알아?"

"다행히도 총 쏘는 걸 좋아해서... 군대 있을 당시 받는 군사 훈련 중 사격을 가장 좋아했었어. 미국에서도 가끔 슈팅레인지에서 권총 사격을 즐기기도 했지. 너도 사격을 좋아해?"

"아직 실제 총을 쏘아 본 경험은 없는데 기회가 있다면 해보고 싶었지."

"그렇구나. 난 1년 전 즈음 오키나와에서도 한번 권총 사격을 해 본 경험이 있었어."

"어? 내가 알기론 오키나와엔 일반인 사격장이 없는 걸로 아는데..."

"그런가...? 근데 내가 사격한 곳은 미군 부대 내 장교들 사격 연습장에서 쏴 보았어."

"지인이 없다고 들은 것 같은데..."

"맞아! 하지만 1년 전쯤 우연히 집 근처 포켓볼 치는 바에서 만난 미군 친구가 있었어. 같이 게임을 즐기면서 친해져 몇 번 만나다 보니 그는 여러 실전에 참전한 경험이 있는 배테랑 군인이었고, 지금은 오키나와 해병대에서 신참들에게 여러 총기의 사용을 가르치는 교관이더라고... 나도 사격을 좋아하지만, 권총사격은 전문가에게 배운 적은 없어서 아직은 서툴다고 말했었지. 그랬더니 자기가 가르쳐 줄 수 있다고 해서, 부대 안에 초대받아 그의 에스코트를 받으며 배우고 온 경험이 있었어."

"와~ 너 흥미로운 녀석이구나. 이시가와에 그런 바가 있구나... 나도 당구는 호주에 있을 때부터 좋아해서, 지금도 이렇게 포켓볼 테이블 가져다 놓고 가끔 즐기고 있지. 너도 포켓볼을 즐기는구나. 난 상급은 아니지만, 아직 오키나와에선 져본 적이 없어. 너의 실력은 어느 정도야?"

그도 미국에서의 취미 생활 중 하나가 포켓볼이었다. 친하게 지냈던 지인 마이클과 같이 트로이, 노바이, 파밍턴 힐, 노스 빌까지 네 군데 스포츠 바에서 돌아가면서 열리는 포켓볼 로컬 토너먼트에 참가해 항상 그와 1, 2등을 다투었다. 그런 그도 이시가와 Grace 스포츠 바 사장에겐 단 한 게임도 이기지 못했다. 오키나와는 생각보다 의외로 강자들이 많은 곳이다.

"나는 상급자는 아니지만 재미있게 게임 할 수 있을 정도는 되는 것 같아."

"그래? 그럼 밥 먹고 한 게임 쳐볼까?? 나도 오랜만에 치는 거라 재미있을 것 같다."

"좋은 생각이다. 나도 9개월 정도 안쳐서 구미가 당기는데?"

냥코가 초크를 불러 준비된 카레라이스와 오이 아사즈케 그리고 락교를 쟁반 위에 올려놓은 것을 서빙 부탁한다고 했다. 적갈색에 평범한 비주얼이지만 향기에는 깊이가 있다.

"맛있게 먹어!"

"고마워. 오~ 벌써 냄새에서 맛이 보이네. 잘 먹겠습니다! 냥코상"

"네~ 맛있게 드세요."

오랜 시간 끓여 진한 카레 본연의 향기와 크리미한 부드러움, 토마토의 감칠맛이 밥과 야채에 조화를 이루는 평범함을 가장한 내공이 느껴지는 맛이다.

"우마~~앗! 전략적인 맛이네. 평범한 미소 속에 칼맛을 숨긴 것 같은 느낌에 눈이 확 떠진다."

"하하하~ 너 정말 재미있는 녀석이구나. 오키나와에서는 무슨 일 해?"

"지금은 학생이야!"

"하? 몇 살인데?? 어느 대학에서 뭘 공부하는데???"

"현재 46살! 지구 대학에서 라이프 매니지먼트라는 진짜 공부를 전공하고 있지...”

“오키나와에 지구라는 대학이 있었나? 46세?? 이곳에 온 지 2년 넘었다고 했으니... 그럼 2학년???”

“아니! 지구대학은 전 세계에 존재하지... 죽기 전엔 졸업이 불가능한 어려운 대학이지만... 대부분의 학생이 유급하는 난이도 높은... 지구 대학은 지구 전체니까!”

“뭐??? 무슨 얘기야?? 그러니깐 다닌다는 그 대학이 지구의 지구라는 의미인거야?”

“맞아! 그리고 부전공으로 좋은 아빠가 되고 싶어서, 아이들에게 배우고 있고 틈틈이 작문도 하고 있지.”

“우하하하~ 우하하하하하~~ 정말 오랜만에 이렇게 웃는다. 너처럼 재미있는 한국 사람 처음이다. 하하하하~~~”

“그런가? 내 지인들은 내가 그렇게까지 재미있는 친구라 생각하지 않았던 것 같은데. 하하하”

그들의 웃음소리에 주방에 있던 그녀가 마시던 컵을 들고나와 초크에게 묻는다. 샘과의 대화를 해석해주는 그의 말을 듣고 냥코도 웃음이 터진다. 뱃살이 진동되게 웃으며 그에게 묻는다.

“카레 맛은 괜찮나요?”

“네! 오키나와에서 먹은 카레 중 최고입니다.”

그는 입안 가득히 씹으며 입을 가리고 대답한다.

“다행이네요~ 그러면 삼상 와이프는 무슨 일을 합니까?”

“캠퍼스 커플이고 클래스메이트지만 다른 부전공이 있습니다. 그녀는 동양화와 회화 작업을 합니다.”

냥코는 안동의 하회탈 모습 중 이매탈처럼 두 눈이 찌그러져 턱 빠진 듯 웃는다.

"깔깔깔깔갈~아알~~ 삼상! 개그 센스가 좋으시네요. 혹시, 한국에서 개그맨 활동했던 건 아닌가요?"

"즐거워해 주시니 감사합니다만, 한국에서는 인기가 없어서 이곳에 왔을지도 모르겠네요..."

왠지 원숭이가 된 느낌과 배고픈데 맛을 제대로 즐길 수 없어 샘은 그들에게 웃으며 말한다.

"지금 딱 맞는 타이밍의 온도에 만들어 주신 분 마음의 맛에 절정을 느껴 보고 싶습니다."

"네? 아~ 네~~ 그러네요. 천천히 즐겨 주세요."

"고맙습니다. 그럼 본격적으로 즐겨보겠습니다."

그들 커플은 입구 밖 테라스로 나가 담배를 피운다. 허기를 느낀 그는 느리지 않은 속도로 맛있게 즐기고 그릇을 깨끗이 비운다. 그리고 남은 맥주를 잔에 채우고 식후 연초를 즐기러 밖에 나간다. 문을 열자 무언가 이야기하던 그들이 쳐다보며 초크가 놀란 눈으로 말한다.

"벌써 다 먹었어?"

"웅! 맛있어서 멈출 수가 없었어. 냥코상!! 잘 먹었습니다."

그의 진솔한 표정에 그들은 만족한 얼굴이다. 냥코는 다시 들어가 빈 그릇을 치우고, 샘은 차 트렁크를 열어 골프백에 있는 담배를 꺼내어 물고 불을 붙이자 초크가 묻는다.

"어~ 너 골프 치네?"

"운동 삼아 다니고 있지."

"타수는 얼마나 쳐?"

"소질이 없나 봐... 골프채 잡은 지는 25년 됐는데 아직 90타 초반대에서 놀아."

"25년? 어려서부터 쳤구나... 실력은 나랑 비슷하겠다. 재미있겠는데~~ 그럼 언제 한 번 라운딩 같이 하자."

"나야 환영이야! 언제든 미리 얘기 해줘~ 이 고양이들은 키우는 고양이들인가?"

"아니야! 야생 고양이지만 냥코가 좋아해서, 먹이도 주면서 자유롭게 같이 지내고 있지. 그나저나 차가 멋지네. 새 차를 샀나 보다. 색상도 예쁜데?"

"아니! 운이 좋아 주행 거리가 4,000㎞도 안 된 중고를 구할 수 있었어. 와이프도 색상을 마음에 들어 했고. 이곳에서 가족용으로 주행하기엔 적당한 것 같아."

대부분의 남자들이 그렇겠지만 샘도 차에 관심이 아주 많다. 그가 20대 혈기 넘칠 땐 슈퍼카 엔진 소리만 들어도 발기될 정도의 변태적 성향도 있었다. 그리고 여러 종류의 우수한 성능의 차량을 운전한 경험도 있고 무엇보다 스피드를 좋아하고 즐겼다. 아부다비에서 지사장 직함으로 프로젝트를 진행 중일 때, 그 유명한 헤르만 틸케가 설계를 담당한 세계에서 가장 화려한 서킷이자 매년 시즌 F1 월드 챔피언십을 마무리하는 레이서들의 꿈의 경기장에서 서킷 면허도 취득한 경험이 있고, 한국 인제스피디움에서 한석과 같이 포르쉐 GT3 스포츠 드라이빙 스쿨에 참여해 수료증을 받은 적도 있다.

"오~ 이이네(좋네)!"

그는 90년 초 볼보 차량과 미니 트럭을 개조한 카레 푸드 트럭을 소유하고 있어선지 진심 부러운 모습으로 2018년 와인레드색 지프 컴퍼스 전륜 구동을 구경하고 있다. 그러다 계단에 앉아 롤링타바코를 능숙하게 말아 뱀처럼 길쭉한 혀로 침을 발라 고정하고 불을 붙인다.

"와이프는 한국말 잘하더라. 한국에서 만난 거야?"

"맞아! 그녀가 서울에서 유학 생활 중일 때 친구의 소개로 만나 지금의 인연이 되었지."

"오~~ 스고이네(대단하네)! 와이프가 젊어 보이던데 몇 살이야?"

"12살 어리지..."

"사무! 갓고이네(멋있네)!!"

"그런 건가? 아무튼 고마워! 너는 냥코상과 오키나와에서 만난 건가?"

"응. 8년째 동거 중... 4년 전 이곳에 이사와 공사하고, 저기 옆에 게스트 룸도 만들어 손님도 가끔 받고 있지."

"여기 이 공간?"

"맞아! 구경해 볼래?"

그가 일어나 테라스 안쪽 끝 문을 열어준다. 복층 구조로 1층에는 샤워실과 화장실이 붙어 있고, 안락해 보이는 4인용 소파에 테이블이 위치한다. 오른쪽으로 제법 가파른 계단으로 2층을 만들어 퀸사이즈 침대 2대가 나란히 있다. 아이들에게는 위험해 보이는 각도로 안전장치가 없는 계단이다. 샘은 잠시 술 취해 올라가다 떨어지면 아프겠다고 생각한다.

"이 공간도 직접 공사한 거야?"

"지인이 도와주긴 했어도 설계 및 공사도 직접 했지."

"손기술이 좋은데? 따로 배운 적이 있어??"

"아니야~ 그냥 살면서 보고 조금씩 해보다가 이렇게 할 수 있게 된 거야."

"센스 좋은데!"

그의 눈이 작아지며 미소 짓고 말한다.

"뭘... 이 정도로~~ 요시! 이제 포켓볼 게임을 해볼까?"

"그래~ 해보자~~"

가게로 돌아가 초크가 당구 테이블 위 대리석 모양 스티커를 붙인 두꺼운 스티로폼을 들어 벽면에 세워둔다. 샘도 같은 방법으로 들고 세워 놓는다. 삼각형 나무틀을 능숙한 솜씨로 볼을 붙여 세팅을 마친다. 그리고 샘이 묻는다.

"어떤 게임을 주로 해? 8볼, 9볼??"

"보통은 8볼 게임을 하지."

"오케이 그럼 8볼로 시작하자! 룰은 국제경기 룰로!! 5판 3승제!!! 콜?"

"문제없어. 가위, 바위, 보로 브레이크 샷을 결정할까?"

"아니! 너 먼저 해줘~ 브레이크 샷 스타일을 보고 싶어~~"

"오케이! 그럼 먼저 간다."

가게 안을 울리는 경쾌한 샷이 터졌으나 아직 오픈 테이블이다.

줄무늬 볼들이 2포인트 아래 많이 배치된 솔리드 볼의 선택이 유리한 배치다. 샘은 안전한 솔리드를 선택하고 4개의 볼을 포켓에 넣는다. 나이스 샷을 연달아 외치는 그의 작은 눈이 커진다. 다섯 번째 4번 공 사이드포켓 뱅크 샷을 미스하고 공격권을 넘긴다. 어느새 냥코도 무언가를 마시면서 구경하고 있다.

"이야~ 너 스트로크가 안정돼 있는데!"

"고마워~ 오랜만이지만 역시 재미있네! 공놀이는..."

진지한 표정의 초크는 아래쪽 코너 근처에 있는 15번 공을 여유 있게 넣고 반대쪽 코너로 12번 볼을 넣지만, 포지셔닝에 실패해 11번 공을 실수한다. 공격권이 넘어온 샘은 1, 3, 4번 볼을 여유 있게 처리했다. 초크 대신 냥코의 나이스 샷 목소리가 들린다. 하지만 비교적 쉬운 마지막 게임 볼 8번을 살짝 실수 했다. 5개 남은 스트라이프 볼들은 넓게 퍼져 동선이 어렵지 않은 배치에 실수하지 않는다면 충분히 게임을 마무리할 수 있는 상황이다. 그는 신중히 하나하나 볼을 처리한다. 냥코는 그에게 진심 담긴 응원을 날려 준다. 남은 9번, 10번만 포켓인하면 게임 볼 8번을 간단히 처리할 수 있는 위치에 있다. 그러나 포지셔닝을 너무 생각한 나머지 9번을 미스하고 공격권을 넘긴다. 흰 볼 위치가 게임 볼과 멀리 떨어져 있지만 그는 간단히 마무리하고 1승을 한다.

"아깝다. 9번 실수만 안 했으면 런 테이블이었는데..."

말은 젠틀하게 하지만 샘은 이미 그의 실력은 자신을 넘을 수 없다고 확신하고 있다.

볼을 모아 다시 세팅하는 그가 말한다.

"오랜만에 큐 잡으니 감각이 좀 떨어지네."

"맞지! 당구도 골프처럼 손 감각 게임이라, 한동안 안치면 감각이 떨어질 수밖에 없지."

샘이 남은 맥주를 한 모금 마시고 날린 브레이크 샷은 그보다 묵직한 소리로 울리고 스트라이프 볼 3개가 순식간에 빨려 들어가는 럭키 샷이 나왔다. 나머지 볼 배치도 난이도가 어렵지 않아 평소의 그의 실력이라면 무난히 런 테이블 할 수 있는 위치다. 9번 볼을 사이드포켓인 시키면서 끌어 치기로 다음 포지셔닝을 쉽게 만들었다. 11번 위쪽 코너 볼에 거의 직선 라인 볼도 쉽게 정지 샷으로 처리하고 왼쪽 코너 15번 볼 위치도 포지셔닝에 성공한다. 간단히 15번 볼도 처리하고 다시 단축에 근처에 있는 12번 공을 오른쪽 포켓에 라인을 잡았다. 이 공은 간단히 포켓인 가능하지만, 마지막 남은 게임 볼 8번이 반대쪽 단축 벽 중간에 붙어 있어 포지셔닝이 조금 까다롭다. 그들 커플은 아무 말 없이 지켜보고 있다. 그는 스틱에 충분히 초크칠을 하고 끌어 치는 샷을 시도한다. 하단 왼쪽 포인트로 가격하자 경쾌한 소리로 12번을 포켓인 시키고 빠르게 뒤로 끌려오는 예술구 같은 포물선을 그리면 회전하는 볼은 오른쪽 장축을 맞고 너무 많은 회전량으로 8번 공 가까이 다가가 10㎝ 정도 앞 중앙 라인까지 다가간다. 그는 잠시 고민하다가 부드러운 장축 뱅크 샷으로 왼쪽 코너인을 노린다. 힘이 조금 부족해 미스 하지만 거의 입구 앞으로 굴러 초크가 한 번에 런 테이블 하지 않는 이상 이 게임도 샘의 승리다. 말이 없던 두 사람이 입을 연다.

"사무상! 대단하네요. 당신!! 그동안 못하는 사람하고만 쳐서 이겨 왔던 거구나. 힘 좀 내봐!!!"

초크는 조롱 섞인 그녀의 응원 아닌 응원을 받는다.

"휴~~~~"

초크는 나오지 않는 땀을 닦는 척하면서 한숨을 길게 뱉는다. 하지만 공 배치 상황이 그리 나쁘지는 않다. 신중히 하나씩 처리하면 쉬운 위치의 게임 볼까지도 핸들 가능하다. 그는 급하지 않게 시간을 들여 처리하고 연속 5개 볼을 포켓인 시킨다. 하지만 남은 3번과 2번 볼 배치가 만만치 않다. 냥코의 응원에 부담이 되었는지 역시 실수가 나오자 그는 자동으로 패배를 시인한다. 이렇게 이 게임도 샘에게 돌아간다.

"이번 게임은 제가 운이 좋았네요."

"아니야! 운도 만드는 거지. 잘 치네!!"

그의 결의가 느끼지는 목소리다. 냥코는 마시던 음료를 다 마시고 다시 주방으로 걸어간다.

볼 정리를 끝낸 초크가 그녀를 의식했는지 결의에 찬 목소리로 말한다.

"이번 게임은 내가 가져오겠어!!! 하하하."

하지만 그의 다짐은 샘의 단 한 번의 브레이크 샷으로 사방으로 터져 날아간다. 그의 브레이크 샷에 게임 볼 8번이 그대로 오른쪽 코너에 럭키 포켓인 되었다.

"오~ 마이~~ 갓~~~ 나이스 샷!!! 맨~"

"이런 미안! 너의 신이 지금 좀 바쁜가 보네. 나에게 웃어 주네..."

3연속 승리로 게임이 끝났다.

"뭐야? 초크! 항상 당신이 허슬러라고 말하더니 오늘 진짜 허슬러 만났네."

"천만에요. 오키나와에도 저보다 잘 치는 분들도 많이 있습니다. 그레이스 포켓볼 바 사장도 그렇고 단골 레귤러들 중 두 명 더 있죠."

"너! 보통 실력이 아닌데 혹시 누구한테 배운 적 있어?"

"사실은 20대에 미국에 있을 때 미시간에서 3쿠션 세계 챔피언 대회가 열렸을 당시 세계 탑클래스 이상천이란 한국인 선수가 있었어. 그와 인연이 돼서 3일 동안 잠깐씩 스트로크 레슨을 받은 적이 있었고, 그리고 가끔 취미 생활로 로컬 토너먼트 참가로 연습을 좀 했었지."

"역시 그렇군. 포지셔닝이 보통을 넘더라. 난 한 잔 마셔야겠는데 너는 어때? 시간 괜찮아??"

"그래? 뭐 마시는데??"

"웬만한 종류는 가지고 있어! 난 럼을 즐기지만..."

"그래...? 오랜만에 럼도 괜찮을 것 같은데~~ 그럼 나도 같은 걸로 한잔 부탁해~~~"

"좋았어! 잠깐 기다려~~"

그는 밖으로 나가 담배를 피우며 주변을 둘러본다.

"샘, 안으로 들어와 여기 재떨이 있어."

"오~ 그래? 역시 아지트답다."

자신의 자리로 돌아온 그는 초크가 건네는 물 잔에 2/3 정도 들어있는 진한 적갈색 액체를 받는다. 설마 술일까 하는 의구심은 냄새를 맡는 순간 깨진다. 톡 쏘며 올라오는 진한 럼의 향기로... 이들이 이곳에서 마시는 스타일인 것 같다. 그는 지금 로마에 와있다.

"와우~~ 터프한데!"

"승리자에게 하우스에서 주는 서비스야!"

"승리 벌주라...! 오케이!! 대신 오늘은 이 한잔으로 끝!!!"

"쿨~~~ 치어스!"

"치어스~~"

그는 한 모금 가득 마셔서 넘긴다. 언제 마셨는지 기억도 안 나는 럼의 맛은 화끈 달달하다.

"너는 무슨 일을 했었어?"

초크가 궁금한 듯 묻는다.

"여러 가지 일들을 여러 나라에서 했었지."

"그럼 오키나와 오기 전에 했던 일은?"

"음... 회사 조직에 있다가 대표의 부탁으로 지방 선거를 3개월 넘게 도와주었지."

"선거? 그럼 유세 현장에 따라다니면서 도와주는??"

"아니! 난 전략기획팀에 있어서 현장은 안 다니고 시의 발전에 도움이 되는 프로젝트를 개발하는 기획만 했어."

"오~ 유능한 인재였네."

"아니! 운이 좋은 인간이었지."

"거기선 뭘 기획했는데?"

"음... 여러 가지 기획은 했는데 실행된 건 하나였어. 지역 발전 기획안 중 드론 FPV(First Person View) 레이싱 테마파크 기획, WRC 유치 기획 그리고 한우 할랄 프로젝트 기획."

초크는 가볍게 럼으로 목을 축이며 묻는다.

"하나도 이해 못하겠어. 설명 좀 해줄래? 드론 무슨 파크??"

"고글을 끼고 일인칭으로 보이는 드론을 조종해서 설치된 여러 장애물 코스를 고속으로 비행하는 경기야. 장애물을 안전하게 통과해서 속도를 경쟁하는 21세기 최신 스포츠라고 할 수 있지. 이미 여러 나라에서 프로 선수들이 활약하고 인기 많은 국제 대회도 개최되는 상황이야. 그래서 그린벨트로 묶인 지방 정부 소유의 공간을 레이싱 공원으로 개발해 국제 대회를 열고 새로운 유동 인구를 유입할 수 있는 제안이었지."

"진짜? 어떻게 그런 걸 만들 생각을 했어??"

"그냥 우연히 아부다비에서 프로들의 경기를 보고 재미있겠다 싶어서, 생각하고 있었던 걸 제안한 것뿐인데?"

"넌 정말 재미있는 녀석이구나! 그럼 W...C는 뭐야?"

"World Rally Championship. 레이싱 대회지!"

"아~~ 그 유명한 렐리 레이싱! 그걸 어떻게 한다고?"

"그 지역 멋진 호수가 내려다보이는 잘 사용하지 않는 야산이 있어. 그곳에 전용 도로를 만들어 대회를 유치하는 거지. 대회가 끝나면 자격 있는 사람들이 스피드를 합법적으로 즐길 수 있는 코스로 사용료를 받고 운영하자는 기획안이었지. 유치만 성공하면 광고 수익만 해도 작은 도시 예산을 만들 수 있어. 그리고 유입되는 유동 인구로 지역 경제도 활성화할 수 있는 프로젝트였지. 물론 소음이 커 주민들의 반대가 있을 수도 있겠지만, 안정된 생활을 보장해 준다면 소음도 음악이 될 수 있다고 난 믿어! 게다가 당시 그곳 시장이 가장 선호하고 진행하고 싶어한 기획안이었어."

"그런 걸 실현할 수 있다고?"

"다행히 주변에 그런 인프라가 있어서 어려운 프로젝트는 아니었는데? 협회 측도 아시아에 멋진 경관에 어드벤처한 새로운 코스가 생긴다면 환영인 입장이고, 시에선 오히려 없는 도로도 만들어 주겠다고 나설 정도의 의지가 있었고... 분야별 전문팀만 세팅하면 전혀 어렵지 않았었는데?? 하지만 실행을 못 했어."

"가장 어려워 보이는 2곳이 환영하는 입장인데도 결국은 실행 못했네! 뭐가 문제야?"

"선거 때 친구에게 부탁받아 지지하는 장성 출신 국회의원 후보가 상대방의 부정 선거로 낙선이 되셨었어. 그래서 굳이 내가 제안한 프로젝트를 더 이상 진행할 의미가 없었던 것도 있지만 진짜 문제는 나였지... 기획할 당시는 나는 조직에 속해 있어 회사 사이드 프로젝트 개념으로 진행했었지만, 회사 대표였던 친구와 싸우고 강제로 퇴사 당해서, 더 이상 혼자는 진행할 수 없게 되어 내가 드롭했지. 하지만 마지막 기획은 회사 팀의 지원 없이도 가능하고 선거가 끝났어도 시장의 간곡한 부탁으로 혼자 실행하고 있었어. 중앙 정부 지원금 70억 원도 받을 수 있는 상황까지 만들었는데 자기 분담금 30억 원이라는 제약이 있었어. 결국 나보고 30억 원 투자하라고 해서 난 돈 없다! 소 키우는 주민 중 사업에 관심 있는 사람들이 크라우드 펀드 조합을 만들어 30억 원 투자해라~ 그러면 100억 원의 자본으로 충분히 세팅해서 사업 시작할 수 있고, 일에 대한 오퍼레이션은 내가 도와주겠다고 했지만 아무도 나서는 사람이 없었어. 그래서 미련 없이 또 드롭 했지."

"무슨 사업이었는데? 정부에서 공짜로 70억 원이나 지원해주는 사업을 왜 안 해??"

"전 세계 이슬람 종교를 믿는 인구가 비약적으로 증가해서, 머지 않은 시간 기독교인을 가볍게 넘는다는 보도 자료가 나와 있지. 이들이 먹는 모든 음식은 할랄과 하람으로 구분돼. 즉 허락된 음식과 허락 안 되는 음식으로 나뉘지. 거대한 오일 머니로 넘치는 부자들이지만 품질 좋은 소고기를 못 먹고 있는 거지. 그때까지 아무도 고품질 맛있는 할랄 소고기를 안 만들고 있는 상황이었어."

"이슬람교라면 테러 단체들이 많은 위험한 종교 아닌가? 그런 곳에 소고기를 판다고??"

"흠... 대부분 일반인의 인식이 그렇다는 사실을 나도 알고 있지만 진실은 그렇지 않아. 이슬람교인은 대략 10%의 시아파와 90%의 수니파로 나누어져. 이 시아파가 사람들이 얘기하는 테러 단체고 나머지는 순수하고 평화를 사랑하는 수니파가 존재하지. 이 수니파 인구를 타깃으로 한국의 우수한 소고기 품종을 할랄 방식으로 도축해서 Gulf Cooperation Council에 공급하는 사업이었지. 많은 GCC 항공사들 포함!"

"아무리 시장이 좋아도 만들어 놓고 안 팔리면 어떡해? 새로운 시장인데 그렇게 쉽게 개척할 수 있을까?"

"당연한 의문이지만 확신이 있었지. 아까 얘기한 그 회사의 아부다비 지사에 일하고 있을 때 진행하던 프로젝트들이 왕실과 연결된 일이었어."

"아부다비가 어디야?"

"세계에서 가장 높은 빌딩 부르즈 칼리파가 있는 두바이는 들어보았지? 그 두바이 바로 밑에 연결된 UAE란 토후연방국 중 하나지. 어마어마한 오일 자본이 넘치는 나라야. 두바이가 부동산 거품으로 파산 선고하기 전 그들을 구원해 준 자본이 아부다비에서 나왔어. 그곳에서 지사장으로 일하면서 귀족들을 설득해, 조인트 벤처를 설립하고 같이 국가 프로젝트 진행 중이었지. 그때 귀족들과 식사할 때마다 항상 맛있는 소고기를 먹고 싶다고 노래했었어. 그 귀족들은 왕족의 삼촌으로 불리던 분들이었지. 그래서 생각하고 있었어! 언젠가 기회가 된다면 할랄 도축으로 최고의 소고기를 만들어 공급하면 큰 시장을 선점할 수 있다는... 그들에겐 돈이 문제가 아니거든. 그러다 마침 좋은 기회가 와서 제안했던 것뿐이고..."

"와우~ 그렇구나. 그러면 왕실이랑 어떤 일을 했는데?"

"음... 아부다비는 20%의 '에미라티'들을 위해 80%의 노동 인력이 여러 나라에서 들어와 일하고 있어. 가난한 그들을 위해 정부가 복지 차원으로, 암호화 화폐 개념인 전자 크레딧 지갑을 만들어 준다고 제안했지. 신용이 없는 사람들을 위해 신용 카드처럼 사용할 수 있는 전자 시스템을 우리팀이 만들어 준다는 프로젝트를 제안했고, UAE 정부에 통과되어 머리 터지게 준비하고 있었지.

내 머리가 터지진 않았지만! 핫하하~"

"와우~~ 그럼 왕들도 만나 보았겠네?"

"그곳에서 조인트 벤처 회사를 만들었을 때 회장의 직함을, 그 귀족 중 한 분이 맡았었는데 그분 12명 자녀 중 한 아들이 다른 귀족 딸과 올리는 결혼식에 초대받아 Al Ain이란 지역에 친구와 다녀온 적이 있었어. 편안하게 새로운 문화 체험으로 귀족 전통 결혼식을 즐겁게 구경하는데, 갑자기 럭셔리 헬기 두 대가 결혼식장 옆에 내리더라. 먼저 내린 헬리콥터에서는 왕실 무장 군인들이 내려 두 줄 라인을 만들고, 결혼 행사 진행하는 인원들이 후다닥 레드 카펫을 펼치자 '셰이크 모하메드 빈 자이에드 알 나히안' 왕세자와 2명의 왕족이 내리더라. 그때 소개 받고 인사드렸었지.

"와~ 내 평생 너 같은 일을 해본 사람은 만나 본 적이 없어."

"세상은 넓고 누구나 개성을 가지고 있지. 그것을 알아듣지 못하고 보지 못하는 눈이 있을 뿐이고, 그리고 대부분 자기가 아는 만큼만 세상이 보이지."

"하하하 역시 흥미롭고 재미있어. 자~ 한잔하자고~~ 간바이~~~"

"간빠이~~"

검게 탄 그의 얼굴색은 더욱 진해진다. 샘은 얼굴색에 변화가 없다.

"샘! 그럼 너는 대학에서 비즈니스를 전공한 건가?"

"아니! 난 고졸인데? 대학에서 고고학 공부하다 거짓 역사를 배울 가치가 없다고 느껴 시간 아까워서 때려치우고 장사하다가 여기저기 돌아다녔어."

"대단하다... 내가 나중에 기회가 되면 오키나와현 지사 데니 소개해 줄게. 어쩌면 너와 데니가 잘 맞겠다."

"음... 데니 지사? 이름은 알고 있지만! 그의 정치적 성향이나 어떤 정책으로 오키나와를 발전시킬지 전혀 모르지만, 그가 오키나와 독립을 지지하고 의지가 있다면 많은 얘기를 나눌 수 있을 거야. 그나저나 너 서핑을 좋아하나봐?"

"그랬었지... 30대 후반에서 40대 초반까지 가장 많이 즐겼지만, 점점 힘들어져서. 최근 몇 년은 거의 안 탔지."

"아직 건강해 보이는데 왜? 지금 나이는??"

"56살! 예전 같지 않더라고... 배도 많이 나오고~~ 하하하"

"에? 56살?? 그렇게는 안 보이지만 힘들게 안 타서 배가 나오는 건 아니고???"

"좋은 지적인데 직접 들으니 아픈데? 하하하하"

검은 고양이를 안고 냥코가 주방 옆방에서 나온다.

"당신은 뭐가 또 재미있어서 그렇게 웃어?"

"사무의 흥미로운 얘기 듣다 보니 배가 울려 뱃살 좀 빠지겠는데... 헤헤헤~"

"아! 사무상~ 글은 어떤 종류의 글을 쓰고 있나요?"

"전 인류의 시원이 영장류의 진화가 아닌 먼 우주에서 내려온 지적 생명체 존재들의 대서사시라고 생각합니다. 그래서 지금은 많은 자료를 수집하고 정리 중이며, 지나온 제 경험들과 일상을 통해서 변해가는 사회를 써 보려고 합니다."

냥코는 맑지 않은 두 눈을 번득이며 야생 고양이를 포켓볼 테이블 위에 내려놓고, 자신이 마시던 빨간 주스가 들어있는 컵을 가지고 초크 옆에 앉는다.

"그러면 사무상은 외계인의 존재를 믿는다는 얘기인가요?"

"아직 직접 조우할 기회는 없었어요. 하지만 이미 너무 많은 증거와 증언, 각국 정부 고위 관리자들의 발표, 그리고 자료와 수많은 유적이 드러나 있는데 안 믿는 것이 이상하다고 생각합니다."

이때 초크가 기다렸다는 듯 탁자 테이블 서랍을 열고 노란 파일을 꺼낸다. 그리고 파일에서 오래된 신문 기사 스크랩을 꺼내어 펼쳐 보인다. 2017년 5월 9일 자 동경신문이다. 2면에 3/4을 가득 채운 기사가 나와 있다. 타이틀은 '우주인에게 받은 손 편지' 그리고 타이틀 아래 중앙에 초크의 젊어 보이는 사진과 가타카나로 쓴 편지가 스캔 되어 있다. 그리고 중앙에 큼지막한 글씨체로 '2020년 지구에 다가올 재앙'이라고 쓰여 있다.

"뭐야? 이 기사는?? 우주인에게 받은 손 편지??? 맞아?? 어! 여긴 한글도 보이네... 뭐라고 쓴 거야? 잠시만 글씨가 작아서... '우리들 보꼬있다. 바른 가 까운 시 일내에 이미 오 기 가붙지 않 는 다.' 무슨 의미인 줄은 대충 알겠는데 오타도 있고 조사도, 띄어쓰기도 엉망인데? 외계인이 한글은 잘 모르나 보네... 여긴 아랍어도 있네. 신기한데? 이거 사진 한 장 찍어도 될까?? 내가 일본어를 잘 몰라서 나중에 애들 엄마에게 물어보고 싶어. 언제부터 이런 메시지를...?"

"도죠~~"

샘은 필요한 부분을 조정하여 사진을 찍는다. 초크는 남은 럼을 입속에 털어 넣고 불현듯 생기 넘치는 얼굴로 얘기를 시작한다.

"2016년 4월 말에 공사 마무리하고 5월 초부터 살기 시작했는데 새벽에 자는데 뭔가 다리를 툭툭 치는 느낌에 잠을 깨면 아무도 없었어. 냥코는 옆에서 잠들어 있고... 이상하다 싶었지만 별 신경 안 쓰고 다시 잠들었다가 아침에 일어났지. 그리고 다음 날도 같은 일이 일어나는 거야?"

"같은 시간에?"

"아니야! 그날은 좀 더 늦은 시간이었어. 그래서 냥코를 깨워 괜찮은지 물어봤어. 전혀 모르고 있었더라고. 그래서 얘기 했지. 어제부터 뭔가 다리를 건드려 잠에서 깼다. 이상하다고... 냥코는 꿈 꾼 것 아니냐고 말했지만, 난 분명히 뭔가가 스치고 간 감각이 있었거든."

샘도 남은 럼을 한 모금에 삼키고 묻는다.

"혹시 고양이 아니야?"

"아니야! 고양이들이 이 집을 같이 사용한 시기는 2년 전부터야. 그래서 주변을 둘러봐도 아무것도 없고 침대 아래도 용기 내서 쳐다보았는데 없더라고. 찜찜하고 약간 무서운 생각이 들기도 했지만, 확인할 방법이 없어서 다시 잠들었지. 그러다 1시간 정도 지났을까? 랑코가 비명을 지르며 일어나는 거야! 방금 뭔가 내 발등을 툭툭 쳤다고... 우리는 놀라서 불을 다 켜서 그 뭔가를 찾아보려고 집안 곳곳을 다 뒤졌지만, 아무것도 찾을 수 없었어."

"뭐야? 그럼 귀신?? 아니면 정말 외계인???"

"그때는 몰랐지... 어쨌든 우리는 다시 잠들 수 없어 술을 마시며, 마음을 진정시키고 아침이 밝아올 때 잠을 청했어. 그러다 며칠이 지나 자는데 이번엔 이불이 갑자기 다리 아래쪽에서 무언가 강하게 당겨 벗겨진 거야. 그때 우리는 확신했어. 뭔가가 있다. 우리는 너무 무서워서 귀신 쫓는 퇴마사를 알아봐야 하나 고민을 했었어."

"와우~ 흥미로운 사건인데? 만약 귀신이라면 하는 짓이 너무 신사적인데? 아이 귀신인가?? 장난치고 싶어서???"

"샘! 너는 귀신이 안 무서운가 보구나?"

"몇 번 스치듯 경험해 본 적 있어서 이제는 무서운 감정보단 궁금증이 더 많아 왜 나타났는지... 아직도 대화를 나누어 본 적은 없지만..."

"헤엥... 그렇구나. 어쨌든 그러다 둘이 같이 저녁을 먹고 있는데 갑자기 천장에서 무언가 툭 떨어지는 거야. 놀라서 냥코와 살펴보니 꼬깃꼬깃 구겨진 종이에 가타카나로 메시지가 적혀져 있더라."

"뭐라고 적혀 있는데?"

"'우리는 귀신이 아니고 다른 행성에서 온 존재다. 놀라지 마라. 너희의 모든 것을 우리는 보고 있다. 지구에 위험한 일들이 일어나고 있다'라고..."

그리고 그는 파란 파일 다음 장에 그동안 모아 둔 메시지들을 펼쳐 보여 준다. 해석은 할 수 없지만, 메시지의 공통점은 정성이 안 보이는 수기로 빠르게 작성한 듯 보인다. 전부 구겨진 상태로 다시 펴져 있다. 같은 재질의 종이에 같은 필기체다. 그래서 샘은 이것들도 사진으로 남긴다.

"나도 외계 지적 생명체에 관심이 많아 여러 자료와 인터뷰 영상을 보았지만, 이렇게 손 편지로 커뮤니케이션한다는 케이스는 처음이야!"

"내 지인 중 나고야에 있는 친구는 다른 차원의 존재와 채널링을 하고 있어. 나중에 오키나와에 오면 소개해 줄게."

"기회가 된다면 꼭 불러줘. 정말 궁금한 게 많아~~ 그러면 그 이후로 계속 메시지가 느닷없이 떨어지는 거야?"

"맞아! 여러 나라말들로 메시지가 오지만 가끔은 금속류와 돌들 이상한 플라스틱 등 랜덤하게 떨어져. 여기 그동안 떨어진 것들 보여줄게."

그는 다른 서랍에서 박스를 꺼내어 뚜껑을 열어 보여준다. 색상이 특이한 여러 형태의 돌들과 주사위, 회전축 끝에 나선면의 작은 금속 스크류 등 여러 가지 잡다한 작은 물건들이 들어 있다. 이건 마치 누군가에게 구원을 입은 까마귀가 은혜를 갚기 위해 여기저기 거리의 물건들을 물어와 수집해 주는 것 같은 느낌이다. 그는 진지하게 아무 말 없이 쳐다보고 있다가, 갑자기 속이 거북하고 심한 짜증이 올라옴을 느껴 냉수 한잔을 부탁한다. 냥코가 떠다 주는 물을 그대로 원 샷하고 부족함을 느낀다. 이번엔 직접 자신이 바 옆에 있는 정수기 물을 가득 채워 자리에 돌아와 앉아 초크에게 묻는다.

"이런 물건들에 어떤 의미가 있는지 알아보았어? 메시지로 남겨주나?? 나는 봐도 잘 모르겠는데..."

"아니! 아직 물건의 의미에 대한 메시지는 없었어."

"그럼 그 존재를 직접 본 적은 있어?"

"아직 만날 때가 안 됐다는 메시지는 받았어. 그렇지만 그때가 다가오고 있다고... 이번 연도 2020년에 7월쯤 지구에 큰 재앙이 일어난다는 메시지도!"

"그 메시지가 신문에 나온 내용인가봐?"

"그래! 맞아!!"

"나도 지구의 지축 극이동과 여러 가지 자연 이상 현상, 그리고 불의 고리 움직임이 빨라지고 있다는 사실은 여러 자료를 통해 확인해서 알고는 있었어. 설마 그렇게 빨리 일어난다고? 올해?? 그럼 피할 수 있는 방법이나 막을 수 있는 방법 또는 대피할 수 있는 방법을 알려 주었겠지???"

"아니... 아직은... 다만 여기 오는 지인들에게 무언가 얘기해 주는 메시지는 가끔 떨어져. 그리고 이미 20명 정도 이곳에서 메시지를 받았어."

"와우! 그래? 그럼 나도 나중에 받을 가능성이 있겠다."

"나야 모르지! 그럴지도 아닐지도...?"

초크는 술을 넘기며 기교한 표정으로 럼을 즐긴다.

"그러면 여기 방문한 지인들 중 메시지를 받지 못했던 사람도 있었나 보구나?"

"있었지! 게스트 손님들이나 일반 손님들."

"흠... 그럼 너희들과 개인적 인간관계가 있는 사람에게만 메시지가 떨어진다는 거네."

"응... 그렇다고 봐야지...

"혹시... 대니 지사도 여기 온 적 있어? 메시지는 받았나?!"

"응! 당선 전 이곳에 한 번 왔었지. 메시지는 못 받았지만..."

샘은 그건 다행이라 생각한다. 냥코가 롤링 타바코를 초크 못지 않게 잘 말지만, 표정이 밝지가 않다. 그녀의 혀를 본 샘의 표정도 밝지 않다.

"냥코상! 미안합니다. 저희끼리만 영어로 대화해서... 너무 신기 하고 놀라운 사실이라 좀 정신이 없네요."

그녀는 배우처럼 바로 표정이 전환되어 얘기한다.

"아닙니다. 전혀... 신기한 일들이 많이 일어나 저희도 놀라고 있 어서요."

"그건 그러겠습니다. 저도 어려서 한 번이지만 UFO도 목격한 경 험도 있고, 지구에 고대 문명은 그들의 흔적이라 믿어서 리서치하 고 소설도 준비 중이지만... 그들과 조우하고 있는 분들이 이렇게 주변에 있다는 사실이 많이 흥분되네요. 아직은 이해할 수 없는 부분이 많지만... 만약 저에게도 메시지가 온다면 어떤 메시지일까 궁금해지네요. 지금 이 순간도 어딘가에서 보면서 듣고 있겠죠? 그 존재들이?? '너무 만나보고 싶습니다! 빨리 나타나 주세요!!'"

갑자기 주변을 두리번거리며 소리 높여 외치는 샘을 보고 초크 는 배꼽을 잡고 웃는다. 냥코도 깔깔댄다.

"어? 난 정말 진지하고 진심인데 이게 재미있나?? 풋"

"아? 미안~~ 미안~~~ 근데 넌 정말 내 평생 처음 보는 캐릭터다. 우하하하."

샘은 술기운을 빨리 희석하고 집으로 돌아가고 싶은 마음으로, 물을 다시 원 샷 하며 담배에 불을 붙이고 일어나 화장실을 찾는다.

"나가서 게스트 룸 입구 옆에 있는 문이 화장실이야."

초크가 위치를 알려주며 롤링타바코를 말기 시작한다. 그는 가득 찬 물을 빼고 맑은 공기를 마시면서 올라오던 알코올을 서서히 내리고 있다. 화장실 옆에 문이 하나 더 있어서 열어보니, 누워서 마사지를 받을 수 있는 테이블이 있고 큰 타월이 4장 정리되어 있다. 그리고 그는 청량한 공기에 눌려 내려온 알코올 기운을 아래로 빼내려 앞 공터로 걸어 나간다. 주변을 신중히 확인하고 시원하게 가스를 배출한다. 속이 편안해진 그는 다시 가게로 들어간다.

"아! 샘~ 냥코에게 네가 기획했던 일 얘기해 주니깐, 자기 지인이 오키나와에서 소 농장 운영하는 사람 있다고 자세히 듣고 싶다는데..."

"음... 그 할랄 도축 사업에 관심이 있다는 말인가?"

냥코가 정체불명 빨간 액체를 다시 채우고 마시다 묻는다.

"친한 사람 중에 소 농장을 크게 하는데 큰 수익이 안 돼서 고민하던 기억이 나서요. 어떻게 하면 수익을 확장할 수 있을지 궁금하네요."

"크게 운영하신다면 몇 두나 키우시나요? 근데 무슨 주스를 그렇게 맛있게 드시나요??"

"호호호~ 이것은 칵테일입니다. 블러드메리요~ 좀 만들어 드릴까요?"

"아? 그렇군요. 감사하지만 괜찮습니다."

"소를 100마리 정도 키우는 것 같은데... 정확히는 모르겠어요."

"그 정도 규모라면 개인이 시작하시긴 힘들 것 같아요. 그리고 농장 주변에 돼지 사육장이나 도살장이 있어도 할랄 도축 허가가 나오지 않습니다."

"돼지는 왜요? 주변에 있어도 안 돼요??"

"무슬림들의 성전 코란에서 돼지고기를 먹지 말라는 가르침이 있기도 하지만, 그 이유가 소나 염소 등 다른 동물에 비해 돼지는 가리지 않고 쥐, 뱀, 인분 등 먹을 수 있는 건 다 먹어 치우죠. 그래서 불결한 동물이라는 생각이 강해서 주변 몇 ㎞ 이내에는 도축을 금지한다고 합니다. 하지만 제 생각엔 그들이 모시는 최고 신 '알라'의 여러 상징적 의미 중 멧돼지 이미지도 있거든요! 최고 신성의 상징을 먹을 수 없어 하람으로 정하지 않았을까? 하는 제 개인적 의견이지만..."

"아~~ 몰랐네요. 맛있는 돼지를 안 먹는 이유가 더러운 짐승이라서... 그러면 일반 사람들은 할랄 도축이 힘들겠네요."

"네! 여러 가지 제약적 조건들이 있어서... 하지만 만약 시의 지원이 있다면 충분히 가능한 얘기가 될 것 같아요. 가령 시에서 청정지역을 선정해 우수한 품종의 소를 먼저 개발 또는 수입하면 됩니다. 좋은 먹이와 자연 친화적 편안한 방목 환경을 만들어 주고, 절차대로 도축 라이센스를 받는다면 수출 방법은 크게 문제가 되지 않습니다. 수요는 이미 충분히 검증해놓은 상태라 무엇보다 중요한 것은 고기의 맛입니다. 오키나와는 아직도 많은 토지에 사탕수수를 재배하고 있는 걸 보았습니다. 부가가치가 낮은 사탕수수보다는 시에서 주도적으로 도민 활성화 사업으로 경제산업특구를 지정해 주는 거죠. 그곳에서 THC(tetrahydrocannabinol)를 제거한 품종의 마리화나를 지원해 주는 겁니다. 우수한 토양과 넘치는 일조량으로 키운 최고의 대마 칸나비디올(CDB) 오일로 만들어 블루오션 시장에 참여하는 것이죠. 그리고 그 대마 잎을 천혜 환경에서 자라는 소의 먹이로 활용하면 스트레스 없이, 행복해진 소의 육질과 맛이 기존 소고기 시장을 뛰어넘는 프리미엄 등급으로 올라갈 수 있지 않을까 생각합니다."

"와~~ 너 얘기하는 스타일이 웬만한 전문 컨설턴트 모습을 보는 것 같은데?"

초크도 반 잔 다시 채운 럼을 마시면서 대화에 들어온다.

"노노노~~ 프로들이 들으면 비웃을 수준이지. 다만 여러 나라에서 활동하는 진짜 프로들과 옆에서 같이 프로젝트 기획해 본 경험이 있어 조금 흉내 내는 정도지..."

"그런데 왜 THC를 제거한 품종이어야 하지?"

진지한 얼굴로 묻는 그들에게 샘은 냥코를 배려해 최대한 일어를 섞어 대답해 준다.

"물론 다른 여러 나라처럼 마리화나 사업을 정부 주도로 합법화한다면 오키나와 재정은, 더 이상 중앙 정부에 구걸하지 않아도 될 정도의 예산을 확보할 수 있는 최상의 상황이 되죠. 하지만 아직은 딱딱한 아시아의 정서상 합법화시키기는 무리가 있다고 생각이 됩니다. THC를 제거한 품종은 이미 전 세계에 튼튼한 시장으로,

합법적인 성장을 이루어 아무 문제가 없기 때문입니다. 만약, 데니와 그의 팀들의 의지만 확고하다면 본토의 고정관념을 무시하고, 마리화나를 합법화한다면 확보된 충분한 재정으로 오키나와는 자립적으로 충분히 독립까지 가능할 것으로 생각합니다. 여유 있는 예산으로 천혜 자연환경을 보호하면서, 아시아 최고 해양 해져 리조트를 개발할 수 있는 환경을 만들 수 있다고 생각합니다. 그러면 과거의 영광을 재현한 동양 최고의 해상 왕국으로 발전할 수 있다고 봅니다. 물론 간단한 얘기가 아니지만, 의지만 있다면, 방법은 분명히 존재하니까! 여러 가지 아이디어도 가지고 있고요…"

"어머! 사무상한테 독립운동하시는 분들 소개해 주어야겠네요."

"그런 분들도 아시나 봐요?"

"응! 냥코가 나보다 오키나와에 지인들이 많아!!"

"정말 그런가요? 발이 크신가봐요. 오키나와엔 몇 년 동안 거주하셨나요??"

"십팔 년입니다."

"아? 네… 그렇군요! 오키나와 독립엔 거부감이 없으신가봅니다?? 보통 본토 분들은 싫어하실 수도 있는데…"

"솔직히 여기가 더 고향 같아요. 고향이 잘되면 좋은 거죠."

"맞습니다. 저도 여기 지낸 지 얼마 되지는 않았지만 오키나와 주민들이 받는 대우는 매우 부당하다고 생각합니다. 이 굴욕과 모욕의 굴레를 끊으려면 자립적 독립이 답이라 생각해요."

한국과 오키나와(류큐)는 형제 나라!

초크가 더욱 빨개진 얼굴로 진지하게 묻는다.

"샘! 넌 왜 오키나와 독립에 그렇게 관심이 많아? 연고도 없는데??"

"이제 연고가 없지는 않지! 딸이 태어난 아름다운 섬이니까!! 하지만 그것보다 소설 작업 때문에 여러 가지 리서치하다가 류큐의 과거사를 알게 되었어. 13세기 전후 예전의 한국 고려시대 말 제주도에서 마지막 항전하던 삼별초 세력이 넘어와 이룩한 문명의 흔적들이 곳곳에 있더라고... 예를 들어 당시 원시적 수렵, 채집, 어로 생활을 하던 슌텐 왕조(1187~1259)가 갑자기 에이소 왕조(1260~1299)에 성이 100개가 넘게 축조됐다? 물리적으로 불가능한 얘기지. 그래서 성의 축조된 방식을 직접 가서 살펴보니, 고려 축성 기술과 같은 방식이 도입된 것을 확인했었어. 왕국의 대부분의 기와문양과 슈리성, 우라소에성 등에 다수 출토된 기와들이 고려시대와 같은 형태로 밝혀졌다는 자료도 나와 있더라. 원시적인 사회에서 느닷없이 등장한 왕조통치체제를 갖춘 왕국 출현은 역사학

관점으로 불가능하다는 거지. 그걸 증명하는 것이 바로 '계유년고려장인와장조가 발견된 거야. 또한 '우라소'의 왕실 무덤에서 고려시대 특징인 물고기 등뼈 무늬 암기와가 다수 발견되었다는 사실이지. 그리고 이후로 민속 문화의 공통적 교집합 포인트가 보여. 또 씨름 진행 방식, 돼지를 인분으로 키우고 먹는 방식, 비슷한 언어 사용 등이 있지. 가장 확실한 팩트는 일본과 한국 학자들의 혈족 계통 연구 결과 오키나와 남성 Y-염색체가 한국 남성 Y-염색체(O2b1a)와 동일하고 가까운 대만 염색체와는 전혀 다르다는 사실이 증명됐었는데. 그래서 난 류큐 왕국이 불현듯 도래한 삼산시대는 고려인들과 같이 이룬 문명이라고 생각해. 본토에서는 16세기 초부터 번성하던 류큐왕국을 탐냈지. 1879년 메이지 유신 때 류큐번을 폐지하고 오키나와현을 설립해 강탈 이후 지속해서 거짓 역사를 조작했었어. 류큐왕국은 자신들이 과거에 건너가 세운 국가라며, 일본이 류큐 지배의 당위성을 주장하며 조장하고 있지. 하지만 그들도 큰 세력에 조정당하는 하수인에 불과하지만...

"헤~~ 뭐가 뭔지 잘 모르겠지만 그런 일이 있었나? 그러면 비슷한 언어는 뭐가 있어??"

"가령... 한국식 발음 '고추'는 한자로 '고려초'라고 쓰고 '아버지'는 '아부지', '어머니, 엄마'를 '우마니, 암마', '할머니'는 '하아메', '맛있다'는 '마아세에따', '오이'는 '우이' 등 비슷한 사례는 많다고 이미 자료에 나와 있어. 너 혹시 아니? 일본 가라테의 뿌리가 어디인지??"

"난 어려서부터 무술에 관심 있어서 11살부터 가라테 도장을 다녔었지. 그렇게 18살까지 운동했을 때 나보다 작지만, 가슴에 털이 풍성한 마스터가 굉장히 날렵하고 단단한 오키나와 출신이었어. 그때 마스터한테 본토의 가라테는 류큐 왕실에서부터 전해지다가 오키나와에서 본토로 퍼져 여러 형태로 갈라졌다고 들었어. 그런데 그건 왜 물어?"

"아까 얘기한 삼별초 세력은 고려시대 최고의 특수 군인 무장 집단으로, 고구려부터 고려로 전승되어 온 무예의 달인들이거든. 당시 그들에게 전해진 무예가 '수박'이었는데 류큐 왕국에 토착화되면서 가라테로 이어졌다는 가설이 있어. 물론 중국 남방 무술이 전해졌다는 가설들도 있어. 하지만 그들의 타격 방식과 가라테의 공격 방식은 완전히 다르다고 봐. 중국 남방 무술은 몸을 중심축으로 빠른 연타 공격 위주지만, 가라테는 응축된 힘으로 한 번에 급소를 공격하여 살상할 수 있는 실전 무술이잖아?"

"흠... 그렇다고 볼 수 있지."

"고려의 수박이 바로 호흡과 하체의 축적된 힘을 손을 통해, 한 번에 급소를 타격해 순간적으로 적을 제압하는 무예이지. 고구려부터 전해져 온 '기술'을 넘은 고유 '무예'거든. 안타깝게 '무공'으로 넘어가진 못했지만..."

"무슨 말인지 모르겠지만 샘! 너도 무술에 관심이 많구나!"

"한국 남자들은 대부분 군대에서 의무적으로 태권도를 배우긴 하지. 난 단증도 가지고 있고... 나도 너처럼 어려서부터 관심이 많았거든. 어려서 많이 맞고 자라서... 그래서 태권도를 미리 배운 거지."

"하하하하. 나도 어려서 많이 맞아서 시작했어~ 너도 나와 동기가 같구나~~ 음... 흥미로운 얘기네. 그래서 그렇게 오키나와 독립에 관심이 있구나..."

"웅! 실제 류큐 왕실의 후손 쇼 마모루상의 인터뷰에서도, 자신은 한국계 핏줄을 이어받았다고 선포했었거든. 나 또한 형제 나라라고 생각하고. 그리고 일본 본토의 유명 작가 중 '시바료타로'라는 유명 작가가 1985년 한국에 방문해서 '일본이 석기문화와 채집 생활을 한 미개했던 조몬 시대를 끝내고, 야요이 문화에 한인(도래인)에 의해 쌀농사 문화를 중심으로 여러 가지 우수한 문명을 들고 넘어온 백제인 20만 명이 일본의 율령국가 기틀을 마련했었다. 그런 의미에서 일본의 조상은 한국인이라고 말했던 기사도 본적이 있어. 뭐 진실은 전 세계가 형제자매고 게다가 우리는 같은 지구인 이잖아? 하하하."

"진짜? 몰랐던 사실이네. 하하하하~ 지구인?? 맞네! 지구인~~"

샘의 바지 주머니에서 전화벨이 울린다. 우유가 전화했으리라... 그는 스마트 폰을 꺼내어 확인한다. 역시 그녀다.

"하이? 여보~~유??"

"잉? 괜찮아요?? 좀 늦어져 무슨 일 생겼나 싶어 전화했어요."

"술 한잔해서 깨고 가려다 좀 늦어졌네. 거의 다 깨서 좀 이따 이동할게~"

"힘들면 무리하지 말고 대리 불러서 오세요!"

"아니~ 괜찮아 한 잔만 마셨어. 양이 좀 많은 한 잔이었지만... 나중에 출발하면서 문자할게~~"

"넹~ 조심히 오세요~~"

초크가 돌돌 말아 완성한 담배에 불을 붙이며 말한다.

"와이픈가 보다. 너희는 평소에 한국말로 해?"

그도 담배 연기를 휘날리며 대답한다.

"비율로 보면 한국말이 가장 높고 일본어, 영어도 섞어서 사용하지. 서로에게 도움이 되니깐."

그는 일어서서 정수기로 다가가 물을 반 잔 더 채우고 마신다.

"자연스럽게 언어 엑스체인지해서 좋겠다."

"맞아! 덕분에 내 일본어도 느리지만 조금씩 늘고 있는 것 같고. 아직 갈 길이 멀지만..."

"그래도 기본 커뮤니케이션은 잘하는걸!"

"그렇게 이해해 주면 고맙지. 이제 천천히 집으로 갈게. 냥코상! 잘 먹고 잘 놀다 갑니다. 얼마 드리면 되죠?"

"네! 1,000엔 주시면 됩니다. 그런데 운전 괜찮으세요?"

"네~ 냉수 마시고 정신 차렸습니다. 여기 있습니다. 덕분에 흥미로웠습니다."

"요~ 샘! 운전 조심하고 또 놀러 와~~"

"오키도키~ 다음엔 라운딩 한번 해 보자고~~"

"좋지~~~ 연락할게."

그는 마당 주차장까지 나온 그들과 인사하고, 조심히 후진으로 차를 돌려 서서히 골목을 나간다. 잠시 정차하고 그녀에게 단어를 날린다. '간데이~' 그리고 창문을 다 내리고 에어컨 바람으로 차 안 공기 순환을 돕고, 강력한 휘산 작용으로 잠이 확 깨는 껌을 씹으며 피우던 담배를 끄고 재떨이에 담아 집으로 조심히 달린다.

삼류 사기꾼

집 입구에 진입하니 아이들이 마당에서 뛰어놀고 있다가 그를 발견하고 손을 흔든다.

"다다이찡~~"

"바로 나오셨나 봐요~"

그녀의 아이폰은 집 안에 있다.

"당신에게 전화 와서 이때다 싶어 나왔어! 말도 안 되는 스토리가 있다. 어용~ 천사들 잘 놀았어용?"

아이들을 양팔에 안고 현관으로 들어간다. 손과 바지에 묻은 흙을 보고 바로 옷을 벗겨 준다.

"자~ 먼저 손 씻자~~"

아라는 그가 안고 곤은 그녀가 안아 욕실로 들여보낸다. 그도 바지와 티셔츠를 벗어 세탁기에 투척하고 들어가 건성건성 비누칠해준다. 대충 물을 뿌려 아이들을 먼저 내보내고 그도 대충 손과 발을 닦고 나온다. 그녀가 아이들 몸을 닦자마자 아이들은 냉동고 앞에서 아이스크림을 달라고 조른다.

"이 녀석들은 나만 보면 달달한 게 땡기나 보군!"

"저랑 있으면 안 주는 거 아니깐 달라고 안 해요."

"그래! 파파가 나쁜 경찰 하면 돼!! 애들아 근데 이제 아이스바다 먹고 없을걸? 아까 마지막 남은 것 먹었잖아? 어디 보자 뭐가 남아있나~~"

그는 냉동고 아래위 칸을 열어 구석구석을 찾아보지만 역시 없다.

"봐봐~ 없지? 내일 다 같이 쇼핑가자~~ 대신 곰돌이 젤리 줄게요!"

아이들은 쇼핑이란 단어를 인식하고 젤리와 타협한다. 그는 냉장고 위에 올려놓은 젤리를 꺼내어 하나씩 오픈해 준다.

"또 무슨 일이 있으셨나요? 삼상 가끔 외출하고 들어오면 뭔가 이벤트가 생겨서... 이번엔 무슨 스토리가 생기셨나요?"

"일단 한 캔씩 챙겨 나가자! 이건 탄산 없으면 못 듣는 얘기다. 난 바지 좀 챙겨 입고..."

"맥주는 제가 챙길게요. 아이들 좋아하는 교육 방송 틀어 주세요."

"넵!"

그가 TV 방송을 틀어 주려고 다가가자 곤이는 기다렸다는 듯 미리 춤을 추기 시작한다. 방송이 시작하고 진행하는 귀여운 여자아이가 나오자 손뼉 치며 웃는다. 그녀가 맥주를 건네어 주며 말한다.

"곤이가 저 MC 여자아이 나오면 즐거워해요. 아라는 곤이 보고 따라 즐거워하고..."

"좀 더 자라서 최고의 친구가 되었으면 좋겠다. 자~~ 그럼 오늘의 스토리를 들어 보실까요?"

"넹~ 한 대 피우시죠~~"

그가 열어주는 문을 그녀가 재빠르게 빠져나가고 넓은 의자에 그녀가 앉는다. 그는 그녀가 챙겨주는 담배를 물고 그녀에게 불을 붙여 준다. 경쾌한 탄산 배출 소리가 들리며 그들은 오늘도 일상을 나눈다.

"잘 찾아가셨어요? 구글 맵이 정확하지 않아서..."

"거의 다 가서 조금 오차가 있었지만 잘 도착했지. 그 부부 가게가 꽤 구석에 있어서 완전 아지트던데. 주변도 3가구 밖에 없어 조용하고, 앞마당 전망도 시원하게 뚫려 나쁘지 않았어."

"음식은 뭐 드셨어요? 파스타??"

"처음이라 자신이 없어서 무난한 카레라이스 주문했지."

"그 마음 알죠. 맛은 어때요?"

"비주얼은 그냥 그랬는데 맛이 생각보다 깊어서 놀랐어! 며칠 통속에서 숙성됐는지 향이 제대로더라."

"맞아요~ 카레는 만들어 놓으면 점점 맛있어요. 다행이네요."

"아담한 스툴 바도 만들어 놓아 여러 종류 술병들도 진열해 놓고, 테이블은 딱 2개 있더라. 중앙 홀은 포켓볼 테이블도 있더라고."

"한 게임 하셨겠네요. '참새는 방앗간을 그냥 지나가지 않는다!'라고 배웠습니다."

"초크상이 먼저 치자고 하더라... 자신의 실력에 나름대로 자부심이 보이더라고. 그래서 스포츠 정신에 따라 정중히 밟아 주고 왔지."

"삼상 게임 한 번도 못 봐서 모르지만 좀 치시는 것 같네요."

"그냥 누구하고 게임을 해도 재미있게 칠 정도지... 그렇게 좀 놀다 우리 정체가 궁금한지 이것저것 물어보더라. 그래서 그냥 러프하게 두리뭉실 얘기해 주었더니, 나보고 재미있는 캐릭터라고 깔깔거리며 웃더라. 그리곤 초크상이 나랑 데니 지사랑 잘 어울릴 것 같다고 소개해 준다고 하더라!"

"어머! 우리 농담처럼 여기 지사 데니 만날 기회가 올지도 모른다고 얘기했잖아요?"

"그랬지. 그래서 나도 내심 은근 기대하는 마음이 있었는데, 그러다 말도 안 되는 소리를 하기 시작하는 거야."

"왜요? 뭔데 뭔데요??"

그는 연기를 깊게 마시며 바로 탄산을 한 모금 섞어 넣고, 천천히 그리고 길게 흩날리며 말을 이어간다.

"흠... 그 사람들 외계인과 커뮤니케이션하고 있다네!"

"하이이잉? 마지데스카(진짜인가요)??"

그는 사진을 보여주려 전화기를 찾지만, 주머니에 X가 없다. 잠시 X의 위치를 생각한다.

"앗! 잠시만 내 아이폰 차 안에 있나 보다."

바로 앞바닥에 놓여 있는 흰색 크록스 슬리퍼를 신고, 주차장으로 걸어가 X를 찾아온다. 그리고 아까 찍어 놓은 신문 기사 사진을 그녀에게 보여준다.

"이거 한 번 봐봐~~ 뭐라고 쓰여 있는지."

그녀는 그의 X를 손에 쥐고 크게 확장 시켜 자세히 들여다본다.

"어머~ 어머머! 기사에 초크상 좀 젊어 보이는 얼굴이랑 정말 외계인과 소통하고 2020년 이번 연도 7월 일본에 큰 재앙이 닥친다는 손 편지를 받았데요? 혼마니?? 오 마이 갓!!! 삼상 그렇게 외계인과 만나보고 대화해 보고 싶다고 노래하시더니 진짜 이루어지시나 봐요???"

"휴... 나도 그랬으면 날아갈 듯 기쁠 것 같은데 왠지 아닐 것 같은 정황들이 보여서..."

"왜요? 어떻게 확신해요?? 아니라는 증거가 보였나요???"

"음... 먼저 메시지가 손 편지라는 부분이 이상해. 그 사람들 얘기는 공간을 넘나드는 능력 또는 퀀텀 스텔스 스킬이 눈앞에서 일어나, 갑자기 쪽지나 물체가 뚝 떨어진다는 거야. 그 정도 고도의 지적 생명체가 왜 잘 쓰지도 못하는 글씨체로, 맞춤법도 틀리고 단어도 틀리고 암튼 메시지에 목적이 안 보여. 단순히 경고하는 목적이라면, 왜 계속 그곳에 머물고 있으면서 나타나지도 않고... 때가 되면 나타나서 뭘 어떻게 할 수 있는데? 이런 말장난 하는 내용?? 거기다 여러 쪽지의 절단면이 깔끔하지 않다는 점 등등 모순이 너무 많이 보여. 그래서 물었지. 언제 처음 그 존재를 인지했냐고... 그랬더니 그들이 몇 년 전 자는데 며칠 동안 찾아와 아이 귀신 놀이 같은 얘기를 하는 거야."

"푸~하 아이 귀신 놀이는 뭐에요?"

"자는데 발을 뭔가가 툭툭 쳐서 일어나 보면 아무것도 없고, 그렇게 며칠 같은 일이 반복되다가 나중엔 자는데 이불을 뭔가가 확 벗겨 버렸다네. 역시나 아무것도 주변에 없었고... 그래서 귀신인 줄 알고 퇴마사를 부르러 고민했다나 어쨌다나... 아무튼 그러다 둘이서 저녁 먹는데 천장에서 이런 쪽지가 꼬깃꼬깃하게 접혀툭 떨어졌다는 거야! 식탁 테이블 위로... 아니 그런 멋진 고도의 하이테크 스킬들을 가지고 벽에 레이저로 깔끔한 글자가 새겨진 것도 아니고, 아니면 그냥 허공에서 빳빳하고 샤프하게 절단된 종이가 살랑살랑 깃털처럼 자유낙하를 해도 믿을까 말까 한데... 아무튼 그래서 무슨 내용이냐? 물었더니 '우린 귀신이 아니고 다른 행성에서 온 존재다. 놀라지 마라. 너희들 모든 것을 우리는 보고 있다. 지구에 위험한 일들이 일어나 위험하다.' 이런 식의 메시지를 많이 받았다네.

"왓더헬? 들어보면 그냥 사기네요. 무슨 외계인이 집안에 살면서손 편지를 계속 날려 주어요. 피곤하게... 아파서 요양 중인 외계인인가요?? 왜 그 기술력을 가지고 그 집에서??? 그 사람들이 특별해서?? 뭐에요? 그런 쿠소(똥) 커플들..."

흥분한 그녀가 탄산 알코올 보리차를 벌컥벌컥 들이켠다.

"갑자기 목 타지. 나도 그랬다. 중요한 건 내 눈을 똑바로 바라보지도 못해. 그들이 그 메시지 내용을 믿는다면 보이는 상식적인 사람의 행동이 하나도 안 보인다는 거지. 곧 다가올 종말적 재앙을 알면서 비즈니스에 관심을 두고 이것저것 물어본다? 난 나름대로 상상력이 풍부하다고 생각하는 사람 중 한 명이고, 날고 싶다는 원초적 이카루스 욕망도 가지고 있다고 해도, 그런 꼬깃꼬깃 찢어져 더러운 날개를 달고 날 수는 없는 거잖아??"

그리고 샘은 다른 여러 장의 메시지를 찍은 다른 사진들을 보여

준다.

"내용은 모르지만 안 봐도 그냥 말장난들 써 놓았을 것 같아. 한 번 봐봐~~"

사진을 확대하여 쭉쭉 읽어 내려가던 그녀가 말한다.

"모에요? 이런 못생긴 글씨체에 일본 사람도 해석하기도 힘든 유치한 내용들을 외계인이 전달한다고요?? 기가 막히네요. 헐~~~"

"하하, 너무 흥분하지 마! 기도 너무 막히면 죽어요!! 나도 간만에 타인에게 성질 버럭 올라와 냉수 마시며 가라앉혔지. 그러다 갑자기 궁금해지는 거야. 그래서 물어봤지. 다른 사람에게도 메시지가 오냐? 그랬더니 지인 중 한 20명 정도 받았다는 거지."

"헐~ 20명이나 그런 메시지를 받고 있다고요?"

"그렇다네. 그래서 너무 궁금해지더라고. 도대체 왜 그 나이들 먹고 이런 2차원 또라이 놀이를 진지하게 하고 있는지 이유가... 그리고 20명 넘게 편지를 받았는데도, 그런 상황을 유지하고 있다는 건 그들은 또 뭐 하는 인간들인가 싶어지는 거야. 그 정도 이성적 판단이 안 되는 사람들이랑 도대체 뭘 하려는 걸까? 작가적 궁금증이 발동되더라..."

"그러네요. 오키나와의 순진한 사람들 꾀어서 무언가 하고 싶은 걸까요? 아니면 그런 사람들도 외로워 단체로 그런 놀이를 즐기는 건가요??"

"설마 오키나와 사람들이 아무리 순박하다고 해도, 그런 놀이를 즐길 정도로 이성이 마비됐을까?"

"본토에서도 가끔 말도 안 되는 종교에 빠지고, 말도 안 되는 사기당해서 피해 본 사람들 뉴스가 나와요."

"헐~ 뭐 그건 환자 수준이라 할 말이 없습니다. 그나저나 또 생각나는 의문이 있어 물어보았지? 혹시, 데니도 메시지 받았냐?? 물었더니 다행히도 데니는 손 편지 안 받았다네. 만약 데니도 메시지 받았는데 그들이 멀쩡하다는 건, 데니도 별 볼 수 없는 냄새 나는 정치인이라는 방증이잖아??? 언론들이야 집권당 꼭두각시가 되 썩을 대로 썩어 진실은 감추고 가십거리 헌팅만 두 눈 빨개져 찾아다니는 걸로 유명하지만!"

"데니가 지인이라는 것도 거짓말 아닌가요? 그럴 가능성이 매우 높네요."

"그럴지도... 나한테는 주로 밖에서 만나다가 지사 당선 전에, 그 가게에 와서 한 번 놀다 갔다고 하네~~"

"왠지 시커먼 거짓의 냄새가 납니다."

"뭐 아직 알 수 없지만 돌아오면서 참! 이건 무슨 인연인가 싶어 머리가 좀 아팠다. 그리고 세상에 술 한 잔 준다면서, 럼주를 물 잔에 한 컵 그득하게 담아 주더라. 왠지 포켓볼 이겨서 받은 벌주 같더라."

"삼상! 오늘도 소설 스토리 좋은 소재 하나 획득하셨네요. 그렇게 좋게 생각하시죠~"

"그러게... 아까 확 지랄해주어 상종 안 하고 나오려다가, 어쩌면 소설 소재로 유익한 에피소드가 될 수도 있겠다는 생각에 참고 있었지. 돌아오는 차 안에서 아직은 무슨 목적으로 그런 놀이를 하고 있는지 모르니깐 좀 지켜보고, 철저히 객관적 3자의 눈으로 무

슨 일들이 벌어지는지 그리고 뭘 가르쳐 주고 싶은지 보고 배우고
말테다! 하면서 돌아왔다.”

　　“아무튼 수고하셨습니다. 저녁은 천천히 2시간 정도 후에 하시죠~”

　　“그래~ 아직 전혀 배고프지 않다. 메뉴는 정했어?”

　　“부대찌개에 가볍게 아와모리 한잔?! 정도...?”

　　“이이네~~ 그럼 난 좀 쉬다가 작업 좀 할게!”

　　“네~ 저도 천천히 준비하겠습니다.”

다시 써야 하는 인류사

그녀는 주방으로 들어가고 그는 작업 방으로 가서 마호가니 색상의 앤틱 장식장 위쪽에 올려놓은 노트북을 꺼내어, 두껍고 무거운 원목 테이블에 올려놓고 바닥 의자에 앉는다. 그리고 테이블 아래로 다리를 길게 뻗고 등받이 의자에 체중을 싣는다. 머리 옥침 부분에 두 손가락을 깍지 끼우고, 눈을 감고 아까의 상황을 정리해 본다. 그러다 그는 노트북을 열어 상황을 간단히 메모하고, 인터넷 정보의 파도에서 서핑을 시작한다. 트럼프 행보는 여전히 거침없다. 22분 정도 파도를 타다 눈에 피로를 느낀 그는, 잠시 정자세로 앉아 눈을 감고 단전호흡한다. 어느 정도 다시 안정된 그는 채 박사 강의를 청취하기 위해 유튜브를 켠다. 그의 수많은 콘텐츠 중 추천 동영상으로 '인류의 기원 - 흑피옥 이야기'라는 강의 영상이 추천되어 올라왔다. 샘이 그동안 찾고 싶었던 키워드다.

2013년 1월 15일 제작된 영상을 두근거리는 마음으로 재생 버튼을 클릭하자 강의가 시작된다. 크기가 꽤 큰 책 속에 검은색 조각품을 설명하면서 고분이 발견된 지역과 이동 경로를 설명한다. 그는 어디선가 본 듯한 이 검은 조각품을 기억해 내려 이마를 긁적거린다. 33초 후 순간 무언가 떠오른 그가 외친다.

"앗! 도굴품 파는 집에서 본 거다!!"

그가 2003년 파트너들과 회사를 만들고 5월부터 중국 베이징에서 출발 실크로드 로드트립을 다닐 때다. 골동품을 수집하던 중 어머니가 한국계 아버지는, 중공중앙당원 아들인 파트너의 로컬 라인을 통해 당시, 산시성 근처에서 열린다는 정보를 얻어 도굴품들을 모아놓은 시골 마을 집을 찾아갔었다. 꽤 넓은 집 안에 안내받고 들어가, 안쪽 벽면 입구가 보이지 않는 바닥 레일이 달린 큰 가구에 가려져 있는 지하실로 내려간다. 넓게 펼쳐진 공간에서 각 지역의 도굴꾼들이 모아온 온갖 부장품들과 각양각색의 고미술 작품들이 바닥과 진열대에 전시되어 있었다. 당시 도굴꾼들은 잡히면 인민재판도 없이 바로 사형을 당하는 살벌한 법이 있어서 그들은 은밀하고 조심스럽게 정보를 공유한다. 샘은 처음 보는 규모와 터무니없이 저렴한 가격에 놀라고, 다양한 종류에 눈이 정신없이 돌아다녔다. 그러다 그는 자기 한 뼘 두께만 한 보존 상태가 상당히 좋은 '고구려 벽화'를 보았다. 책에서만 보던 그 벽화가 눈앞에 있었다. 흥분한 그는 가격을 물어보았고 50,000위안(천만 원 정도)이면 구매가 가능했었다. 샘이 생각하는 가치에 비해 너무 형편없는 가격이었지만, 당시 가지고 간 현금은 다른 작품들 구매 리스트에 책정되어 있어서 그의 간절한 구매 의견은 파트너들의 부피와 무게, 가격 등의 변동 사항 등의 이유로 동의를 얻지 못했었다.

큰 아쉬움을 뒤로하고 반짝이는 눈으로 다른 작품들 헌팅을 하려 시선을 여기저기 옮기며 구경하고 다니다가, 구석에 놓여있는 많은 종류의 크고 작은 흑인 조각상들을 발견한다. 왜 중국에 아프리카 흑인들의 조각이 있는지 의문을 가졌었다. 특이한 형태의 조각상을 들어 보니 쇳덩어리 같은 묵직한 돌을 샤머니즘 형태의 원시인을 재치 있고, 뛰어난 솜씨로 다양한 조형이 조각된 작품들을 관심 있게 보고 있었다. 파트너 중 자칭 전문가라고 말하는 중앙당원 아들 미미가 그런 돌은 인기 없어 팔기 힘들다고 얘기했던 그 작품들이다. 지금 채 박사가 인류의 기원을 설명하며 세상을 뒤엎을 위대한 발견이라며 열띤 강의를 하는 것이다. 너무 놀란 샘은 영상을 멈추고 흑피옥에 관한 다른 기사와 자료들을 찾아본다. 곧 동공이 확장되는 놀라운 기사를 찾는다.

'한국의 저명한 리서쳐 겸 예술가 채희석 씨는 2012년 9월『흑피옥과 마고 문명』이란 책을 출간하고 소개하는 작품들은 기존 인류학, 철학, 종교 예술, 고고학 등 기존 인문학을 뒤엎은 발견'이라는 기사다. 채 박사는 이 책을 통해 고대 인류가 직립 보행하는 과정과 헤어스타일, 의복의 변천사 등 당시 사회 모습을 유추할 수 있다고 말하며, 그들의 손에 철제 도끼를 비롯하여 농기구, 스패너, 판금기구, 창, 망치, 정 심지어 프리메이슨들의 상징인 컴퍼스와 직각자도 들고 있다고 얘기한다. 특히 주목할 점은 흑피옥에 새겨진 한자 및 한글 점성술 기호, 알파벳 등 현대에 사용하는 문자들과 매우 유사하다'고 한다. 또한 수많은 반인반수의 작품들은 지금까지 전해오는 여러 신화와 정확히 일치한다는 충격적인 기사다. 어마어마한 뉴스에 놀라 샘은 다른 기사도 찾아본다. 중국 길림대 고고학과 백악이라는 교수가 30년 넘게 연구한 내용을 2000년 6월 26일 발표한 기사를 찾았다. 그가 연구한 유물 표면에는 35개 원소를 섞은 광물성 흑피로 도색되었고 현대 기술로도 재현 불가능하다고 말한다. 그리고 2001년 9월 '중국문물보'에 원형조각 흑피옥기의 진위와 연대에 대한 시론을 발표한다. 그러다 김희용 씨가 2006년 8월에 발견한 흑피옥 출토 장소는 내몽고 화덕현 따징구촌 지역으로 누구도 상상 못한 곳에서 출토된 무덤 주변에는 많은 유사한 무덤들이 있었다고 증언했다는 기사다. 내몽고 지역에서 발견된 이 흑피옥 문명은 홍산 문명에서 대량 발견된 경옥보다 강도가 높은 강옥에 검은 도료를 칠한 작품으로 여러 나라 연구소에서 탄소연대측정을 의뢰한 결과 14,000~12,000년이라는 놀라운 분석 결과가 나온 기사들도 찾았다. 흥분한 그는 자리에서 벌떡 일어나 우유에게 간다. 아이들과 앉아 TV를 보는 그녀에게 채 박사 영상에서 본 흑피옥의 존재에 대해 이야기 해주지만, 두서없이 듣는 그녀는 잘 이해를 못 한다.

"미안 너무 흥분에 앞뒤 없이 얘기해서 헷갈리겠구나. 아오~ 일단 흥분 좀 가라앉혀야겠다."

그가 담배를 피우러 나가자 곧 뒤 따라 그녀가 시원한 맥주 한 캔을 들고나온다.

"오~ 필요했어! 도모~~"

그는 혼자 허공에 캔을 들고 외친다.

"위대한 발견을 위하여~~"

"뭔데 그렇게 흥분하세요?"

그는 세 모금 울대를 움직이며 벌컥벌컥 마시고, 가볍게 올라오는 탄산을 빼내고 천천히 동영상과 기사 내용들을 설명해 준다.

"그럼 그 흑피옥으로 인류 기원의 증거가 될 수 있다는 말인가요?"

"아직 영상 강의를 다 못 봐서 아직은 모르지만, 드러난 정황과 증거로 충분히 설명해 주실 것 같은데? 와~ 박사님과 이렇게 우연히 교집합 코드가 나오네. 좀 아깝다... 당시 내가 좀 더 우겨서 구매했으면 흑피옥에 대해서 좀 더 일찍 알 수 있었을 텐데... 그랬다면 그동안 수집했던 앤틱 컬렉션 중 단연 최고의 보물이 되었을 것을... 하기야 보물은 주인이 따로 정해져 있다고 했었어! 예전부터..."

"전혀 들어 본 적이 없어요. 그런 유물이 있었다는걸..."

"나도 오늘 처음 그 유물이 뭔지 알았어. 난 직접 눈으로 보고 만져보기까지 하고서도 그 가치를 몰랐었네. 무지가 죄다! 죄!!"

담배를 맛있게 피우는 그의 모습에 그녀도 불을 붙인다.

"그 박사님과도 삼상 인연의 고리가 연결될 것 같아요. 아직은 나타나지 않았지만... 곧 막걸리 잔을 기울일 기회가 오지 않을까요?"

"그런 기회가 온다면 영광이죠! 내 인생에 단 한 번도 만나지 못한 제대로 된 스승의 인연이 유튜브를 통해 연결될 줄이야... 2012년 9월에 채 박사님이 『흑피옥과 마고 문명』이라는 두꺼운 책을 출판하셨다는데 아... 직접 보고 싶다."

"인연이 있다면 기회는 옵니다. 기다려 보시죠."

"흑피옥 관련 강의들이 있으니 일단 그걸로 만족해야지. 6개월 전쯤인가 박사님 저서 중 『판스퍼미아』라는 책도 너무 보고 싶어서, 당신 어머니께 부탁드렸었는데 절판되어 이젠 구할 수 없다고 하시고... 그리고 한국에선 채 박사님 평판이 안 좋다고 너무 관심두지 말라고 하셨다며~~ 참! 안타까운 일이다... 뭐 마마짱 말대로 인연이 있으면 볼 기회가 있겠지~~"

[판스퍼미아'는 채 박사의 저서로 2009년 2월 4일에 출간된 책으로 천문학, 점성학, 오컬트학, 신화학, 비교종교학, 인류학, 고고학, 비교언어학, 생물학과 한국태고사, 중국, 인도, 페르시아, 수메르, 태고역사, 성경, 외경, 우주인들의 메시지를 기록한 수많은 우주과학, 심령과학 등 모든 방면에 해박한 지식과 통찰력으로 기록한 인류태고문명의 대서사시! 몽골, 러시아, 중국대륙, 티벳, 네팔, 인도와 한반도 일대 등 30여 개의 태고인류들이 살았던 도시들을 직접 방문 답사한 후 한민족의 이동발자취를 기록한 책이다.]

- 판스퍼미아 표지글 발췌 -

거실에서 놀던 아라가 갑자기 울음을 터트린다.

"제가 들어가 볼게요~"

"곤이 녀석이 때렸나? 갑자기 왜 울지?? 그 담배는 내가 마저 피울게~~"

그는 스마트 폰 X로 채 박사 흑피옥 강의를 검색한다. 가장 오래된 영상을 찾아보니 2013년 1월 15일 동영상 이후에 7개의 강의 영상이 검색된다. 동영상 청취를 시작하고 그는 입이 벌어진다. 채 박사는 흑피옥을 샘플로 강의를 시작하는데 흑피옥의 강도와 설명할 수 없는 가공 기술이 당시에 존재했다고 얘기한다. 그런데 더욱 놀라운 사실은 도료에 대한 성분을 분석한 중국 길림대 백악 교수의 연구 결과를 예시로, 본인도 서울대학교에 탄소연대측정 검사를 의뢰한 결과 같은 수치 14,000년이 나왔다고 증언한다. 그리고 김희용 선생이 흑피옥을 발견한 과정을 자세히 설명해 준다. 채 박사가 설명하는 김희용 선생은 샘이 어려서부터 꿈꾸어 온 트레져 헌터였다.

"진정한 대선배님이셨네. 김희용 선생은…"

그리고 채 박사는 호탕하게 얘기한다. 기존 역사, 인문학 등 모두 엉터리 거짓이라고 선언하자, 샘은 묵은 때를 벗긴 듯 개운함을 채 박사의 웃음소리에서 느낀다. 진행되는 강의 내용은 역시 경이로움의 연속이다. 그렇게 동영상 속에 빠져 있다가 그녀가 부르는 소리에 돌아와 주방으로 들어간다.

"벌써 준비 다 했어?"

"재료는 아까 준비해 놓았고 약한 불에 천천히 끓이기만 해서 간단합니다."

"요시~ 아주 고무적이네. 맛있겠다."

"고무맛일 것 같다고요?"

"아니! 고무적이란 말은 상대방이 무언가를 잘했을 때 옆에서, 북 치고 장구 치고 춤도 추면서 격려하고 응원해준다는 뜻으로 사회조직에서 잘 사용하는 단어!"

"아항~~ 좋아요. 그런 단어! 삼상이랑 있으면 학교에서 배울 수 없는, 생활 단어들 배울 수 있어서..."

"좋지요~ 서로 배울 수 있으니! 아이들은 뭐 안 먹어도 괜찮아?"

"곤이는 큰 바나나를 3개나 먹어서 저녁 안 먹을 거고, 아라도 카스타드 2개랑 젤리 먹어서 괜찮아요."

"그렇군... 자~ 그럼 먹읍시다."

그는 그녀가 준비해 놓은 위스키 온더락 잔에 얼음으로 반을 채우고, 두꺼운 종이 팩에든 1리터 류(용) 아와모리를 서로의 잔에 나눈다.

4년 전 이들 부부는 그의 부랄 친구 한석의 소개로 서울 목동에 위치한 가수 '엑소' 공연장에서 처음 만났다. 그녀는 3층 VIP 라운지에서 공연을 내려다보고 있었다. 그들은 기획사 대표와 미팅을 마치고 친구와 함께 강남으로 이동한다. 그곳에서 그녀와 늦은 저녁 식사와 가벼운 반주로 소주 각 1병씩을 나눈 후 헤어진다. 두 번째 만남은 10개월 후였다. 강남 어느 음산한 지하 술집에서 우연히 다시 마주 앉는다. 그 후 이들은 어느 가수의 노래 가사처럼 '사랑보다 먼 우정보다는 가까운' 감정의 파도 위에 올라 자유롭게 썸을 타면서, 소주가 만들어 주는 솔직한 순간의 감정들을 좋아하는 애주가들이다. 그리고 말로 설명할 수도 없고 눈으로 확인할 수 없는 감정의 점들이 모여 선을 만들어 그때부터 미래에 대한 그림을 그렸고 오늘도 그림을 그리고 있다.

"오늘도 이벤트가 있었네? 평생 처음 보는 캐릭터들이라 좀 어리

둥절하지만 여러 가지 흥분한 날이네??"

"그러네요. 저도 그런 사람들은 만화에서도 본 적 없어요!"

"우리에게 일어나는 모든 일은 이유가 있을 거야. 모든 인연에는 정해졌던 이유가 전생부터 연결되었다고 생각해. 대부분의 사람은 이유를 모르고 스쳐 가겠지만... 그 이유를 찾아보는 재미도 있는 거고, 또 뭔가 배울 점도 있을 거고... 아버지가 어려서 나에게 그러셨다! '거지에게도 무언가 배울 수 있는 마음만 있다면 어디에 살아도 문제없다!' 그리고 아직 인연의 고리는 알 수 없는 거니깐... 아무튼 자! 오늘도 수고했어요~ 간바이~~"

"넵~ 수고하셨습니다. 간빠이!!"

그는 가스버너 위에서 보글보글 끓고 있는 진한 국물을 맛본다.

"와우~~ 마마짱 내공이 점점 끓어오르는데?"

"헤헤~~~ 다행입니다. 그런데 그 커플은 도대체 무슨 목적으로 그런 놀이를 하는지 정말 궁금하네요."

"아~~ 몰라... 지금은 머리 아프다. 나중에 다시 기회가 되면 보이겠지! 그때 가서 생각할래~ 지금은 이 시간을 뺏기고 싶지 않다. 시간 도둑들..."

"깔깔깔~ 맞네요! 시간 도둑 커플!!"

스팸 햄을 얇게 슬라이스하고 칼집 낸 비엔나소시지와 베이컨 햄과 두부, 그리고 팽이버섯 등 야채가 육수에 우러나온 진한 맛이 그를 밥도둑으로 만든다. 한 공기 흡입 후 그가 말한다.

"난 그들 커플보다 오늘 찾은 흑피옥 때문에 완전히 흥분했었다."

"정말 그렇다면 대단한 발견 아닌가요? 단순한 오파츠를 넘어 세계사를 다시 써야 하는 것 아닌가요??"

"당연하지! 그런데 문제는 현재 일루미나티 노예사학계가 받아들일 가능성이 너무 적다는 거지!! 지들 밥그릇 챙겨야 하거든..."

"안타까운 현실입니다. 언제까지 저러고들 계실까...?"

"그래도 다행인 건 우리 아이들이 보낼 퀀텀 세대들은 드러난 진실 속에 제대로 된 뿌리를 알고 진화되어 안정된 진정한 자유의 미래를 누릴 부러운 세상을 살아갈 테니깐... 그들이 아무리 거짓이란 똥으로 처발라 우겨도 시간이 지나면 변하지 않는 진실은 그 자리에서 나타나 빛을 드러낼 수밖에 없지! 그게 진리니깐!!"

"그런 날이 빨리 왔으면 좋겠습니다. 아직도 나라마다 서로 더 가지려고 모략하고 싸우고 죽이고 뺏고 끊임없이 전쟁해오고 있잖아요..."

"고대에 신이라 불린 뛰어난 인간 존재들도 그렇게 서로 시기하고 질투해서 파괴해 다시 문명을 이루기를 반복하면서 주구장창 그래왔고, 그 DNA가 이어진 인류도 똑같이 반복하는 거 아니겠어? 과정과 방법에 차이가 있을 뿐... 그래서 인류가 각성하기 전까지는 이 3차원 물질계에서는 답이 없는 거지. 신이라 불렸던 존재보다 더 위대한 예수님 같은 진리의 선도자가 다시 인류에 출현하지 않는 이상 갈 길이 멀다 멀어..."

"그런 날이 올까요?"

"음... 믿는 사람이 많으면 많을수록 빨리 오지 않을까...? 어쩌면 몇 달 전 다운로드해서 읽은 '탈무드 임마누엘'에서 제일 사랑한

제자 '유다 이스카리옷'이 기록한 예수님 말씀들을 보면 약속하신 2,000년이 지금 세대이기는 하다. 뭐, 속도가 늦을지도 모르겠지만 먼저 내 가족, 특히 아이들에게 진실을 가르쳐 주어, 깨달으면 사회로 연결되고 그게 광대역으로 확장되어, 언젠가 다른 나라들도 깨달아 인류가 깨어날 그날을 위하여 건배!"

"네! 진심 건배하고 싶네요~~ 건배!!"

"왠지 그전에 지구가 리셋 될 느낌이 강하긴 하지만... 휘~~ 지금 희석이 가장 알맞은 농도다! 우마이이잇~~"

그는 얼음만 남기고 다 들이킨다. 만족스러운 표정의 외침이 나온다.

"천천히 드세요~~ 그렇다면 그것도 운명인 것이죠! 이제 슬슬 라면 사리 추가할까요?"

"조~오~~치~~~ 투하해 주세요!!!"

그는 다시 잔을 채우고 얼음 3개를 꺼내어 그녀 잔에 1개를 넣고 자신의 잔에도 첨가한다. 그러자 곤이 다가와 무언가 먹고 싶다고 어필한다.

"아들! 한국 김에 밥 넣어 아기 김밥 만들어 줄까?"

마음에 들어 하는 표정이 아니다.

"곤이 아직 배고프지는 않은 것 같고 뭔가 다른 간식을 원하는 것 같아요..."

"음... 간식 거의 다 먹고 없을 텐데... 곰돌이 젤리 먹을래?"

표정이 대답을 대신한다. 분명 자기가 좋아하는 단어들은 인지하고 있다. 신기하게 아라도 젤리 단어에 반응하고 주방으로 들어

온다.

"아랏! 우리 공주님도 곰돌이 젤리 먹고 싶어요?"

보석보다 빛나는 두 눈동자를 반짝이면 무엇이든 해주고 싶게 만든다. 마법의 미소가 대답을 대신한다. 아이들의 눈은 입보다 빠르게 커뮤니케이션할 수 있다고 가르쳐 준다. 그가 냉장고 위에서 곰돌이 팩 2개를 꺼내어 오픈해 주니 아이들은 답례로 행복 바이러스를 사르르 뿌리고 뛰어나간다. 그는 아이들이 뿌려주는 행복 바이러스에 기뻐하는 노예다.

"이렇게 간단히 저런 웃음들을 볼 수 있다는 건 축복이다. 하하하."

"그렇지만 너무 자주 주시면 안 돼요."

"넵! 회장님~~ 이제 라면 거의 익지 않았을까?"

"면 색깔이 조금 더 있어야 맛있지 않을까요?"

그는 면발 한 가닥을 건져 맛을 본다.

"웅! 역시 라멘야(라면 가게) 사장 경력이 보이는데!! 면 색깔을 보고 아는구나..."

"삼상! 배가 많이 고팠었나 봐요?"

"그런 것도 조금 있었지만 이렇게 만들어 놓으면 안 먹을 수가 없잖아~~ 날 돼지로 사육하고 싶어 작전 중인 거야?"

"같이 지내보니 삼상은 절대 돼지계가 아닙니다."

"우리 한국에서 처음 만났을 땐 돼지였는데...?"

"에이~~ 그때하고는 다르죠! 그때는 반쯤 미쳐서 식사 대신 매일 술과 안주로 배를 채우셨으니 부은 거죠!"

"하긴... 그때는 독일에서 공수해 온 테디 베어 서진 형이 같이 있었으니~"

"전 아직도 서진 오빠가 10분 안에 5인분 대왕 라면 국물까지 깔끔하게 드신 무료 챌린지 기억이 생생해요. 설마 했었는데 여유 있게 클리어하시고 또 나와서 술안주로 양 꼬치구이도 같이 5인분 정도 드시고..."

"하하~ 그 형은 푸드파이터는 아니지만, 음식을 안 가리고 즐기며 진심 잘 먹는 캐릭터지. 지인 중 최고일 듯!! 그래서 우리가 이태원 주변 식당, 술집 사장들한테 인기 짱이었었지!"

"내가 얘기한 IT계 꼬마 천재 삼총사들도 알아주는 푸드파이터 캐릭터지만, 서진 형한테는 바로 무릎 꿇지! 오~ 이제 먹어도 되겠다."

"그럼 서진 오빠도 그 천재 삼총사들 아시나 봐요?"

그는 잘 익은 면발을 흡입하고 우물우물 씹으며 대답한다.

"같은 컴퓨터 엔지니어 팀이었으니 잘 알죠~ 가끔 개 박사한테 삼총사들이 영혼 털리면, 서진 형이 아빠의 마음으로 녀석들을 다독여 주기도 했었지."

"개 박사? 아... 그 김 박사?? 근데 정말 나사에서 연구하고 온 박사 맞아요??"

그는 아와모리로 매콤한 입안을 정리하며 진지한 표정으로 말한다.

"나중에 확인해 본 결과 나사와 조인 프로젝트를 수행한 건 맞는데, 그 대단한 프로젝트 말아먹은 장본인이 그 개 박사라는 후문이 많아~ 물론 직접 확인한 사실은 아니지만, 여의도 프로젝트랑 아부다비 프로젝트팀에서 하는 짓 보면 안 봐도 비디오다. 에드워드 이사도 아부다비에서, 우리 프로젝트에 조인하기 전 가장 망설인 이유가 과거에 맥킨지 컨설팅 팀장으로 있을 때, 팀 멤버로 들어온 개 박사 때문에 너무 머리 아팠었다고 하더라. 나랑 술 한잔하면서 고백했었거든. 얼마 못 버티고 퇴사해서 다행이었다고... 여러 가지 정황으로 보면 그의 조직친화력은 제로라 만약 꼭 같이 일해야 한다면, 그냥 골방에 처박아 놓고 연구만 시키는 연구원으로 가치는 있을지 몰라도 비즈니스 시키면 망한다는 게 내 지론! 그놈은 조직 속에 우수한 암세포랄까?! 뭐 두 번 다시 그놈 팀으로 들어오라고 해도 안 하겠지만..."

내로남불!

"삼상! 그러면 아부다비 팀에서 빠져나오신 게 김 박사 때문인가요?"

"아니... 한석이 결혼식에 참석하려고 나왔다가 이슈가 있었지. 개 박사가 또 한석이를 들들 볶은 거지. 한석이 뒤통수 본 적 있어? 500원만 한 원형 탈모의 원흉이 바로 개 박사인 거지!"

"아~ 봤어요. 못 본 척하려다가 얘기했더니 너무 일이 많아서 그렇다고 하시던데..."

"뭐 일이 많긴 많지만, 언제는 일 많이 없었나? 아무튼 조직에서 자기에게 잔소리하는 유일한 존재가 나였으니... 조직에서 임원 자리 앉아서 해야 하는 일은 안 하고, 정치질과 손가락질 신공을 사용했지. 자기 말에 복종하지 않는 팀원은 다른 팀원과 갈등을 만들어 분란 조장하고, 직원들이 공들여 만든 성과 자기가 잘나서 된 것처럼 자기 공으로 만들어 공놀이하고 있고, 자신이 호언장담하며 시도했던 프로젝트 자빠지면 항상 남 탓하는데 프로수준이지. '난 항상 옳아!'라며 온갖 미사여구(美辭麗句)로 자신을 포장하고 합리화해서 대표 설득하면 또 유야무야 넘어가고... 서진 형과 영동이를 비롯한 삼총사까지 유능한 팀원들 다 날리고, 나 홀로 천상천하유아독존(天上天下唯俄獨尊) 모드였지!! 세상에 자기 조직 대표에게 대놓고 쌍욕 하면서도 직위를 유지하는 회사원은 듣도 보도 못했다. 아무래도 전공이 주변에 효과적인 암세포 유발을 집중적으로 공부한 박사 같아... 소시오패스는 멀리 있는 것이 아니야. 어느 조직이든 그런 존재가 있지만, 최고 책임자인 대표가 상황을 모르고 임원을 필터링 안 하면 조직은 썩어 괴사 하지. 그래서 또 나를 팀에서 제거 안 하면 자기가 퇴사 하겠다고, 개 박사답게 개지랄하시는 거야!!! 한두 번이 아니어서 대꾸할 가치도 없는 이슈였지만, 그 당시 나보다는 개 박사가 프로젝트 실무에 중요한 비중을 차지하고 있는 상황이었고, 한석이 개인 이슈까지 겹쳐서 나한테 부탁하더라고... 중학교부터 많은 시간 같이 보냈지만 그렇게 진지하게 부탁한 기억이 없거든!"

"머리 좋은 한석 오빠가 그렇게까지 김 박사를 감싸 안았다는 건, 당신이 모르는 비밀이나 약점 잡혀 있는 것 아닌가요?"

"그렇지?? 나도 그런 것 아니라면 도저히 이해가 안 가고, 너무 궁금했지만, 물어보아도 대답 안 하니 알 방법이 없는 거지 뭐... 그렇기 때문에 결과적으로 보면 개 박사 때문에 나온 게 맞는 거지."

"그래서 선거 캠프에 들어가신 건가요?"

"응... 그전에도 이 씨랑 박 씨 대선 캠프에 들어가 도와주라는 한석이의 제안이 있었지만, 정치 쪽에는 오줌도 싸기 싫다고 단호히 거절했었거든. 만약 기회가 된다면 청와대 대통령실 앞에 똥을 싸주고 싶은 마음은 있었지만... 핫하하하~ 하지만 그때는 상황이 조금 달랐어. 유쌍도 어느 정도 알고 있는 사실이지만, 한석이가 결혼을 전제로 8년째 사귀는 여자가 있었는데, 그 여자 집안이 한석이 집안에서도 잘 알고 있는 장성 집안이었거든. 그런데 아무런 얘기 없이 갑자기 다른 여자와 결혼한다는 소식이 장군님 집안에 들어가 곤란한 상황이었거든. 물론 남녀 문제는 당사자들이 가장 중요하겠지? 그렇지만 상대 집안에 아무런 언질도 없이 다른 결혼식이 진행되어 당사자인 그녀가 패닉 상태에 빠지고, 집안끼리 이슈가 될 것 같다고 나에게 SOS 친 상황이었지. 나중엔 당연히 소식이 들어가겠지만 타이밍을 늦추고 싶어 했었지. 그런데 때마침 장군님이 지방 국회의원 선거에 출마하시게 되었어. 그때를 맞추어 난 선거 지원자금을 현금으로 들고 현장에 투입되었던 거지. 회사에는 내가 따로 사이드 프로젝트로 지방에 내려가 진행하고 있다는 형식으로 얘기되어, 한석이 입장에서는 일타쌍피의 효과가 있었지."

"그때 한석 오빠가 따로 만나는 여자 2명도 제가 잘 아는 일본 유학생이었죠."

"그 친구들은 유흥을 목적으로 만난 거라 조금 다른 문제지. 진짜 문제는 결혼을 전제로 사귀고, 집안끼리도 알고 지냈다는 것이 포인트지. 그래서 어쩔 수 없이 트러블슈터의 미션을 받고 선거 전략팀에 갑자기 낙하산 타고 투입되어 처음엔 고생 많이 했다...! 그 전략팀 멤버들에게 이지매 아닌 이지매 당하면서... 힘든 시간 보내다가 결국 나중엔, 선거 전략팀장과 친해져 호형호제하면서 지 냈지만... 그 사람이 홍 국장이야! 그러다 선거 중간에 그녀도 다니 던 방송사 잠시 중단하고 선거 유세팀에 합류해서 아버지 지원 사 격을 나왔거든. 난 낮에는 전략팀에서 서바이벌하고, 밤에는 그녀 아니면 그녀 어머니에게 한석이의 상황과 당위성을 미화시켜 설득 하고, 나름 터프한 시간을 보내고 있었어. 그러다 사고가 난거 지...!"

"사고?! 그런 건 로맨스라고 부르는 것 아닌가요?"

그는 들고 있던 잔을 돌리다가 적당히 희석된 아와모리를 들이 킨다.

"내로남불! 내 입장에서 보면 로맨스가 맞는데, 한석이 입장에선 사고인 거지!! 어쨌든 내 입장에선 미션 클리어하려고 노력했지만, 나중엔 내가 장군님의 성품에 반해서 개인 인적자원을 끌어올 정 도로 선거운동에 진심이었거든. 그래서 범영이 형을 캠프에 조인시 킨 거야. 내 개인 비용으로... 형은 예전에 일본 오사카에서 교수 생활하면서 선거 캠프 경력이 있었거든. 그런데 마침 홍 국장과 동 갑이라 친해져 친구 사이로 지내면서 선거운동에 전력을 다했지만 아쉽게도 상대방의 부정선거로 패배해 선거가 끝난 거야. 하지만 그들과의 관계가 이어져 여러 가지 정부자금을 홍 국장이 연결해 주어 범영 형 회사를 전주에 세팅했었지."

"삼상이 박사님과 변산반도에서 정부지원금 콘퍼런스 PT하실 때 저와 진영 오빠도 그곳에 놀러 갔었잖아요! 손 박사님도 쉽지 않은 캐릭터세요. 당신한테 항상 부탁만 하시고... 저도 같이 있었던 술

자리에서는 삼상과 싸우시고 서진오빠 안절부절 말리시고... 결국 회사 지분 문제로 삼상 배신했잖아요. 서진 오빠도 힘들게 하다가 결국 오빠도 얼마 전 지분 다 포기하고 퇴사하시고..."

"뭐 미련 없다. 이젠 잘되기만 바랄 뿐..."

"그러게요. 손 박사님 어머니는 좋으신 분인데... 저한테도 잘해 주시고... 성공하시길 바랍니다. 그나저나 삼상의 로맨스는 어쩌다 한석 오빠가 알게 된 건가요?"

"내가 기획했던 프로젝트 중 드론 레이싱 파크 기억나지?"

"알죠! 삼상 부탁으로 신림대 후배 중 기획서 잘 쓰는 동생한테 알바 부탁했었지요."

"그래! 그 기획서!! 알바 비용에 비해 전혀 만족할 만한 수준은 아니었지만..."

"그 일은 저도 죄송하게 생각합니다. 차라리 제가 만들어 드릴 걸... 후회했습니다."

"다이조부다요(괜찮아요)~ 아무튼 그 프로젝트도 시장실에서 프레젠테이션하고 시장님이 마음에 들어 하셔서 진행하고 있다가 마침, 시에 저당 잡힌 야산 땅이 있었는데 나보고, 공시지가보다 많이 싸게 줄 테니 구매해서 개발해 보자고 하셨거든. 내겐 그만한 돈이 없었지만, 워낙 좋은 조건이었고 주변 환경도 좋았거든. 그냥 포기하기 아까워 주변 정보 등 여러 가지 리서치하다가 심지어 그 땅에 식수로 사용할 수 있는 깨끗한 지하수가 매장된 사실도 발견했지."

"에? 너무 좋은 조건 아닌가요?"

"맞지! 드론 레이싱 파크는 시 차원에서 지원받아 운영할 수 있고, 만에 하나 활성화가 안 돼서 프로젝트가 실패해도 순수한 토지의 가치와 주변 경관 그리고 지하수만 가지고도 충분한 투자 가치가 있어서 한석이에게 투자할 의향이 있냐고 물었고, 한석이도 조건이 좋아 일단 먼저 실사해보자고 같이 땅 보러 내려갔었지. 그렇게 잘 보고 다시 서울 올라가는 길에 마침, 내 전화로 그녀가 전화했고 차 안이라 나와 통화하는 그녀의 목소리 톤으로 무언가 낌새를 챈 거지. 한석이가 촉이 좋거든!"

"그래서 고백하신 건가요?"

"흠... 한 30분 말없이 고속도로를 달리다가 한석이가 갑자기 피곤하다고, 그래서 내가 운전대를 잡고 올라가는데 무심히 바른 질문을 하더라. '그녀와 잤냐고?' 그래서 고민도 안 하고 바른 대답을 했지. '잤다!'라고... 비겁한 변명으로 들리겠지만 당시 상황이, 너에 대한 집착을 포기시키기 위해 결정한 것도 있다. 당시 하체 건강한 싱글 남자가 미녀를 거부할 수 없는 상황이었지만, 미안하다고..."

"한석 오빠 화내셨겠네요?"

"아니! 그때는 쿨하게 넘어갔어. 솔직히 얘기해 주어 고맙다고... 하지만 어색한 공기가 가득 찬 차 안을 이태원 집까지 달리기 너무 힘들었다. 그렇게 날 내려주고 나는 다음 날 다시 지방으로 내려갔지... 물론 내려가기 전 그녀에게 연락해서 한석이한테 고백했다고 말해주었지. 그랬더니 도대체 왜 고백했냐고 난리 치더라. 끝까지 아니라고 잡아때야 한다며... 그래서 상황이 그랬고, 언젠가 알 일인데 뭐가 두려워 안 되냐고 나도 한마디 했지. 그렇게 싸우고 그녀와 마지막이었다. 그러더니 한석이 개인 비용을 사용해 회사 차량 형식으로 지원해준 J.C.W. 미니 차량도 뺏더라!"

"아! 그때 타시던 차량이 그 차였군요. 그래서 한석 오빠가 저한테 전화해서 욕하면서 화내셨군요. 전 그때 친오빠랑 딸 데리고 하와이 여행 중이었는데, 당신과 헤어지지 않으면 약속한 강남 갤러리 전시도 없었던 일로 만들겠다고 협박 아닌 협박을 하셨어요."

"그 갤러리 나도 잘 아는 곳인데, 전시회 안 하길 잘한 거야! 인동이 친구 회사 중 하나거든. 지금 세탁으로 유명하고... 뭐 다른 갤러리들도 도긴개긴이지만!"

"네! 그래도 그 약속은 삼상하고 상관없이 오래전에 약속한 건데, 그런 말도 안 되는 핑계로 일방적인 협박이라 저도 같이 욕하면서 화냈었죠."

그 당시 그는 우유와 그녀 사이에 썸을 타고 있었고 우유 또한 다른 남자들과 파도를 터프하게 타고 있었던 시기였다.

그녀도 잔을 개운하게 비우고 얼음을 소리 나게 돌린다.

"한잔 더 달라는 사인이시죠?"

"소리가 너무 요란했나요?"

그녀의 잔을 채워 주고 그도 남은 잔을 비우고 다시 채운다. 그리고 얼음 4개를 꺼내어 2개씩 나누어 투척한다.

"미안... 얘기하다 보니 라면이 우동이 되었네! 배는 부르다. 국물만 안주로 먹을게..."

"괜찮아요. 저도 얘기 듣다 보니깐 배가 불러서 더 못 먹겠네요."

"지금 생각해 보면 한석이는 당신을 육체적 관계가 아닌 정신적 친구로 생각했다가 나에게 뺏겼다고 느꼈을 수도 있었을 거라고 생각해... 아니면 내가 모르는 육체적 관계도 있었나??"

그는 장난스러운 얼굴과 표정으로 그녀를 곁눈질하며 묻는다.

"아니요! 오빠는 절 한 번도 여자로 본 적이 없습니다. 주변에 미인들 사진도 자랑스럽게 보여주시곤 했었죠. 그들 중 장군님 따님도 있었어요. 저와는 그저 일본어 연습 상대로 시간을 보내셨을 겁니다. 저도 좀 특이한 캐릭터라 재미있어하셨죠."

"그래! 알아... 유짱과 썸 타기 전 한석이한테 물어보았었거든. 그리고 육체관계가 있었다면 나에게 소개도 안 했겠지...?"

"저도 그 자리에 있었지요. 그래서 그날 밤 저와 삼상 처음 따로 술자리 했었죠."

"그래~ 그날 밤이 시작이었지! 유짱은 그날 처음 한석이 결혼한 사실 알았다며..."

"제 주변 아무도 몰랐었죠..."

"굳이 얘기할 이유도 없었겠지 뭐... 암튼 벌써 시간이 이렇게 흘렀구나. 오늘을 위해 사라진 시간을 위로하며 한잔하자~~"

"네! 시간이 너무 빨라요~~ 치어스!"

"오랜만에 노래 좀 들을까?"

"나이스 콜!! 뭐 듣고 싶어요?"

"이상하게 한석이 이야기만 하면 타마키 코지상이 그리워진단 말이지..."

"전 삼상과 한석 오빠 생각하면 둘이서 듀엣으로 코지상 노래 부르는 모습이 보입니다."

"예전에 필이도 호한이도 그러더라! 어쩌다 안전지대 들으면 너희들 생각난다고..."

"두 분 아는 분들은 아시는 거죠. 얼마나 안전지대를 사랑하는지...! 아? 추천곡 있습니다. 「나츠노 오와리노 하모니(늦여름의 하모니)」 불러주세요!"

"뭐야? 느닷없이 마이크를 들이대??"

"전 이노우에상과 타마키상이 듀엣 하는 이 노래 들으면 두 분이 스테이지 위에서 노래하는 모습이 보여요."

"하하하 애정하는 곡이긴 하다. 그럼 유짱의 한글 독해 실력을 볼까? 내가 노래 한 소절 부를 때마다 해석해 주세요!"

"영광입니다."

"그럼 타마키 코지 버전으로 들어 볼까나?"

그는 유튜브로 신속하게 검색하고 플레이 버튼을 누르고 박자에 맞추어 노래를 시작한다.

'쿄~노~~ 사사~~~야~ 키토~

　　오늘의 속삭임과'

'키노~~ 노~ 아라~~~ 소~우코에가~~

　　어제의 다투는 목소리가'

'후타리~다케~~노~ 코이노~~ 하~~~ 모니~~

　　두 사람만의 사랑의 하모니'

'유메모~~~ 아코~~~ 가~레모~

　　꿈도 동경도'

'도코카~~ 치가~~~~ 웃테루케도~~

　　　어딘가 다르지만'

'소레가~~ 보쿠~토~ 키미노~ 하~~~~~~~ 모니~~

　　　그것이 나와 너의 하모니'

'요조~~라오~ 타다~~ 사마요~~ 우다케~

　　　밤하늘을 그저 헤맬 뿐'

'다레요리모~~~ 아나~~~ 타가~ 스키~ 다카라~~

　　　누구보다도 당신이 좋으니까'

'스~~~테~키~나~~ 유메~~ 아코~~ 가레오~~~

　　　근사한 꿈을 동경해'

'이츠마데모~~ 즛~~~~ 토~~ 와~스레~즈니~~~~

　　　언제까지나 계속 잊지 않기를'

'콘야노~~ 오와~~~ 카~레니~~

　　　오늘 밤의 이별에'

'사이고노~ 후타~~~~ 리노~ 우타와~~

　　　마지막 두 사람에 노래는'

'나츠노~ 요루~~~ 오~ 카자루~ 하~~~~~~~ 모니~~~

　　　여름밤을 장식하는 하모니'

'요조~라오~~~~~ 타다~~~ 사마요~ 우타케~~~~

　　　밤하늘을 그저 헤메일 뿐'

'호시쿠즈노~~~ 아이~~~다오~~ 유레~ 나가라~~~~

　　　무수한 별들 사이를 일렁거리며'

'후타~~~리~~~노~ 유메~~ 아코~~~ 가레오~~~

두 사람의 꿈을 동경해'

'이쯔마데모~~ 즛~~~~ 토~~ 오모이~~~ 데니~~~~~~~~

언제까지나 계속 추억으로'

'마~나~츠노~~ 유메~~~ 아코~~~ 가레오~~~~

한여름의 꿈을 동경해'

'이쯔마데모~~~ 즛~~~~ 토~~ 와스레~~즈~~~니~~~~~~~

언제까지나 계속 잊지 않기를'

의례 이 집에서 노래 부르는 소리가 들리면 주변 집들이 인지한다. 저 집 또 술 한잔하고 있다고... 그리고 쓰레기 수거하는 날이면 이들이 마신 무수한 흔적들이 고스란히 주변 집들에게 알려진다.

위대한 언어, 한글

"오~ 유짱! 한국어 실력이 많이 늘었는데?"

"너무 좋아요~~~ 어떡해? 빨리 두 분 노래하는 거 보고 듣고 싶어요."

그는 대답 없이 남은 아와모리를 시원하게 비우고 미소 지으며 대답한다.

"언젠가 다시 연결되는 날이 있겠지? 유짱은 요즘 한국 노래 듣는 거 있어??"

"특별히 새로운 노래 듣는 건 없는데 요즘 이슈가 되는 BTS라는 그룹 아세요?"

"글쎄... 처음 듣는 것 같은데? 아이돌??"

"방탄소년단이라고 일본도 미국도 반응이 뜨겁다고 하네요."

"아... 방탄소년단이라면 들어 본 것 같다. 아? 그래서 BTS?? 어감이 찰지네~~"

"정말 요즘 일본 노래는 예전의 J-pop 시대가 저무는 것 같아 슬퍼요. 한국은 점점 글로벌 스타들이 탄생하는데..."

"음... 한국이 하드 파워는 아직 구질구질해도 소프트 파워는 더욱 대단해질 거다! 예전에 아는 형님이 광고 회사 겸, 국내 가수 해외 공연 기획팀을 같이 경영했었어. 그때 잠시 일 좀 도와달라고 해서 한국 아티스트들과 함께 해외 공연 투어 현장 디렉터로 일 도와주면서 느낀 점이, 소름 돋을 정도의 한류문화 파워를 눈앞에서 보고 다녔다. 사람들이 한국어 가사 외워 떼창하고, 손수 작성한 한글 플래카드 들고 쫓아다니는 현장을 여러 나라에서 계속 보는데, 와! 확실히 한국은 점점 더 음식, 공연, 영화, 드라마 등 다양한 콘텐츠 문화 강국이 될 것 같았어."

"정말 대단하다는 생각이 저도 들었습니다."

"응! 나 중학생 시절 팝송을 외울 때, 영어를 한글 음으로 먼저 적어 외어서 부르고 나중에 영어로 다시 부르기 시작했었거든. 그런데 요즘 해외에선 반대로 영어로 한글을 적어 외우고 나중에 한글을 배워 부르더라. 그리고 한류는 무엇보다 먹는 문화를 제외하고는 모두 한글이라는 강력한 소프트 파워를 장착했잖아?"

"맞아요! 최근 일본 젊은 10대~20대 트랜드가, 한국 문화 모르면 이지매 수준이라네요. 한글을 배우는 젊은 세대들이 급격히 늘고 있고, 특히 SNS 발달로 인터렉티브한 커뮤니케이션이 활성화되어 최신 노래, 드라마는 기본으로 화장품, 패션 정보 등 한국 패션 관련 등의 쇼핑몰이 대박 행진을 이어간다는 기사를 봤어요."

"그래. 맞아! 주변 사람이 모르는 언어를 알면 알수록 그들보다 더 문화를 자세히 들여다볼 수 있고, 그렇다는 건 그만큼 다른 사람보다 많은 정보에 다가갈 수 있다는 거잖아!! 예전에 영어가 그랬던 것처럼 이제 한글이란 언어는, 세계에서 더 이상 옵션이 아닌 필수 과목이 될 수 있을지도... 그리고 한글과 영어의 공통점이 있다."

"엥? 어떤 공통점이요??"

"한글의 정음은 인간과 자연이 낼 수 있는 모든 소리를 담고 기록할 수 있고, 영어의 알파벳도 소리음을 적을 수 있는 문자이지!"

"아? 듣고 보니 그런데요??"

"이미 세계 유수 대학들이 한국어 학과가 신설되고 있다네. 또한 유네스코에서 해마다 '세종대왕 문해상'도 수여한다고 들었다. 과거 훈민정음이 만들어진 이유와 영어가 근대에 세계를 주름잡는 문화 강국이 될 수 있었던 이유도 무관하지 않다고 본다."

"저도 그 기사 읽어 본 기억이 납니다."

"응. 그리고 시카고 대학교 언어학자 제임스 멕콜로이(James McCawley) 교수님이 예전에 선포하신 유명한 말 중에, '한글은 지구상에서 가장 창조적으로 고안된 문자 체계이다.' 또 한글날 기념식에서 '세계에서 가장 과학적이고 위대한 글자인 한글을, 전 세계 언어학계가 찬양하고 한글날을 기념하는 것은 매우 당연하고 타당한 일이다.'라고 말씀하셨다는데 정작 한글을 누리고 사용하고 있는 주인공들은 너무 조용하고 덤덤히 세상을 살아가고 있는 거지. 전 세계 언어학계 석학들이 극찬하는 위대한 문화를 가지고도 국뽕이라는 더러운 프레임을 씌워 축소하고 있는 교육계의 현실인 거야. 하지만 나는 훈민정음이 세종 때 창제되었다는 기록도 식민 사학계가 만든 세뇌 교육으로 축소되었다고 봐."

"세종대왕님이 한글 창제하신 것 아닌가요?"

"결론부터 얘기하면 아니야! 세종대왕님이 전 세계 언어 중 중심에 있는 대조선(大朝鮮)의 말씨를 표음하는 거룩하고 위대한 프로젝트 리더였던 것은 분명한 사실이지만, 창제가 아닌 기존에 존재하던 고대문자를 기본으로 우주 만물 '음양오행(陰陽五行)'의 원리를 함축하여 더 쉽고 언어공학적으로 정제했다고 보는 것이 맞아. 정의공주, 신미대사와 여러 천재들과 함께..."

"너무 황당한 얘기네요..."

"그런 반응도 이해는 해! 하지만 진실은 가려질 수 없다. 반도역사로 가두어 두려는 세력들에 의해서, 미개했던 조선이 갑자기 성군 세종대왕을 만나 위대한 글자를 가졌다고 세뇌하고 있지만, 한민족의 문자는 조선시대에 만들어진 것이 아니다. 인류의 문자 기원도 한민족에서 출발했다고 보는 것이 맞는다고 봐. 그리고 지금까지 채 박사님이 주장하시는 가설들이 사실이라 가정하고, 훈민정음 언해본 서문을 보면 '나랏말싸미 듕귁에달아'라는 부분에 중국은 중국이 아닌 조선이 중국일 가능성이 크다."

"무슨 말인가요?"

"현대어로 직역하면 '나라들의 말씨가 중국과 다르다'라는 의미인데 여기서 중국은 지금의 중국이 아닌 세계의 중심 국가가 조선이었다는 의미로 해석이 가능하다고! 아직은 가설일 뿐이지만..."

"지금 얘기는 좀 국뽕 냄새가 나기는 하네요. 솔직히..."

"뭐 당연한 반응이라고 생각해! 그런데 잘 생각해 보면 왜 한민족의 말씨가 중국과 달라서 훈민정음을 만들 이유가 뭐가 있지? 중국 포함해 여러 사람이 우리 백성이 아니라면?? 그들이 주장하는 조선이 중국의 속국이었다면 왜??? 그리고 이미 인류의 시원이 한민족이라는 사실이 증명되고 있는 시대에 우리는 살고 있고! 태고에 문명이라는 것이 시작되고부터 발전되어 정점을 찍는 것이 문자의 기록이잖아?? 게다가 한자는 동이족이 만든 것이 사실이라고 증명된 시대고..."

"그건 그렇죠...?"

"채 박사님이나 강 박사님 등 여러 리서처 강의에도 나오지만, 흑피옥이란 유물이 인류에게 주는 시사점 중 가장 두근거리는 것은 바로 문자의 형태가 이미 초고대에 존재했다는 사실이야. 한글에 형태도 보이고, 산스크리트, 알파벳의 형태까지 새겨져 있다고 해. 그렇다는 건 우리 한민족은 레무리아 무 제국 시대부터 문자를 가지고 발전해서 여러 형태의 문자로 진화했다고 생각된다. 물론 문자에 기록들이 많이 유실되었지만, 말씨로 끊임없이 전승되어 우리가 '씨불이는' 말 자체로 근원적 가치가 있는 조선 고유의 언어인 것이지. 난 한문을 잘 모르지만, 이 조선의 조(朝)자를 금문(金文)적 해석으로 파자하면 수풀 또는 곡식이 풍성하게 위아래로 우거진 사이에 태양과 달이 동시에 존재하는 장소 즉, 넓은 광역의 공간을 의미하고, 선(鮮)은 물고기 변에 양은 별자리 시대 즉, 시간대를 의미하거든. 정리하면 조선은 지구 전체의 중심 나라라는 의미지. 당신도 잘 알고 좋아하는 조선시대 황제의 권위를 상징하는 '일월오봉도'의 일반적 해석은 해와 달(日月) 음양(陰陽)과 오봉은 오행(五行)을 의미한다고 하지만, 대조선이 다스리는 광역을 상징한다는 의미도 있다는 것이지."

"그렇게 생각해 본 적이 없지만 듣고 보니 그러네요. 흥미로운 해석입니다."

"뭐 내가 해석한 것은 아니고 채 박사님과 금문 연구하시는 분들의 고견이지. 개인적으론 이 금문조차 고대 김 씨들의 문자 기록이라고 생각한다. 유짱은 국뽕이라고 말할지 모르지만... 핫하하."

"삼상! 너무 가셨습니다. 그러면 조선이 한글 이전에 어떤 문자가 있었나요?"

"단군시대 신지녹두문자가 퍼져 여러 설형문자로 나누어져서 쐐기문자, 괴두문자 등을 이루었지. 녹두는 다시 다듬어져서 산수가림토로 완성되었다고 해. 이 가림토는 우리 조선민족의 말과 글을 표현한 문자이더라고. 우주에서 내려온 우리 시조들의 말씨에 소리를 담았고, 글씨의 뜻 즉, 형상과 소리, 의미 그리고 태초의 어원까지 담아 새긴 우주적 문자라고 생각해."

"아? 가림토문자라면... 제 미대 친구 중 희지라는 애가 팔에 새긴 천부경? 레터링문신이 가림토문자라고 말했던 기억이 납니다."

"그래? 좀 개념 있는 서양화과 요상한 사람이네!! 맞아~ 한글의 원형이라고 말할 수 있지. 우리 동이족이 만든 한자 이전에 산수가림토라는 문자가 있었고, 이 가림토문자가 뿌리가 되어 산스크리트가 만들어졌어. 산스크리트에 저명한 언어학 전문가 강 박사님도 산스크리트의 어원적 해석은, 유짱 어머니도 사용하시는 토속사투리가 뿌리라고 말씀하시거든. 그래서 사투리는 왕족과 귀족이 사용하던 말씨이고, 이것을 표음한 글자가 산수가림토란 말이지. 이 썩을 식민사학계가 위대한 왕족의 말을 부정하고 사라지게 하려고, 표준어라는 미명 아래 흔적을 지우는 작업을 하고 있다고 생각해."

"아~ 그래서 삼상이 사투리 좋아하시나요? 특히 경상도??"

"서울에서 자라면서 서울 말씨는 멋있고 세련됐다고 나도 모르게 세뇌받으면서 자랐지만, 그냥 지방 사투리는 왠지 구수하고 정감에 이끌려서 좋아하긴 했지. 진실을 알고 좋아했던 건 아니야! 하지만 식민사학계가 아무리 날뛰어 봐야 이미 드러나고 있는 진실들은 태양처럼 떠올라 세상을 비출 시기가 올 것이라 믿는다. 그래서 채 박사님 말씀처럼 과거 고대에 인류 최초 문명이 한반도로부터 시작해서 돌고 돌아 다시 대한민국 문화의 힘이 세계로 다시 퍼지는, 새로운 원시반본(原始反本) 시기가 시작됐다고 말씀하시는데 깊이 공감하고 있다. 안타까운 것은 정치만 자리 잡으면 금상첨화(錦上添花)일 텐데 밥그릇 싸움하는 종자들만 넘치니..."

"그런데 그분은 어느 분야 박사 학위를 가지고 계시나요?"

그는 아와모리를 다시 주유하고 얼음을 채우며 대답한다.

"몰라! 나에겐 박사 학위 유무가 중요하지 않아!! 왜냐면 그분은 분야에 상관없이 기존 박사과정을 거친 누구보다 진실을 찾으려는 진실한 마음을 가지고 있다. 아직 천재 소리 듣는 박사들도 밝혀내지 못한 인류의 시원을 푸셨으니까!!! 전공은 서울대학교 서양미술을 하셨다지만 천문학, 종교학, 고고학, 인류학, 사회학 등 많은 분야를 달통하셨지. 소위 전문가라고 주장하는 교수들이 내뱉는 앵무새같이 똑같은 소리뿐인 그들과는 차원이 다르신 분이라는 확신이 있다. 그 이유는 너무 간단해. 그 대단한 석학들이 이미

나와 있는 수많은 증거와 유물들이 넘치는데도, 그 누구도 해석도 못 하던가 안 하고, 기존 역사가 잘못되었다고 외치는 사람도 없다. 어쩌면 있을 수도 있지. 하지만 아직도 역사는 바뀌지 않고 있다는 현실이 명백한 증거거든. 또 내 주변에 있는 여러 박사들 중 그 누구도 그분 발뒤꿈치도 못 따라간다. 학위만 있다고 박사인가? 대학 강단에 서 있으면 다 전문가야?? 물론 정말 특정 분야의 위대한 석학들은 존경받고 존중받아야 마땅하지. 그렇지만 세상에는 너무 많은 거짓 박사들이 타이틀만 가지고, 마스터베이션만 하고 있는 걸 자주 보고 들었거든. 심지어 세계 최고의 석학들이 모였다는 하버드에서도... 그 수많은 시간 가짜 공부해 박사 따먹은 분들이 내가 지껄이는 말 들으면, '감히 고졸 주제에 너 따위가 뭘 알아? 학사, 석사도 안 해본 놈이 감히 박사들에게??'라고 반문하겠지만, 내 입장에선 당신들이 아무리 잘났어도 우주에 먼지만도 못한 지식과 천지도 모르는 지성으로, 어떻게 그런 오만한 자긍심을 가지고 있으며, 도대체 무슨 생각으로 지금 뭘 연구하고, 인류를 또는 후학들을 위해 어떤 업적들을 쌓고 있는지 오히려 묻고 싶다! 수많은 거짓 지식으로 꽉 찬 당신들의 머릿속보단 단 하나라도 진실을 알고 말할 수 있는 내가 당신들보다 못하다고 생각하지 않는다고...!"

"그건 공감합니다!"

"아니? 그렇게 대단하신 석학들께서 왜 세상의 거짓들엔 침묵하고 있어?? 끼리끼리 쌓아 올린 집단적 가식의 성안에서, 거짓이 만든 망상 속에 눈과 귀를 막고 있냐고??? 그리고 어떻게 학자이자

인생의 선배로서 어린 학생들에게 조건반사적인 주입식 교육으로 좋은 노예가 되라고 가르칠 수 있어?? 진실을 추구하고 탐구하는 학자적 열망 그리고, 인간적 이성과 양심은 마스터베이션으로 허공에 다 싸 버리셨나요? 아니면 학문 연구는 더 이상 재미없어 항문 연구만 하시나?? 하고 진심으로 묻고 싶다! 진리의 보석을 똥으로 둔갑시키는 것만 잘하는 똥 마법사들!"

"오호호호~~ '똥 마법사!' 그러네요!! 자신들도 진정한 스승을 못 만나 노예 시스템 안에 갇혀 우수한 노예학을 배웠으니 가르칠 수 있는 지식수준이 그 정도겠죠. 저의 친오빠도 유치원부터 쭉 동경에서 엘리트 코스로만 천재 소리 들으며 자랐어요. 주변 모두의 기대를 한 몸에 받고 공부해 오다가 물리학 박사과정 중 도저히 인정할 수 없는 노예적 교수 시스템에 질려버려 조금의 미련도 없이 물리학 공부를 중단하고, 지금은 우주의 소리를 찾아 음악에 미쳐 있죠. 아직도 부모님은 절대 이해 못 하시겠지만 전 오빠를 믿고 응원합니다. 그리고 저도 교수답지 못한 교수들 많이 봐서 공감하고요. 그래서 채 박사님이 더 안타까워요. 기존 학회에서 이지매 당할 것이 너무 보여서..."

"괜찮아~~ 채 박사님 강의 들으면서 느낀 건 그런 쓰레기 교수나 박사들의 이지매 정도는 눈 깜짝도 안 하실 진실의 내공으로 무장하신 빛의 전사 캐릭터시지!"

지금 세상엔 조작된 공부를 많이 배운 석학, 박사, 교수들은 아는 것이 너무 많아 오히려 진리를 깨닫기 어렵고, 가진 것이 많을수록 잃을 것이 많은 에고의 노예들이 넘치는 세상이다.

죽음에서 부활한 장인

"가만...? 그런데 부모님?? 아버지는 2년 전엔가 돌아가셨다고 했잖아??? 그래서 작년에 일본 할아버지 돌아가실 때 동경 장례식 다녀온 후, 할아버지 유산도 돌아가신 아버지 대신해 오빠가 100억 원 혼자 받았다고, 나한테 울면서 얘기하지 않았어?? 도대체 무슨 얘기야?"

갑자기 공기의 기운이 바뀌고 침묵이 흐르다가 그녀가 조심히 입을 연다.

"사실은 아빠 살아 계십니다...!"

"헐~~ 뭐라고? 도대체 왜 그런 쓸데없는 거짓말을 했어?? 가끔 하얀 거짓말하고 있는 건 알았지만, 이건 전혀 하얗지 않을 뿐만 아니라 그렇게 존경한다는 아버지를 왜 세상에 없는 분으로 만들어??? 뭘 위해서?? 설명 좀 해볼래...?"

그녀는 눈시울이 붉어지며 한동안 말이 없다가 남은 아와모리를 바닥까지 마시고 말한다.

"예전에 저 태어나기 전 엄마가 동경에대 박사 과정 중에 심한 스트레스로 한국에 혼자 몇 달간 다녀오신 적이 있었데요. 그리고 몇 달 후 제가 엄마 뱃속에 생긴 것이죠."

"아니! 부부가 임신한 것이 축하할 일이지 뭐가 문제야?"

"그런데 문제는 일본 아버지와 성적 관계없이 임신이 된 거죠."

"헹? 그럼 생부는 따로 있다는 얘기야?? 그럼 한국 분???"

"네... 하지만 전 한 번도 제 진짜 아빠는 일본 아빠란 생각을 안 해 본 적이 없습니다."

눈물방울이 떨어지는 그녀에게 물티슈를 가져다주고 비워진 그녀의 잔을 채워 준다.

"그거야 생물학적 생부가 따로 있어도 태어나서부터 계속 길러 주신 분이 아버지인 건 틀림없는 사실이지! 그런데 그게 그렇게 대단한 비밀이야? 물론 어려서 그 사실을 알았다면 큰 충격에 방황도 했을 테지만... 아? 그래서 청소년기에 그러고 다녔었구나...! 하지만, 누구나 큰 아픔 하나쯤은 가슴에 안고 살아가고 있다. 나도 비슷한 경험을 했었고... 지금은 성인이고, 아이들의 엄마인데 아직도 그게 큰 문제니?? 나도 내 집안 비밀 아닌 비밀 다 얘기해 주었잖아??? 아?? 그럼 그 생부가 돌아가셨다는 말이었어?"

흐르는 울음을 멈추고 조금씩 진정한 그녀가 쉽지 않게 대답한다.

"네...!"

"그랬었구나! 그래...!! 이해는 하지만, 설사 그렇다고 해도 그냥 사실을 얘기했으면 이해하고 공감하며 넘어갔을 일을 왜? 아니, 나보다는 당신이 존경한다는 일본 아버지에게 큰 실수를 저지른 거고, 잘못하고 있다는 생각은 안 해봤어??"

순간 그는 생각했다. 6개월 전 즈음 그의 장모가 혼자 오키나와에 2박 3일 지내며, 있는 동안 이 집에 찾아오지도 않았다. 물론 그를 만나지도 않고 혼자 있다 돌아갔다는 사실을 떠올린다. 동서 고금을 막론하고 이런 사례는 들어본 적이 없다. 단, 한 가지 이유가 있다면 그를 사위로 인정하지 않았다는 간단한 진실이 있을 뿐... 물론 그는 당시에 장모가 혼자 왔다는 사실을 믿지 않은 데는 여러 가지 이유가 있었다.

첫째, 그의 장모가 오키나와 여행 오기 전, 그녀와 장모의 일본어 통화 내용에서 방문자가 분명 혼자가 아닌 한 명 이상의 복수적 표현을 했음을 그는 기억한다.

둘째, 장모를 만나고 온 그녀가 선물로 받아 온 혼자 캐리하기 힘든 트렁크 가방의 무게와 화장을 하고 하이힐을 신고 나왔다는 장모의 모습은, 여름 휴양지에 쉬러 온 환갑을 넘은 일반적 나이든 여성의 모습이 아니다. 그래서 그는 장모가 애인과의 여행을 들키고 싶지 않았고 딸과 손주들만 보러 왔다고 생각했었다.

셋째, 그녀의 거짓말은 너무 서투르다. 아직은 순수함이 남아 눈빛과 얼굴 표정은 거짓말을 하면 웬만큼 그녀를 잘 아는 사람은 알 수 있는 정도다.

하지만, 그는 아무 내색도 하지 않았었다. 그 이유는 처음부터 그녀는 장모와 어려서부터 사이가 좋지 않았다는 사실을 여러 번 들어 잘 알고 있었고, 그 또한 양부모가 돌아가시고 없는 상태에 상대의 부모와 아무 상관 없이 오히려 홀로선 그녀가 더 편했었다. 아이가 먼저 생겨 그동안 실패했던 결혼 생활 때문에, 생각이 없었던 결혼을 다시 선택하고 시작한 이유가 크기 때문이다. 따라서, 그는 인간미 없는 사람과의 관계는 피곤하고, 불필요한 인연은 더 이상 만들고 싶지 않다고 다짐했었다. 그래서 그녀의 부모가 두 명다 박사라는 사실과 주변 친척 따위는 관심의 대상이 아니었다. 처음부터 그녀도 동의한 사실이기도 하다. 그렇다고 그가 예의와 매너를 모르는 사람도 아니다. 그는 신분과 나이에 상관없이 사람과 사람의 관계에선, 누구보다 뛰어난 감각과 센스를 가지고 있다. 그리고 상대를 대하는 마음에 예의가 가득 차 있으면 굳이 말로 표현 안 해도 넘쳐흘러 행동에 배어 나오는 법이다. 그는 냄새를 맡는 후각은 일반인보다 떨어질 수 있지만, 사람의 감정을 감지하는 후각 능력은 월등히 뛰어나서, 공감을 만들어 내는 스킬이 탁월하다. 그래서 어느 나라에서 어떤 VIP를 만나도 상대가 무엇을 원하는지, 어떤 마음가짐을 가졌는지 그는 그 냄새를 맡을 수 있었다. 그리고 그 마음과 공간의 공감 사이엔 언제나 진심은 통한다는 간단한 법칙을, 그는 너무도 잘 알고 있기에 고졸임에도 세계 일류들과 어깨를 나란히 일해왔던 경험이 그에겐 있었다. 그렇기에 그 경험들이 그에겐 지금의 유일한 자산이기도 했다. 그는 다양한 직업을 경험해 보았지만, 남들보다 뛰어난 특별한 스펙도 기술도 없다. 그의 소득의 출처는 직업 종류와 관계없이 그저 자기 자신의 존재였다. 조직에 속한 그의 존재 무게에 따라 소득 수준의 무게가 결정되었을 뿐이다. 그렇게 마지막 조직에서 받았던 월급은 25,450 디르함(약 9백30만 원)이었다. 그렇게 그가 세상을 떠돌아다니며 배운 가장 좋은 투자는 실력 있는 사람의 마음에 정성을 투자하는 것이다. 여기서 투자의 단위는 마음의 무게다!

"당신과 이곳에서 결혼 생활을 하고는 있지만 자신이 없었어요. 당신은 언젠간 떠날지도 모른다는 생각을 하고 있었나 봐요. 그래서 일본 아버지에 대한 진실도 얘기할 수 없었어요."

"아니? 내가 떠날 거라는 생각이 어떤 논리적 사고의 근거에서 나왔지...?? 아니지! 설사 당신이 좋아하는 표현으로 그런 느낌적인 느낌이 있었더라도, 그건 변명이 못 된다고 생각해!! 중요한 사실은 서로의 합의로 결혼 생활하고 있고, 이미 두 아이의 부모가 되었다는 바뀔 수 없는 그냥 심플한 팩트야. 살아계신 아버지의 존재를 숨기고 있었다는 이유에, 어떤 상관관계도 난 안 보인다. 헐...? 혹시 내가 지금 돈도 없고 나이도 많은데, 어린 너에게 경제적 짐을 지우고 있어서 그게 가장 큰 이유인 건 아니야? 미안하지만 물어보자. 왜 남자가 무조건 경제적 문제를 다 책임져야 하는 거야?? 그럼 그동안 당신이 나에게 주장한 진정한 페미니즘은 어디 간 거야??? 다시 말해, 내가 당신 부모님들에게 소개할 만큼 대단한 사람이 못돼서 숨기고 있었냐 묻는 거야!! 솔직히 대답해줘!"

그녀는 목마름을 물 대신 아와모리로 채우고 결심한 듯 대답한다.

"네! 맞아요!! 저도 어려서 처음 결혼 생활을 부모님들 반대도 뿌리치고 제 의지로 진행했었어요. 전남편이 게이었다는 사실을 숨기고 결혼 후에도 그런 생활을 하고 있었다는 사실을 받아들일 수 없어 이혼했지만요. 그런데 다시 부모님의 동의도 없이 시작한 결혼 생활이라 좀 더 떳떳한 모습을 보여 드리고 싶었어요!!!"

그도 심한 갈증을 느껴 시원한 아와모리 반 잔을 원 샷하고 말한다.

　"물론 유짱이 무슨 말을 하는지 이해는 해! 일반적인 관점이라면...? 하지만... 내가 잘났든 못났든 상관없이 당신 스스로가 판단했잖아. 같이 결정한 이 결혼 생활이 부끄러워 떳떳하지 못하다는 말은 스스로 부끄럽다는 말과 뭐가 다르며, 스스로 너무 무책임하고 나의 자존감을 너무 무시하는 것 아닌가?? 우리 오키나와로 이주 결정 전 분명히 당신은 내 상황 잘 알고 있었고, 나 또한 속인 것 없이 모든 걸 오픈 했었고... 여기서 스크래치부터 시작해도 우린 뭐든 할 수 있다는 자신감으로 이곳에 왔다고 생각해. 그리고 유짱이 가지고 있는 돈으로 최소 5년은 부족하지만, 욕심 안 부리면 사는데 문제없다고 말했고! 솔직히 그런 물질적 대안이 없었다면 이곳에 이주하는 결정 내릴 수 없었던 것이 사실이고!! 그렇게 서로 합의하고 성인으로서 스스로 미래를 결정하고 선택해서 온 것 아닌가??? 이 미친 사회에서 벗어나 서로 동의하에 아웃사이더로서 서로 의지하자고 했잖아. 서로가 좋아하고 사랑하는 아트 작업을 공유하면서 아티스트로서의 삶을 살아가자고 한 다짐은 어디 갔어?? 그리고 오빠가 받은 유산 따윈 당신은 필요 없다고 그렇게 자신 있게 울면서 외치며, 자기 능력을 보여 주겠다는 자신감은 갑자기 이사가와 앞 바다에서 다이빙 중인가? 또 내가 지금 경제적 능력이 없다고 앞으로도 없을 거라는 확신이 어디서 나온 거지?? 좋아! 그런 것 다 떠나서 내가 진짜 궁금한 건 당신 부모님은 사람의 가치를 물질로 보는 그런 흔한 일반적 시선을 가진 분들인가? 그럼 나에게 그동안 얘기한 정신의 무게가 물질보다 중요하다고 항상 얘기하던, 그 존경스러운 분들은 도대체 누구를 얘기한 거야?? 또 물질의 무게로 사람을 평가할 만큼 대단한 물질을 가지고 계신 분들인가??? 또 당신 주변 사촌들은 그렇게 대단한 사람들을 만나 잘들 떵떵거리며 살고 있나?? 내가 그렇게 부끄럽니?"

인간관계에서 물질을 앞에 두면 사람이 안 보이는 법이다. 그런 사람들은 사람을 사람으로 안 보고 개, 돼지로 보는 것이고 개, 돼지로 보인다는 것은 이미 그들이 개, 돼지가 되었기 때문이다. 세상이 이렇게 미쳐 가는 건 인간다운 마음을 잃어버린 드라이한 이들이 넘치기 때문이라고 생각한다. 하지만 그렇게 인간을 개, 돼지로 만든 것은 딥스의 오랜 전략과 통제 그리고 종교로 이성을 마비시킨 결과라고 그는 생각한다.

그가 다시 잔을 채우고 얼음을 그녀의 잔 안에 나누는 동안에도 침묵은 이어지고, 그녀가 잔에 입술을 살며시 적시며 침묵을 깬다.

"아닙니다...!"

"그 많은 질문에 대답은 간단해서 좋네... 휴~~~ 어쨌든 아버지가 살아 계신다는 소식은 좋은 소식이네. 어디까지가 진실인지는 알 수 없으나 최소한 당신의 방황했던 어린 시절을 믿음으로 지켜주셨던 그분이 분명하다면, 존경받아 마땅한 분이고 인연이 닿으면 언젠가 뵐 수 있는 날이 오겠지... 그리고 지금 내가 진행하는 쿠로가와 상 쿠란 프로젝트가 솔직히 어떻게 진행될지는 아직은 알 수 없지만, 절대 작은 프로젝트 아니다. 최소한 그분이 열정을 가지고 해보자고 하신 일이고, 계속 커뮤니케이션 하다 보면 좋은 일 생길 것 같다. 즐거웠던 분위기가 갑자기 삼천포로 빠져 미안하긴 하지만 적잖이 황당한 얘기긴 했다."

"사실 처음 이주하고 나서 1년 넘게, 삼상 너무 과묵하셔서 솔직히 힘들었던 거 사실입니다. 그런데 아라 태어나고 나서 당신 예전처럼 말도 많이 하시고, 분위기가 많이 달라진 거 모르시나요? 요즘 삼상과 지내는 시간은 다시 너무 재미있어졌어요."

"음... 그랬구나! 정신적 데미지가 생각보다 컸었나 보다. 나도 확실히 느끼기는 해... 아라 태어나고 많이 치유 받고 있다는 사실을!! 정말 오랫동안 기다렸었거든!!! 이렇게 예쁜 딸을 낳아 준 당신에게도 정말 고맙게 생각하고 있고...!! 그래서 난... 이 행복을 지키고 싶다!"

"그럼 다행입니다. 전 쓰레기지만 아름다운 쓰레기로 남고 싶습니다."

"무슨 말인지는 이해하는데 유짱의 진정한 자아를 찾으면 아름다운 쓰레기를 넘어 고귀한 존재라는 사실을 깨닫고, 삶을 공부하는 사람(史覽)이라고~~ 그리고 세상에서 가장 높은 고차원 에너지 파동은 서로 사랑하고 있을 때 나오고, 모든 물질의 미시적 최소 단위는 사랑이라는 에너지 파동이며 가장 높은 진동수를 가진 에너지라고!!!!!!!"

샘은 한국에서 믿었던 불알친구가 오히려 배신자라고 주변에 나팔 불고 다니는 배신감에 또 배신당했다. 거기다가 골든 파워라는 물질적, 사회적 지위에 눌려 사실관계 확인도 없이 그가 황금가면을 쓰고 노래하면 박자에 맞추어 춤추며 동조하는 지인들. 그리고 의형제 맺은 손 박사에게 등 뒤에서 칼 맞고 발등에 도끼 찍히는 사건들과 아버지의 죽음까지, 약속한 듯 한꺼번에 밀려와 후유증을 앓았다. 대인기피증과 우울증, 공황장애 같은 정신적 질병으로 신림동 지하 구석에서 아프고 아파했다. 그러다 그 당시 곁을 지켜준 우유도 많은 상처로 자살을 생각할 정도로 아파하던 시기에, 서로의 아픔을 만져주며 가까워져 계획에 없던 가족이 생겼다. 그래서 이 부부는 이곳 오키나와에서 새롭게 다가온 자연 속에서 순수한 생명의 에너지를 보고 느끼며, 만지고, 배우며 사회와 담을 쌓고 있다. 정치적, 종교적 신념과 무관하게 오직 자신들만의 방식으로 시골에서 아이들에게 감사하며, 서로를 치료하며 삶을 공부 중이다. 그리고 샘은 여러 번의 실패를 경험으로 이번 결혼생활은 세상이 조장하는 소유 하고 과시하며, 서로를 통제하는 육체적, 물질적 사랑을 넘어 주변 조건이나 상황에 흔들리지 않고, 거친 파도에 휩쓸리지 않는 쉽지 않은 사랑을 꿈꾸고 있다. 그래서 그는 사랑으로 포장된 감정의 노예가 아닌, 파도를 즐길 줄 알고 소통하며 서로의 파동을 키워주는 정삼각형 사랑을 지향한다. 다른 두 점이 연결되어 서로 다르지 않다는 진리를 깨닫고, 뿌린 씨앗으로 자식이라는 사랑의 열매에 점을 이루고 싶어 한다. 돌리지 않고 직선으로 의사소통하며 균형 있게 품어, 정삼각형 안에 점점 가득 찬 원을 만들어 무한 순환하는 사랑을 이룰 수 있기를 소망하고 있다. 그에겐 지금 사회적으로 무언가 큰일을 하겠다는 대의나 거창한 신념 따위는 사라졌다. 혹자들이 얘기할 수 있는, 어떻게 여자에게 경제적 기반을 떠맡길 수 있냐는 사회적 따가운 시선 따위는 개의

치 않는다. 지금 시대에 여자와 남자가 무엇이 다른가? 남자가 물질에 여유가 있다면 남자가 담당하고, 여자가 더 능력이 있다면 여자가 담당하면 그뿐인 것을... 서로 부족하다면 같이 노력하면 될 것이라는 이런 그의 사고 자체가 지금 이 사회에 일반적 가치관으로는 받아들이기 힘들지도 모르겠다. 하지만 그런 시선 따위는 그에겐 전혀 무겁지 않다. 설사, 빗발치는 비난의 눈빛과 질시가 파도처럼 밀려와도 그가 믿는 신념이 있기에 당당히 뚫고 그의 길을 걷겠다고 다짐했기에 개의치 않는다. 다만 그가 바라는 것은 오로지 이 가족을 지키며 운명이 이끄는 길로 하루하루 감사히 걸어갈 뿐이다. 그리고 그가 그동안 배운 물질의 개념은 살아있는 생명체 같다고 느낀다. 언제나 흐르는 길목을 막으면 모인다는 어렵지 않은 진리를 깨달았고, 그에겐 그곳을 볼 수 있는 시각을 가지고 있다.

그렇지만 여전히 사회적 시선으로 보면, 그는 지금 물질이 없는 가난뱅이다. 하지만 영적으로 가난한 자들보다는 스스로 부자라 생각하며, 기회는 또다시 반드시 찾아올 것이기에 그저 잘 준비하면서 기다린다. 그동안은 건강히 가족들을 지키며 유유자적 살 수 있기를 소망할 뿐이다. 예수님 말씀처럼, 적절한 방식으로 조금씩이지만 날마다 영적 지혜를 깨달아 나가다 보면, 달이 조금씩 차오르듯 발전해 나간다. 지혜는 인간이 가질 수 있는 가장 위대한 자산임을 그는 배웠고 믿고 있다. 더 이상 그가 어려서부터 꿈꾸어 온 트레져헌터가 아닌, 지혜 속에 있는 진실을 찾는 헌터로서의 삶을 지향하고 있다. 어쩌면 이런 사고의 차이가 그녀와 동상이몽을 꿈꾸고 있을지도 모르겠다...!

"아직은 잘 모르겠어요. 점점 알아 가겠죠? 더 안 드실 것 같은데 나가서 연기로 날려 볼까요??"

"필요한 타이밍이네! 나가자!!"

그녀는 물잔을 챙기고 그는 술잔을 챙겨 베란다로 이동한다. 장난감을 가지고 놀던 아라가 같이 나가고 싶다고 쫓아 나온다. 이상한 공기를 마셨던 곤도 기다렸다는 듯 재빠르게 따라 나오고 아라는 그에게 곤은 그녀에게 안긴다.

"너희들 이 시간에 여기 나오면 모기 또 물릴 텐데 괜찮겠어? 모스키토가 요기 저기 이따이~ 할 텐데..."

"좀 이따가 물리면 들어갈 것 같아요. 그나저나 일본은 노인 운전 교통사고가 꽤 심각해서 각 지역에서 많은 이슈가 되고 있어요. 사고가 너무 잦아 젊은 층들은 '도로를 주행하는 무기'라고 하면서 노인 이지메도 많이 생긴다고 해요."

"그렇구나... 예전 동경인가 어디에서 80대 할아버지가 아침에 등교하던 여고생 2명 밟고 지나가 중태에 빠졌다는 기사 본 기억이 나는데 그 친구들은 회복됐나?"

"아? 삼상도 아시는구나. 얼마 전에 죽었어요. 그래서 요즘 더 시끄러워요."

"아이고... 문제는 문제다. 이미 사회문제는 됐고 이젠 세대 갈등으로 진화 중이구나. 그렇다고 늙었다고 무조건 운전 못하게 할 수도 없고... 제도를 다시 제정하든가 아니면 안전장치를 의무화 시키던가 뭔가 방법이 나와야 할 텐데... 한국도 고령화가 진행되어 똑같은 문제를 겪게 되겠지만 그분들은 절대 미리 안 배우겠지? 자기들 밥그릇 싸움하느라 공도 사도 다 망하시는 분들이라~~ 곤아! 그거 물 아니야!! 주세요~~"

"지난번에 곤이 물처럼 생겨 조금 마시고 토해봐서 안 마실 겁니다."

"카~ 카~~ 우에엥~~~"

"이런... 아라 다리 물렸나 보다. 거봐! 여긴 저녁에는 안전지대가 아니에요. 이따이데쇼(아프지)? 계속 있으면 더 물릴 텐데?? 어떡하지... 들어갈까요???"

그녀는 울먹이며 입술을 내밀고 고개를 끄덕인다.

"곤아! 아라 들어간다네. 너도 들어가서 같이 놀아!!"

하지만 곤이는 못 들은 척한다.

"들어가서 잘 놀고 있으면 곰돌이 젤리 하나 더 줄 수 있는데...?"

표정이 밝아진 곤은 그녀의 품에서 내려와 스스로 문을 열고 들어간다. 그리고 아라도 같이 들여보낸다.

"깔깔깔~ 삼상 젤리로 아이들 너무 잘 컨트롤하시네요!"

"잘하는 게 아니지! 아이들한테 미안한 거지...!! 하지만, 우리가 잘 서 있어야 아이들이 건강이 자랄 수 있는 상황이니 너그러운 이해를 바라는 거고!!! 건강하니 감사할 뿐이지..."

곤은 문 앞에서 젤리를 지금 달라는 듯 서 있다.

"노노노~ 엄마, 아빠 푸우~~ 끝나면 들어가서 준다고~~~"

신기하게도 그는 알아듣고, 다시 쌓아 놓은 블록 성을 부수며 새로운 형태의 조립을 시작한다. 그리고 그들은 각자 불을 붙이고 허공에 생각의 형태를 연기로 날린다.

"맞아요! 이 공간의 나눔이 우리에겐 중요한 의미가 있으니까요~~"

"응~ 녀석들도 이해할 거야! 우리들의 피를 이어받았으니까!!"

그는 얼음을 돌려 부딪치는 소리를 잠시 즐기다, 맛있는 물을 마시듯 반 잔을 넘긴다. 알맞은 희석 농도를 넘겼지만, 충분히 아와모리 향이 남아있어, 취기가 적당히 오른 지금 상태에 마시기 적당한 맛이다.

"오늘도 하루가 길었지만, 너무 빨리 지나가네요."

"뭐 매일이 짧아요~~ 그나저나 킨짱 통화는 몇 번 했지만 보고 싶네. 어색한 전화 대화보다는 얼굴 보며 얘기하면 더 코드가 맞을 수도 있다는 느낌이 들어!"

"제 생각도 그래요. 오빠랑 삼상 케미스트리 좋을 것 같아요. 그런데 요즘 오빠 우울증이 더 심해져 심리상담도 많이 받고 있고 약물 의존도가 높아져서 걱정입니다."

"우울증은 정신에 데미지가 온 거고 마음은 약물 치료보다 주변 환경과 주변 사람이 중요한데... 우리가 겪어 봐서 알잖아? 언제든 내려와서 편하게 쉬다 가라고 해~~ 여긴 공기도 좋아 도심보다는 많이 도움 될걸?? 호한이도 약 없으면 잠 못 잔다는 녀석이 여기서 졸피뎀 없이도 꿀잠 자고 갔잖아."

"네. 그렇지 않아도 얘기는 했는데 좀 더 안정되면 쉬러 오겠다고 했습니다."

"그래~ 어떤 친구인지 보고 싶다고 전해줘~~"

"넵~ 내일은 여유 있게 아점하시고 상해 마트 다녀오시죠~~ 아이들 간식도 다 떨어지고 냉장고도 기분 좋게 정리해서 식자재 쇼핑하고 싶어요."

"넹~ 그러시죠~~ 회장님!"

"그럼 전 들어가서 뒷정리 좀 하겠습니다."

"그래! 난 요것마저 마시고 들어갈게~~~"

가이아인(지구인)은 곳곳에 존재한다

　그는 또 하늘을 올려다보며 멍하니 바라보고 있다. 황당하고 복잡한 마음을 가라앉힌다. 그의 마음과 아무런 상관없이 오늘도 변함없이 반짝이며 마당을 밝혀주는 북두칠성 정원등을 쳐다보며 남은 잔을 마시는데 왼쪽 벽면에 작고 귀여운 도마뱀들 2마리가 나와 신중하지만 노련하게 벌레 사냥하고 있다. 어느새 스크린 도어 창문에도 다른 녀석이 붙어 빠른 속도로 먹이를 냠냠하는 제법 큰 덩치 녀석이 열중하고 있다. 이들은 이 집에서 공생하고 있는 친구들이다. 평소에는 밖에 음침한 구석에서 숨어 쉬고 있다. 저녁이 되면 집안 불빛을 쫓아 모여든 가장 좋아하는 크기의 벌레들이 집합하는 이 시간을 가장 선호한다. 그러다 서로 눈이 맞아 짝짓기하고 임신하면 집 안으로 들어와 많은 새끼를 낳고 집 안 곳곳을 돌아다니며 검고 작은 덩어리 흔적들을 남기며 자신들의 구역을 정하고 서바이벌한다. 아라는 무서워하지만 곤은 녀석들과 가끔 같이 놀이한다. 게코 도마뱀 입장에선 그의 순수한 마음과 상관없이 삶과 죽음의 경계를 느끼고 필사적인 도망을 치겠지만,

그에겐 재미있는 놀이 중 하나다. 처음엔 그도 즐거워 흥분한 마음에 손으로 강하게 쥐면 스스로 꼬리를 자르고 도망친다. 가끔은 가엾게도 압사당한 경우도 있었다. 그러나 곤도 이제는 약한 생명체임을 인식해서 더 이상 만지지 않고, 다만 귀엽게 달리며 죽지 않기 위해 혼신의 힘을 다해 도망가는 녀석들을 쫓아 다니며 즐거워한다. 그는 곤을 불러 녀석들의 헌팅 현장을 공유한다. 그러자 곤은 스크린 도어로 다가와 유리에 붙어 사냥하는 녀석을 유리창 반대편에서 손가락으로 만져도 보며 그들의 사냥 현장을 즐겁게 관찰하고 있다. 아라도 멀리 떨어져 어쩔 줄 몰라 하며 '기코~ 기코~~'를 외치지만 더 이상 울지는 않는다. 충분히 배를 채운 녀석은 샘을 의식하는 듯 눈알을 굴리다가 안전한 다른 곳으로 이동한다. 이 집은 수많은 생명체의 삶의 현장과 생과 사, 드라마들이 공존하는 배움의 쉼터다. 녀석의 먹이 활동이 끝난 후 그제야 문을 열고 들어가 그는 아이들에게 약속한 곰돌이 젤리를 하나씩 주고, 천사들에게 젤리를 나누어 주고받은 해피 바이러스로 위안받으며 작업방으로 들어간다. 노트북을 꺼내어 열고 가만히 앉아 멍을 때리고 있다가 문득, 그녀가 가르쳐준 하이사이 오지상을 떠올리고 키나 쇼키치를 검색해 본다. 의외로 여러 기사가 뜬다. 그중 김창규 '딴지일보' 편집장이 그와 인터뷰한 책 소개와 기사를 살펴본다. 두꺼워 보이는 책 표지는 소키치상의 상반신 모습에 샤미센을 들고 연주하는 평화롭게 보이는 아저씨 일러스트가 그려져 있다. 타이틀은 '평화 일직선 키나 쇼키치를 만나다' 그리고 작은 문구에 '모든 사람의 마음에 꽃을, 모든 무기를 악기로, 모든 기지를 화원으로,

전쟁보다 축제라는' 아름다운 메시지가 적혀있다. 이 문장에 그의 철학이 그대로 보이는 담백하고 멋진 말이다. 기사 내용을 읽어 내려가니 그녀가 얘기해준, 전설이었다는 말을 실감할 수 있는 숫자들이 보인다. 그리고 평화를 그리며 행동주의자로 음악을 무기로 세계 곳곳을 돌아다니며, 평화 활동을 펼쳐온 멋진 뮤지션이라는 내용이다. 1980년 우루마 축제, 1986년 기아로 고통받는 주민을 위한 필리핀 마닐라 네그로스섬 지원 콘서트 등의 수많은 평화 활동을 이어온 행동하는 진정한 평화 전도사로 활동했다는 기사 중 가장 눈에 띄는 기사가 있다. 1997년부터 북한 식량 지원을 위해 수차례 진행한 '아리랑에 무지개를' 자선 콘서트 내용에 눈길이 간다. 그리고 그의 아리랑 노래를 찾아 들으며 기사를 읽는다. 오키나와에서 태어난 그의 아리랑 사랑 코드는 왠지 과거의 역사를 제대로 인지하고 한민족 분단의 아픔을 자신의 아픔처럼 인식하여, 다양한 아리랑 공연을 펼치고 있다는 느낌을 강하게 받는다. 심지어 2000년 광주 5·18 20주년 기념 공연과 같은 해 북한 위문 공연까지, 그의 아리랑 사랑은 남다르다. 샘은 이곳 오키나와에서 태어난 딸에게 이곳에서 배운 아리안족의 후손으로 '아라' 이름을 지어준 이유도 있다. 거대한 물줄기처럼 만물에 없어서는 안 될 존재로 흐르라는 의미도 있지만, 결국 물은 낮고 낮은 곳으로 흐르고 흘러 종국엔 바다로 이어지고 세계와 연결된다. 그렇기에 바다에서 태어난 그녀에게 딱 어울릴 것 같아 지어준 것이다. 그렇지만 무엇보다 멧돼지 해에 태어난 단군조선의 딸, 진정한 아리안족의 후예란 의미를 나름 부여해준 것이다. 샘은 어머니 김해김씨(金海金

氏) 피와 할아버지에게 받은 광주(光州) 광산(光山) 김씨로 태어나, 자손을 번창하라는 깊을 홍(泓), 클(太-콩) 태자를 쓰는 아버지 이름처럼 자식을 많이 두었던 그가 생전에 L.P 판에서 흘러나오는 아리랑을 즐겨 듣곤 했었다. 그러다가 이곳에서 채 박사의 강의를 들으며 막연했던 의미들이 연결되어 진정한 아리랑의 의미를 찾았던 것이다. 그런데 오키나와 태생 키나 쇼키치를 보편적 시선으로 보면 아리랑과 아무 연고 없게 보이지만, 어릴 적 그의 어머니도 가끔 부르던 노래였다고 말한다. 그래서 쇼키치는 아리랑 리듬이 오키나와 전통 음악으로 막연히 알고 있다가 전쟁 당시 끌려온 많은 조선 위안부 여성들이 구슬프게 부르던 노래, 아리랑을 듣고 자랐던 그였다고 한다. 그리고 종전 후 종적도 없이 사라진 그녀들의 슬픔은 오키나와 주민들의 슬픔과 다르지 않았고 느낀 그는, 그 공명하는 슬픔의 뿌리를 찾아 공부하고 인지했었다고 한다. 그렇기 때문에 그가 부르는 아리랑은 같은 뿌리로 연결되었음을 깨닫고, 한민족 통일과 세계 평화를 외치며 곳곳에서 공연하는 그의 모습에 샘은 존경과 감사의 마음이 생기고 있다. 그리고 쇼키치는 말한다.

"나비는 국경 없이 그냥 날아다니잖아. 새들도 날아다니고, 바람도 경계 없이 불고, 구름도 흘러가고, 모두 국경이 없어. 그 정점에 서 있다고 잘난 체하는 인간만이 국경을 가지고 있는 거야. 거기서 문제가 발생해."

또 하나 놀랍고 반가운 사실은, 그도 자신을 스스로 '지구인'이라 말한다. 샘처럼 지구인이라 생각하는 동족이 가까이 존재하고 있음을 확인한다. 샘은 확신한다. 세계 곳곳에 피부색에 상관없이 모두 형제자매고, 같은 지구에 태어나 아름다운 지구 가이아를 사랑하며 전쟁이 사라지는 날을 꿈꾸는 지구인들이 많이 존재한다는 것을. 나라의 경계가 의미 없고 여권 없이 자유롭게 어디든 다닐 수 있는 세상을 꿈꾸는 이들이 이미 존재하고 있음을... 몇 년 전 어떤 월가의 애널리스트가 발표한 자료에 의하면 전 세계 국방 관련 연구, 개발, 생산, 유지비용을 합치면 전 세계 식량문제와 에너지 문제를 해결할 수 있다는 숫자를 발표했다. 딥스테이트가 추진하는 NWO. 단일 정부, 단일 화폐로 통제되는 노예 제국이 아니다. 지금 인류에게 필요한 것은 키나 쇼키치 말대로, 이념분쟁을 버리고 무기 대신 악기를 들어 해원상생(解寃相生)을 노래한다면, 물질계를 넘은 정신계의 진정한 우리가 되지 않을까 하는 생각을 한다. 이렇게 키나 쇼키치는 그만의 언어로 의식혁명을 노래한다.

『의식 혁명』의 저자 '데이비드 호킨스'는 의식지도를 통해 힘과 위력의 의식 에너지 표를 만들어 보여준다. 레벨 200 아래는 모두 부정적 의식 에너지로 자존심, 분노, 욕망, 두려움, 슬픔, 무기력, 죄의식, 가장 낮은 에너지 파동 20인 수치심 순으로 내려가고 레벨 200을 기준으로 위로 올라가 용기, 중립, 자발성, 포용, 이성, 사랑, 기쁨, 평화, 가장 높은 에너지 파동 1,000인 깨달음까지 인간의 의식 레벨을 수치화했다. 보이는 힘과 보이지 않는 힘을 측정한 수치들은 많은 실험을 통해 첨단 이론물리학이나 혼돈이론에서 어떤 패턴이 무작위로 일어나는 것이 아닌, 특정한 규칙에 의해 일어난다는 매우 복잡한 방정식(비선형 동역학)에서 검증되었다고 한다. 다행히도 현재 지구인 85% 인류의 의식 에너지는 기준점 200 아래지만 15%의 나머지의 어마어마한 에너지를 우주로 보내 평균이 200 이상이라고 한다. 이 15%의 인류가 보내는 긍정적 에너지 파동으로 85%의 인류를 보호하고 유지하고 의식혁명의 시대로 다가가고 있다는 가설이다. 그래서 샘이 생각하는 가이안(지구인) 시민권 자격은 이렇게 말할 수 있다.

* 자신이 어느 곳을 이동하던 머무는 장소와 주변을, 자기 고향과 주변 인물들을 형제자매처럼 아끼고 사랑하는 마음.
* 서로 생각이 다르다고 상대를 비판하며, 이분법으로 판단하지 않고 서로 상생하는 마음.
* 남녀를 성으로 구분하지 않고 다르지 않음을 깨닫고, 너와 나는 다르지 않다고 진심으로 선포하는 마음.
* 자란 환경과 문화, 종교, 이념을 떠나 우리 모두 영성을 배우기 위해 태어난 영원한 존재로 서로 존중하고 아껴주는 마음.
* 만물과 우리가 모두 하나의 뿌리에서 나온, 위대한 존재의 하나라는 사실을 메타인식 하는 마음.

메타인식(메타의지)의 학문적 설명은 '자기 생각에 대한 생각', 또는 '자기 생각을 판단하는 능력'이라고 정의하지만, 샘이 생각하는 메타인식은 간단히 얘기해서 인지를 통해 사물의 본질을 이해하는 것! 즉, 그냥 아는 것!! 느낌 속의 느낌을 찾아내는 것!!! 그냥 안다는 것은 느낌으로 전해 오는 정보를 언어와 기호로 표현할 수 있는 것이라 그는 생각한다.

다가오는 새로운 문명의 대전환기를 맞은 지금, 지구에 국한된 철학들이 아닌 영안을 뜨고 이 시대에 필요한 진정한 우주 철학을 배우는 학생의 마음과 진정한 지구 어머니의 마음을 가진 가이안 들이 필요한 시대이다. 그리고 그 마음들이 하나로 모이면 천국은 먼 곳에 있는 것이 아니고, 이곳 지구에 있음을 확인할 것이다. 흥미를 넘어 놀라운 사실이 있는데, 현대물리학에서 양자물리학자 들이 여러 가지 실험에서 입증한 몇 가지 증명이 있다. 대표적인 것이 '옵저버 이펙트(Observer Effect)'라고 불리는 관찰자 효과다. 이 실험은 미립자를 입자로 생각하고 바라보면 입자의 모양이 나타나 고, 물결로 생각하고 바라보면 물결의 모양이 나타난다. 다시 말해 생각이 미립자를 움직인다는 놀라운 증명이다. 그리고 다른 표현 으론 세상 만물은 미립자로 구성되어 있고, 생각과 의지는 만물을 변화시킬 수 있다는 증명이다.

양자 물리학이 증명한 아원자 입자들은 공간과 공간의 거리에 상관없이 동시에 정보를 교환할 수 있다는 사실이다. 이것이 양자 역학의 가장 중요한 핵심 중 하나다. 양자 도약(Quantum Jump)으 로 시공을 초월한 서로 연관되는 입자들이 존재한다는 발견이다. 기존 물리학이 결정론적(Determinism)이라면 양자물리학은 확률 론적(Probability)이며 주체와 객체, 관찰자와 대상 사이의 경계가 사라진다. 아인슈타인이 양자역학을 싫어하는 이유기도 하고 그가 틀렸다는 사실을 이렇게 현대과학이 증명하고 있다. 양자물리학은 영적물리학과 깊은 연관이 있다는 가슴 벅차게 흥분되는 검증이고 증거이다. 다시 말해서 민중의 생각과 의지가 바뀌면, 정치가 바뀌고 나라가 변하고 세계가 변한다. 그리되면 우주의 질서도 바뀐다. 우주의 모든 물질은 파동 속에서 살아간다. 열린 마음으로 창조와 연결된 자기 생각을 높은 진동수에 공명하는 것이다. 이것이 진정한 신의 씨앗을 품은 인간들이 가이안으로 나가야 할 길이라고 샘은 생각한다.

"무슨 기사를 그렇게 심각하게 보고 있어요?"

"어? 아... 유짱이 얘기해준 그 노래하는 오키나와 전설 아저씨 기사 검색해 보는데 정말 대단하시네! 노래 실력보다 높은 마음과 행동력이 전설이시네~~"

"아! 키나 쇼키치상~~ 무슨 행동력이요?"

"세계 평화를 위해 여러 나라에서 공연 투어 하시고 특히 한민족 분단의 아픔과 슬픔에 '아리랑'을 외치는 콘서트 행사를 여러 번 진행하시고 2000년 광주 5·18 20주년 기념 공연과 같은 해 북한 위문 공연까지 다녀오셨다네."

"에~~ 그 정도인 줄은 몰랐었습니다. 진짜 대단하신 분이네요."

"웅~ 아리랑의 의미를 알고 부르신 것 같아 더 끌리는 분이네. 그리고 자료들을 읽어 보니 6년간 참의원 하시다가 그만두신 이유도 보이네."

"무슨 이유요?"

"노래로 남북 평화를 외치시고 오키나와 시민을 위해 미군기지 이전을 노래하시던 분을 자민당이 가만 놔두겠어? 자기들의 근간을 흔드는 정치인을?? 온갖 공작과 선동으로 낙마시켰겠지! '자공당' 공작원분들이..."

"깔깔깔~~ 자! 공! 단! 역시 삼상은 재미있어요."

"사실은 무서운 얘기인데 특히 일본 국민들에게는... 인지하고 있는 사람들이 얼마나 있을까? 자신들의 나라가 가랑비에 옷 젖는 줄 모르고 점점 공산화되어가고 있다는 사실을... 한국도 심각해지는 상황이라 할 말은 없다만..."

"공산화까지는 몰라도 자민당의 장기 집권으로 점점 선진국 대열에서 멀어지고 있다고 얘기하는 의식 있는 사람들은 좀 있어요. 아직은 소수라 안타깝지만..."

"더 안타까운 건 그런 소수가 대중 앞에서 목소리를 높여 지지를 얻어도 결국은 큰 세력이 눌러 아무런 힘도 못 쓰게 만드는 권력 시스템이 문제인 거지."

"정말 맞아요! 실제로 그런 일들이 본토에서 벌어지고 있어요. 한국의 촛불 시위처럼 왜 그들은 깨어나지 못할까요?"

"그래! 그 촛불 시위는 대단하긴 했었지. 하지만 그 순수함을 이용한 선동 세력의 냄새가 진하게 남아 개운하진 않았지만... 어쨌든 증명은 됐잖아? 대한민국 헌법 1조 2항 '주권은 국민에게 있고, 모든 권력은 국민에게서 나온다'라는 법령해석을 이해하고 진정한 권력이 어디에서 나오는지. 일본도 개혁의 중심에 리더가 있으면 불가능한 일은 아닐 거라고 생각하지만, 세력에 흔들리지 않는 비전으로 중심 잡은 리더가 없다는 현실인 거지. 어렵게 허들 넘어 의회로 갔어도 자공당 세력에 곧바로 무릎 꿇고 권력에 뭐든 시키면 '네! 예스~ 노예'가 되거나 조금 버티다 멘탈 붕괴되어, 옷 벗고 맨몸으로 도망쳐 산속에 들어가 담쌓고, 남은 인생을 슬픈 노래 부르며 보내는 거지."

"그러게요... 슬픈 일본의 현실입니다."

"한국도 크게 다르지 않아 걱정입니다... 아이들은 조용하네? 뭐 해??"

"각자 패드 들고 콘텐츠 바다에서 놀고 있지요~~"

"그렇군. 주방 정리하고 불 댕기셨나?"

"아니요. 가실까요?"

"그러시죠. 회장님!"

처음엔 보채며 울던 아이들도 이젠 그 경계를 이해하는 듯, 손을 흔들어 주더니 이제는 그들의 흡연실로 움직여도 아이들은 눈길도 주지 않고 집중하고 있다.

"우리 키나 쇼키치상 노래 2곡만 들어 볼까?"

"좋은데요! 제가 찾을까요?"

"아니! 내가 아까 찾아 놓은 것 플레이하면 돼!"

그런데 그가 주머니를 뒤지는데 X가 없다.

"이런... 틀어 주세요... 푸~~"

"삼!상~~~"

그녀는 자신의 아이폰으로 검색하고, 그는 담배 2개에 불을 댕기고 하나를 그녀에게 전해준다. 먼저 하이사이 오지상이 흘러나오고 둘은 말없이 리듬에 맞추어 연기로 춤을 추고 있다. 이어서 그녀가 다음 곡 '모든 이의 마음에 꽃'을 플레이한다. 그리고 잠시 후 그가 일본어로 외친다.

"우리도 언젠가 꽃을 피워보자~~"

"그런데 정말 오키나와 정서가 흠뻑 묻어나는 노래네요~~"

"그러네... 마음은 울고 있는데 웃으면서 샤우팅 하시네! 듣는 김에 '하나 아리랑'도 들어보자. 아리랑은 안 들어 봤지?"

"네~ 아리랑 부르시는 건 처음 듣습니다. 여기 바로 있네요."

샤미센 반주에 울려 퍼지는 쇼키치의 소리는 아직은 어색한 한국어 발음이지만, 왠지 처음부터 오키나와 노래였던 것처럼 어색하지 않다.

"여러 버전의 아리랑을 들어 봤는데 키나상 음색이 한국과는 조금 다르지만, 오키나와의 한 코드가 잘 녹아 있어 뭔가 뭉클하네요."

"이곳 정서에 맞는 편곡이지만 오리지널 한을 담은, 베이스 코드가 바닷바람을 타고 심장을 똑똑 노크해 주시네. 그리고 재미있는 건 이 아저씨도 자신을 오키나와에서 태어났지만, 지구인이라 선언하고 다니신다!"

"오~ 삼상 계열이네요. 흥미로운 분이시네요~~"

"기회가 된다면 뵙고 싶은 분 리스트에 넣었다."

"리스트가 점점 쌓여 가시네요~ 고무적입니다. 맞나요?"

"오~ 역시 졸업까지 전액 장학금 받으며 공부했던 유학생 맞네! 좋아요~~"

"오늘도 화살처럼 지나가네요~ 전 들어가 좀 쉬겠습니다."

"그래~ 들어가자~~"

그녀는 침실로 가고, 그는 거실에 있는 아이들에게 다가가 아라를 안고, 곤 옆에 앉아 동영상을 같이 시청한다. 곤의 외계 방언이 시작된다. 아라도 오빠를 흉내 내며 방언에 동참한다. 그러다 스멀스멀 올라오는 구리 구리한 냄새를 맡고, 그는 아기를 번쩍 들어 엉덩이에 코를 갖다 대보고 곤을 향해 목소리 높인다.

"이 녀석 범인은 너구나! 응가했으면 얘기를 해야지~ 영상에 심취해 엉덩이 아파지면 누가 힘들어? 곤이가 아프고 힘들면 엄마 아빠도 힘들고 아파. 그러면 아라도 힘들어져요! 이렇게 우린 공동운명체라고 몇 번을 얘기하니?? 앞으로는 바로 얘기하세요! 알았지???"

곤은 무심하게 무시 모드다. 샘이 아라를 내려놓고 기저귀와 물티슈를 가지러 일어나니 그는 자동으로 나 잡아 봐라 놀이를 시작한다. 하지만 곧 나오는 우유의 품에 잡힌다.

"우엑~ 쿠사이(구려)~~"

그녀의 손길에 나체가 된 곤은 발버둥 치려고 하지만 그의 손에 다리를 저지당하고 커다란 누런 황금 덩어리를 본 아라는 소리 없이 헛구역질해댄다. 우유도 우엑을 연발하지만 샘은 아무 반응이 없다.

"당신은 냄새 안 나요? 우에엑~~"

"말 시키지 마! 피부 호흡 중이야~ 우욱~~ 뭐야? 당신 때문에 들어왔잖아!!"

"깔깔깔깔~~~"

"핫하하하~~"

자식은 건강한 배변으로도 부모를 즐겁게 웃겨준다. 하지만 아라는 두 사람을 이해할 수 없다는 듯 실감 나게 다시 헛구역질한다. 뒤처리를 깨끗이 마무리하고 그들 가족은 침대로 모여 빠르게 지나간 각자의 하루를 각자의 방식으로 마무리한다.

사자의 서

　꿈속에서 우는 아라의 울음소리와 현실로 연결된 아라의 울음
소리에 그는 눈을 번쩍 뜨고 아라의 상태를 살펴본다. 열은 없고
기저귀도 약간의 소변 흔적 외 다른 이상 징후는 보이지 않는다.
그처럼 그저 나쁜 꿈을 꾸었으리라. 시계를 보니 새벽 3시 3분이
다. 그는 아라를 안고 거실로 걸어가 달래며 한 손으로 머리를 쓰
다듬어 주며 안정을 찾아 준다. 그의 품에 푹 안긴 아라는 울음을
그치고 점점 힘이 빠져 그의 몸과 일체화되어가고 그는 어려서 어
머니가 불러 주었던 「섬집 아기」 노래를 일찍 먼 곳으로 떠나버린
그녀를 그리워하며 조용히 자장가처럼 불러준다.

　　'엄마가~ 섬 그늘에~~ 굴 따러~~ 가면~ 아기가~ 혼자~ 남아~~ 집~~을~

　　보~다가~~ 바다가~ 불러~ 주~는~~ 자~장~~ 노래에~~ 팔~ 베고~~ 스~르

　　르르~~ 잠이~ 듭~니다.'

　이 노래는 그의 어머니가 호텔 수영장에서 사고로 미국 Kalamazoo 병원에서 33일간 코마 상태로 있다가 돌아가시기 전에 가족들의 동의로 그가 대표로 홀로 남아 그의 어머니의 산소 호흡기 멈춤 버튼을 누르기 직전 그녀에게 불러 주었던 노래이기도 하다.

노래처럼 스르르 잠든 아기를 다시 침대에 조심스럽게 내려놓고, 침대 끝에 아슬아슬하게 걸쳐 잠이든 곤을 중앙으로 옮겨 준다. 그리고 주방으로 이동해 물 한잔을 원 샷 한다. 잠이 달아난 그는 발코니로 나가 담배에 불을 붙이고 멍하니 하늘을 올려다본다. 삼태성이 남쪽에 가지런히 빛나고 있고 마당에도 내려와 빛나고 있다.

1999년 가을 미시간에서 그녀를 하늘로 보내고, 그는 꿈속에서 단 한 번도 그녀를 만난 적이 없다가, 아버지가 돌아가시고 장례를 마친 다음 날 17년 만에 그녀는 처음 꿈에 등장했었다. 당시 그는 어딘지 알 수 없는 험한 산속을 등산하다가 길을 잃고 혼자 헤매며 불안한 마음으로 돌아다녔다. 어느 순간 불현듯 나타난 그녀와 같이 걸으며, 그냥 너무나 자연스러운 대화로 일상을 애기한다. 그리곤 갑자기 그녀 품에 안겨 어릴 적 어린아이처럼 따스한 안정감을 느낀다. 머리를 쓰다듬어 주는 그녀의 손길과 동시에 미워하는 마음을 버리고 모두 용서하며 하고 싶은 일을 하면서 행복하게 지내라는 말을 듣는다. 그리고 그는 떠나는 그녀를 붙잡고 가지 말라고 외치지만, 이상하게도 목소리는 나오지 않고 눈물만 하염없이 흐른다. 그녀가 떠난 자리에 정상으로 이어지는 길이 보이지만, 그는 멈추어 서서 계속 흐르는 눈물에 숨이 막혀 호흡이 곤란해져 잠을 깬다. 베개는 눈물에 안쪽까지 흠뻑 젖어 있었다...

어린 시절 그는 거의 매일 꿈속에서 여러 가지 어드벤쳐를 꾸었고, 특히 하늘을 날아다니며 자신이 사는 주변을 구경하곤 했었다. 어느 하루 그는 꿈속에서 평소에 할 수 없었던 기술을 배워 실제 현실에서도 이루었다. 가령, 팽이치기에서 고난도 기술인 찍어 치기 기술이다. 어렸던 그는 평소에 아무리 연습해도 구사할 수 없었다. 그리고 주변 형들 누구도, 그 기술을 가르쳐 주는 이가 없었다. 물론 또래들은 시도도 못 하는 고급기술이었다. 하지만 그는 너무나도 그 멋진 기술을 가지고 싶어 오매불망(寤寐不忘) 기다리다 어느 날 꿈속에서 드디어, 그 기술을 사용하여 동네 형들의 팽이를 박살 내는 꿈을 꾸었다. 그 꿈을 꾼 아침 일찍 벌떡 일어나마자 마당에서, 꿈속에서처럼 그 기술을 시도해 보았다. 현실에서도 강한 회전력으로 힘차게 팽팽 돌고 있는 팽이를 보고 감격한다. 그리고 그날 방과 후 동네 형들과 또래가 모인 팽이치기 놀이에서 자신감을 가지고 그 기술을 사용하여 그들의 팽이를 부수고 초등학교 3학년에 동네 팽이왕이 되었었다. 또 한 번은 주변 형들처럼 두발자전거를 멋지게 타고 싶었지만, 현실에서는 단 한 번도 성공하지 못하고 넘어지기 일쑤였었다. 그러던 어느 날 꿈에서 그는 두발자전거를 타고 신나게 동네를 일주하는 꿈을 꾸었고, 이튿날 이른 아침, 그는 보란 듯이 두발자전거를 타고 주변을 돌아다녔다. 심지어 한 달 안에 두 손 놓고 타는 경지에 올랐었다. 하지만 역시, 가장 신나고 선호했던 꿈은 하늘을 스스로 비행하는 멋진 꿈이었다. 희한한 것은 잘 날아다니다가도 떨어지면 어떡하지 하는 불안한 마음이 들면 몸은 점점 중력을 이기지 못하고 내려오기를 반복하다가 아쉽게 깨어나기를 매번 반복한다. 그러던 어느 날 그는 수

많은 실패를 통해, 꿈속에서 완전한 믿음을 가지면 몸이 슈퍼맨처럼 가벼워져 날 수 있다는 것을 꿈속에서 본능적으로 배웠다. 그 후부턴 온 동네를 날아다니며 구경하고 다녔었다. 그리고 신기하게도 그는 동네 곳곳을 항공사진을 본 것처럼 기억하고 있고, 실제로 처음 가보는 길들도 골목골목 정확히 기억하고 알고 있었다. 무엇보다 다행인 것은 그는 현실 속 3층 옥상에서 뛰어내리며, 하늘을 날 수 있다는 사실을 검증해보지는 않았다. 검증했다면 아마도 그의 영혼은 지금도 자유로이 우주를 날고 있었으리라...

그러다 중학교 2학년이 되던 해, 가족들의 불편한 진실들을 알게 되고 터프한 사춘기를 보낸다. 무라카미 하루키의 소설 『해변의 카프카』 주인공처럼, 세상에서 가장 강한 15살 소년같이 되려고 노력했었다. 하지만 그 후로 아주 오랫동안 그는 꿈을 보지 못했다. 한참이 지나 어머니를 보낸 그해 1999년 미시간 트로이 지역에 첫눈이 온 사방을 뒤덮어 내리던 밤 다시 꿈을 본다. 그는 꿈속에서 어린 시절 시골에서 큰 나무 위에서 낮잠을 즐겨 자던 것처럼, 거대한 느티나무에 올라가 편안히 낮잠을 즐기고 있었다. 그때 코끝을 자꾸만 간지럽히는 무언가에 짜증이 나 확 잡아당기니, 작은 청룡이 끌려내려와 품에 떨어져 놀라는 꿈을 보았다. 그 후 2000년 7월 28일 오전 7시 28분 첫아들이 태어난 그날은, 온종일 주변 하늘은 태양이 보이지 않고 엄청난 양의 비가 내렸다. 그리고 시간이 한참 흐르는 동안 그는 꿈을 보지 못한다. 아니 어쩌면 기억하지 못하는 꿈을 보았을지도 모르지만, 2016년 4월 꿈속에서 그는 어머니를 만난 것이다. 그러다 다시 꿈을 보지 못하고 지내다가 이곳에서 2018년 6월 어느 날 꿈속에서 느티나무와 회화나무 두 기둥이 다리처럼 허리부터 붙어 엉킨 기묘한 형태의 33m 이상 되어 보이는 연리지나무를 발견한다. 신기한 마음으로 구경하고 올라가 쉬고 있는데 생전처음 불현듯 그의 아버지가 등장한다. 그리고 그에게 뿌리는 더 멋진 형태를 가지고 있다고 말하며, 뿌리를 파보라는 말을 듣고 꿈에서 깬다. 그는 며칠은 그 꿈의 의미를 고민하다가 단 한 번도 관심 가져 본 적 없는 자기 뿌리를 찾아본다. 그리고 단순한 삼한갑족이라 불리는 광산 김씨 족보의 뿌리를 넘어, 한민족 뿌리를 찾아 웹 서핑 다닌다. 학생 시절에도 찾아보았지만 한문을 몰라 읽기를 포기한 책이 수십 년간 진위 논란에 중심이 되었던 '환단고기' 한글 해석본을 찾았다. 신라의 승려 '안함로'와 '원동중'이 서술한 『삼성기』, 고려시대 문신 '이암'이 서술한 『단군세기』, 고려 말 학자 '범장'이 서술한 『북부여기』, 조선시대 학자 '이맥'이 서술한 『태백일사』로 나누어진 내용을 찾은 것이다. 사학자이자 역사광복운동가며 무장 항쟁을 펼친 독립운동가 '계연수' 선생이 편찬한 역사서다. 그가 기대했던 상상을 통쾌하게 부숴버리는 엄청난 내용이었다. 놀랍게도 세계 문명의 시원이 한민족이라 말하고 있다. 게다가 제도권 식민사학자들이 모두 입을 모아 위서라 주장하고 거론 자체를 금기한다는 이유가, 오히려 그에겐 가장 큰 믿음과 희망으로 다가왔다. 그들은 감추고 축소하는 일이 지상과제라 교육받은 식민사학자들이기 때문이다. 이미 독일의 실존주의 철학의 대표로 불리는 '하이데거'도 인터뷰에 '세계 역사상 가장 완전무결한 평화정치를 2,000년간 펼친 단군시대가 있었음을 압니다.'라고 공언했었는데도 그들은 여전히 귀를 막고 있다. 더군다나 일본의 사학자 '가시마 노보루'는 태평양전쟁 당시 일본사를 옹호했던 학자였지만『환단고기』를 읽고 일본의 황통사는 거짓 역사라는 것을 학자의 양심 앞에 고백했었다고 한다. 또한 '유엠 부찐'이라는 구소련 학자는 1982년『고조선』을 출간하고 러시아의 고대사 세미나에서 그는 말한다. "동북아 고대사에서 단군 조선을 제외하면 아시아 역사는 이해할 수가 없다. 그만큼 단국 조선은 아시아 고대사에 중요한 위치를 차지한다. 그런데 한국은 어째서 그처럼 중요한 고대사를 부인하는지 이해 할 수가 없다. 일본이나 중국은 없는 역사도 만들어 내는데, 당신들 한국인은 어째서 있는 역사도 없다고 그러는지... 도대체 알 수 없는 나라이다!"

　유엠 부찐이 이렇게 뻔뻔하게 성토할 수 있는 이유는 너무도 간단하다. 러시아의 모스크바 국립대학과 상트페테르부르크에 위치한 예르미타시 박물관 등은 전 세계에 없는 아시아의 방대한 자료를 강탈해 소장하고 있기로 잘 알려져 있다. 자세한 자료는 유튜브 상생방송에서 나온 내용이다.

　　- 역사학 관련 단행본 : 702,400권

　　- 역사학 관련 고서본(원본) : 450,440권

　　- 역사학 관련 논문 : 1,440,000권

　　- 역사 관련 각종 보고서 : 1,000,000여 권 추정

　러시아가 이렇게 방대한 자료를 가질 수 있었던 이유는 청대 말

기 러시아 로마노프 왕정시절에 당시 차르였던 니콜라이 2세가 만주를 러시아 세력 하에 두면서 '만주철도 부설권'을 사들이고 철도를 개설, 시베리아 철도와 연결하면서 만주에 있는 온갖 사서와 문화재를 실어오라는 명령을 내렸다고 한다. 1대당 23칸이 연결된 기차 6대에 가득 싣고 만주에서 출발했고, 이 자료들을 수거하고 정리하는 데 6개월이 걸린 어마어마한 양이라고 말한다.

이 방대한 자료를 토대로 연구하는 역사학자들이 사학계 최강국으로 오르고 있음은 당연한 수순일 것이다. 그렇다면 일루미타티 세력은 왜 그토록 한국의 진실의 역사를 철저히 감추고 없애는 프로젝트에 진심일까? 정답은 간단하다. 세계사의 뿌리가 대한민국이며 천손민족(天孫民族)이기 때문에 드러나는 진실이 두려운 것이다. 대한민국 국민 각성을 가장 무서워하고 인류의 자각을 두려워했던 것이다. 찬란했던 대조선 역사를 말살 조작하는 프로젝트의 주도적인 인물들이 있었다. '삼국유사를 쓴 고려 후기 땡중 김일연(1206~1289)', 이 자는 한민족의 상고사, 삼국사를 어처구니없이 소설처럼 왜곡하여 집필하여 마치 신화처럼 단군시대를 그렸다. 이전의 역사를 지우며 장대하고 찬란한 유라시아역사와 아시아역사를 반도 안에 가두어 놓는 큰 역할을 아직도 하고 있다. 지금도 대한민국에선 고승이라 떠받들고, 이것이 일본과 중국에 우리 고유 고대역사와 드넓은 강역을 한반도 안에 축소한 빌미를 제공해 주었다. 이렇게 현식민사학자들에 좋은 재료로 사용되고, 고대 역사, 지리, 문학 등에 인용되어 귀하게 대접 받고 있는 현실이다. 그리고 '이마니시 류(1875~1932)', 이 자는 조선사 말살 특수기관인 '조선사

편수회' 3인방 중 한 명으로 삼국사기 본래 표제인 '삼국사'에 '기'자를 붙이고 대한민국 역사를 제후국의 역사로 강등시켰다. 다른 한 명은 '이병도'다. 부관참시도 부족한 이 자는 이마니시 류의 수사관보로 들어가 우리 고대사 왜곡에 헌신적 기여를 하였다. 훗날 그의 문하에서 수많은 식민사학자가 배출되었고, 지금의 한국 식민사학계의 계보를 잇고 있다. 마지막 한 명은 '쓰다소키치'란 자로 '삼국사기 초기 기록 불신론'이라는 이론을 내놓아서 삼국시대 이전의 역사를 일방적으로 무시당하게 공헌한 인물이다. 이병도는 살해당하기 얼마 전 '단군은 신화가 아닌 우리 국조'라고 조선일보 1986년 10월 9일 자에 민족 앞에 고백하고 대중 앞에 연설하기 전 너무도 당연하게 죽임을 당한다. 진실을 거부하는 세력이 그의 연설을 허락할 리 만무하다. 그리고 일제 강점기 '테라우찌' 초대 총독이 지시한 내용은 '조선 사람들이 자신의 역사, 전통을 알지 못하게 하라! 조상 단군을 부정하게 하라! 조선인을 뿌리가 없는 민족으로 교육하여 그들의 민족을 부끄럽게 하라!! 이것이 식민지 국민을 만드는 비법이다!!!'라고 당당히 외친다. 이 쓰레기 식민사학자들이 위서라 주장하는 큰 틀은 고서의 내용에 대한 검증은 없고 출처가 명확하지 않다는 점을 이유로 삼는다. 또 하나는 고고학적 근거다. 환단고기에 등장하는 '환국', '배달국'이 존재한 시기는 신석기 시대인데 어떻게 큰 국가와 문명이 존재할 수 있냐는 주장이다. 하지만 이들의 얼토당토않으며 터무니없는 주장 또한, 이미 초고대 유적이 발견되면서 유명무실해졌음에도 보지 않고 귀를 닫고 인정하지 않는다. 터키에서 발견된 12,000년 이상 된 '괴베클리 테페'는 1963년 시카고 대학과 이스탄불 대학이 공동 조사를 통해 세상에 모습을 드러낸다. 이후 1994년부터 2014년까지 독일 인 고고학자 '클라우스 슈미트' 단장에 의해 본격적인 발굴과 연구 가 되어 발표된 내용은, 이 엄청난 유적이 만들어진 목적이 신전으 로 사용되었다는 점이다. 또한 주변 유적들을 토대로 이 언덕을 중심으로 광활한 지역에서 농업과 수렵 활동을 하며 초기국가 형 태를 이루고 살았다. 급작스러운 기후 변화로 대규모 집단 이주를 했다는 추론이다. 더욱 놀라운 사실은, 이곳의 수많은 석조 장식 에는 별자리를 상징하는 부조들이 장식되어 있다는 것이다. 이 장 식들은 가장 높은 학문이라 불리는 점성술, 천문학의 황도 12궁을 나타낸다. 이것을 관찰하려면 훨씬 이전의 시대부터 천문 지식이 없이는 불가능하다. 1플라톤 년인 25,800년 동안 태양을 중심으 로, 지구 자전축 방향으로 1도씩 움직여 360도 도는 세차운동의 근현대 지식을 그들이 주장하는 '원시인 시대'에 말이다... 그리고 고대 건축물 하면 빠질 수 없는 위대한 건축 기술로 축조된 '푸마 푼푸' 유적이 있다. 볼리비아 해발 4,000m 높이에 세워진 이 유적 의 방사성 탄소연대측정 결과는 대략 14,000년이 나온다. 이 유적 에 사용된 많은 돌이 그나마 조각이 용이한 붉은 사암으로 이루어 졌다고는 하지만, 핵심적인 구조물은 지구에서 가장 단단한 화강 암인 섬록암으로 제작되었다는 사실이다. 섬록암을 가공하려면 현 대 기술인 다이아몬드 커팅 과학기술로도 어려운 것이 현실이다. 작게는 1톤에서 800톤 무게의 섬록암을 0.0001㎜ 오차도 없는 정 확한 90도 각도로 4㎜ 구멍을 깊이 3m를 오차 없이 완벽하게 파고, 6m 길이를 일직선 깊이 4㎜로 처음부터 끝까지 완벽히 가공했다는 건 현대과학 기술로도 어려운 일을 원시인들이 해냈다? 초등학생도 웃을 일이다. 거기다 모든 돌은 연결되고 물림 되어 레고 장난감처럼 모듈러 블록공법으로 제작되었다. 어떤 전문가는 이들 유적과 공법들을 현대어로 표현하면, 레고 블록으로 '엠파이어 스테이트' 빌딩을 쌓은 것과 다르지 않다고 말한다. 각국에 토목학, 기계공학, 물리학 분야별 천재라 불리는 과학자들과 학자들도, 이곳 푸마푼쿠 유적을 직접 방문했었다. 한 논문에서는 이 유적을 조사하다가 원시적 콘크리트 '테라초' 인공석으로 방수 목적을 위한 바닥 구조물을 완성했다고 검증했다. 물론 누구도 논리적으로 명쾌한 설명을 못 하고, 두 손 모아 겸손히 돌아간 사실만 보아도 답은 나왔다고 샘은 생각한다. 그리고 인류가 만든 최초의 인공구조 다리 중 가장 오래된 '아담의 다리'라는 고대 유적이 있다. 인도의 건국 신화와 연대가 일치하는 바다 위에 30㎞가 넘는 해상다리를 건설했었다. 고고학 전문가들의 다각도 연구 분석 결과 약 175만 년 전 완성되었다는 결론이다. 초고대 문명이 바다로 가라앉았다는 또 하나의 증명인 것이다. 실제 인도인들 중 많은 사람이 레무리아의 전설이 자신들이 사는 근처 바다 밑에 잠들고 있다고 믿는 이들이 많다. 비단 이것뿐만 아니다. 환단고기 내용에 고리군의 왕 '고진'은 해모수의 둘째 아들이다. 이 부분에서 고구려 연구회 박규찬 박사가 주장하는 내용은 고진이 해모수의 아들이라면 성이 해씨여야 하고 '해진'으로 불러야 한다고 말한다. 그가 이렇게 주장하는 이유는 고씨 성은 후대 '고주몽' 이후부터 쓰이기 때문이라고 한다. 하지만 진실은 해모수의 존재는 여러 이름으로 불렸지만, 신이라 불린 존재들의 진짜 성이 고씨이며, 그 피를 이어받은 아들들이 고 씨 성을 받는 것이 어떻게 이상하다는 말인가? 우주에서 내려온 존재들을 부정하고, 소호금천(아루셈)의 아들 제곡고신이 고씨의 시조가 된다는 사실을 모르거나, 거짓 역사에 세뇌되어 앵무새같이 어처구니없는 내용을 진실처럼 얘기한다. 또 한 가지 그들이 위서라고 주장하는 내용은 단군조선시대에 호구 조사가 1억 8천만구라는 내용이다. 인하대 사학과 서배용 교수는 말한다. 당시 약 9억 명이란 인구가 살았다는 내용은 3세기에 편찬된 저서를 인용하여 만주지방에서 한반도 남쪽의 강역까지 인구가 140만 명이란 통계기록이 있기 때문에 상식적이지 않다고 주장한다. 어떻게 역사학 교수란 작자가 단군조선의 강역에 대한 기본 고증도 없이 만주지방에서 한반도 남쪽이라는 얼토당토않은 주장을 자신 있게 할 수 있다는 현실이 지금 현 식민사학계의 민낯을 대변한다는 부끄러운 사실이다. 해모수가 하늘에서 타고 내려온 '오룡거'의 의미와 알(우주선)에서 나타난 존재의 상징적 의미와 당시 시대적 시각에서 연구해 보지도 않고, 그저 앵무새처럼 주입된 거짓 역사와 정보만 반복적으로 노래한다. 그들이 부정하며 인정 못하는 빠진 퍼즐에 하늘에서 내려온 지적 생명체만 대입하면, 그림이 완성되는 증거 자료가 넘치는데도 불구하고 여전히 입 다물고 있다. 아니 입 다물고 주는 떡이나 먹으며 살라고 강요받고 있음을 셈은 잘 안다. 그러지 않았다면 그 잘난 교수 자리도 오를 수 없었으리라. 그러던 1993년 어느 날 서울대학교 천문학과 박창범 교수팀이

슈퍼컴퓨터를 이용해 천문을 추적한 결과 환단고기에 기록된 '오성취루' 현상이 고작 1년의 오차가 있는 기원전 1733년에 다섯 개의 행성이 한곳에 모였다는 사실을 과학적 근거로 확인했다고 발표했었다. 진정한 학자 중 한 명인 박창범 교수는 1993년부터 천문학과 역사학을 결합해 천문역사학, 천문고고학, 천문학사, 고천문학 등을 연구하다가 2002년 『하늘에 새긴 우리역사』의 저자로 천문 기록을 통해 역사의 진실을 찾는다. 실제로 삼국사기에 기록된 총 66개의 일식 현상들을 천체 역학적 계산을 통해 과거에 일어난 하늘의 상황을 재연한다. 그리고 53개가 사실로 확인되어 80%의 사실임을 증명했다. 본문의 내용을 보면 다음과 같다.

[고대 사서에서 정치적, 사회적인 내용은 그 왜곡을 파악하기 힘들지만, 자연현상 기록은 객관적 사실을 알려 주기 때문에 사서의 신빙성을 판별해 낼 수 있다. 천문 지식이란 자연현상에 대한 관찰과 그 현실적 응용(정치, 종교, 농경)이 이루어졌다는 측면에서 당대의 가장 중요한 과학의 하나이다. 바로 이 때문에 옛 별자리 지식은 우리나라의 형성과 그 문화의 기원을 밝혀 주는 중요한 자료가 될 수 있다. 수천 년 동안 지속해서 관측된 천문 현상 기록은 단순히 역사적 가치를 지닐 뿐만 아니라 현대 과학에도 매우 중요한 자료가 된다.]

박 교수는 말한다. "우리나라 천문과학의 역사는 상고하기 어려울 정도로 유구하며, 주목할 만한 천문 유물과 풍부한 천물 관측 기록이 전해 온다는 사실이다."

위서라 주장하고 한민족의 강역을 축소하기 바쁜, 엉터리 식민사학자들에 당당히 과학적 증명으로 대항한다. 국뽕이 아닌 진실한 역사에 관심 있는 대중에게 가슴 뜨거워지는 역사적 사실들을 전하는 진정한 석학들이 존재하는 한, 대한민국의 미래는 더 이상 암울하지 않다고 하겠다. 그러나 이런 위대한 증명들이 나오고 있음에도, 그들은 아직도 한결같이 입 맞춘 앵무새 모드 또는 똥 주워 먹은 똥개들처럼 서로를 핥아주며 옳다고 주장한다. 그들의 논리대로라면 누군가 이미 고대에 현대과학이 밝힌 지식을 가지고, 그 방대한 앎을 바탕으로 소설을 썼다는 얘기가 아닌가? 그리고 학자라는 작자들이 '계연수' 선생이라는 이 존경 받아야 할 역사광복 학자에 대한, 학술적인 원초적 궁금증을 가지고 연구를 한 적이 단 한 번이라도 있는가?? 오히려 그들은 계씨 족보에서 그의 이름을 빼버리는 공작과 음모로, 그가 실존 인물인 자체를 부정하는 패악을 저지르고 있다. 하지만 현시대는 진실이 드러나는 대변혁의 시대에 살고 있고 계연수 선생의 존재는 이미 실존 인물이었다는 기록이 여러 루트를 통해 검증되고 있다. 물론 환단고기가 100% 진서라는 증거는 어디에도 없다. 아니, 어떤 고서든 100% 진서는 존재할 수 없다. 환단고기에서 단군이라는 호칭이 47대까지 이어진다는 점은 신의 존재가 아닌 인간으로 기록했다는 것은 분명히 의문점으로 남는다. 신이 직접 서술하지 않는 이상 저자의 감정과 사상이 안 들어갈 수는 없기 때문이다. 환단고기도 신들의 나이와 통치 기간은 다른 고서(산해경, 부도지 등)와 맞지 않는다는 채 박사의 고견도 있었다. 그리고 그들의 거짓 주장을 증명할 수 있고, 초등학생도 판단할 수 있는 간단하고 명백한 증거가 또 하나 있다. 이들이 과연 바이블을 위서라고 주장하는가? 성경의 하늘(우주)에서 내려온 신적인 존재들은 인정하면서 외계 지적 생명체는 부정한다?? 도대체 이 무슨 가당치 않은 망발인가??? 어쩌면 오히려 성경이 위서이고 그들이 민중을 통제하기 위한 수단이기 때문이라면 그들의 침묵이 이해된다. 실제로 바이블의 뿌리는 신화라 부르는 수메르 점토판의 내용이 바빌로니아로 넘어가며 기초가 편찬되었다는 사실은, 더 이상 비밀이 아닌 시대에 살고 있음에도, 대중의 귀와 눈을 막아 장애인을 만드는 살 떨리는 시대이기도 하다. 또한 성경이 조작된 위서라는 증명은 『탈무드 임마누엘』에 자세히 기록되어 있다. 이 책은 임마누엘의 진정한 제자 '유다 이스카리옷(가룟 유다)'이 예수님을 따라다니면서 임마누엘의 지시로 그의 행적과 가르침을 적은 기록이다. 물론 임마누엘의 존재를 부정하고 싶은 세력들은 이 사실을 철저히 무시하고 아직도 더러운 공작들을 펼치고 있겠지만...

그래서 샘은 진서라 주장하는 여러 재야사학자를 찾아 그들이 주장하는 자료를 조사하지만, 신화를 신화로만 생각하는 딱딱한 지식으로 가득 찬 지성들로, 여전히 충분히 납득할 만한 가설로는 채워지지 않는 갈증을 느낀다. 그러다 작년에 전 세계 신화들과 방대한 고서, 셀 수 없는 다양한 정보를 교차 검증할 수 있는 채희석 박사의 강의를 우연히 찾은 것이다. 그리고 오늘 흑피옥의 존재와 의미를 설명하는 강의를 만난 것이다.

그가 작업 방으로 자리를 옮기고 시계를 보니 30분이 흘렀다. 전화기 알람을 4시로 세팅하고 정자세로 앉아 숨쉬기 운동을 시작한다. 생각이 차분해지고 정신이 맑아진 상태에서 알람이 울려 눈을 뜬다. 그는 노트북을 열고 채 박사가 아닌 다른 사람의 흑피옥 관련 자료를 찾아본다. 아시아선사문화연구소 정승호 선생과 예전부터 강의를 들었던 고대어 산스크리트 세계적 권위자 강상원 박사의 흑피옥 자료가 나온다. 그는 이어폰을 끼고 강의를 시청한다. 강 박사는 동영상 강의에서 사라진 무 대륙의 존재와 흑피옥에 새겨진 문자를 해독한다. 마고 신화는 전설이 아닌 무 대륙에서부터 마고 부도성에서 동서남북으로 뻗어 한자를 만든 황궁 씨 계열이 동이족에게 이어지는 역사적 사실임을 어원으로 풀어 토속 사투리인 실담어로 교차 증명한다. 흑피옥 조각엔 산스크리트어의 원형인 알파벳과 갑골문의 원형과 한글에 원형이 새겨져 있다고 선언한다. 그리고 산스크리트어는 한국어와 뿌리가 같은 마고 문명에서 시작되었다고 한다. 이토록 흑피옥 문명은 마고 문명과 직결되는 엄청난 발견이라고 그는 단언하지만, 아직도 많은 연구가 필요하다고 말하며 채 박사와 같은 주장을 한다. 샘의 놀라움은 멈추지 않는다. 정승호 선생이 수집한 흑피옥 작품들 설명이 나온다. 쌍상투를 한 여인 조각은 고대 한민족의 곰 신화와 연결되고 쌍상투 문화는 세계 곳곳에 등장한다. 루브르 박물관 중국 컬렉션에 전시된 그림과 고대 멕시코 여인 그림, 1512년 발견된 아스테카 문명 그림 등에도 나타난다. 중국 산둥성에서 출토된 한나라 화상석 한씨 사당 묘에 묘사된 천제가 타고 내려온 용 문화도 흑피옥에 조각된 용을 타고 있는 신선 조각이 원조라 주장한다. 또한 환단고기 태백일사에 나오는 북부여의 해모수 단군이 타고 내려온 오룡거의 기록과 일치한다. 주몽의 아버지 해모수는 헤르메스와 동일인물로 부여의 시조가 된다. 문헌자료에 따르면 '오우관을 쓰고, 용광검을 차고, 오룡거를 타고 아침에는 청사하고 저녁에는 하늘로 올라갔다'라는 기록이 있다. 그 외 익선관 조각, 문신처럼 새겨진 고대 문자 조각들도 있다. 또한 한민족에게만 전해지는 단전호흡 흑피옥 작품도 소장하고 있다. 그리고 그는 세계에서 가장 권위있는 연대감정회사에서 정식 발행한 CIRAM 감정서를 받았다. 샘의 심장 박동은 급발진하는 자동차처럼 RPM의 통제를 벗어나 엔진이 터질 듯 폭주한다. 빠르게 머리 안으로 피를 전달하고 뇌에선 아드레날린을 분비하라고 지시하고 신경전달물질을 뿜어낸다. 그리고 그의 몸은 교감신경이 활발해지고 혈액은 아드레날린을 싣고 일주천 한다. 흥분이 멈추지 않는 그에겐 신선한 공기가 필요하다. 이어폰을 빼고 뒷마당으로 나가 하늘을 올려다보며 천천히 심호흡하고 잠시 후 진정된 그는 주변을 둘러본다. 어둠과 밝음이 공존하는 이 공간과 여유로움이 흐르는 이 시간을 그는 좋아한다. 숨죽여 숨어 있던 새들도 두려움이 지배했던 어둠이 사라지는 여명의 아침을 반갑게 노래하고, 이 집 마당을 사냥터로 만든 새들은 잘 안다. 일찍 일어나면 영양가 높은 좋은 먹이를 찾는다는 사실을... 그는 뒷마당을 지켜주는 나무들에게 하나하나 눈인사 하고 2층 계단으로 올라가 앞마당을 내려다본다. 앞마당 반을 뒤덮은 잎사귀들은 무질서하게 보이지만 자세히 보면 신기하게도 각 개체가 태양 빛이나 비를 차단하지 않도록 지그재그로 배열되어 있다. 위에서 아래까지 식물을 감싼 잎들을 직접 세어보진 않았지만, 여지없이 피보나치 수열이 배열돼 있으리라 그는 확신한다. 자연은 그 자체로 이미 완성된 예술작품임을 그는 매일 느낀다. 그리고 땀 흘려 가꾸어 온 마당을 위에서 바라보는 청명함은, 맑은 공기와 같이 그를 편안하게 만들어 주는 선물을 준다. 잠시 후 그는 니코틴 게이지가 떨어져 앞마당으로 이동하여, 발코니 테이블에 놓인 담배를 집어 불을 붙인다. 그리고 연못에 다가가 앉아 물고기들에게 인사를 나눈다. 먹이를 주는 줄 알고 모여드는 녀석들에게 그는 한 마디 던진다.

"빈손이라서 미안해 애들아~~"

얼마 후 그녀가 스크린 도어를 열고 나와 인사한다.

"오하이요 고자이마스~"

"어? 굿모닝~~"

"일찍 일어나셨네요?"

"응~ 새벽에 아라가 깨워 주더라!"

"정신없이 잤네요! 몇 시에 일어나신 거예요?"

그는 그녀 옆에 다가가 앉는다.

"3시 즈음... 휴우~ 아까 흑피옥 관련 다른 자료 찾아보았는데 어마어마하네! 내가 전에 산스크리트어 세계적 권위자 강상원 박사님 얘기한 적 있지?"

"네! 사투리가 고대 왕손들의 언어라고 말씀하셨다는 그 할아버지요?"

"핫하하~ 맞아! 그 어르신!! 아까 그 박사님이 흑피옥 관련 동영상 강의 하시는 것 들었는데... 휴~ 다시 생각하니 아직도 흥분되네... 그분도 흑피옥에 새겨진 문신 같은 문자가 인류 언어의 원형이라고 말씀하시고, 그 문명은 사라진 무 대륙의 마고 문명과 이어진다고 선언하시네. 그리고 그 마고 문명이 동이족에게 전해져, 한문과 훈민정음의 뿌리가 되었다고 설명하신다. 그리고 나도 6년 전인가 한국에서 우연히 중국의 대학자라 불리는 '린위탕'과 한국 초대 문교부장관 '안호상' 박사의 대화에서, 린위탕이 '한자는 당신네 동이족이 만든 문자'인데 어떻게 당신들은 모르고 있냐는 일화와 사진을 본 기억이 있어."

"정말요? 어쩌면 그분들의 연구와 노력으로 인류 역사를 다시 편찬할 수도 있겠네요."

"응! 너무 보고 싶다. 넘어야 할 허들이 산재해 있지만, 이런 분들이 하나둘 모이고 공론화해 다각도로 연구하고, 교차 검증해서 가설이 아닌 진실의 역사로 세상에 찬란한 모습을 보일 날을... 물론 거짓 박사들이 우물 안에서 목숨 걸고 펄쩍펄쩍 뛰어오르겠지만, 그 거짓의 카르텔이 아무리 높고 단단해도 결국은 우물일 뿐이라는 사실이고 진실이지."

"죽기 전에 볼 수 있을지 모르겠습니다. 워낙 뛰시는 분들이 많아서...!"

"이미 큰 한 발은 움직였고 나머지는 깨어난 의식을 가지고, 이성의 눈으로 진리를 찾고 싶은 마음들이 모이는 속도가 관건이겠지. 설사 우리 세대에 볼 수 없다고 해도, 우리 아이들이 맞이할 '퀀텀(양자) 세대'들은 드러난 진리 위에서 우리들보다 높은 의식 수준을 가지고, 상생의 가치를 나누며 멋진 세상을 살아갈 거라 믿는다. 그래서 우리라도 살아가는 동안 진실들을 제대로 알고 있는 것이 중요하지. 그래야 우리 같은 가족들이 많아지고, 아이들이 제대로 된 역사를 배우고 바른 시선으로 바라보는 인간으로서, 사회로 퍼져나가 나라를 깨우겠지? 그러면 점점 더 그 파동이 퍼져 국경이 무너지는 날들을 맞이할 소중하고 아름다운 세대들이다. 물론 그 전에 세상의 끝이 오지 않는다는 전제하에... 채 박사님이 주장하시는 진정한 원시반본 시대의 주인공들인 거지! 그래서 내가 없는 재능에 머리털 뽑으면서, 부족한 부분에 노력을 갈아 넣어 채우며 소설 작업을 준비하는 이유이기도 하고 이곳에서 내가 찾은 사명이기도 해."

연기를 가득 뿌리며 그녀가 말한다.

"진짜 우리 아이들은 진실의 시대에서 살아가길 소망합니다. 이야~ 오늘 아침은 삼상이 내려주는 커피가 댕기는데요? 제가 내린 커피하곤 맛이 달라요!"

"그래? 도토리 키 재기겠지만 오늘 아침은 나도 커피가 부르네~~ 천천히 피고 들어오삼!"

"넹~ 감사합니다."

이들의 미니멀 라이프한 오키나와 생활에 몇 개 없는 사치 중 하나가 있다. 잘 키워 잘 볶은 커피콩과 다소 귀찮지만 최소한으로 움직여 핸드드립으로 적당히 잘 부서진 가루를, 시간 들여 천천히 잘 내리는 과정의 커피를 즐기는 사치다. 북쪽 나고 방향의 산 중간을 통과하면 규모가 큰 '마타요시' 커피 농장에서 재배하고, 직접 로스팅한 커피를 자연 속에 둘러싸여 판매하는 카페가 있다. 야생 고양이들의 천국 같은 작은 공원과 산책로가 잘 정비되어 있어, 커피가 떨어지면 드라이브 코스 겸 커피 쇼핑으로 애용하는 장소다. 샘은 개인적으로 그곳에서 사향고양이를 야생으로 키워보면 어떨까 하는 생각도 해보았다. 그의 한 손에 딱 쥐어지는 2.5인용 크기의 핸드드립에 산미가 좋은 신선한 원두를 넣고, 빠르지도 느리지도 않은 적당한 속도로 분쇄하면 드라이한 아로마가 올라온다. 하얀 도자기 드리퍼에 종이 필터를 밀착시켜, 끼우고 담아낸다. 그리고 포트에 물을 올리고 흰 도자기 볼록 스푼으로 강하지 않게 꼼꼼히 눌러 공기를 빼준 후 유리 서버에 올려놓는다. 개인 취향별 또는 바리스타마다 커피 종류별로 선호하는 온도가 있겠지만, 그는 종류에 상관없이 끓은 물을 검은 드립 전용 주전자에 담아 33초 동안 방치하고, 곡선형 얇은 관을 통해 나오는 물을 정중앙에 작은 원을 그리며 알맞은 양을 부어주면 봉긋한 빵 모양으로 부풀어 오르고, 작은 구멍이 터지면서 촉촉한 아로마가 퍼진다. 이렇게 1차 뜸을 들이고 33초 후 나선형으로 골고루 물을 붓고, 2차 뜸은 9초 후 다시 3~4차를 반복한다. 내려지는 커피가 알맞은 색이 나오면 멈추고 완성된다. 어느새 등 뒤에서 그녀가 킁킁거리며 주방에 퍼진 아로마 향을 흡입하며 들어온다.

"왜 당신이 내리면 아로마 향이 더 진해지죠?"

"느림의 향기가 더해지나? 자~ 도죠~~"

이들은 커피잔과 찻잔만큼은 공장에서 대량 생산한 잔이 아닌 도공의 손길로 완성된 잔을 선호한다.

"이타다키마스~ 오!이시시이~~ 이제야 눈이 제대로 떠지는 아침의 맛입니다."

"내가 커피 안 내려도 눈만 잘 뜨고 다니면서~"

"뭐 말이 그렇다는 거죠~ 삼상 요즘은 꿈 안 보시나 봐요? 꿈 얘기 안 해주시네요"

그는 신년 초 용꿈을 꾸고 난 뒤로 매일 꿈을 본다.

"안 보기는? 매일 보는데 너무 피곤해서 이젠 기억 안 하려고... 밤에도 정신없는 재난 수준의 어드벤처를 경험했다."

"또 무슨 황당한 꿈을 보셨나요?"

"어딘가 놀이공원에서 우리 가족이 재미있게 놀고 있는데, 갑자기 큰 지진이 나서 사방에 놀이 기구들이 떨어지고 스카이 트레일이 탈선하며 난리가 난 거야. 그래서 나는 아라 안고 유짱은 곤이 손잡고 여기저기 뛰어다니며 정신없이 피해 다녔지. 그런데 어느 순간 곤이와 당신이 안 보이는 거지. 주위를 돌아보고 소리쳐 불러봐도 대답 없고 안보여서 찾아 헤매다 아라가 엄마 찾고 부르면서 큰 소리로 우는데 현실에서도 아라가 울고 있더라고... 그러다 깼지! 유짱도 무슨 꿈 봤어?"

"저도 정신없는 꿈 몇 개 보았는데 지금 기억나는 건 가슴 큰 친구와 가슴 뺀 친구하고 같이 해외여행 가기로 해서 공항에서 모이기로 했어요. 장소는 아마 하와이었던 것 같아요. 그런데 공항에서 아무리 기다려도 가슴 큰 친구가 안 오고, 전화 연락도 안 되서 가슴 뺀 친구랑 화도 내고 걱정도 하면서 뒷담화하고 있다가 비행시간이 다가와 결정해야 했어요. 우리끼리 비행기를 타고 갈 건지 가슴 큰 친구를 찾아 나설 건지... 그러다 결국 비행기 포기하고 친구 찾으러 공항을 빠져나오는데, 우리가 타려고 했던 비행기가 이륙하다가 도중에 공중에서 수직으로 하강하며 바닥에 떨어져 폭발하는 무서운 꿈을 보았습니다."

"헐~ 어쨌든 그 가슴 큰 친구 덕분에 살아난 거네! 나중에 고맙다고 문자 보내야겠다~~ 그런데 참 희한하지? 내 무서운 꿈에 당신이 나오면 유짱도 무언가 무서운 꿈꾸더라... 그나저나 가슴 뺀 친구는 요즘 뭐해?"

그녀의 어릴 적 친한 친구 2명 중 가슴 뺀 친구는, 중학생 당시 양부에게 몇 차례 성폭행을 당해 정신과 육체적 큰 상처로 트라우마가 생겨 여성의 상징인 가슴을 절개 수술하고, 남성 호르몬 주사를 맞으며 성전환을 시도하고 있다.

"요즘은 긴자 아가씨들 새벽에 일 끝나면 안전하게 집에 데려다주는 전용 운전기사 생활하고 있어요. 최근에 부동산 공인중계 자격증 시험 준비하고 있다고 합니다."

"그렇군. 아직 뱀 키우며 독신으로 지내나?"

"네! 예전보다 더 파충류에 빠져 여러 종류의 뱀들을 아이처럼 키우고 있고, 레즈비언들에게 인기가 많아 피곤할 정도라고 하네요. 어려서부터 아주 예쁜 친구였는데..."

"그나저나 그 인면수심(人面獸心) 짐승 자식은 형사처분 받았겠지?"

"그 사건 이후 저희 집에서 한동안 같이 지내며 울면서, 저랑 그 악마 놈 살인 계획도 고민하고 실행하고 싶었는데 안타깝게도 사고를 당해 죽었습니다."

"뭐? 허얼~~ 모두를 위해 다행이었네. 음... 설마 어떤 머리 좋은 꼬마 친구가 기획한 완전 범죄로...?? 아니면 그 친구 친할머니가 유명한 무당이시라면서 그분의 저주인가...??? 흠... 그것도 아니면 사이킥 파워로 날려 버린 건가...??"

"많은 걸 알려고 하면 다칠 수도 있습니다."

그녀의 웃음 뒤에 무언가 비장했던 눈빛이 보인다.

"어? 아... 네~~ 그나저나 잘 죽은 그 인간 같지 않은 놈은 어떻게 죽었어??"

"공사 현장 지나가다가 무언가 떨어져 맞고 비참하게 죽었다고 들었습니다."

"헹... 들은 거 맞아? 뭔가 냄새가 나지만 후련한 죽음인데...?? 암튼 그런 놈들은 세상에 있어 봐야 해악을 만드니... 그 친구들 한 번 놀러 라고 그래! 직접 보고 싶다."

"그렇지 않아도 얘기는 했는데, 서로 스케줄이 안 맞아서요. 언젠가 기회가 올 겁니다."

유네스코도 현 인류의 기원은 한국 인정!

곤이가 부스스한 얼굴로 일어나 주방으로 걸어와 그들을 바라보며 서 있다.

"어! 곤이 일어났네?"

"어머! 아들~ 왜 벌써 일어났어? 이리 오세요~~"

그녀가 두 팔 벌려 부르자 곤은 기다렸다는 듯 품에 안겨 가슴에 얼굴을 묻는다.

"좋은 꿈 꾸었어? 물 마실래?? 아니면 애플 주스???"

아무런 반응 없이 축 늘어져 있다. 그가 영어로 묻는다.

"곤! 아빠가 사과 깎아 줄까?"

그러자 곤은 고개를 들어 미소를 짓고, 그는 바로 일어나 사과를 꺼내 능숙한 칼질로 아이가 먹기 좋은 크기로 썰어 그릇에 담아 준다.

"곤이 그나마 과일은 잘 먹어서 다행입니다."

"응~ 먹는 것 걱정하지 말자! 녀석은 필요하면 나보다 잘 먹는 거 이미 증명 됐는걸 뭐..."

곤은 그릇을 들고 소파에 자기 자리를 찾아 앉는다. 정면에 정원이 잘 보이는 자리다. 그리곤 무언가 외계 방언을 시작한다.

"곤이 무언가 더 필요한가 보다..."

"기저귀일지도 몰라요!"

그가 일어나 곤이에게 다가가 빵빵한 기저귀를 확인한다.

"녀석! 찜찜해서 그래? 그러면 혼자 벗을 수 있잖아??"

뭔가 불만인 것 같은 뉘앙스에 방언이 나온다.

"블루 패드 보고 싶다고? 방에 아빠가 충전시켜 놓았어. 보고 싶으면 가지고 나와!"

곤은 곧바로 소파 위를 뛰어가 닌자 모드로 점프하고 가볍게 착지 후 방으로 들어가 자신의 패드를 들고나온다.

"이리 와! 패드 보기 전 기저귀 바꾸자~~"

곤은 잠시 생각하다가 들고 있던 패드를 그에게 주며 스스로 소파에 눕는다.

"핫하하 이 녀석 나한테 딜 한다. 패스워드 풀어주면 기저귀 바꾸게 해준다고~~ 곤아 이건 딜이 안 되는 거야! 아빠에게 무슨 이득이 있어? 둘 다 너를 위한 일인걸??"

또다시 알 수 없는 방언이 쏟아진다.

"네! 네~~ 왕자님 잘 알겠습니다."

이들 부부는 아이들의 즐거운 노예를 자처한다. 아직은 소중히 모셔야 할 귀한 조상의 영혼일지도 모른다고 생각한다. 곤은 흡족한 표정으로 해피 바이러스를 뿌려 주고 동영상을 시청하며 사과를 사각사각 깨물어 먹는다. 그는 마당으로 다시 나가 일상을 시작한다. 오른쪽 끝 무화과나무부터 물주기를 시작하여 곳곳에 있는 식물들의 새로운 변화를 관찰하며 뒷마당까지 천천히 돌고 온다. 많은 종류의 식물의 잎사귀들을 보면 형태는 조금씩 다르지만, 일정한 비율로 수분을 공급해주는 라인들이 황금나선형을 이룬다. 마치, 수학의 피보나치수열(Fibonacci number series)처럼 신비한 비율이다. 아침 햇살과 어우러진 흙냄새, 풀냄새, 꽃향기 그리고 나뭇잎들의 즐거워하는 미소까지 가득 찬 상쾌한 아침이다. 그는 뒷마당으로 이동해 연습용 골프 클럽 9번을 가지고 일체형 연습용 인조잔디 매트 위에서 몸풀기 빈 스윙을 시작한다. 33번을 연습 스윙을 마치고, 주변 잡풀이나 아기 고양이 똥을 찾아 33번 스윙을 날린다. 그리고 드라이버를 잡고 다시 플라스틱 공에 튼튼한 줄이 달린 공을 고무 티 위에 올려놓고 드라이버로 가볍게 33번 때리고 앞마당으로 돌아가 니코틴을 보충해 주며 물고기 멍을 잠시 때리다가 흐르는 땀에 티셔츠가 젖어 샤워하러 집 안으로 들어간다. 아라가 뒤뚱뒤뚱 걸어 나와 반겨 주지만 그는 안아 주지 못한다.

"공주도 일찍 일어났네! 잘 잤어? 아빠 더러워서 먼저 샤워할게요. 기다려 주세요~~"

주방에 냄새를 풍기며 들어가자 그녀가 한마디 한다.

"뭘 하셨는데 티셔츠가 다 젖었어요?"

"냄새나지? 미안... 연습 스윙으로 운동 좀 하고 왔지."

그는 전신 탈의하고 입었던 옷들을 세탁기에 투척하고 샤워한다. 개운한 몸으로 나오니 아라가 지키고 서 있다.

그는 젖은 몸을 대충 닦고 아라를 품에 안아 올리고 묻는다.

"오~ 예쁜 아빠 공주! 왜 기다리고 있어요?"

"곰돌이 젤리 달라고 그럴 겁니다. 아까 달라고 하는 걸 안 주었더니 당신 기다렸나봐~~"

"그랬어요? 예쁜 공주 배가 이렇게 볼록한데 젤리 먹고 싶어요??"

아기는 보석 같은 눈을 반짝이며 고개를 끄덕인다. 그에겐 거절할 수 없는 강렬한 명령어다.

"그럼 2개 줄 테니 하나는 오빠 나누어 주는 거다?"

그는 대답을 기대하고 묻지는 않지만, 아라는 당연히 나누어 줄 것을 잘 안다. 젤리 2봉지를 꺼내어 오픈해 손에 쥐여주자 아장아장 걸어가 오빠에게 나누어 주는 장면이 곤의 목소리를 통해 보인다. 그는 옷 방에서 티셔츠와 반바지를 들고 침대 방으로 들어가 슬라이딩 점프하며 몸을 회전시켜 침대에 대자로 뻗어 눕는다. 기지개를 켜며 어깨 근육을 스트레칭 해주고 두 팔과 두 다리를 45도로 접어 흔들며 근육을 이완시켜 준다. 그런데 작업 방에서 불안한 소리가 들린다. 아이들 중 누군가가 노트북 자판을 두드리는 소리다. 그는 후다닥 뛰어가 상태를 확인한다. 아라가 노트북을 손바닥으로 치고 있다.

"아라! 미안~~ 이건 아빠 작업하는 거라 만지면 안 돼요."

아이의 눈 코 입이 가운데로 모이려고 한다.

"오빠가 같이 안 놀아줘? 그러면 아빠 아이패드 오픈해 줄까??"

그는 노트북을 책장 위에 올려놓고 스마트 폰을 챙겨 아라를 안고 침실로 들어간다. 충전된 패드를 열어 비밀번호를 풀고 아동용 콘텐츠 플랫폼을 찾아서 오픈 해준다. 드디어 만족한 아라는 패드를 들고 당당히 아장아장 걸어 나가고 그는 옷을 입고 주방으로 들어가 애플 주스 한잔을 마신다.

"삼상! 새벽에 일어나 배고픈 건 아닌가요?"

"아직은 괜찮은데 1시간 정도 후에 밥 먹고 점심 전에 쇼핑 다녀올까?"

"넵! 그러시죠~ 천천히 준비하겠습니다."

"오키도키~~"

그는 발코니로 나가 여유 있는 아침을 즐긴다. X를 오픈하니 7시 32분이다. 유튜브를 열고 채 박사 흑피옥 강의를 찾는다. '인류사를 다시 써야할 대발견 레무리아(무) 흑피옥 문명(2) 2014.01.30.' 강의를 클릭하고 두근거리는 마음을 연기로 진정시킨다. 강의를 시청할수록 그의 손엔 땀이 송골송골 맺히는 파격의 연속이다.

채 박사는 다른 여러 자료에 의하면 시리우스 종족들이 최초에 지구에 내려오면 푸른 청색의 피부가 태양에 노출되어 점차 검게 변한다는 가설이 있다. 그 증거로 태어나 몽고반점을 가진 민족의 특징이라고 설명한다. 흑피옥은 시리우스 종족을 상징하는 청색 강옥에 조각하고 35가지 특수 금속 혼합 물질로 만들어 변하지 않는 검은 도료를 칠했다고 주장한다. 세계 곳곳에 나타나는 검은 부처의 그림, 특히 인도의 축제에서 시바 신 등 높은 신을 표현하는 푸른 색상을 칠하고 아스테카 문화에서도 나타나는 푸른색 등도 같은 맥락이라고 부연 설명한다. 고구려의 어원 또한 검다, 구려, 구리, 검은말 려 모두 검은색을 나타내는 의미라고 말한다. 그리고 흑피옥의 사실적 모양과 상징적 의미 분석을 통해 고대 한민족의 농경문화를 설명하며, 충북 청원군 옥산면 소로리 볍씨는 13,000년 이상 오래된 볍씨라며 자료를 보여준다. 유네스코에서도 인정했지만, 한국의 학계와 정부에서는 도무지 이해할 수 없는 행동을 하고 있다고 주장한다. 그리고 수많은 곳에서 대륙보다 먼저 문명이 있었던 흔적들이 나타나는데 정부와 학계는 이것들을 감추고 한국 역사를 축소하는 사대주의에 몰입되어있다고 성토한다. 샘은 2009년 10월 4일 인터넷에서 기자들이 일제히 밝힌 기사 타이틀이 '유네스코! 현 인류의 기원은 한국 인정'이라는 기사를 보도하고 그 증거로 요동성 근방 만주지역 주변에서 대량의 탄미 발견, DNA 검사 결과 야생종이 아닌 교배종이라는 것이 증명되었다는 기사를 찾았다. 농사 기술이 첨단과학농법 못지않은 기술을 가지고 있던 것으로 판명된 것이다. 군량미로 추정되며 불에 탄 흔적으로 보아 큰 전쟁이 있었던 듯하며 1만 7천 년 전 것으로 추정한다고 한다. 채 박사는 이 교배종을 시리우스에서 선조들이 가지고 온 명백한 증거라 선언한다. 샘 또한 주변에 발견된 인골의 DNA 검사 결과 평균 수명이 1,000세로 고조선 이전의 왕국을 유네스코가 인정한다는 기사도 찾았다. 또 다른 고고학 영상 자료엔 '충북 수양계 유적 및 중원구석기 유적 발굴'이란 K-TV 국민방송엔 수많은 중원구석기 유물들과 인골들이 발견되었고, 그중 성인 남자 발목뼈에 연대측정을 해보니 놀랍게도 10,027세라는 결과가 나왔다. 채 박사가 주장하는 고대 한민족의 직계조상으로 신이라 불렸던 존재들이 몇 만 년을 살았다는 간접적 증명 자료인 것이다. 하지만 학계는 단합하여 묵언 수행한다.

고대 자료들에 의하면 고대 지구는 궁창이 존재했었다. 하늘 성층권 밖으로 바닷물 얼음으로 된 고리가 지구를 보호하고 있었다면 인류의 수명도 현생 인류보단 훨씬 높았을 것이란 가설도 무리가 없다고 본다. 이 궁창이 무너진 사건이 아틀란티스와 레무리아의 전쟁에서 비롯되었다고 채 박사는 주장한다. 그리고 채 박사는 흑피옥이 인류에게 주는 확실한 시사점은 인간이 최소 약 2만 년 전에도 고도로 발달한 농업뿐만 아니라 철제 농기구를 사용하는 조각상들을 소개하며 고도의 문화가 존재했음을 증명한다. 특히 도자기를 만들 수 있는 문명은 인류가 직립 보행 이전에 철기를 사용하고 있었다는 강력한 물증이며, 거대한 문명을 이루고 살았다고 강의한다. 흑피옥이 당시 생활상의 사실적 실상을 표현한 작품이라면, 직립 보행하지 못하는 작품들의 시사점은 최소 189,000년 이상 됐다는 의미다. 그리고 지구상 최초의 민족은 한민족이며 한반도에서 최초의 문명이 시작되었다고 한다. 원시반본 시대를 맞아서 다시 한반도에서, 한민족에 의해 새로운 우주문명이 시작되고 있다고 얘기한다. 너무도 두근거리고 가슴 벅찬 강의 내용에 그는 전신에 소름이 돋는다. 샘은 20대부터 미국에 있을 당시 누군가 그에게 출신을 물으면, 농담처럼 시리우스 출신이라고 대답하곤 했었다. 당시에는 아무런 논리적 근거 없이 그냥 입버릇처럼 나오던 말버릇이었다. 계속되는 채 박사 동영상 강의 58분 46초의 내용은...

"수메르 창조모신 남무(Nammu-마고)는 인간을 창조한 후 내가 만든 사람들을 그들이 걸어갔던 길을 그대로 되돌아오도록 하겠다!"라고 말한다...

그의 가슴은 쿵쿵 뛰며 그 단어들이 머리에 울려 퍼진다. 그 순간 아라가 스크린 도어를 두드리며 그를 부른다. 시간을 보니 밥시간이다.

"예쁜 아라~ 같이 밥 먹을까요? 곤아! 너도 이리와~~"

"어서 앉으세요. 간소하지만 건강식입니다. 아이들은 야채 볶음밥이요."

곤이가 사용하던 전용 스툴 식탁 의자를 동생에게 물려주고 곤은 의자에 앉는다. 손을 씻고 그도 자리에 앉는다.

"오~ 된장국과 계란말이~~ 맛있겠다! 잘 먹겠습니다."

곤이 좋아하는 야채 볶음밥이라 먹는 속도가 빠르다. 그리고 아라는 곤을 의식해서인지 식성이 좋아 아무거나 잘 먹는다.

"곤이 배고팠었나봐? 속도가 장난 아니네~"

"좀 전에 큰 바나나 하나 순식간에 클리어하더라고요. 배고팠나봐요. 그런데 이 종부집 김치는 좀 너무한 것 같아요. 아쉬워서 사먹기는 하지만..."

"그치? 아무래도 지금 대표가 누군지는 몰라도, 일본인을 싫어하는 사람이 만들어 수출하는 것 같아. 너희들은 이런 달달하고 고춧가루에 MSG 팍팍 무친 식품 방부제나 쳐드시라고~ 오래전 종부집 브랜드는 꽤 자긍심을 지니고 만들었던 맛이 들어 있었다고 느꼈는데... 지금은 젓가락 가기가 무섭다~~"

"그러네요. 김치를 처음 접하는 일본인이 먹으면 아~ 김치는 이런 맛이구나! 하는 생각을 할 수밖에 없어 많이 아쉽습니다. 전라도 김치를 어려서부터 먹어본 저로서는 어처구니가 없네요."

"핫하하~ 가끔 나보다 더 한국 사람 같다니깐 당신은... 번데기 좋아하지? 삭힌 홍어 사랑하지! 흑염소탕 즐기지~ 추어탕 등등 식성은 전혀 일본인 아니야! 토종보다 더 한국인!!"

"인정합니다. 왠지 본능적으로 댕겨요."

"전생을 한국에서 살았나보다~~ 아님 어머니 쪽 피가 진해서인가...? 아니지! 당신은 순수한 전라도의 피가 섞인 일본에서 태어난 한국인인 거지!! 아~ 아라 나또도 좋아하네~"

그의 질문에 잠시 머뭇거리다가 그녀는 다른 질문에 대답한다.

"아라는 식탐이 보여요. 키만 좀 작지, 몸도 크고 밀도도 곤이보다 단단하고요!"

"음... 아라는 여장군이 될지도~~ 여자아이는 처음이라 잘 모르지만, 아라는 운동 신경이 보통을 많이 넘는 것 같다."

"네! 전 아메짱 유아 시절 옆에서 키워보며 경험해 보았지만, 많이 다르네요. 저도 놀라고 있습니다."

"응. 뭐 좀 더 커봐야 알겠지만, 떡잎이 다르네 아라는..."

그들의 이야기에 자극받았는지 곤은 부족한 듯 동생의 밥그릇을 두 눈을 반짝이며 쳐다본다.

"곤이 더 먹고 싶나 보다! 볶음밥 더 없어?"

"없는데... 아라야! 오빠 조금 나누어 주자~~ 아라는 부족하면 된장 국물에 밥 말아 주어도 잘 먹지요?"

아라의 남은 볶음밥 반을 곤에게 덜어주자 곤은 기쁜 듯 방언을 날리고 아라도 뿌듯한 듯 미소로 대답한다.

"삼상은 부족하지 않아요? 흰 밥은 더 있는데~"

"난 딱 좋아! 잘 먹었어요!! 좀 쉬다가 마트 쇼핑 가자!!!"

그는 빈 그릇들을 들고 먼저 일어나 싱크대에 놓고 물을 틀어 담는다. 컵을 꺼내 물 반 잔을 마시고 다시 반 잔을 채워 그녀에게 주고 발코니로 나간다. 그녀는 밥 먹는 속도가 느린 편이고 끝까지 자리를 지켜주지 못하는 그에게 불만이 쌓여가지만 내색하지 않는다. 그렇게 자라온 환경의 차이가 만드는 갭이 시간이 지날수록 서서히 드러나고 있다.

아리랑의 의미와 소프트 파워 강국

샘은 마무리하지 못한 동영상을 다시 틀어 보며 불을 붙인다. 채 박사의 동영상 부연 설명 중 엄청난 내용이 다음과 같이 나온다.

[아리안족이 지구상 최초의 민족이라는 주장이 있습니다. 몇 년 전 한국 프랑스수교 100주년 기념행사로 한국과 프랑스에서 동시에 각종 문화행 사가 열렸습니다. 프랑스의 한 심포지엄에서 '아리안족의 근원은 한국인이 다'라는 주제로 심포지엄이 열렸습니다. 이 내용은 '아리랑의 근원을 찾아 서 1, 2편'에 자세히 나와 있으므로 동영상을 보시기 바랍니다. '아리안'이 라는 말은 '아리사람들'이라는 뜻입니다. 옛날에는 지명을 반드시 사람이나 신의 이름으로 사용했습니다. 한강의 이름은 '아리수'입니다. 그리고 큰 강 을 모두 '아리'라고 불렀고, 백제의 왕은 '어라'라고 불렀습니다. 모두가 '아 리'의 변형입니다. 그리고 '아리랑'은 바로 아리지방에 있는 고개 이름입니 다. 원래 '알라'였는데 B.C.2000년경 '아' 발음이 '이'로 변하면서 아리로 된 것입니다. 그리고 티베트의 수도인 라사 바로 옆 지방의 이름이 '아리'이며 그곳이 아리랑 고개입니다. 영어 지도에도 때론 알라라고 표기된 지도도

많습니다. 이곳이 바로 원래 '아라랏사'인데 대홍수 때 터키에 다다른 사람들이 동일하게 그 지명을 아라랏사로 붙인 것입니다. 즉 대홍수 시기에 지구상 가장 높은 지역으로 피신했던 사람들이 살아남았고 그들이 피신한 곳이 바로 아리였으므로 그들을 아리사람들이란 뜻으로 아리안이라고 부른 것입니다. 그런데 알라 또는 아리가 바로 우리 조상인 '치우'의 다른 이름입니다.]

드디어 명확한 아리랑의 의미를 찾은 것이다. 심지어 그도 20대에 고미술 컬렉션 여행 중 티베트 라사에서 아리랑 식당을 발견하고 한국인들은 어디서든 서바이벌한다고 생각하고 놀랐었지만, 아니었다. 그들은 이미 오래전부터 그곳을 지키고 있던 뿌리로 연결된 형제들이었던 것이다.

"무얼 그렇게 열심히 생각하세요?"

"어? 후아~~ 내가 예전에 실크로드 따라 중국 돌아다니면서 티베트도 다녀왔다고 했잖아. 그곳 수도 라사에서 우연히 한국 식당 간판을 보고 와~ 이런 오지에서도 한국 사람들은 정말 대단하다고 생각했었거든. 그런데 아니었어! 그 근처 지역 이름이 아리랑이었던 거야!!"

"라사에서요? 아리랑 식당?? 어떤 음식을 파는데요???"

"그건 몰라~ 작품 헌팅 때문에 멤버들 다 같이 어느 집으로 이동하면서 그냥 지나가다 간판 보고 놀랐었는데 좀 전에 채 박사님 강의 들어보니, 라사 근처 지역 이름이 아라랏사이고 그곳을 아리랑 고개라고 부른다네. 그런데 또 놀라운 사실은 우리 아라 이름의 다른 의미가 이슬람 쿠란경전에 알라신의 다른 이름이라는 것이고 치우 천왕의 또 다른 이름이라는 사실~~~"

그녀는 놀란 표정의 얼굴로 3개의 구멍에서 연기가 새어 나오며 말한다.

"삼상이 예전에 아라알라아라알라~ 부르던 농담이 진짜였어요?"

"아니 그때는 어감이 비슷해서 말장난 한 건데 정말이었던 거지. 근데 재미있는 건 아리안족 상징 마크가 산스크리트로 '스바스티카'인데 해석하면 '보다 높은 자아의 존재'로 한자로 쓰면 '만'자고 이것이 히틀러가 뒤집어 사용한 갈고리 십자 하켄크로이츠 심벌이자 게르만족의 상징이었고 룬 문자라고도 불렸고, 불교의 상징으로도 사용한다는 점이지."

"스바스티카? 어감이 예쁘네요. 그런데 뭐가 재미있어요?"

"아~ 재미있다기보다는 사실 부끄러운 거지... 내가 개명 전 아버지에게 받은 이름이 승!만!이었거든. 즉 만을 이어라, 계승하라는 의미인 걸 이 무지한 놈이 이제야 불현듯 깨달은 거야!"

"그럼 아리안을 계승해라? 이런 의미인 건가요??"

"그렇지! 그런 의미로 주신 걸 돌아가시고 나서 이제야 안 거지... 나 어려서 친절하게도 손수 한자 가르쳐 주신다고 하셨는데 난 재미없어 싫다고 도망쳤었거든. 바보처럼..."

"당신 개명 전 이름은 오빠들이 불러서 알고 있었지만, 지금까지 저도 생각도 못 했어요. 그런 의미가 있을 거라곤~ 전 어려서 한자가 가장 재미있었는데도... 그렇지만 전 지금도 언어 중 한자가 여러 가지 함축된 의미도 포함하고 예술적 조형미도 최고라 생각합니다. 물론 한글도 디자인적 가치와 최고의 언어라고 세계적으로 평가 받고 있지만요."

"그러게~ 한자도 동이족이 뿌리를 이은 우리 민족 언어라는 걸 어려서 알았다면 나도 좀 집중해서 공부할 걸 후회되네. 한국에서 사회 생활하면 일상 대화도 그렇지만 중요한 단어들은 거의 한자 용어들이 많거든. 그래서 난 한자를 쓰지는 못해도 의미는 대충 알아듣는 정도인데…"

"지금도 안 늦었습니다."

"넵! 나중에 기회 되면 잘 부탁드립니다. 당신은 어려서부터 한자 공부를 즐겨 일본 고어체를 비롯해 한국어, 중국어까지 빠르게 이해하는 거지."

"네~ 다른 사람들보다는 좀 쉽게 배운 게 사실입니다. 그런데 진영 오빠랑 창원이나 부산 갔을 때 사투리가 흘러들으면 일본 사람들이 말하는 줄 알았어요."

"나도 동경에서 살 때 경상도 사투리랑 억양이 비슷하다고 느꼈었는데…"

"아? 오사카 사투리는 오히려 전라도 발음이랑 비슷하게 들린다고 엄마가 얘기해 주셨던 기억이 나요…!"

"음… 한반도가 그 좁은 땅덩어리에 전라도, 경상도, 평안도, 그리고 제주도까지 사투리로 나누어진다는 것이 굉장히 이상하지만 드넓은 고대 고구려, 백제, 신라 영역의 후손들이 어떤 사건을 계기로 한국에 몰려 이주해서 살고 있다는 가정을 하면 이상하진 않지…! 일본은 백제의 후손이 들어가 문명을 이룬 것이 정설이니,

잃어버린 백제의 언어의 뿌리가 일본어에 전해져 흐르고 있을 가능성도 크다고 봐... 그렇게 한국어, 일본어 심지어 중국어까지 비슷한 단어와 발음, 의미까지 겹치는 부분이 있다는 것은 상당히 의미심장한 점이지."

"그럴지도 모르겠네요. 신림대에서 졸업반 때 학점 모자라 처음으로 중국어 수강 신청하고 수업 중 노자와 맹자사상 배울 때도 중국인 선생이 놀라시더라고요. 발음만 고치면 금상첨화라고~~ 물론 A+ 받았지만~~~"

"발음이야 말 안 해봐서 어색한 거고 시간 좀 투자해 중국 영화 많이 보면 금방 좋아진다. 영어처럼~~"

"지금 저 영어 발음도 안 좋다고 욕하신 거 맞죠?"

"흠... 욕은 아니지만, 사실을 너무 친절하게 얘기해 주었나? 나도 일본어 발음 수준이 중학생보다 못한걸... 너무 높였나? 초등학생...??"

"초등학생... 보다는 쪼금 위에 있다고 생각합니다. 똑똑한 중학생보다는 아래지만... 어쨌든 삼상은 느낌적 느낌으로 대화하는 스타일이고 일상 대화는 외국인이라고 못 느껴요! 외모적으로도 그렇지만!! 외국에서 살다 온 일본인 느낌?!~~"

"고래? 하긴 미국에 있을 때도 일본인 같다는 소리 많이 듣긴 들었다."

"그렇죠? 삼상! 세탁기 돌릴 건데 베개 커버랑 침대 커버 좀 가져다주시겠어요?"

"넵! 회장님~ 들어가시죠!!"

그녀는 진공청소기로 나무 바닥의 먼지와 이물질들을 빨아들이기 시작했고 고성능 모터 소리를 들은 아이들은 소리를 지르며 천장이 찢어져 밖에선 사용 불가한 1인용 원터치 텐트로 도망가서 장난감 놀이를 시작한다. 그가 천장을 아예 잘라 버려 오픈된 텐트로 아이들의 놀이 공간으로 사용된다. 가끔은 뚫린 공간을 곤이가 좋아하는 자신의 홑이불로 덮어주면 아주 좋아한다. 그는 침대 방에서 커버들을 벗기고 세탁기로 이동해 집어넣고, 옷 방에 세탁된 커버들을 가지고 방으로 들어가 침대를 정리한 후 마당으로 나가 생각들을 정리한다. 그는 나무들과 식물들을 보면서 치매 환자처럼 특별한 이유 없이 빙글빙글 마당을 돈다. 그들이 나누어 주는 그린 에너지를 받으며 그의 아버지가 꿈속에서 던져 준 메시지에 점점 다가가고 있다고 느낀다. 뒷마당을 비추던 강렬한 태양 에너지는 서서히 앞마당으로 이동해, 눈에 보이지 않지만, 항상 존재하는 무지개 에너지를 뿌려 주고 있다. 실제로 존재하는 대부분의 것들은, 인간이 가진 제한적인 감각으로는 보이지도 들리지도 않는 것이다. 인간이 볼 수 있는 물리적인 모든 것들은 진동하는 파동이 만들어 낸다. 사물 고유의 파동을 보는 것은 가시광선(可視光線)이라 명한다. 귀로 들리는 파동을 소리가 부르고, 때론 피부, 냄새, 맛, 오감으로 느낀다.

그는 담배를 물고 다시 연못 옆 넓적한 작은 바위에 앉아 인공 미니계곡 물소리를 들으며 물고기들과 물달팽이들의 세상을 바라본다. 이 작은 공간 안에도 인간의 눈으로 볼 수 없는 거대한 미시적 세계와 드라마가 매일 펼쳐지고 있다.

얼마나 지났을까? 현관문을 통해 아이들이 뛰어나오는 소리에 그는 고개를 돌려 쳐다보니 곤이 그의 품으로 점프한다.

"애들이 삼상 거기에 앉아 있는 거 보고 나가겠다고 난리 쳐서 나왔어요."

"어이구~ 예쁜 천사들 마당놀이 하고 싶었어요?"

그의 품을 빠져나온 곤이 스스로 스프레이 호수를 잡고 자기도 물 뿌리는 소방관 놀이를 하고 싶다고 조른다.

"그럼! 나무들이랑 물고기들 샤워만 시켜주는 거다. 엄마랑 동생 한테 뿌리면 안 된다! 약속?"

개구쟁이 미소를 지으며 대답을 대신한다. 지하수 수도꼭지를 틀어 주니 신이 난 곤은, 그를 흉내 내며 해맑게 식물들에게 물을 추가 공급해 주고 물고기들을 향해 소방관 놀이를 즐긴다. 구피들은 물살을 타고 노는 걸 좋아해 몰려든다. 그는 아라를 안고 같이 조금 떨어져 지켜보고 그녀는 담배에 불을 붙이고 주변 식물들을 관찰한다.

"정말 식물들의 변화는 놀라울 정도네요. 볼 때마다 변해가요. 알로카시아 새잎들이 벌써 이렇게 자라 펼쳐지네요~"

"응. 다들 성장 속도가 어마어마하다. 이 녀석 봐봐~ 이름은 모르겠지만 식물 같은 녀석이 나무처럼 자라 처음에 내 키만 했던 녀석이 벌써 2층 높이까지 올라가 가지와 잎들이 앞마당 반을 가린다. 난 TV 드라마보다 이 녀석들 관찰하고 있는 게 더 재미있다."

새로운 놀이를 시작하고 싶은 곤은 손에 들린 스프레이 방향을 아라와 그에게 향한다. 그가 도망가며 외친다.

"이 녀석! 반칙이야~ 좀 전에 약속해 놓고~~ 이 개구쟁이~~~"

이번엔 스프레이가 그녀에게 향하자 그녀도 도망가며 소리친다.

"이야~ 야메데~~ 쯔메타이(차가워)~~~"

물 뿌리는 곤도 도망 다니는 그들의 모습을 지켜보는 아라도, 즐거운 웃음을 터트리며 마당을 울린다. 그는 아라를 내려놓고 곤의 동선을 피해 신속하게 수도꼭지를 잠그자 곤은, 스프레이를 땅바닥에 던지고 자연스럽게 나잡아 봐라 놀이가 시작된다. 곤의 웃음소리는 더욱 크게 증폭되어 주변을 진동시킨다. 아라도 뒤뚱뒤뚱 오리걸음으로 그들을 쫓으며 까르르 웃음을 연발한다. 적당한 거리를 유지하며 뒤쫓는 그는 곤이 멈추어 항복하기 전까지, 뒷마당과 주차장 길을 지나 다시 앞마당을 돌고 돌며 계속된다. 3바퀴를 돌자 곤은 항복하고 그에게 옆구리 간지럼 태우기 응징을 받는다. 마당을 쩌렁쩌렁 울리는 숨넘어갈 것 같은 웃음소리에 집행을 잠시 멈추자 다시 도망친다. 하지만 그도 지쳐 이번은 쫓아가지 않고 가만히 서있는다. 그러자 아라가 다가와 현관 앞에 세워진 유모차에 올라타며, 라이딩 가자고 반짝이는 눈으로 그를 쳐다본다. 그는 최면에 걸린 듯 유모차를 끌고 곤을 추격하는 게임이 시작되고, 또다시 마당은 아이들에게 흘러나오는 해피 바이러스가 공간을 덮는다. 6바퀴를 돌자 곤도 지쳐 자리를 바꾸자고 말없이 행동으로 보여준다. 아라는 천사의 미소를 지으며 미련 없이 양보하고 곤은 신이 나서 탑승한다. 그는 사륜 앞바퀴를 들어 이륜으로 변형시켜, 고속 주행 모드로 마당 동선을 질주해 준다. 비명 지르는 곤의 목소리를 따라 아라는 최대한 빠른 오리 모드로 쫓아 오지만 오히려 계속 뒤를 잡히고, 9바퀴 완벽한 무사고 랠리 코스 주행을 마무리하고 그는 현관 앞 피트로 들어와 숨을 헐떡인다.

"깔깔깔~ 삼상 그러다 쓰러져요. 그만 쉬세요!"

"에고... 이 저질 체력 벌써 방전되네~ 마마짱! 바통터치~~"

곤은 만족한 듯 내려오지만, 아라는 조금 부족한 듯 다시 탑승한다. 이번엔 그녀가 SC(Safety Car)모드로 정속 주행하며 코스 라이딩을 시작하고 곤은 자갈집기 놀이를 시작한다. 그리고 그는 앞마당 발코니 의자에 앉아 연기를 뿜으며 숨 고르기를 한다. 아이들의 놀이는 12분 정도 지속되었고, 그는 현관으로 귀환하고 스크린 도어를 통해 현관으로 다가가 아이들을 양쪽에 안고 욕실로 이동한다. 그는 다시 땀에 젖은 옷들을 벗어 세탁기에 골인시킨다. 아이들의 흙 묻은 옷들도 세탁물에 집어넣고 단체 샤워를 즐긴다. 욕조에 물을 받아 아이들을 넣어 주고 나온 그는, 몸의 물기를 닦고 그녀가 건네어 주는 물 잔을 깔끔하게 원 샷 한다.

"아이들 물놀이로 체력 좀 더 빼고 나오면 쇼핑 이동하자~~"

"넹~ 그러시죠!"

"난 좀 누워 있을게~"

"좀 쉬세요, 아저씨~~"

"고마워~ 아줌씨~~"

그는 그대로 무거워진 몸을 이끌고 침대에 점프하고 방전된 체력을 충전한다. 바른 자세의 시체처럼 누워 온몸에 힘을 빼고 숨쉬기 운동으로 호흡을 조절한다. 그는 3분도 안 되어 숨 쉬는 걸 잊고 무아지경에 들어간다. 흐르는 시간을 잊고 있다가 아이들 소리에 눈을 뜬다. 그녀가 눈에 들어온다.

"얼마나 잔 거야?"

"삼상 코 고는 소리 정말 오랜만에 들었어요~ 아이들 30분 좀 넘게 놀다 좀 전에 나왔어요. 당신 그사이 피곤이 풀렸나 봐요? 건강해 보이시네요!"

"오늘은 좀 일찍 시작하기는 했었지... 준비되면 출동합시다."

"아이들은 준비 다 했고 삼상만 옷 입으면 출발 가능합니다."

나체로 발기되어 누워있는 자신을 인지하고 그도 웃는다.

"이런~ 이 건강? 넵! 회장님~ 바로 준비하겠습니다~~"

주차장 접촉 사고

　그는 옷 방에서 간편한 복장으로 걸치고 나와 가족 쇼핑을 출발한다. 그는 주차장을 빠져나와 우회전하면 일반 도로가 나오는 짧은 코스로 이동이 가능하지만, 상해 식품점 코스는 항상 좌회전으로 간다. 이시가와 다리를 지나 우회전해서 좌측은 분재와 나무들을 키우고 파는 가게와 염소를 키우는 농가를 지나 우측은 이시가와 좁은 강줄기가 흐르는 좁은 길 코스를 선호하기 때문이다. 999m 직선 코스를 지나 좌회전으로 신호가 없는 큰 도로를 만나 신호를 받고 다시 우회전으로 달리면 시간상 더 빠르게 도착한다. 집 주변에 더 가까운 식품점이 있지만, 이곳은 야채가 좀 더 신선하고, 물건 종류가 좀 더 다양하고 조금 더 저렴하다. 그들은 루틴대로 그녀가 아라를 안고 곤은 유모차에 태워 그와 두 팀으로 나누어 쇼핑을 즐긴다. 그녀는 아라와 식품을 헌팅하고 곤과 그는 부식과 과자, 아이스크림 등 간식을 챙긴다. 물론 아와모리와 맥주도 빠지지 않는다. 헌팅이 끝나면 계산대 앞으로 랑데부한다. 계산대는 두 가지 옵션이 있다. 스스로 포장을 하는 곳과 직원이 포장해주는 곳으로 나뉜다. 그들은 항상 전문가가 포장해 주는 계산대로 이동한다. 항상 만나는 나이 지긋한 배테랑 아주머니가 도와준다. 그녀의 포장 스킬은 항상 꼼꼼하고 빈틈이 없는 이곳에서 단연 발군의 실력인 프로다. 그녀도 그들 가족을 기억하고 있지만, 언제나 말없이 과묵한 미소로 반겨주어 그들이 이곳을 선호하는 또 다른 이유이기도 하다. 평소 루틴대로 그와 곤이 먼저 나간다. 완벽히 패킹된 비닐봉지 2개를 유모차에 싣고 먼저 주차장으로 이동하고 나머지 봉지들을 그녀가 계산하고 카트에 끌고 나온다. 트렁크를 열고 뒷좌석 문을 열어 곤이를 먼저 차일드 시트에 앉히고 그가 직접 고른 수확물을 평소대로 건네어 주고 가득 찬 봉지 2개를 싣고 유모차를 접어 트렁크에 넣는다. 운전석에 앉아 미군 라디오 방송을 잠시 듣고 있으니, 그녀가 쇼핑 카트를 끌고 나오고 베이비 캐리어 벨트에 안긴 아라의 손에도 그녀가 원하는 무언가가 쥐어져 있다. 샘은 트렁크를 다시 열고 카트에 담긴 봉지들을 꺼내어 옮겨 담고 그녀는 빈 카트를 가져다 놓고 돌아와 집으로 출발하려던 찰나, 그들이 주차한 우측 빈 주차 공간으로 흰색 차량이 들어오려고 하고 있는데, 도저히 들어올 수 없는 각도로 천천히 후진하고 있다.

"어머나? 저 차량 모해요??"

"에이~ 설마... 다시 빼고 들어오겠지?"

그 순간 천천히 들어오던 차량이 갑자기 훅 들어와 그들의 오른쪽 앞 범퍼와 충돌한다. 그들 몸이 앞으로 출렁인다. 순식간에 벌어진 일이다.

"왓? 더?? 헬??? 아라 괜찮아?!?!"

"네! 데시보드 손으로 잡아서 안 부딪쳤어요."

뒤돌아 곤이를 쳐다보지만 곤은 아무렇지 않은 표정으로 자기 수확물을 즐기고 있다. 앞 차량 보조석에서 80대 초반으로 보이는 점잖은 오키나와 출신 할머니가 당황하고 미안한 얼굴로 먼저 나온다. 그는 살짝 뒤로 차량을 빼고 그와 그녀도 차에서 내려 차량 상태를 확인한다. 운전석에서 이제야 키 작고 백발에 양 볼이 처진 수염 자른 KFC 할아버지처럼 보이는 80대 후반은 되어 보이는 할아버지가 어쩔 줄 모르는 표정으로 문을 열고 천천히 나온다. 토요다 프리우스 왼쪽 테일 범퍼가 찌그러져 매달려 있고, 그들의 차량은 충돌 부분이 움푹 들어가 흰색 도색이 묻어 있다. 키 작은 할머니가 연신 고개 숙이면서 사과한다. 그리고 할아버지에게 심각한 표정으로 꾸짖고 있다. 중간에 우유가 끼어들어 상황을 물어본다.

"어떻게 그 각도에서 갑자기 들어오신 건가요?"

할아버지가 머뭇머뭇 대답한다.

"기어를 전진으로 넣고 나갔다가 다시 들어오려고 생각했는데, 후진 기어 상태로 가속페달을 밟아 버리고 말았어요. 미안합니다. 아이는 괜찮나요? 정말 미안합니다."

할아버지도 고개 숙여 진심을 담아 미안해한다. 그녀는 할아버지에게 운전면허증을 요구하고 사진을 찍는다. 그러자 샘은 그녀에게 한국말로 말을 한다.

"요즘 노인 사고 문제가 이슈인데 만약 경찰 부르고 사고 처리해서, 이 할아버지 나이에 운전면허 취소되면 우리가 생각하는 것보다 문제가 커질 것 같은데... 여긴 운전 못하면 노인들 이동하기 너무 불편하잖아! 그냥 보내 드리자!! 아이들도 무사하고 우리 차가 파손이 심한 상태도 아니잖아. 조금 찌그러진 건 그냥 나쁜 일 액땜 했다고 생각하자. 대신 할아버지한테 앞으로 더 조심해야 한다고 잔소리는 좀 해주는 게 어때?"

표정이 좋지 않은 그녀는 잠시 생각하더니, 그의 말에 동의 한 듯 할아버지에게 말을 날카롭게 던진다.

"할아버지! 운전 정말 조심하셔야 해요!! 요즘 노인 사고가 심각해 사회적 문제가 되는 거 아시죠? 다행히 아무도 다치지 않고 저희 차량도 생각보다 문제없을 것 같으니 보험 처리 안 하고 보내 드릴게요. 대신 꼭 약속하셔야 합니다. 더욱 조심히 운전하시겠다고?"

어둡던 할아버지 표정이 밝아지고 고개 숙여 고맙다는 인사를 하며 대답한다.

"젊은이들 고마워요. 내가 앞으론 반드시 신중하게 천천히 운전할게요. 정말 고마워요."

할머니도 같이 진심으로 고마워하며 인사한다.

"네! 그럼 조심하시고 저희 먼저 가겠습니다."

할머니가 돌아서려는 그녀를 막고 전화번호를 물어본다.

"아니요. 괜찮습니다. 그냥 돌아가겠습니다."

"아닙니다... 혹시 수리비가 많이 나올 수도 있으니 연락처라도 남겨 주시면 고맙겠습니다."

한사코 번호를 물어보는 할머니에게 그녀도 포기하고 전화번호를 남겨준다. 그렇게 그들과 인사하고 주차장을 빠져나와 집으로 출발한다.

"잘했어! 마마짱~~ 그 노인 커플 덕분에 혹시 다가올지 모를 큰 사고 가볍게 액땜했다고 생각하자. 복을 바라고 선행한 건 아니지만 화를 웃음으로 바꾸면 좋은 일 있을 거다. 우리한테 안 생기면 아이들이 복리 이자로 받는다고 믿자~~"

"너무 신기해요. 바로 어제 우리가 노인들 교통사고로 사회 문제 된다고 얘기한 것 같은데 바로 일어나네요. 우리에게~"

"난 신기한 것보다 무서운데~ 유?"

"넵! 말조심하겠습니다."

"그래~ 유~~ 무서워! 유~~~"

"아~ 진짜 그런 아재 개그 안 재미있어요!"

"아~~ 그런 거짓말 좀 그만해! 계속 웃어주니깐 나도 잘하지도 못하는 개그 하는 거잖아?"

왠지 집으로 돌아가는 길은 항상 더 빠르다고 그들은 느낀다... 주차장에 주차하고 곤을 내려준다. 곤은 쇼핑한 내용물에 관심이 가는지 마당을 그냥 패스하고 현관 안으로 그녀와 들어간다. 그는 묵직한 봉지들을 양손에 들고 현관 안쪽에 내려놓기를 3번 반복하고 들어간다. 다시 식탁 위로 봉지들을 옮기는 그를 보고 곤도 간식이 든 봉지를 자신이 옮기겠다고 끌고 가고 아라는 이미 식탁 위에 올라가 대기하고 있다. 그녀는 식품들을 정리하고 그는 부식들을 정리한다.

"아라! 곤!! 마음에 드는 걸로 하나씩만 고르는 거다?"

아이들은 잠시 고민하더니 각자 봉지 하나씩 들고 자신들이 좋아하는 자리로 돌아간다.

"또 류 아와모리 사셨네요?"

"응. 용이 가볍게 마시기 딱 좋은 것 같아서~~"

"동의합니다. 그런데 지난번 '라이칸' 쇼핑몰에서 구경한 66년산 아와모리는 어떤 맛일지 진짜 궁금하네요."

"그치? 상상만 해도 침 고인다. 그런 전통 아와모리는 이곳에 로컬 아트로 유명한 유리 공예로 멋지고 품격 있게 병 디자인해서 로컬 문화를 모르는 이들에게 공감 주는 재미있는 스토리 라인을 만드는 거지. 장인의 손길로 병 자체를 수공 예술품으로 승화시켜 국제주류박람회 같은 시장에 내놓아도 프리미엄 술을 사랑하는 주당들에겐 없어서 못 팔 텐데 왜 안 하고 있나 몰라... 자신들이 가지고 있는 문화와 맛의 가치를 너무 저평가하고 사는 것 같아 안타깝다."

"그러네요. 나중에 기회 되면 삼상이 브랜딩 해주세요. 그러면 좋은 술맛 볼 수 있잖아요?"

"핫하하~ 맛있는 술 마시기 위해 일을 한다? 참신하네~~ 정말 나중에 할 거 없으면 기획서 한 장으로 깔끔하게 만들어 제안해 볼 만한 프로젝트이기는 하네~~"

"대충 정리됐는데 나가서 한 대 피우시죠?"

"뭘 물어보시나요? 그냥 나가시면 바로 쫓아갑니다."

"시원한 맥주 한 캔씩 어떠세요?"

"뭘 물어보시나요? 그냥 가져가면 바로 마셔 버리죠."

그들은 오리온을 한 캔씩 들고 발코니로 나가 아일랜드 탄산음료로 서로를 격려해 준다.

"수고하셨습니다~ 치어스~~"

"치어스~ 수고했네~~ 작은 이벤트가 있었지만... 저 정도 양이면 일주일 서바이벌은 충분하겠다."

"아까 설마 했는데... 깜짝 놀랐어요! 우리야 운이 좋아 저 정도지만 주행 중 사고 나면 얼마나 황당하고 무섭겠어요. 사회문제가 될 만하네요."

담배에 불을 붙여 그녀에게 건네어 주고 자신도 불을 붙이고 말한다.

"그러네! 정부 차원 대책이 빨리 나와야 할 텐데 실효성 없는 탁상공론만 열심히 하는 척들 하시겠지?"

"떡볶이 재료 사 왔는데 점심은 삼상이 해 주시는 거 먹고 싶어요. 아무래도 저보단 먹어본 내공이 있으니깐~"

"많이 먹어 봤다고 맛을 재현할 수 있는 감각이 있으면 요리사 하지요. 그런데도 먹고 싶다면 만들어 드리죠!"

"예전에 만들어 주신 떡볶이는 확실히 저보다 맛있었습니다. 재료 준비는 제가 도와드릴게요."

그녀는 맛도 맛이지만 같이 무언가 만드는 과정을 즐긴다. 눈치 없는 그는 아직도 모르고 있지만...

"넵! 그러시다면... 지금 몇 시?"

그녀는 주머니에서 아이폰 XS를 꺼내어 시간을 확인한다.

"11시 55분이네요. 아직 점심시간은 여유 있으니 천천히 준비하서도 될 것 같아요."

"그러자~ 맥주 마시다 배고파지면 시작하지 뭐~~ 우리 간만에 클래시 로얄 셋 판만 해볼까?"

"얏타~ 간만에 좋지요! 가끔 혼자서도 플레이하지만 역시 삼상과 같이 즐기는 팀플레이가 재미있는 것 같아요."

"그치! 궁합 맞는 팀플레이가 재미도 배가되지!! 자~ 그럼 들어가 볼까나?"

적당한 게임은 의사처방 약물보다
효과가 좋다

서로 게임 애플리케이션을 열고 접속한다. 클래시 로얄은 슈퍼셀에서 만든 실시간 PvP 전략 카드 모바일 게임으로 원래 클래시 오브 클랜이 글로벌 히트를 쳐 슈퍼셀에 매일 수십억 원씩 황금알을 낳아 주던 게임의 인기 캐릭터들의 세계관을 기본으로 레벨에 맞는 전 세계 유저들과 실시간 멀티플레이 하는 전투 게임이다. 이들 부부는 오키나와에 정착을 시작하면서 시작한 게임이다. 현질 없이 무과금으로 천천히 자신이 선호하는 캐릭터를 키워 같이 즐기는 이 게임은, 덱 구성과 전략 그리고 전투 스타일마다 개인의 성격과 취향을 엿볼 수 있다는 추가적 매력도 가지고 있다. 이 부부는 승률이 꽤 높아 자신들의 레벨 이상의 현질 유저들과 자주 붙는다. 그녀는 기본 캐릭터 위주로 정석적이며 안정된 플레이를 선호하고, 그는 화끈한 몸빵 캐릭터를 전진시키고 백업 지원 공격을 마법과 같이 사용하는 콤비 플레이를 선호한다.

"내가 팀플레이 아레나 오픈했어! 들어오세요."

"넹~ 들어갑니다."

그들은 10레벨로 중국 팀 11레벨 유저와 만났다. 초반 러쉬로 호그라이더와 고블린 통 2개가 좌측 성 쪽으로 날아오지만 당황하지 않고 마법사와 그녀의 발키리로 차분히 대응한다. 좌측 성 데이지로 삼분의 일 체력이 날아가지만, 상대방의 카드 4개의 공격력을 그들은 카드 2개와 성으로 막아내고 아직 2개의 캐릭터가 살아 있다. 최대한 엘릭서를 채우고 그들도 출전한다.

"마마짱 자이언트 다리 앞 출동!"

"대기하고 있습니다."

살아 있는 캐릭터들이 상대방 진영으로 넘어가는 다리를 통과하기 바로 전 그녀가 꺼낸 자이언트로 몸빵을 보내주어 천천히 전진하며 그 뒤를 마녀 카드와 살아남은 마법사가 상대방 방어용 바바리안과 프린스를 녹여 버린다. 그 후 그녀는 절묘한 타이밍에 베이비 드래곤 카드로 공중 백업 지원을 해준다. 상대방은 메인 성 뒤에서 프린세스 화살로 방어하고 고블린을 꺼내어 저항해보지만 이미 자이언트는 성벽을 때리고 주변 병력들 화력에 순식간에 사라지고 이어지는 그의 얼음 마법과 그녀의 적시에 뿌려준 분노마법으로 메인 성까지 순식간에 함락시킨다. 가벼운 1승이다. 그녀는 말없이 오른손을 올리고 그도 말없이 왼손으로 하이파이브를 해준다.

"초반 러쉬하는 사람들치고 잘하는 사람 못 본 것 같습니다."

"덱 조합에 따라서 다르기는 하지만 확률이 많이 떨어지지. 플레이하는 스타일을 보니 얘네들은 꼬맹이들 같다."

두 번째 아레나가 시작된다.

"엥? 이름이 같은 애들이네…"

가끔 랜덤으로 조금 전 팀과 다시 연결되기도 한다. 그들의 최고 기록은 4연속 같은 팀이 나와 본 경험도 있다.

"그러네요~ 이번엔 좀 다른 플레이가 나오려나…?"

처음과 같은 초반 러쉬가 들어오는 걸 보니 학습 능력이 떨어진다.

"삼상 말처럼 꼬맹이들 맞는 것 같아요. 똑같은 전술로…"

간단히 2승도 가져온다. 다이나믹함이 없는 승리는 둘 다 반갑지 않다.

"져도 재미있고 이기면 더 재미있는 한국 팀 걸렸으면 좋겠어요."

"웅~ 한국 친구들이 모바일 게임도 강자들이 많지… 자! 강한 팀 소환을 위해 건배!!"

"오네가이시마스~~~ 간빠이!"

마지막 아레나를 시작한다. 잠시 후 레벨 11에 일본 팀이 들어오고 이들은 쉽게 움직이지 않고 신중하다. 엘릭서를 가득 채우고도 카드 덱을 오픈 안 한다. 그래서 샘이 먼저 좌측에 엘릭서 골렘을 꺼내고 그녀는 골렘 뒤로 바로 자이언트를 출정시킨다. 둘 다 스피드는 느리지만, 맷집이 좋고, 돌진해서 건물과 성을 공격한다. 상대 팀은 아이스 골렘을 꺼내고 플라잉 머신을 배치한다. 중앙 다리를 지날 즈음 상대가 성 오른쪽에 인페르노 타워를 배치하여 엘릭서 골렘을 유도하자 그녀는 백업 유닛으로 폭탄병을 투입하고 그는 원거리 지원 공격이 가능한 마법 아처로 인페르노 타워와 플라잉 머신을 일직선 방향으로 배치하며 공격한다. 상대 중 한 명이 마법

아처 암살을 목표로 광부를 침투시키지만, 그녀가 센스 있게 발키리를 마법아처 가디언으로 소환해 광부를 미리 기다린다. 발키리의 포스에 허공에 삽질하는 광부는 그녀의 도끼질에 몸이 반 토막나고 엘릭서 골렘은 타워를 공격하다 순식간에 반으로 녹아 버리지만 자이언트와 마법 아처의 원거리 지원 공격으로 타워는 무너지고 성을 향해 느리지만 거칠고 씩씩하게 돌진한다. 그리고 밀려드는 후방 병력들도 차례로 다리를 건너 날개를 펼치며 적진으로 전진한다.

"분노 마법 뿌려 주세요~"

2시 방향에 도끼맨이 소환되어 방어하지만, 체력 튼튼한 자이언트가 대신 맞아주고 분노한 유닛들의 집중포화는 주변을 녹여 버린다. 자언언트는 장렬히 성과 함께 사라지고 화력은 뛰어나지만, 체력이 약한 지원 병력들을 위해 메인 성과 도끼맨을 마법으로 얼려 버린다. 뒤늦게 미니언 패거리들이 소환되지만, 학익진으로 달려드는 자비 없는 화력에 검은 꽃가루로 변해 그들의 승리의 길 위에 장렬히 뿌려지고 3연승 터치다운 한다.

"퍼펙트게임입니다!"

일반적 시선으로 보면 한심해 보일 수도 있는 이 부부의 작은 취미 활동이 의사가 처방해 주는 화학 약물보다 우울증과 힐링에 훨씬 효과가 있음을 이들은 잘 안다. 그리고 실제로 게임을 통해 스트레스 완화 효과와 우울증에 도움이 된다는 논문들도 꽤 나왔다.

"웅~ 특히 발키리의 완벽한 타이밍으로 암살자 광부를 발할라로 날려 버린 것이 신의 한 수였다."

"운이 좋게 발키리 앞으로 딱 떨어지더군요."

"운도 들어오는 입구를 열심히 때 빼고 광내는 사람 앞에서 미끄러져 넘어오는 법이지!"

"그런데 COC나 클래시 로얄 만든 슈퍼셀 회사는 정말 대박인 것 같습니다. 만든 회사가 어느 나라 회사인가요?"

"필란드 헬싱키에서 출발해서 대박 행진하고 있었지. 그 모습을 일본 손정희 아저씨가 침 흘리며 지켜보다 소프트뱅크가 지분 참여해서 잠시 꿀 빨고 잘 먹었었지."

"엥? 정말요??"

"웅! 그러다 2016년인가 아니면 다음 연도쯤 중국 텐센트가 그냥 날로 꿀꺽 삼켰다고 들었어. 그래서 한석이가 자극받아 벤처팀 초창기 IT 엔지니어들 모아 놓고, 하이테크 솔루션 연구하는 프로그램 팀들이 있을 때 일본에서 유학하고 게임에 진심인 오타쿠 엔지니어 한 명을 영입했었거든. 닌텐도에서 게임 개발팀 멤버로 근무 경력이 있는 영대라는 친구가 있었지... 한석이 사촌 동생이기도 하고~"

"혹시 그분이 쿠로가와 선생님이랑 일본 망가들 디지털 콘텐츠 계약 출장에 같이 가셨던 분인가요?"

"오~ 맞아! 일주일 예정으로 선생님 설득하러 내 통역으로 투입되었는데, 운이 좋아 첫날 단 한 번 미팅에 선생님 컨펌 받았지. 시간 남아 한석이에게 딜 메이드 보너스 개념으로 남은 시간 휴가받아 카즈짱 고향 야마가타에 같이 놀러 갔었거든. 그때 마침 카즈짱 고등학교 친구 중 한 명 집안이 9대째 운영하는 료칸 온천에 예약이 되어 3명이 다녀온 적이 있었어. 그런데 그 낡은 료칸에 '우에스기 겐신'이 자주 왔었다는 사실을 복도에 전시된 유물을 보고 너무 감격해 우리에게 절하더라."

"와우~ 그분은 '에치고의 용'이라 불리기도 하셨죠. 센고쿠 지다이에 '오다 노부나가', '도요토미 히데요시', '도쿠가와 이에야스' 못지 않은 명장이셨다고 알고 있습니다. 비하인드 스토리도 가지고 계시고요. 영대상도 진짜 오타쿠 맞네요. 제가 아는 한국 사람들은 잘 모르는 명장인데..."

"그런데 나보고 그러더라. 1982년쯤 어떤 역사 소설가가 집필한 『은닉의 일본사』에서 여러 가지 루머가 있었던 우에스기 겐신의 여성설을 집대성한 책을 읽어 보고 더 광팬이 되었다고 하더라."

"어머! 비하인드 스토리가 바로 그 얘기에요. '야기리 토메오'란 작가가 쓰셨어요. 물론 저도 그 책 읽어 보았고요~~ 일본인들도 모르는 사람이 많은 내용인데... 그분 제대로 오타쿠시네요. 인정합니다!!!"

"핫하~ 아무튼 그렇게 여유 있게 휴가 아닌 유급휴가 같이 즐겼지. 자신도 클래시 오브 클랜 같은 대작 만들고 싶다고 이런저런 얘기 했었어. 그러다 내가 술김에 제안했던 게임이 하나 있었는데, 그 친구가 아주 좋아했었던 아이디어가 있었어."

"뭐죠...? 뭔가 오타쿠적 에로함이 느껴진다는...?? 깔깔깔~~"

"헹! 나에게 에로한 이미지가 있나보구나... 뭐 없는 것보다는 낫네. 어쨌든 내가 제안한 게임은, 게임 속 유저들을 전 세계 곳곳에 숨겨진 고대 유적을 찾아 떠나는 트레저 헌터로 만드는 롤플레잉 게임이랄까? 미션을 클리어할수록 난이도 높은 고대사 정보와 보물의 존재에 대한 힌트를 알려주는 거지. 스스로 정보를 수집해서 최고의 보물을 찾아 떠나며, 가상과 현실을 융합해 혼합현실을 제공해 주는 거지. 또 서로 헌팅한 보물들을 실제처럼 가상 옥션에서 경매도 진행하면서 게임 머니도 벌고, 자연스럽게 가짜 역사가 아닌 우주에서 내려온 존재들의 진짜 역사 공부가 되는 가상현실 게임. 그리고 게임 속 자신의 아바타를 실사에 가까운 현실과 또 다른 자신을 만들 수 있는 환경을 제공해 주는 거지. 패션, 액세서리 등 디테일한 현실을 반영해서 개성을 부여해 주는 거야! 보물찾아 번 돈으로 자신을 표현하는 재미도 주는 거지. 독창적 포인트는 특수렌즈 또는 안경을 통해 현실에 입체적이고 정교한 그래픽 기술을 입혀 증강현실 가상 세계를 연결해 주는 거야. 실제로 유저들이 세계 여행하며 자연스럽게 돌아다니며 보물도 찾고, 경매로 돈도 벌고, 픽션을 가장한 진짜 역사 공부도 하는 거지. 가상세계에서 실시간으로 새로운 캐릭터를 가장한 인연들을 실제로 만남으로 연결해 주는 거야. 정보 교환도 하고, 캐미스트리 맞으면 감정교환도 하면서 진짜 재미도 같이 즐길 수도 있게! 미션을 빨리 클리어할 수 있는 팁과 특수렌즈를 통해 즐거움을 제공해 주는 현실과 가상의 중간 세계를 만들어 주는 거지."

"와~ 후~~ 그런 게임이 만들어질 수 있다면 저도 고민 안 하고 점프합니다."

"핫하하하~ 영대 그 친구도 많이 하고 싶어 하기는 했었다. 그런데 대형 프로젝트라 전문팀도 세팅해야 하고 펀드도 꾸려야 하고 일이 많다. 물론 주머니 깊은 튼실한 투자자만 있으면 구현은 얼마든지 가능하다고 생각한다. 이미 기술들은 존재하니까... 그래서 영대하고 빨리 회사 안정화하고 같이 만들자고 서로 파이팅해주며 술 마신 기억이 난다."

"그때 쿠로가와 선생님과 진행하던 그 프로젝트는 어떻게 됐나요?"

"선생님이 이미 디지털 라이센스 시장을 내다보시고 미리 일본 망가 시장의 20% 정도의 작가들과 계약하고 홍콩 펀드로 일을 진행하고 있는 상태였어. 그래서 내가 디테일하게 사업 설명을 안 해도 너무 잘 알고 계셨었지."

"오~ 타이밍이 정말 좋았네요."

"맞아! 나도 우연히 기획한 일이었는데 시기가 아주 절묘했었지. 그래서 선생님도 예전의 한석이의 실수도 덮고 쿨하게 다시 잘해보자고 하셨거든!!"

"무슨 실수요?"

"오래전 선생님 작품 중 '늑대의 서킷'이라는 레이싱 만화를 우리가 계약하고 영화 또는 드라마 형태로 제작하자고 제안했었어. 그런데 계약하고 일 진행 중 펀딩이 마무리 안 돼서 드롭했었거든. 당시 한석은 선생님이 제시한 라이센스 금액에 대해서 문제 삼았지만, 진짜 문제는 계획되었던 다른 곳에서 투자금이 안 들어와서 제작할 수 없었거든. 물론 처음 진행하는 프로젝트라 우리가 예상했던 비용보다 훨씬 상회하고 류원시, 이창세 등 배우와 미팅하면서 발견한 여러 디테일 촬영 부분에 문제도 있었지만... 결국은 투자금이 안 들어온 거지.

"이창세 배우라면 삼상과 처음으로 청담동 근처 '오프스' 게이 바에서 술 마시고 놀았다는 그분 맞죠?"

"응~"

"어쨌든 영화 제작은 투자 문제로 그런 일이 많이 있다고 들었는데 그게 큰 문제인가요?"

"뭐! 그런 일이 비일비재(非一非再)하지만 한석이가 선생님에게 주장했던, 라이센스 금액이 과도하다는 부분은 이미 선생님이 타협점을 제시해 주셨어. 현재 자금 사정이 안 좋으면 나중에 받아도 된다는 파격적인 제안도 무시하고 일방적으로 프로젝트 드롭했던 거지. 그러니깐 여기서 문제는 프로젝트 드롭의 이유를 솔직히 고백하고 시인하면 될 일을, 한석이는 다른 이유를 핑계로 선생님과 일방적인 커뮤니케이션 채널을 닫아 버린 거지. 선생님은 진심으로 같이 작업하고 싶어 하셨었어... 물론 그 욕은 나와 카즈짱이 다 먹었었고."

"아? 이제야 그림이 보여요. 그때 카즈상이 커뮤니케이션해 주셨겠네요."

"응~ 맞아! 그 당시 정훈이 형과 처음 만나 같이 진행하다가 쿠로가와 선생님과 친했던 형도 그 일로 열 받아서 우리가 그냥 펀드 만들어 버리자! 하고 의기투합 되어 만든 펀드가 그 180억 원 규모 영화 펀드를 결성하게 된 계기야!!"

"아~ 그 그림이 그렇게 연결되었군요. 그럼 그 일본 망가 프로젝트는 왜 또 못하셨나요?"

"뭐겠어? 일만 벌여 놓고 결국엔 또 투자 자금이 안 들어왔지. 이 번엔 회장님이 반대하셨다고는 하지만 일의 순서가 틀린 거지. 그리고 나와 팀들에겐 펀드 확실히 들어오니 추진하자고 해서 컴펌 받고 움직인 일이 또 펀드 문제로 드롭된 것이지. 그때 영동이를 비롯해 일본 망가의 가치를 알았던 팀원들이 월급 안 받고 일해도 그 프로젝트는 꼭 하고 싶다고 할 정도로 진심이었는데, 결국 개 박사가 팀들 다 잘라 버렸지. 자기가 시키는 프로젝트 집중 안 하고 말 안 듣는다고... 그 멤버들이 서진 형, 영동이 등 여러 명이 있었지. 삼총사까지도... 나도 나중엔 도저히 못 참고 뛰쳐나왔지 만..."

"선생님께 큰 실례를 2번이나 하셨네요."

"응...! 그래서 면목이 없었지. 그래도 개인적으로 가끔 문안드리고 찾아뵙기도 했었지. 우연히 일본에서 다른 일 하다가 뵌 적도 있고... 그러다 한참 연락을 못 하고 이번에 10년 만에 다시 인사드린 거지. 코란 프로젝트로..."

"그러셨군요. 삼상은 그 당시 여의도 회사에서 포지션이 뭐였어요? 워낙 여러 가지 일들을 하셔서..."

"처음 벤처 조인했을 당시에는 포지션 없는 매니저랄까? 당시 주변 시선이 고졸 주제에 대표가 태워준 낙하산 타고, 하늘에서 하늘하늘 내려온 상태라 다들 좀 조심스러워했었거든. '쟤는 정체가 뭘까?'란 느낌 적 느낌!? 팀원 거의 다 해외에서 공부하고 나름 프로젝트 진행도 해보고 온 경력들도 있고, 제일 능력 발휘 못한 팀원이 서울대학교 박사 출신들이었지. 그중 어떤 신림대 컴퓨터 공학박사는 삼총사를 쫓아 다니면서 자신이 모르는 컴퓨터 언어 가르쳐 달라는 순수한 열정도 가지고 있었지. 아! 프로그램 개발 천재 삼총사들이 나와 같은 고졸이네~~ 물론 난 천재 끝자락 축에도 못 끼지만, 그래서 6GB 두께의 원서 『People Management』라는 큰 책을 머리 터지게 읽고, 깨달은 걸 회사에 꼭 필요한 팀원을 골라내서 스타처럼 케어해주는 커뮤니케이션 일을 했지. 팀원 모두 유명한 또는 포텐셜 넘치는 스타 가능성이 있다는 생각을 가지고 최대한 집중해서 일할 수 있게, 개인 고민 상담과 복지 환경을 만들어 주는 포지션? '로드 매니저'였지. 여기서 로드는 'Road'가 아니고 'Lord'인거지. 신형빈 작가의 개념이지만..."

그가 배운 커뮤니케이션의 시작은 상대를 대하는 복장에서 출발한다. 선택한 신발, 셔츠 색깔, 타이 매듭스타일, 벨트, 심지어 손톱 정리하는 습관도 본다. 그다음은 보이지 않는 기운(마음)이다. 대화 상대에 대한 그 마음은 작은 몸짓, 손짓 등의 행동으로 거짓 없이 그대로 보인다. 그다음이 말투다. 말투는 상대를 대하는 마음 표현된다. 사용하는 단어와 연결되는 문장들이 자신의 의지를 대변한다. 대화의 톤도 중요한 요소다. 하지만 화술이 뛰어난 사람들은 거짓을 진실처럼 얘기하는 기술이 있다. 그래서 커뮤니케이션에서 가장 중요한 부분은 바로 '눈'이다. 대부분 사람들의 눈은 거짓을 얘기할 수 없다. 마음을 연결하는 바로미터 창이 눈이기 때문이다. 대화 중 상대 눈동자의 흔들림, 수축, 시선 처리 등 여러 요소가 있다. 이 눈빛마저 거짓을 진실로 바꾸어 자연스럽게 뿜을 수 있는 존재들은 마스터 격이고 '위!힘!한! 존재'다. 샘은 여러 나라에서 다양한 사람들과 미팅하면서 이 훈련을 쌓았었다.

"아? 그 책 저기 서재에 아직도 가지고 계시잖아요?"

"응! 맞아~ 그 책!! 그리고 국내외 VIP 의전 관련된 일과 계약 관련 미팅 등 할 수 있는 일을 다 하는 전천후 마당쇠 포지션이었지."

"너무 겸손하신 거 아닌가요?"

"겸손 아닌데? 안 믿네... 진짜 마당쇠처럼 일해야 했어! 그런데 그렇게 일해 보니 개인의 능력과 지식의 뎁스보다, 조직 내 팀원들의 분산된 지식과 경험을 어떻게 잘 모아 활용할 수 있는지가 얼마나 중요한지 알았다. 여러 박사가 있어도 개발 실적과 회사의 이익보단 정치질만 잘했지. 고졸들과 일반 대학 출신 팀원보다 성과 없는, 높은 학력과 지식을 가지고도 발현 못하는 능력이 과연 이익을 위해 모인 집단에 필요할까? 좋은 경험하게 해준 친구에게 감사할 뿐이다. 썰 푸니깐 배에서 비명 지르네! 요시~ 이제 살살 준비해 볼까나!!"

"어? 제 배에서 나오는 소리 들렸어요??"

"어! 나한테 나오는 소리 같았는데? 아니면 동시에??"

"타이밍 좋네요~~ 오호호호~~~ 그럼 일단 밑 재료 준비하겠습니다."

검붉은 퓨전 떡볶이 레시피

그들은 주방으로 이동하고 그녀는 야채를 먼저 빼놓는다. 양파, 대파, 양배추, 당근?!

"당근도 집어넣을까요?"

"있으면 조금만 채 썰어 넣어 볼까? 우린 마늘 마니아니깐 1개씩 먹는다고 생각하고 2개 다지자! 그리고 계란도 먹을까?"

"계란도 빠지면 섭섭한 재료죠? 하나씩 2개??

"그래~ 두 개 삶아 주세요."

그는 육수를 만들기 위해 다시마 한 조각을 꺼내어 1리터 정도 물에 투하한다. 그리고 건새우도 넣고 뭔가 더 넣어 해물 향을 만들고 싶어 한다. 그러다 마침 먹다 남은 마른오징어 다리가 보여 3개 찢어 넣는다. 그리고 뚜껑을 닫고 물을 끓이고 떡을 꺼내어 찬물에 담가 놓고 소스를 만들 준비를 한다. 그는 3.3.3 배합을 선호한다. 유리그릇에 태양초 고추장 3스푼, 고춧가루 3스푼, 간장 3스푼, 꿀 1스푼, 설탕 2스푼 넣고 잘 섞고 맛을 본다. 나쁘지 않은 맛이지만 무언가 아쉬운 섭섭한 맛이다.

"아이들 점심은 어떻게 해줄 거야?"

"간만에 아이들 좋아하는 짜파게티 만들어 줄까요?"

"오~ 그러면 되겠다. 음... 짜장 맛 떡볶이라..."

그는 중학생 시절 한석이와 가끔 맛있게 사 먹던 짜장 떡볶이를 떠올린다.

"그래! 한번 섞어 보자."

"뭘 섞어요? 예전에 한석이랑 좋아했던 떡볶이 가게에서 춘장하고 고추장 섞어서 맛있게 먹었던 곳이 있었어."

"왠지 궁합이 좋을 거 같은데요?"

그는 짜파게티 2개를 꺼내어 분말 수프 1개를 오픈해 양념 소스에 털어 넣고 잘 섞어 다시 맛을 본다. 훌륭하진 않지만, 썩 나쁘지도 않은 맛이다. 최소한 좀 전보다는 확실히 업그레이드되었다. 야채들과 다른 재료 맛이 우러나면 어울릴 것 같은 맛이다.

"소시지도 넣을까요?"

"좋은데! 난 2개!!"

"그럼 저도 2개! 4개 칼집 내겠습니다. 냉동 만두는 어떠세요?"

"오~ 난 1개~~"

"그럼 저도 1개~~"

"사각어묵을 채 썰고 동그란 어묵도 몇 개 넣을까요?"

"응~ 난 최소 2개~~"

"그럼 저도 2개~~~"

"따라쟁이짱! 라면 반 개만 넣을까? 아이들 라면 1개 좀 모자랄지도 모르니깐??"

"그러시죠! 남으면 우리가 먹으면 되죠!!"

"갑자기 웬 식탐? 많이 먹지도 못하면서..."

육수가 끓어 건더기는 채에 걸러내고 국물만 모아 놓는다. 그리고 아이들을 위한 짜장면을 끓이기 시작한다. 물이 끓어 라면 1개 반을 넣고 타이머를 눌러 3분 33초를 세팅한다.

"떡볶이 어디에다가 끓일까?"

"이거 사용하시면 될 것 같아요. 넓어서 조리하시기 편할 겁니다."

긴 손잡이가 있는 두꺼운 프라이팬이다. 바닥이 코팅되어 설거지도 용이할 듯하다. 불린 떡을 바닥에 깔고 대파, 양파, 양배추, 당근, 다진 마늘을 골고루 펼쳐 넣는다. 소시지와 만두 그리고 어묵들도 가지런히 담는다. 그리고 만들어 놓은 소스를 사분에 삼정도 중앙에 투하한다. 맞추어 놓은 알람이 울리어 뚜껑을 열고 물을 알맞게 버린다. 짜장 분말 수프를 골고루 뿌려 잘 버무린다. 아이들 전용 그릇 미키 마우스와 미니 마우스에 나누어 담아 준다. 프라이팬을 강한 불 위에 올려 가열을 시작하고 준비한 육수를 부어 양을 맞추고 뚜껑을 닫는다. 소리 없는 짜파게티 냄새가 아이들을 주방으로 불렀고, 아이들은 들어와서 자신의 자리를 찾아 앉는다.

"녀석들 배고팠나 보다. 부르지도 않았는데 오네~~"

"오전에 일찍 일어나서 과일이랑 젤리 과자 조금 먹어서 배고플 걸요?"

조금씩 끓어오르는 떡볶이를 잘 저으며 라면을 넣고 중불로 조절한다. 남은 육수를 조금 더 붓고 다시 저어 맛을 본다. 약간 모자란 느낌에 남은 양념 반을 투입하고 다시 잘 저어 뚜껑을 닫고 기다린다. 제법 그럴듯한 냄새가 올라와 그녀가 준비한 계란을 2개 투척하고 뚜껑을 닫아 불을 약하게 조절하고 1분 11초 기다리다가 불을 끄고 프라이팬 통째로 식탁에 받침대를 놓고 올린다. 뚜껑을 열자 수중기와 함께 달달 매콤한 냄새가 제법 떡볶이 같이 퍼진다.

"오~ 삼상 비주얼이 나쁘지 않은데요? 탄산이랑 같이 드셔야죠??"

"물론이죠~ 뭘 입 아프게 물어보세요?"

"입 전혀 안 아프니깐 계속 물어볼 겁니다."

아이들 면치기 소리가 맛있게 들린다. 특히 아라의 면치기 기술은 이미 수준급이다. 그녀가 나누어준 오리온 보리 탄산음료를 오픈하고 캔을 부딪친다.

"이타다키마스(잘 먹겠습니다)~"

"도죠~ 보나뻬띠(잘 먹겠습니다)~~"

"우맛(맛있닷)! 뭐예요? 이 절묘한 짜장 배합?? 너무 좋은데요???"

"진심?! 음... 내 입맛에도 나쁘지는 않은데...? 다행이다."

"아! 삼상~ 예전에 우리 술 마시면서 한 얘기 중 만능 떡볶이 소스 만들어 글로벌 상품화해도 정말 인기 좋을 것 같은데요?"

"그치? 그런데 이 정도로는 턱도 없고 정말 떡볶이에 진심인 장인 찾아서 비법 전수 받고 몸에 좋은 한방 재료도 투입해 완성도를 높이면 미국에 소스 양대 산맥인 타바스코나 스리랏차 소스의 아성은 어렵지 않게 무너트릴 자신 있다."

"쓰리랏차??"

"보면 알걸? 빨간 플라스틱 통에 수탉 그려진 촌스러운 디자인된 태국 소스! 아마 만든 아저씨가 닭띠여서 로고를 닭으로 그렸다나 뭐래나..."

"아하! 그 매운 닭 소스!!"

"그래~ 만약 우리가 만들면 촌스러운 디자인 말고 멋진 호랑이로 샤프하게 디자인해서 '만능 볶음 소스' 이런 개념으로 만들면 대박 날지 누가 알아?"

"호한이 오빠가 좋아하겠네요~ 호랑이에 진심인 오빠!!"

"어? 당신이 어떻게 알아?? 내가 얘기했나???"

"얘기도 해주셨고 그 오빠 깨톡에도 호랑이 도배하셨잖아요!"

"그랬군! 그 녀석 이름에 한자도 호랑이 호(虎)자에 한국 한(韓)자 쓸 거다. 암튼 탄산음료랑 이 떡볶이 잘 어울리네~~ 역시 난 떡도 떡이지만 어묵이 더 좋아~~~"

"만두도 완전히 어울려요~"

그들은 내추럴 먼치 모드로 눈앞의 음식에 집중한다.

"허얼~ 곤이 벌써 이 많은 짜장 다 먹었네. 녀석의 타이밍을 알 수 없단 말이지."

"타이밍이 힘들어도 일단 체력 소모를 많이 시키면 비교적 잘 먹는 것 같아요."

"그렇군! 녀석 아라 짜장 넘본다."

아라도 배가 고팠는지 이번은 양보 없이 자신의 그릇을 지키며 먹는다. 곤은 살며시 포크를 아라의 그릇에 찔러 보지만 단호한 아라의 표정은 매섭다. 매몰찬 그녀의 눈빛에 곤은 울먹이다가 울음을 터트리려 한다.

"곤아! 아라가 항상 너에게 양보할 수는 없는 거야. 아라 다 먹을 때까지 잠시 기다리면 아빠가 아이스바 꺼내어 줄게. 아라는 그의 말을 알아듣고 더 이상 남은 짜장면에 미련이 없어 곤에게 양보하지만, 곤도 더 이상 짜파게티는 관심의 대상이 아니다.

"헐~ 파파가 실수했네! 식사 중 아이스 얘기를 꺼내서..."

"그럼요. 아이들도 자신들이 원하는 얘기는 얼마나 빨리 알아듣는데요."

"자~ 그럼 파파가 패널티로 남은 짜장 라면 다 먹을게. 대신 너희들 아이스바는 마마 파파 식사 끝나면 줄 거야. 불만 없지?"

어른들의 사고방식이 아이들에도 공평할 리가 없다. 아이들은 대답을 울음으로 대신한다.

"삼상! 왜 울리고 그러세요."

"그래! 파파가 좀 빠른 거지. 아직도 아기천사님들인데..."

그는 냉동고에서 포도 맛과 복숭아 맛 아이스바를 꺼내어 하나씩 나누어 주자 울음의 흔적은 순식간에 웃음으로 사라진다. 그는 명배우들의 기본 조건은 넘치는 순수함임을 배운다.

"삼상! 그래도 아이들이 좋아하는 맛 구분하시네요."

"우리 집 길냥이들도 풍월을 읊는데 이 정도는 알아야죠."

곤은 자리를 떠나 거실로 이동하고 오빠를 따라 움직이려는 아라의 의자 안전장치를 풀어주자 혼자 내려와 곤이에게 뛰어가 같이 논다. 아니 정확하게는 곤은 아라를 무시하고 아직은 자신의 월등함을 자랑스러워하고 아라는 천진난만한 표정으로 그를 따라 한다.

"우리도 저렇게 단순하고 순수하게 살 수 있으면 얼마나 좋을까?"

"그러게 말입니다. 아이들 보고 있으면 반성 많이 합니다."

"조금 더 커 봐라! 우리의 말과 행동 하나하나 보고 자랄 텐데 무서운 거지. 그래서 아이들은 어른들의 스승이란 말이 생긴 걸 거다. 우리 아이들 잘 크려면 우리가 먼저 조심히 말하고 행동 안 하면 아이들에게 잔소리 듣고 혼나는 일들이 벌써 보인다. 보여..."

"삼상! 곤이는 몰라도 아라에게는 왠지 많이 혼나실 것 같아요."

"핫하~ 혼날 일 있음 혼나야지! 우리보다 예민하고 집중력이 얼마나 좋아? 지금도 우리의 표정과 몸짓으로 다 알아듣고 커뮤니케이션하잖아. 이 정도로 영적 레벨이 높으신 분들인데~~ 가끔 아라 눈 보고 있으면 돌아가신 엄마가 내게 다시 오셨나 싶을 때도 있다."

그의 말투에는 설명할 수 없는 신념이 들어 있다.

"그럴지도 모르죠. 언젠가 카르마는 직계로 연결된다는 말을 들은 것 같아요."

"증명할 수 없는 가설이지만 왠지 그럴 것 같다는 느낌이 많이 드는 요즘이다. 아! 몇 주 전 골프 연습장에서 카운터 일하시는 아주머니가 손녀를 '마고'라고 불러서 깜짝 놀랐었다. 그나저나 많아 보이더니 거의 다 먹었네."

"저도 배부른데도 자꾸 손이 가네요. 오늘 삼상 요리 대성공입니다."

"이게 무슨 요리야? 그냥 퓨전 간식이지... 휴~ 나도 배가 맹꽁이 배처럼 나왔다. 난 이 계란으로 끝~~~"

그는 계란을 사 등분 분해해서 남은 소스에 버무려 마무리하고, 남은 탄산 보리차로 매콤한 입을 씻는다.

"우와~ 오랜만에 과식하네~~ 숨쉬기 힘들다."

자신의 배를 퉁퉁 두드리며 만족한 표정으로 말한다.

"아라 짜장 라면까지 드시고 좀 무리하시긴 했네요."

"웅! 숨 좀 고르고 나가자~~"

"깔깔깔~ 저도 지금은 못 움직입니다."

그들의 숨 고르기는 아이들의 아이스바를 더 달라는 시위에 강제 마무리된다.

"아라! 곤!! 아빠하고 약속했잖아!!! 하루에 하나씩 먹는다고. 많이 먹으면 배 아파서 똥구멍 아야 한다고 말했지?"

이미 여러 종류의 아이스바와 콘을 본 아이들에게 그의 말이 통할 리 없고 울먹이는 표정으로 대답을 대신한다.

"며칠 못 먹었으니깐 오늘은 주세요."

"자~ 마마도 허락했으니 오늘만 하나씩 더 먹는 거다. 오늘은 더 이상 안 된다? 약속??"

아이들은 약속의 의미 따윈 상관없이 하나 더 준다는 그의 말에 웃음꽃이 핀다. 아이들은 언어가 아닌 표정과 에너지를 읽어 소통한다. 그는 냉동고 아래 칸을 열고 각자 좋아하는 취향대로 고르게 해준다. 그런데 약속이라도 한 듯 둘 다 미니 초코 아이스콘을 잡는다. 투명 비닐을 벗겨 주자 다시 신이나 거실로 뛰어나간다. 사랑과 무책임의 경계가 가끔은 애매해지지만 그는 그 경계의 울타리가 아이들의 미소에 쉽게 녹아 버리는 아이스파파다.

"핫하~ 저렇게 좋을까? 자~~ 그럼 우리도 나가 볼까나??"

"아이들의 웃음은 보고 또 봐도 질리지가 않네요."

"순수한 포지티브 에너지 덩어리라서 주변 네거티브를 녹여 버리는 파워가 있는 거지~~ 너무 부러운 능력이다."

지구공동설

　만족한 식사 후 내 뿜는 연기는 소화에 도움을 주는 의학적 임펙트가 아닌 정신적 임펙트가 있다고 이들은 느끼고 있다.

　"요즘 일본 유튜버들에게 이슈 되는 콘텐츠 중 하나가 지구평면설과 지구공동설인데 들어 보셨어요?"

　"음... 지구평편설은 그럴싸한 유사 과학을 짬뽕한 개소리로 들으시면 되고... 지구공동설은 단순히 무시할 수 없는 무언가가 있다고 생각해. 그리고 과학적 증명을 아직은 할 수는 없지만 이미 자료들이 꽤 나와 있는 걸로 알아. 특히 오래전 구소련과 독일 히틀러가 지구공동설에 큰 관심이 있어 탐험대들을 보냈다는 얘기는 유명하지."

　"아~ 맞아요! 그 내용은 동영상에서 보았어요."

　"그런데 재미있는 사실은 그들이 탐험한 지역이 고대 신들의 산으로 불린 알타이 산이라는 것이지. 더 재미있는 사실은 알타이 산의 다른 이름이 탱구리 산으로도 불리고 탱구리는 단군의 몽골식 발음이라는 거야. 그리고 그 산맥 라인으로 천산도 존재하는데

이 천산이 바로 성경에서 얘기하는 에덴동산이라는 흥미로운 사실이야. 그래서 보편적으로 알려진 지구공동설 내용은 북극과 남극지방에 내부로 들어가는 통로가 있다고 알려졌지만, 알타이산맥 어딘가 계곡에 지하로 연결된 깊숙한 통로가 있다는 정보를 입수해서 그들이 찾아 나섰다는 얘기가 있지. 그런데 내가 이 스토리를 언제 안 줄 알아?"

"최근 아닌가요? 1년 넘게 삼상 시간만 나면 소설 자료 찾아 서평하시잖아요."

"핫하하~ 그건 맞는데... 예전에 실크로드 투어 다닐 때 쓰촨성 지나 야안시 북서쪽으로 끝없이 펼쳐진 장관의 아름다운 설 산맥들을 보며 33시간 정도 토 나오게 달렸었지. 그리고 리장시를 통과해서 티베트 라사로 고미술품 헌팅 갔었어. 그때 작은 박스로 만든 휴대용 산소 호흡기 헉헉 빨고 다니면서, 우연히 골동품 파는 로컬 아줌마를 만나 여러 가지 골동품 구매를 하다가 좀 더 좋은 작품이나 유물들 없냐고 물어보았지. 그러니깐 자기 시아버지가 암 투병으로 집에서 요양하고 있는데, 그 시아버지가 소장한 집안 가보들을 팔고 남은 것들이 좀 있다고 해서 너무 보고 싶다! 마음에 들면 바로 현금 주고 구매하겠다고 했지. 그래서 멤버들이랑 그 집에 초대받아 다녀왔었는데 대로변을 지나고, 골목골목 전통 화장터 지나 한참 들어가니 큰 집이 나오더라."

"야? 거기서 아리랑 가게 보셨다는 곳이군요?"

"응. 그 집에 도착하니 시아버지가 암 말기로 죽어 가는데 병원 치료는 안 받고, 큰 고통이 올 때마다 아편을 피워 완전 피골이 상

접된 망해가는 동네 유지 정도 됐던 할아버지가 계시더라. 그 며느리가 자초지종 설명하고 우리가 할아버지 방으로 들어갔는데, 방 벽에 큰 탕가가 3점 걸려 있는 거야. 그냥 딱 봐도 진품인 작품에 우린 눈이 번쩍 뜨였었지."

"아... 혹시 그 집에서 무슨 고무 같은 고기 접대받으셨다는 그곳인가요?"

"핫하하~ 고무 고기 맞지! 저장해둔 귀한 야크(Yak)를 끓는 물에 삶아 옆구리에 차고 다니는 칼로 썰어 주시는 귀빈 대접 받았지. 그런데 그 탱화들은 청대부터 집안 가보로 내려온 작품이라는 거야. 얇은 가죽 위에 비단을 배접해서 그린 세월에 흔적이 진하게 묻은 작품들이었어. 그중 한 작품은 다른 두 작품하고 형태가 틀려 물어보았지. 무슨 의미가 있는 탕가냐고? 그랬더니 할아버지가 놀라운 말씀을 하시더라. 바로 샴발라 전설을 그린 그림이라는 거야."

"샴발라? 뭐에요?? 처음 들어 봅니다."

"미미가 통역해 주는 내용은 티베트에는 오래전부터 내려오는 샴발라 왕국의 전설이 있는데, 지상에 사는 인류가 어느 시기가 되면 샴발라 왕국에 큰 피해를 줄 것이라는 거야. 그 왕국에 32대 통치자가 지상에 올라와 나쁜 인간들을 물리치고, 지상에 인류와 왕국의 백성들이 함께 조화로운 평화 시대를 맞이할 것이란 예언이 샴발라 전설이라는 거지. 당시에는 스토리텔링이 너무 멋지고 그림의 색채와 디테일도 아름다웠지만, 우린 큰 내색은 못 하고 3점 통쳐서 현금 주고 구매했었거든. 우리에겐 싼 가격이었지만 그분들에겐 큰돈이었고 할아버지가 죽기 전까지 조금은 편안하게 있다가 환생할 수 있겠다고, 고맙다고 귀빈 접대 받은 그 고기가 아무리 씹어도 덩어리가 줄지 않는 야크 고기였거든. 정말 곤욕이었다. 결국 난 안 보실 때 몰래 주머니에 넣으면서 먹는 척 하느라고 애먹었다..."

"깔깔깔~~ 상상이갑니다. 접대 음식 안 먹으면 큰 실례라서 안 먹을 수도 없고~"

"그런 거지! 그렇게 구매한 작품들 잘 포장해서 천진 회사로 발송하고 실크로드 따라 99일 여행 마치고 베이스캠프 회사로 돌아갔지. 그리고 작품 설명을 위해 할아버지가 얘기해 주신 스토리를 자세히 리서치해 보니 그 샴발라 전설이 바로 지구공동설에 핵심이었던 거야! 그리고 '아갈타'라 불리는 거대한 지하도시도 아직 존재한다고 해. 어떤 분들은 '샴발라가 아갈타의 다른 이름이다'라고 주장하는 블로그 사이트도 본 기억이 있다. 그리고 저명한 탐험가 '킨 케이드'와 고고학자 '조르단'은 그랜드캐니언에서 고대 지하도시 입구를 발견했지. 미국 1908년 4월 5일 자 기사에 'Explorations in Grand Canyon'이라는 큰 제목의 유명한 보고서가 기사화된 기록도 있어. 두 탐험가가 보트를 타고 콜라라도 강을 따라 탐색하다가 우연히 이상한 동굴 입구를 발견하고 탐사해 보니 깊이가 수십 ㎞ 이상 이어져 있었다고 해. 수백 개의 방과 5만 명 이상 거주할 수 있는 엄청난 지하 공간과 거인의 흔적들이 발견됐지. 이곳뿐만 아니고 루마니아 등 세계 곳곳에서 거대한 지하 도시의 흔적들과 거인의 유골들이 발견되고 있기도 하고..."

"헐~ 정말요? 그 얘기가 또 그렇게 연결되나요?? 그러면 거인 전설과도 무관하지 않겠네요???"

"난 네피림도 이미 전설이 아닌 실존 사실이었다고 생각해! 확인된 사진 자료도 많고... 재미있지? 그래서 난 다른 일반 사람보다는 더욱 샴발라 전설을 믿고 싶은 사람 중 한 명이라고 말할 수 있지."

"그러셨군요. 그런데 그 작품들은 얼마에 구매하셨어요?"

"아마 탕가 3점과 오래된 금강저 모양 종 2개도 같이 구매해서 아마 4,000달러 정도에 구매했었고 그 샴발라 작품은 인기가 많아 30,000달러 넘게 미국 e-bay 옥션에서 낙찰되었으니 최소 30배는 남긴 장사였지.

"대박이네요~ 삼상! 20대에 그렇게 돈을 쉽게 벌었으니 코가 무척 높으셨겠습니다."

"내 콧등이 좀 높기는 하지? 그런데 쉽게 번 건 아니었지. 4명의 젊은 목숨 걸고 실크로드 길 종횡무진 다니며 수집했던 일이었는데, 그 정도 보상은 있어야 하지 않나? 당시에는 나이가 깡패라고 전혀 무서운 것 모르고 돌아다녔었지만... 아! 그때 라사 바코르 광장 지나서 어느 좁은 골목에서 구매한 인골로 정교하게 만든 해골 조각 팔찌 아주 마음에 들어서 내가 하고 다녔었는데 잃어 버렸어."

"에? 사람 뼈로 해골을 조각한 팔찌요??"

"응! 지금은 모르지만, 당시에는 풍장 풍습이 있어서 죽어서도 마지막 육체를 보시하면 큰 새가 좋은 곳으로 데려가 준다고 믿는 사상이 강했다네. 죽은 가족들 시신을 콘도르 독수리 서식지에 버리면 그 새가 영혼을 하늘로 인도해 준다는 얘기 들었어. 그리고 그 시신의 뼈로 어떤 사람들은 정교히 조각해서 항상 차고 다니면 나쁜 액운을 막아 준다는 믿음을 가지고 있었다고 하더라. 정말 멋진 팔찌였는데 아쉽다..."

"들어 본 적도 없어요. 그런 팔찌가 있다는 얘기..."

"듣기론 108개 해골 염주 만든 사람도 있다고 들었다. 멤버 중 미미는 상아로 미려하게 조각된 해골 팔찌 차고 다녔는데 그 팔찌도 멋지긴 했다."

"허얼~~ 저도 그런 여행해 보고 싶어요. 중국은 환경이 그래서 너무 힘들 것 같고, 유럽 시골들 돌아다니면서 장터에서 열리는 그림들이나 골동품 아니면, 예쁜 공예품들 수집하고 싶어요."

"보는 눈만 있으면 충분히 여행도 즐기면서 비즈니스도 가능한 일이다. 실제로 유럽 여러 곳을 다니면서 곳곳에 저평가된 작품들 많이 봤거든... 그래서 서진 형이랑 북유럽부터 쭈우욱 돌고 로컬 아티스트 그림 헌팅하러 다닐 여행 계획도 만들었다고 얘기 안했나? 그리고 몇 년 전 유럽에서 어떤 단체가 사회적 반응 실험을 시도한 적이 있어. 길가에서 파는 싸구려 그림에 멋진 액자에 담아 좋은 이젤에 올려놓고 중견 작가의 작품을 볼품없는 액자에 넣어 같은 이젤에 전시하고 저명한 그림 감정가들 10명을 불러 놓고 작품의 가치를 돈으로 책정해 주는 실험이었지. 결과는 1명을 제외한 9명이 싸구려 그림을 적게는 6배에서 가장 많이 책정한 감정사는 9배의 평가를 했다는 결과가 나타내는 시사점은 크다고 본다.

그래서 그런 아이디어를 내고 기획했었지만 생각했던 돈이 안 생겨 실행은 못 했지만..."

"들은 것 같아요. 저도 정말 해보고 싶어요. 당신이랑 같이 돌아다니면 할 수 있을 것 같아요. 우리 나중에 씨드머니 생기면 꼭 해봐요?"

"그래! 즐거운 계획 중 하나다. 그렇게 우리 둘 센스면 충분히 좋은 컬렉션 해놓고, 조용한 시골이나 산 중턱에 중국식 스타일 전통 다실 세팅하는 거지. 그리고 주말 미술작품 경매 이벤트 카페 만들어 놓고, 한 시즌 3개월 정도 세계 여행해서 작품들 모으고 우리 작품 활동하면서 지내면 딱 좋을 듯... 카페는 프라이빗하게 셀러브리티 전용 멤버십으로 운영하다가 안정되면 게스트 하우스도 조립식 컨테이너로 세팅해 놓고... 음~ 즐거운 상상이 되네~~"

"네~ 정말 잘 할 수 있을 것 같아요. 아~~ 빨리하고 싶네요."

"상상을 구체화하며 감사히 지내면 빨리 온다. 그날이~~"

"넵~ 그럼 전 들어가 정리합니다."

"응~ 수고~~"

비행 시뮬레이션 장치

그는 다시 담배를 물고 마당을 산책하며 디테일하고 유쾌한 상상을 그려보며 여운을 즐긴다. 그러다 그는 갑자기 드론의 눈으로 동네 주변을 비행하고 싶다는 생각에 뒷마당을 통해 작업 방으로 들어가 BEBOB 2 파워 FPV(First Person View) 장비를 챙긴다. 샘은 아직 아마추어 턱걸이를 조금 넘은 정도의 실력이지만 프로들의 실력은 순간 스피드 최고 시속 180㎞ 정도를 비행하며 장애물 코스를 여유롭게 통과하는 기량을 가진 선수들이 이미 많다. 특히 어린 선수들의 활약이 뛰어나다. 그는 충전 상태를 확인하고 스마트 X에 설치한 전용 애플리케이션을 열어 본체와 링크해 들고 뒷마당으로 나가 전원 스위치를 켜고 바닥에 내려놓는다. 스카이 컨트롤러와 연결된 전용 고글을 머리에 쓰고 본체와 연결 상태를 확인하고 이륙 버튼을 누른다. 요란한 모터 소리와 함께 주변 공기를 가르는 날카로운 기계 굉음을 토해내며 1m 정도의 높이로 가볍게 날아올라 멈추어 다음 명령을 대기한다. 그의 시각과 영상 송수신 장치가 드론에 연결되어 제한 거리만 넘지 않는다면, 그가 직접 비행하는 듯한 1인칭 시점을 제공해 준다. 그는 고도를 점점 높여 10m로 맞추고 동네 주변을 1㎞ 반경 안에서 푸른 하늘과 쏟아지는 무지갯빛에 반짝여 눈부신 산호해변 방향으로 천천히 경관을 즐기며 비행한다. 그의 어린 시절엔 꿈속에서 직접 날면서 보던 동네 모습을 이제는, 첨단기계 장치를 통해 꿈속이 아닌 언제든 원하면 비행이 가능한 시대에 살고 있다. 두 블록 옆길 위에서 바다가 보여 고도를 더 50m로 높인다. 작아져 한눈에 들어오는 동네와 깨끗한 에메랄드빛 바다가 펼쳐진다. 제자리에서 서서히 360도 회전으로 경관을 감상하던 중 곤이가 그를 발견하고 나온다.

"곤! 아빠 비행 중이니깐 잠시만 기다려 줄래?"

곤은 비행체가 다가오면 즐거워하지만, 예전처럼 가까이 다가오진 않는다. 다만 그의 뒤에 숨어 호기심 어린 표정으로 소심히 즐길 뿐이다. 곤은 주변을 두리번거리며 드론을 찾지만, 그의 눈엔 보이지 않는다. 샘은 좀 더 주변을 경관을 둘러보면서 비행하다가 서서히 집 마당 방향으로 이동하고 전선에 걸리지 않게 조심히 고도를 내려 뒷마당 위에서 직선 하강하는 비행체를 발견한 곤이 외계 방언을 시작하며 신이나 흥분한다. 드론의 굉음에 아라도 뒷마당 스크린 도어 앞으로 나오지만 무서워하면서도 가만히 지켜만 본다. 3m까지 내려와 곤에게 공중 돌기 에어쇼를 보여 주자 그의 등 뒤로 후다닥 숨고 샘의 눈도 빙글 돌고 나서 마당 주변을 비행하다 앞마당으로 드론을 이동하니 곤도 따라간다. 그는 고도를 더욱 낮추어 곤의 시선과 비슷한 높이에서 곤을 안전한 거리로 추격하자 놀란 곤이 울면서 다시 그의 등 뒤로 뛰어온다.

"핫하하~ 곤! 설마 아빠가 너 다치게 하겠어? 왜 그렇게 무서워해?? 너 예전엔 아빠랑 같이 바닷가에서 직접 조종도 해 보았잖아???"

울음을 그치지 않는 곤 때문에 그는 스카이 컨트롤러 착륙 버튼을 누르고 고글을 벗어 곤을 안는다.

"곤! 남자가 왜 이런 재미있는 놀이에 울음을 터트리지?"

곤은 울음을 그쳤지만, 표정은 여전히 놀란 얼굴이다.

"미안해~ 갑자기 이 녀석이 날아와 놀랐어?"

스크린 도어 안쪽에서 그녀가 아라를 안고 물어본다.

"곤이 왜 울었어요?"

"드론 쫓아 마당으로 뛰어가길래 방향 돌려 곤 앞에서 비행해 주니깐 놀래서 울면서 도망치네."

"예전엔 신나서 잘 놀더니만 언제부터인지 무서워하는 것 같아요."

"그러게... 왜 그럴까? 드론에 다친 적도 없고 혹시 꿈속에서 무서운 상황을 본 건가?? 알 수 없네... 흠! 어쨌든 아빠가 미안해요~ 이제 그만 들어가자!"

곤은 집안에 내려 주고 그는 다시 나가 장비를 챙겨 작업 방에 들어가 스마트 X를 꺼내 주머니에 넣고 장비들을 진열장 위에 올려놓는다. 아라가 다가와 왜 오빠 무섭게 만들었냐고 핀잔주는 표정이다. 그는 아이를 안아 올려 거실로 걸어간다.

"바보 아빠라 미안해~ 아라도 무서웠어? 이젠 무섭게 안 할게요. 여기서 오빠랑 사이좋게 놀아라~~"

아이를 내려놓고 그는 큰 비즈니스를 보러 화장실로 들어가고 항상 이곳에서 멀티 플레이어가 되어 손으론 게임이나 서핑을 즐긴다. 20분이 안 지날 무렵 문밖에서 그녀의 다급한 목소리가 들린다.

"삼상! 아직도 일 보시나요? 저 너무 급해요..."

"어? 그래?? 미안~ 잠시만 마무리 할게~~"

이 집의 단점이라면 단점인 것이 화장실이 하나다. 그가 최대한 빨리 뒷정리를 하고 문을 열어주자 그녀가 슬라이딩하듯 들어온다. 이상할 정도로 그녀는 배변욕을 통제하지 못한다. 그리고 그는 주방으로 가 물 한잔을 마시고 아이들의 상태를 확인한다. 곤은 블록으로 자신만의 성을 만들고 있고 자신의 자동차 장난감 컬렉션을 곳곳에 배치하고 놀고 아라는 옆에 앉아 오빠와 다른 형태를 알 수 없는 무언가를 조립하며 즐거운 시간을 보내고 있다. 그는 거실을 돌아 화장실 옆에 붙어 있는 방으로 들어가는데, 벌써 그녀가 만족한 얼굴로 비즈니스를 마치고 나온다. 항상 그녀는 일 처리가 빠르다.

"오늘도 변함없이 신속하구나~~"

"죄송해요... 너무 급했어요~~"

그와 그녀는 같이 방으로 들어가 침대에 눕는다. 그녀는 그녀를 팔로잉하는 수천 명들과 즐기는 트윗팅 삼매경에 빠지고, 그는 눈을 감고 숨쉬기 운동에 집중하지만 이네 정신을 놓다가 울리는 전화벨 소리에 깬다.

말썽을 위해 태어난 존재도 있다

그의 전화가 울리는 일은 한 달에 한두 번 정도라 궁금한 마음에 주머니에서 스마트 X를 꺼내 보니 한국의 친구 욱이 전화다. 반가운 마음에 전화를 받지만 부스스한 목소리가 나온다.

"어? 욱아~ 오랜만이네~~"

"야! 넌 정말 연락 안 한다. 그런데 너 목소리가 왜 그래?"

"유짱이랑 지금 침대에 누워있다."

"오~ 낮부터 뜨끈한 시간 보내고 있는 걸 내가 방해한 건가? 하~ 핫하하~~"

"아니! 불행히도 전혀 안 뜨겁고 혼자 잠시 뻗어 있었다. 별일 없지?"

"그래~ 그냥 갑자기 너 목소리가 궁금해서 전화했다. 한 번 너에게 놀러 가려고 시간 빼보려 기회만 보고 있었는데 이놈의 중공 바이러스에 하늘길이 막혀 이젠 시간을 만들어도 못가네!"

"그러게~ 참 여러 가지로 암세포 티를 너무들 내고 다니셔~~"

"한석이랑 요즘은 어때? 연락해??"

"아니... 난 연락 안 해. 몇 달 전인가 연락이 와서 와이프랑 처제 데리고 오키나와로 쉬러 온다고 그래서 기쁘게 기다리고 있는데 연락이 없더라. 도착한다는 날짜까지 연락이 없어서, 내가 문자 보내 보니 도착은 했는데 와이프랑 이슈가 생겨 못 온다고 그러더라."

"핫하하하~ 한석이 답네. 나도 두 번 연락해 봤는데 리턴 없어서 이젠 포기하고 산다."

"워낙 연예인보다 바쁘신 분이라 나도 아예 연락 끊고 살고 있다. 필요하면 자기가 연락하겠지 뭐... 가끔 큰 이슈가 있으면 문자는 하더라~ 아? 맞다!! 너 혹시 캘리포니아 에릭슨 소식 들었어?"

"갑자기 그 악마 종자는 왜?"

"한석이가 몇 달 전에 보낸 문자에 에릭슨이 일산화탄소 중독으로 죽었다고 얘기하더라?"

"헹? 진짜?? 그런 일이 있으면 내 쪽 라인으로도 연락이 올 텐데 난 그런 얘기 처음 듣는데??? 정말이면 세상을 위해 잘된 일이네... 미국에 한번 알아봐야겠다. 넌 몸은 좀 괜찮냐?"

"웅! 마음이 치료되니 몸도 좋아지고 있다. 요즘은 운동도 다닌다."

"어? 그래! 아주 고무적인데?? 그런데 무슨 운동???"

"가끔 골프 연습장에서 골프공에다 사람들 얼굴 이미지 하고 한 땀 한 땀 정성을 다해 하늘로 비행시켜주고 들어온다. 핫하하~ 넌 요즘 어때? 건강한 거지?? 운동은 좀 해???"

"새로운 일에 적응하랴 정신없다. 물론 운동할 시간도 없고... 다행히 아직은 건강하다!"

"그래~ 건강하면 된다. 그나저나 언제 보냐?"

"그러네? 언제 끝날지 며느리도 모른다고 그러더라! 아! 얼마 전 우연히 잘 아는 PD 만나 술 한잔을 했는데 카즈 안부 묻더라? 넌 연락해??"

"그래? 미녀들의 수다 피디는 아니겠고 누구지?? 암튼 카즈짱은 가끔 야마가타에서 잘 지낸다는 소식은 들어. 로컬벤드 결성해 공연하면서 시간 날 때마다 노래도 하고 다니는 것 같고... 몇 달 전부터 유짱하고 우연히 친해져 서로 통화도 하고 SNS로 가끔 소통하는 것 같더라."

"헤엥? 정말?? 어떻게 또 그렇게 연결이 됐냐??? 아무튼 넌 특이해! 가끔 연락도 좀 하고~"

"그래~ 전화 고맙고 건강히 지내자! 그래야 나중에 반갑게 한 잔 나누지~~"

"오케이~ 유짱한테 안부 전해 주고~~"

"그래~ 들어가~~"

손 욱은 32살에 만난 동갑 친구다. 20대 후반부터 페라리를 타고 다니던 인재로 30대에 가수 기획사를 잘 운영하다가 주변의 배신으로 모든 것을 다 잃고 우여곡절 끝에 지금은 레인지로버 자동차 딜러에서 일하고 있다. 30대 말에 샘과 한국의 문화재급 보물 '감지금니묘법연화경' 프로젝트를 같이 진행한 경험도 있었고 신앙심이 깊어 진리를 찾는 진실한 캐릭터다.

"누구예요?"

"욱이가 안부 전해달래!"

"오~ 욱이 오빠 오랜만에 연락하셨네요? 카즈상도 욱 오빠 알아요??"

"욱이가 카즈 방송국 데리고 다니면서 프로그램 몇 개 소개해 주었었지."

"카즈상 미수다 말고 다른 방송도 하셨어요?"

"뭐 대단한 프로는 아니고 신년 특집 각국 외국인의 새해 모습을 소개해 주는 어떤 프로그램 있었고, 케이블 TV에서 지역 맛집 소개하는 프로그램도 잠시 나갔었지...!"

"아하~ 그런 얘기는 처음 들어요. 오빠와도 친했었나 보네요?"

"뭐 욱이보단 당시 욱이 피앙세랑 더 친했었지. 왜 같이 한 번 본 적 있지? 조니 회장님 한국 나와서 같이 저녁 먹을 때 어떤 남자 연예인이랑 나온 커플??"

"다른 분들이 많아서 잘 기억이..."

"아니! 그 이상한 성형 괴물 연예인이 나온 연말 저녁 모임 말고... 우리 커플과 회장님 커플 그리고 나랑 동갑이라는 무슨 드라마에 나온 잘생긴 남자 연예인 커플과 처음 회장님 강남에서 만났을 때~~"

"아~~ 기억나요! 아마... 써니 씨였나요? 잘생긴 연예인?? 제 눈엔 삼상이 더 연예인 같았는데~"

"그건 유짱 눈에 콩깍지가 씌어서 그런 거고... 어디 가서 그런 소리 하지 마라! 그 친구 아줌마 팬들한테 맞겠다."

"어머머~ 그럼 써니씨 전 남자친구가 삼상 지인이었다는 분이 욱 오빠였어요?"

"그래! 그때는 써니가 당분간 비밀로 해달라고 해서 말 안 했지만 이젠 뭐 시간도 지나고... 카즈짱과 친했었거든~~"

"허얼... 그럼 욱이 오빠 힘들게 했었다는 그 엑스 여자 친구가 써니 씨?!?! 뭐가 그렇게 또 연결돼요?"

"그럴 수도 있지! 그때 난 회장님과 3년 만에 한국에서 만나 이런 저런 얘기 하다가, 지금 결혼할지도 모를 여자 친구 있다고 했더니 사진 보여 달라 그러시더라. 그래서 유짱 사진 보여 주었더니 회장님이 바로 당신 알아본 게 난 더 놀랐는걸?"

"저도 회장님 얼굴은 사진으로도 본 적 없고 우연히 어떤 모르는 연예인과 같이 스튜디오에서 사진 찍을 때, 그 스튜디오 소개해 준 신림대 조교 오빠가 어떤 돈 많은 회장님이 영어, 일본어, 한국어도 잘하시는 중국계 젠틀한 분이, 머리 좋은 일본 아가씨 애인으로 찾는다는 얘기 듣고 소개해 준다는 걸 잠깐 망설였던 적이 있었을 뿐입니다."

"그래? 그 회장님이 예전부터 한국 영화 투자도 하고, 연예인들이나 모델들 소개도 받고 그럴 때였다. 물론 당시에는 일본 사모님과 이혼하시고 혼자 지낼 때였지만... 그래도 신기하게 사진 한번 보고 널 알아보시더라."

"아~ 미쿠꼬상 저한테 너무 잘해 주셨었는데... 미국 샌디에이고에서도 직접 요리도 만들어 주시고 너무 감사했었고요. 나중에 기회 되면 꼭 제가 저녁 모시고 싶어요."

"그래! 다시 결합 잘하신 거지. 잘 어울리시잖아!! 언젠가 기회가 있겠지."

"네! 아직도 미인이고 지적이세요. 샌디에이고에서 삼상 없을 때 저에게 컨템포러리 아트에 너무 관심 있으시고 좋은 아티스트 있으면 소개 시켜달라고 하셨었어요. 투자해 주시겠다고..."

"아 그래? 그런 얘기는 언제 나누었데?? 하긴 미쿠코상이 모던 아트에 관심이 많으셨지..."

"아무튼 나 해외 출장 많이 다닐 때 카즈짱 혼자 한국에 있어서 써니가 같이 있으면서 잘 놀았거든... 너무 잘 놀아 나중에 나랑 욱이에게 들통난 적도 있었고~"

"그랬었군요... 정말 세상 좁아요. 특히 삼상과 있으면 그런 느낌 많이 받아요."

"그럴 다른 단어로 인과 연이라고 부르지~"

"그런데 아까 에릭슨이라는 사람 얘기도 나온 것 같은데요? 한석 오빠가 얼마 전 문자로 얘기한 그 캘리포니아에 있는 지인이 죽었다는 그 사람 맞죠??"

"다 듣고 있었네~ 맞아! 그 에릭슨이라는 녀석은 한석이 어려서 한국에서 오렌지족 놀이하고 다닐 때 난 옆에 같이 다니며 낑깡족 놀이하면서 방배동 카페 골목에서 놀다 만난 개 말썽쟁이였어. 전혀 생각 안 하고 살다가 몇십 년 지나서 우연히 한석이 캘리포니아 출장에서 다시 만나서 빠르게 친해졌지. 그리고 에릭슨이 한국에 나와 한석이 나에게도 소개해주고 서로 알아보고 또 나와도 친해졌었지. 당시 나는 영화 펀드매니저 하다가 정훈 형 황망하게 생을 마감하고 맨붕되어 정신 못 차리고 있는데, 마침 아는 형이 바람도 쐴 겸 한국 아티스트 해외 공연 기획사 일 도와 달라 그래서 잠시

도와주고 있을 때였거든. 그런데 재미있는 것은 에릭슨이 써니 사촌 오빠였다는 사실~~"

"깔깔깔~~ 마지데? 뭐에요 이런 전개는?? 무슨 드라마 스토리 같아요!"

"좀 그렇지? 얘기 들어보니 에릭슨이 20대 후반 미국에서 위성 셋톱박스를 개발해서 천 억대 신흥 젊은 부자로 캘리포니아 교포들 사이에 유명했었나봐~"

"와우~ 그렇게 돈이 벌리는 인더스트리인가요?"

"웅. 그렇더라고... 그런데 친해지고 나중에 뚜껑 열고 보니, 불법 해킹 다운해서 콘텐츠 훔치는 불법 영업이었던 거지. 그래도 잔머리가 비상해 이것저것 손 안 대는 비즈니스가 없던 무역 장사꾼이었지. 그러다 에릭슨이 자기 친한 친구가 압구정동에서 가수 기획사하고 있는 지인 있다고 소개해 준 사람이 욱이었던 거야!"

"아~ 욱이 오빠 그때 처음 만나신 거네요. 그 당시면 카즈상도 에릭슨이라는 분 알고 있었겠네요."

"잘 알지! 카즈가 아주 싫어하던 캐릭터였다는 것이 포인트지만... 일본에서 The Super Model 아시아 선발 대회 진행했을 때, 내가 한국 디렉터로 한국에서 모델들 선발해서 일본에 데리고 갔었거든. 그때도 에릭슨이 따라와 같이 모델들이랑 놀았었지. 그런데 여기서 또 재미있는 인연이 에릭슨이 미국에서 나온 친구랑 같이 놀러 왔는데 바로 데이비드야. 그리고 또 하나 유짱이 화들짝 놀랄만한 사실은 The Super Model 아시아 최종 선발 대회 각국 심사위원 9명 중 심사위원장이 바로 쿠로가와 상이었어!"

"정치하신다는 그 데이비드 오빠와 쿠로가와 선생님까지요? 우헤헤헷~~ 삼상! 소설 말고 영화 시나리오 쓰세요. 너무 재미있어요."

"그런데 그 녀석이 미국에서 너무 일찍 돈맛을 봐서 갬블 중독, 마약 중독에 알콜 중독까지 온갖 말썽은 다 피우고 다니는 심한 ADHD 캐릭터인 거야. 그때도 롯본기 힐에서도 아침까지 너무 힘들었다. 녀석 똥 치우느라고... 트러블 메이커라는 단어는 이 녀석을 위해 존재하는 단어일 거라고 욱이도 그러더라. 심지어 그 녀석 한국에 있을 때 그 친구 한국에 계신 아버지 돌아가시기 전 병원에서 인사드렸는데 욱이랑 내 손 잡으시고 그러시더라. '자네들이 진짜 친구면 이 녀석 꼭 도박이랑 마약은 못 하게 말려 달라고...' 물론 그렇게 노력하겠다고 말씀드렸는데 다음 날 돌아가시더라..."

"그런 일까지 있었군요. 욱 오빠 처음 만났을 때 같이 술자리에서 열변을 토하시면서 욕하시던 분이 그럼 에릭슨이란 분이었던 건가요?"

"그렇지~ 욱이가 그 녀석 한국에서 여기저기 사고 친 것 뒤치다꺼리 다 해 주었거든. 피앙세의 사촌오빠라는 명에 때문에... 나중에 얘기 들어보니 가관이었다. 물론 나도 겪어보아 어떤 녀석인지 알고 일찍 손절하고 안 만났었거든..."

"들기론 그분이 그렇게 카지노 도박을 잘하시는 하이롤러였다고 들은 것 같은데 맞나요?"

"나도 듣기만 했었지 같이 카지노에서 갬블한 적은 없어. 그런데 욱이는 같이 몇 번 끌려가서 직접 플레이하는 것 보았다는데 정말 잘하긴 잘했다고 하더라. 한 번은 500만 원 정도 들고 가 2시간도 안 돼서 1억 원 좀 넘게 따고 나와 자기도 깜짝 놀랐다고 하더라. 욱이가 직접 봤으니 하이롤러는 맞는 것 같아."

"와~ 제 주변엔 갬블 좋아하는 부자들도 있었지만 그런 하이롤 러는 본 적 없습니다."

"그러면 뭐 해? 그 경험들이 독이 되어 결국, 재산 거의 다 탕진 하고 모래성 쌓았던 거지. 돈 생기면 유흥으로 금방 흥청망청 뿌리 고 다녔지. 그러다가 또 돈 없어 결국 한석이 꾀어서 위성 셋톱박 스 비즈니스 업그레이드 버전 만들어, 일본 시장 잡아먹자고 설득 해서 한석이가 투자해 주었거든. 그래서 에릭슨이 일본 회사 대표 명의는 카즈짱 이름으로 설립하자고 날 한참 쫓아 다니면서 설득 했었어. 난 딱 잘라 거절했거든. 물론 잘만하면 큰돈은 벌 수 있었 을지도 모르지만 저런 캐릭터와 일하면 반드시 문제 생기고, 그 불 똥은 나와 내 주위 특히 카즈짱에게 튈 게 너무 보였거든. 그래서 한석이에게도 이건 내가 할 일이 아니라고 잘라 얘기했었지."

"그럼요! 그런 일은 손절 잘하신 겁니다."

"그랬더니 한석이가 그러더라. '샘! 네가 아직 큰 비즈니스 경험이 없어서 이해를 못 하나 본데 에릭슨은 큰 시장을 잘 알고 이용할 줄 아는 네트워크도 가지고 있다. 다시 한번 생각해 봐~'라고 하더 라. 그래서 내가 그랬지. '내가 큰 그림을 못 보고 아직 큰 비즈니 스 개념을 잘 모를 수도 있지만 난 너보다 사람은 잘 본다. 반드시 문제 생길 것이 보이는데 왜 점프하겠냐?'라고 말했더니 말이 안 통한다고 지랄했었지. 그래서 나는 너보다 그 녀석과 한국에서 많은 시간을 보내면서 네가 보지 못했던 말도 안 되는 여러 상황을 보았었다. 그렇게 겪었기 때문에 내린 결정이다. 이미 투자한 건 내가 어쩔 수 없지만, 더는 깊게 들어가지 말라고 충고해 주었더니 또 지랄모드... 그렇게 싸우고 나랑 한참 연락 안 하다가 나중에 들은 얘기지만, 에릭슨이 한국에서 여기저기 투자받아 크게 사고 치고 미국으로 도망친 거야. 시간이 지나서 한석이에게 미안했다고 연락해 오더라. 그때가 나 한국 다 정리하고 카즈짱 고향 야마가타로 넘어가서 살고 있을 때다. 결국 투자한 돈 다 날린 거지! 그리고 그 당시 다른 불똥이 욱이에게도 튀게 하고 도망가 오랜만에 만난 욱이가 그렇게 나한테 열변을 토했던 거고!! 결국 그 녀석은 미국에서 다른 사고치고 FBI에 잡혀 감옥에서 3~4년 정도 있다가 데이비드에게 간곡히 부탁해서 형 집행 중간에 도움받아 빠져 나왔지~

"참! 그분도 파란만장하시네요. 그나저나 얘기 들을수록 삼상과 한석 오빠는 전생에 부부였던 것 같아요! 서로 너무 좋아하면서 싸우고 또다시 화해하고 또 싸우고 다시 만나고~~"

"부부인지는 모르겠지만 전생에 보통 인연은 아니었던 것 같아. 요즘도 머리 아플 정도로 꿈에 자주 출연해서서... 그렇게 바쁘면서 출연료도 안 나오는 내 꿈에 왜 그렇게 등장하시는지~~"

"아? 이제 생각났어요! 그러면 샌디에이고에서 미쿠꼬상이 큰아들이 친구 잘 못 만나 마약하고 다니고 싸움에도 휘말려 경찰서에도 잡혀 변호사 데리고 다녀오셨다고 하셨어요. 얌전하던 아들이 너무 사고치고 다녀 정말 속상하다고, 저에게 하소연했었던 그 일이 에릭슨이란 분과 연관된 일이었던 것 맞죠?"

"그래요~ 그때 회장님도 나에게 그 친구 아냐고 물어보시길래, 어려서부터 알긴 알지만, 일찍 손절했다고 말했었지. 아마도 써니가 소개해 주었을 거다."

"아~ 이제야 그림이 좀 보이네요. 우와~~ 어떻게 그런 식으로 다 연결이 되었네요. 삼상! 꼭 영화 시나리오 쓰세요. 혼자 듣기 너무 아까워요."

"그렇지 않아도 누군가 내 스토리 영화 시나리오로 써도 되냐고 물어본 작가가 있었다."

"혹시...? 방송 작가 출신에 영화사 대표하신다는 그 엑스 분??"

"아니 그 친구는 이런 스토리 전혀 몰라! 예전에 중국에서 고미술갤러리 비즈니스하고 있을 때, 일 때문에 프랑스에서 유학 중 결혼생활 6년 하다가 이혼하고 한국 들어온 그 친구를 우연히 만났어. 하지만 2번 데이트하고 몸이 매우 아픈 친구라는 사실을 알고, 당시 일이 너무 바빠서 고민 안 하고 헤어졌는데 우여곡절 끝에 다시 만났지. 그러다 내가 중국 멤버들 설득하고 혼자 한국에 나와서 의사에게 시한부 4개월 선고받은 그 친구와 마지막만 지켜주자는 생각으로 같이 지내고 있었어. 그렇게 파트너들이 반대하던 한국지사 만들어 e-bay 옥션 등록하고 포스팅했었지. 낙찰된 작품들 직접 중국에서 100대 명인 중 12명과 계약한 의흥 자사호 작품들과 최고의 단계연, 그리고 엔틱 작품들 한국에서 온라인 경매하고 관리하면서 지내고 있었지. 그런데 기적적으로 그 친구가 건강을 점점 회복했어. 글도 아주 잘 썼지만, 그때 사고가 생겨 회사가 날아갔지... 결국 서로 너무 힘들어 헤어지고 그 친구는 파리로 돌아가고... 그러다 나중에 카즈짱이랑 있을 때 갑자기 연락이 와서 내 스토리를 시나리오로 쓰고 싶다고 했었지..."

"아? 그 얘기 들어본 적 있어요. 카즈상에게도... 그분이 귀신도 본다는 분이죠??"

"헐~ 카즈랑 그런 얘기도 했어?"

그녀는 대답 없이 고개를 끄덕인다.

"응... 그래! 그 친구랑 헤어지고 카즈짱 만났는데 카즈가 가끔 힘들어하긴 했었다. 그런 이슈 때문에... 아이들 왜 이렇게 조용하지? 조금 불안한데?? 나가보자~~"

그는 슬프고 우울한 기억에 화제를 급하게 아이들로 돌려 더 이상 그 친구에 대한 얘기를 피한다.

"사고 치면 소리가 들리긴 하지만 너무 조용하긴 하네요."

그들은 바로 거실로 나가자 편안히 뻗어 낮잠 자는 아이들을 발견하여 행복한 미소를 짓고 조용히 발코니로 나간다.

"아이들은 자는 모습이 어쩜 저렇게 천사들 같을까요?"

"음... 천사니깐!?"

"바보 같은 질문에 명쾌한 답입니다."

"응! 우문현답(愚問賢答)이었지?"

그가 담배를 나누어 주고 그녀가 불을 붙여준다. 그리고 동시에 푸른 하늘을 쳐다보고 연기를 뿜으며 한동안 멍하니 청명한 하늘을 바라본다. 그러다 까마귀 한 마리가 담장 위 전선에 앉아 마당을 주시하며 눈을 반짝이고 있는 모습을 발견한다.

"어? 저 녀석 왜 저기에 저러고 마당 쳐다보고 있지??

"무언가 노리고 있는 모습인데요?"

"그렇게 보이지? 이상한데... 내려가서 좀 보고 와야겠다."

그는 바로 내려가 그 녀석이 주시하는 나무 주변을 보러 간다. 입구 쪽 소나무 아래 이 집에서 태어난 검정 바탕에 흰 점박이무늬 어린 고양이가 몸통에 상처 입고 죽어 있고 상처 난 곳에 파리 수십 마리가 붙어 앉아 서로 경쟁하며 에너지를 빨아 먹고 있다.

"헉! 이런... 점박이 꼬마 고양이 죽어있다."

"캬악~~~ 어떡해~~"

"휴... 그래도 우리 집에서 태어난 녀석인데 까마귀밥으로 풍장 시키는 것 보단 봤으니 묻어 주는 게 낫겠지?"

"네! 그렇게 해주세요. 전 고양이 죽은 모습 보는 것도 싫고 까마귀가 뜯어 먹는 모습 상상도 하기 무서워요. 전 들어가겠습니다."

"그래...! 근데 나도 손으로 만지기는 싫고 어떡하지... 아~ 삽으로 떠서 가지고 뒷마당에 묻어 주어야겠다."

그는 삽을 가지러 뒷마당으로 이동하고 그녀는 뒤도 안 돌아보고 집 안으로 들어간다. 삽으로 파리들을 쫓아내고 축 늘어진 어린 고양이를 삽으로 들어 올려 뒷마당으로 데리고 가자 까마귀가 갑자기 비명을 지른다.

"이 녀석! 네가 찾은 먹이 뺏어 간다고 시위하는 거냐? 미안하지만 다른 곳에서 먹이 찾아라~ 에고... 불쌍하게도 어린 나이에 요절했구나... 아저씨가 잘 묻어 줄게!"

뒷마당 제일 구석 자리 감나무 아래 적당한 크기의 구멍을 파고 죽은 고양이를 넣어 흙으로 잘 덮어 주고 발로 밟아준다.

"다음에 태어나면 좀 더 나은 모습으로 좋은 엄마와 착한 집사 만나 안전하고 재미있게 좀 더 오래 살아라~"

간단히 고양이의 명복을 빌고 더러워진 손과 이마에 흐르는 땀을 씻으러, 현관을 통해 들어가서 세면대로 이동한다. 깔끔해진 그는 아이들이 자는 지금이 가장 집중해서 작업할 수 있는 환경이라 고민 없이 작업 방으로 향한다. 자리에 바른 가부좌 자세로 앉아 평소 루틴대로 작업 전 눈을 감고 호흡을 조절한다. 남쪽과 동쪽 벽면 창가에서 불어오는 시원한 바람과 새들의 노랫소리는 그의 마음을 빠르게 가라앉혀 주고 정신을 맑게 해준다. 그는 눈을 뜨고 노트북을 열어 작업 중인 한컴 오피스를 오픈하고, 기억의 조각들을 꺼내어 쓰고 싶은 그림 퍼즐을 조금씩 맞추어 나간다... 그가 평소에 즐겨 듣던 「천부경(天符經)」 노래 '이다영' 버전으로 나지막이 틀어 놓는다. 그리고 잃어버린 퍼즐 조각에 경험과 생각들을 맞추어 에피소드를 하나씩 완성하며 느리지만 한발씩 전진하고 있다. 20분이 채 안 지나서 낮잠을 즐겼던 그녀가 일어나 움직이는 소리가 보인다. 그러다 잠시 후 애플 주스를 마시던 잔을 들고 그를 찾아낸다.

"아이들은 아직도 자네요~ 작업 잘 돼요?"

"뭐 깊은 뻘 속에 발이 빠진 것처럼 낑낑대면서 한발씩 뽑아 느림보보다 느리지만 전진은 하고 있다. 몇 시야?"

"좀 전에 4시 32분이었습니다. 저도 회화 작업 안 하다가 하면 한참 이젤 앞에서 멍때리고 있을 때 많아요. 어? 누구지?? 모르는 번호로 전화가 들어왔는데 몰랐네요... 모르는 번호 관심 없습니다."

그녀 또한 연락 잘 안 하는 캐릭터로 지인들에게 유명한 그녀가 아이폰을 들여다보며 말한다.

"이 천부경 노래 가사에 의미는 모르지만 들을 때마다 목소리가 너무 단아하세요. 누구시죠?"

"이다영이라는 국악 하는 분인데 나도 모르고 있다가 이 천부경 노래 듣고 처음 알았어. 아? 당신과 같은 서울대학교 국악과 출신이시더라고. 가야금 전공한..."

"에? 그렇군요..."

그녀가 노래를 따라 부른다.

"대삼합육~ 생칠팔구~~ 일묘연~~~ 만왕만래~~~"

"핫하하 옆에서 듣다가 천부경 다 외웠네?"

"의미는 모르지만, 왠지 편안해지네요."

"단어의 소리음 자체도 고유 파동과 국악의 악(樂) 울림이 공명하니까 그럴 수 있겠다."

"무슨 내용인가요? 서양학과 친구도 문신으로 새길 정도면... 예전에 엄마에게 천부경 물어보니 '너 이상한 종교에 빠지면 안 된다!' 한마디 하셨지만 궁금하네요!!"

"많은 사람의 다양한 해석을 내놓았지. 가끔 이상한 사람들이 어처구니없이 사용해 종종 사이비교 경전쯤으로 비하되기도 됐지만, 우주의 법칙과 진리를 담은 지혜의 경전이지. 고대부터 갑골문 또는 구전으로 전해져 오다가 통일 신라 말기 최치원 대학자가 태백산에 있는 단군전비(檀君篆碑)를 번역했다고 전해져.

"그런 일이 있었군요."

"응~ 천부경을 한마디로 정의할 수는 없지만, 굳이 표현한다면 81 한자로 쓰여 천(天), 지(地), 인(人)의 조화로 1부터 10으로 우주의 시작과 운행의 묘리와 무한 순환하는 이치를 함축된 의미로 설명하지."

"정말 그 짧은 글로 대우주를 설명한다고요? 그러면 유대인 카발라와 비슷한 개념인가요?"

샘은 자세를 고쳐 잡고 사뭇 진지한 표정으로 대답한다.

"카발라를 숫자로 표현하면 10개의 '아담카드몬'의 육체를 구성하는 세피로트라 말할 수 있고, 이것은 인체의 신비를 소우주로 설명하는 역삼각형의 구조를 갖지."

"네! 그렇게 생각할 수도 있겠네요~~"

"세피로트에서 가장 중요한 3개 요소가 '케테르', '비나', '호크마'인데 천부경에서 대우주를 설명하는 가장 중요한 요소인 '천(1)', '지(2)', '인(3)'과 같은 의미야. 그리고 천부경은 정삼각형의 구조로 되어 있고 삼수분화를 이루는 삼각형 안에 하나의 천=3, 하나의 지=3, 하나의 인=3 더해져 9를 이루고 만왕만래(萬往萬來)해서 81(8+1=9)을 만든다고 생각해. 여기서 천부경 정삼각형과 역삼각형 카발라를 상징하는 10과 천부경 81 자연수를 더하면 1081=1+8+1=10=1을 상징하고, 신의 숫자 1은 태초의 씨앗이며 3을 만들어 선천세계가 이루어지고 순환하는 원리를 설명한다고 봐. 두 삼각형의 교집합 다섯 변은 선천세계의 완성이고 6으로 넘어가 후천세계를 시작하며 9에서 우주 만물의 완성이 이루어진다는 개념으로 나는 이해하고 있어. 이것은 주역 64괘 중 상권 선천과 하권 후천의 내용과 맥을 같이 한다고 전해지기도 하고... 따라서 천부경은 태초의 씨앗이 잉태하여 완성과 소멸을 반복하는 윤회적 운명의 수레바퀴 즉, 점성술 타로 10번째 카드 케루빔의 운명의 수레바퀴와 일치한다고 이해하고 있다. 유짱은 천부경 정삼각형과 카발라의 역삼각형과 합쳐진다면 뭐가 떠올라?"

그녀는 잠시 오른손 엄지와 검지로 이마를 극적거리며 무언가 생각난 듯 외친다.

"앗? 다윗의 별! 아~ 그래서 이스라엘 국기 심벌로 한 건가요?"

"얍! 가능성이 크다고 생각해. 이 별은 다양한 의미와 해석이 존재하고 당신도 알고 있는 상징적 의미도 있겠지만, 내가 생각하는 다윗의 별은 대우주의 시스템이 소우주에도 존재하고 이 두 우주가 합쳐져서 무한한 우주를 표현한 도형이라고 생각한다. 수학 좋아하는 유짱도 니콜라 테슬라(Nikola Tesla) 코드 알고 있지?"

"네! 숫자로 우주의 파동을 설명한 학설이죠. 수열로 이루어진 매트릭스 세상에 살고 있다는 가설이었죠."

"그렇지! 난 이 테슬라 코드의 3, 6, 9의 정삼각형 꼭짓점을 연결한 원 안에서 벡터 1, 2, 4, 8, 7, 5로 무한 순환하는 코드가 천부경에서 얘기하는 우주를 구성하고 유지하는 질서와 무관하지 않다고 생각한다.

"아직 잘 모르겠지만 아주 흥미로운 해석이라고 느껴집니다."

"유짱은 한문을 잘 이해하니 기회 되면 천천히 생각해봐. 일단 이미 천부경은 다 외우고 있잖아?"

"언제가 될지 모르지만... 넵! 그나저나 고양이는 잘 묻어 주셨나요? 뒷마당에서 당신 삽질하는 소리 들렸었는데 일부러 안 쳐다보았습니다."

"풋! 그러게 삽질 좀 했다. 감나무 아래 수목장 치러 주었지. 그녀석 운명이 그런 거였겠지... 그런데 누가 죽였을까? 설마 강간했던 그 고양이 녀석이...?? 설마... 에이 모르겠다! 자~ 한 대 빨아볼까???"

"넵! 기다렸습니다."

공자학원의 실체

아직 잘 자는 아이들에게 미소를 보내주고 그들은 조용히 문을 열고 나간다.

"후~~ 역시 작업 후 피우는 담배는 항상 옳다."

"넵~ 잘 알죠. 그 마음~~ 아! 삼상~ 혹시 공자학원 들어 보셨어요? 아까 잠들기 전 인터넷 기사 찾아보다가 일본 몇몇 신문사에서 공자학원의 실제 모습이란 기사들이 있더군요."

"응! 나도 한국 유튜버 누군지는 기억 안 나는데 몇 달 전 공자학원 이슈가 나와 따로 찾아봤었지. 시진핑 정권 들어서고 2004년부터인가 전 세계에 암세포처럼 퍼트리고 있는 위대하고 싶은 중공 사상 선전 장소이자, 각국에 모든 분야에 걸쳐 스파이 짓하고 거짓 선동에 여론 조작질 등 전천후 작전상황실이더라. 우수한 문화 홍보라는 미명아래 대놓고 모범적인 악마 마오 사상을 어린아이들에게 세뇌 교육하지. 거대한 자본을 들고 각국에 당근 뿌리고 다니면서 약점 있는 의지박약 매국노들 섭외해서, 꿀 사탕 먹여주며 매국노 짓 시키고 전 세계 공산화란 검은 꿈을 꾸고 다니는 웅대한 조직이시지."

"역시 아시네요! 맞아요~ 일본에서도 스파이 활동하면서 공자 사상이 아닌 공산당 사상 가르치고 있다고 말들이 많아요."

"예전에 유럽이 뒤집힌 사건이 있었다더라. 바로 '게르하르트 사바틸' 사건인데 이 인물이 전직 EU대사 등 고위 인사들에게 거액을 제시하여, 스파이로 포섭하고 다니다 독일 정부에 걸려 구속된 사건이 있었다네. 유탑이라는 회사에서 로비스트로 활동하면서 중국 정보기관 최고 책임자와 접촉하고 다녔데. 고객들 중 중국 정부 사업과 불리한 행보가 보이면 로비활동을 펼친 거지. 공자학원 간부를 통해 받은 약점들을 가지고 영업 활동을 오랜 기간 했었다고 자백받아 큰 이슈가 되었던 것이지. 재미있는 건 채 박사님은 '공자는 악마 새끼다'라며 열변을 성토하신다. 분명히 기록된 역사를 조작하고 존재했던 신들을 존재 자체를 부정하고 사람들을 달변으로 선동했다고..."

"공자님이 신들을 부정했나요?"

"공자의 '서경'은 요순시대부터 기록하거든. 요, 순, 하, 은, 주나라 등의 행정 문서를 모아 놓은 것이야. 요임금과 순임금을 지나서 우임금이 계승하고 비로써 우임금 때 왕조가 시작되는데 이 왕조가 '하 왕조'거든. 그런데 공자는 하늘에서 내려온 신의 존재를 인간으로 둔갑시켜 버리고 신은 없다고 완전히 부정했거든. 그래서 진시황제(알렉산더대왕)가 유가들을 모아 놓고 신은 없다고 외치고 다니는 놈들을 전부 흙구덩이에 산채로 매장해 버리고 유가들의 책들을 모두 모아 불태워 버린 사건이 벌어지지. 역사는 법가와 유가의 정치적 싸움의 결과가 '분서갱유'라고 전하지만 사실은 스스로 신(제우스)의 자손이라고 주장하는 알렉산더 대왕이 하늘에 존재를 부정한 것들에 대한 응징이었다고 채 박사님은 주장하시는 거야."

"공자님 사상을 추종하는 많은 사람이 있는데 그들이 채 박사님 얘기 들으시면 입에서 거품 방울 발사하겠네요~~ 사회적인 저명인사들이 오히려 더 나쁜 짓하고, 다니는 사람들이 가끔 있는 것 같아요."

"인면수심에 가면을 쓰고 악마짓하고, 진실을 지우고 다니는 존재들이 한 둘일까? 마더 테레사가 아직도 성녀로 불리고 있다지?? 아동 '성상납배달마녀'의 줄임말이라면 모를까??? 세계적인 아동 인신매매 네트워크에 중심에 지팡이 짚고 검은 망토 대신 흰 두건을 쓰고 다니는 현대판 마녀지. 일루미나티 성지 바티칸 교황을 중심으로 권력자들에 사랑받았지. 진실을 모르는 세계인의 추앙을 받으며, 부업으로 아드레노크롬을 성실히 배달하는 끔찍한 악녀였지. 게다가 피자 게이트의 주인공 힐러리 아줌마하고 아주 친해요! 그림 보이나??"

아드레노크롬은 어린아이들에게 극도의 공포와 고문을 통해 아드레날린 수치가 증가하면 살아있는 상태에 피를 채취한다. 1939년 연구 결과가 세상에 공표되자 젊어지는 치료제와 파티 마약으로 세계 엘리트사이에 빠르게 퍼져나갔다. 권력층과 부유층 사이에 유행처럼 급속도로 확장되어 '젊음의 샘'으로 불리며 'C9H9NO3'는 최고의 마약으로 고가에 거래가 이루어지고 있다.

'멜 깁슨'의 아드레노크롬이 만연한 할리우드 상류층에 대한 폭로 인터뷰는 유명한 이야기다. 생명의 위협을 받으면서도 그는 경고한다. '당신들의 무지한 오만함이 그들에겐 힘의 원천이 된다!'

"어머머... 정말요? 바티칸이 언제부터 일루미나티 성지였나요??"

"정확히는 모르겠지만 아마도 자신들의 조직체계를 무너트릴 수 있는 영지주의 윤회사상을 이단으로 몰기 시작한 후부터 교황청은 그들과 보이지 않는 전쟁터였지 않았을까? 라는 생각이 든다. 어쨌든 바티칸 시내에 있는 교황 바오로 6세 기념관 홀은 1971년에 건축되었는데 천장에 거대한 뱀의 형상이 내려다보고 있는 모습이 있다는 것은 그 전부터 '렙틸리언' 세력의 바티칸의 본격적인 장악을 상징한다고 느껴지는데? 그 할머니가 그렇게 허리 휘어지게 배달 다니다가 엘리트들의 젊음과 쾌락을 선사하고 유지 시켜준 대가로 1979년 무려 노벨 평화상을 수상하지."

"정말이면 너무 무서운 일이네요! 어떻게 그런 진실에 세상에 나오지 않나요??"

"간단해! 전 세계 메인 미디어들을 장악한 세력! 다름 아닌 그림자 정부의 자본력이 연방 준비 위원회라는 12조직을 만들어 세상의 돈황이 되어 돈을 마음대로 주무르고 물질 만능 사회를 만들었고 자신들에게 말 잘 들으면 일용할 양식을 넘어 적당한 권력이란 반찬을 제공해 주어 노예로 만들어 버린 것이지."

"소름 끼치고 토 나올 것 같아요..."

노출된 그녀의 팔, 다리에 솜털이 일제히 벌떡 일어나 사열하고 있다.

"더 끔찍한 사실은 뭔 줄 알아? 그들이 연준위를 준비하던 1912년 결성을 반대하는 유명한 거부 3명이 있었어. '벤자민 구겐하임', '이지도어 슈트라우스', '야곱 아스토어' 연준위를 극구 반대하던 이 3명은 동시에 사망하는 사건이 발생하지. 그 유명한 1912년 4월 바다에 가라앉은 타이타닉호 위에서 같이 수장되었지! 우연치고는 절묘하지?"

"그게 무슨 우연이에요? 살해당한 거죠! 어머머...!! 그러면 설마 그들을 죽이기 위해 배 전체를 침몰시켰다는??"

"그들에게 세계를 지배하는 초석이 되는 프로젝트에 방해되는 요소는 인류, 도덕 이런 개념 자체가 없는 단지 제거의 대상일 뿐이다. 가끔 멀쩡하던 비행기 폭파 사건이나, 해명하지 못하는 추락 사건들 나오지? 그들에 반대하는 주요 인물 단 한 명이라도 탑승하고 있다면 그들은 망설이지 않아! 연준위는 여전히 많은 사람이 정부가 운영하는 은행 시스템으로 알고 있지만, 정부가 만든 은행 조직이 아니야!! 그림자 정부 자본으로 개인들이 출자해 전 세계 금융을 주무르는 은행연합이지. 그런데 이 거대한 금융 시스템을 사유화한다는 서명을 해준 장본인이 바로 '토머스 우드로 윌슨(Thomas Woodrow Wilson) 대통령'이다!!! 그것도 대부분 상원, 하원의원들이 크리스마스 휴가를 떠난 1913년 12월 23일 법안에 날치기 사인을 해버린 것이지. 이자율과 통화량을 결정하는 어마어마한 권력을 개인들에게 넘긴 희대의 무능 빌런 대통령의 탄생이었다. 그리고 나중에 뭐라고 발표하는 줄 알아?"

"세상에 뭐라고 변명하나요?"

"읽어 줄게 들어봐~"

그는 스마트 X를 열어 메모해 놓은 내용을 찾아 읽는다.

[나는 제일 불행한 사람이다. 나도 모르게 우리나라를 망쳐버렸다. 위대한 산업국가가 이제는 빚을 만들어내는 시스템에 지배받게 되었다. 우리 금융 시스템은 독점되었다. 우리나라가 성장하기 위해 필요한 우리의 모든 활동이 거의 몇몇 사람들 손에 맡겨졌다. 우리는 문명 세계에서 완전히 최악으로 외부 세력에게 지배되는 정부를 만들게 되어 버렸다. 자유의사를 존중하는 정부는 없어졌다. 다수의 지지를 얻어 만들어지는 정부도 더 이상 존재하지 않는다. 그 대신 소수의 권력자들의 의사만 존중되고 그들에게 복속하는 정부만 남아 있게 되었다.]

"갑자기 너무 추워지네요. 그리고 왠지 일본의 오늘을 보는 것 같아서 너무 무서워요."

"그래도 이 아저씨는 이렇게 양심 고백이라도 했지만, 차후 대통령들은 어때? 양심, 도덕, 공의, 민주 이런 단어들의 총 집합적 의미는 하나의 단어로 귀결되지. '통제!' 요즘 세상에 돈은 그저 숫자에 불과한 거야! 의미 없는 종이 쪼가리에 대단한 가치가 있는 것처럼 사람들을 세뇌하지. 그리고 빚 속에 빠져 허우적거리게 만들어 노예로 전락시키는 전략인 거야. 주식시장도 마찬가지이고, 그들에겐 아주 좋은 놀이터일 뿐이다. 마르크스 공산당이 주창하던 빚을 기반으로 한 금융 시스템이, 자유주의의 상징 미국에서 현실화한 거야. 그 후 본격적으로 세계를 주무르기 시작했고, 그 무한 자본과 권력을 이용해 전술적이고, 전략적으로 공산당까지 키우고 있는 것이고, 시진핑 체제에 힘을 실어 주면서 전 세계에 신나게 암세포 퍼트리다가 들켜 이슈가 된 사건이 공자학원이고!"

"공자님이 무덤에서 슬프시겠네요...!"

"슬픔보다 많이 후회하고 있을 듯... 아? 그리고 믿거나 말거나 또 하나, 흥미로운 얘기는 대만의 문학자 이경재가 말하길 공자는 은나라 사람의 후예이며, 공자가 태어난 곳은 곡부라고 해. 지금은 산둥성이라는 장소인데 이곳이 '소호금천'의 옛 도시로서 동이문화의 발원지라고 말한다."

"어머? 처음 들어요. 그럼 공자의 뿌리도 한국 민족과 연결될 가능성도 있다는 주장인가요?"

"증명할 순 없지만 대만 학자가 주장하고 있다네... 내 생각은 공자, 맹자를 떠나서 진실에 역사가 밝혀지면 그냥 전 세계가 다 형제들이라는 사실이지!"

"그건 맞아요! 저는 역사는 모르지만 단일 민족이라는 자체가 말이 안 되는 사실을 예전에 인류 DNA 분포도 연구하신 일본 학자분 자료 보고 알았습니다."

"응. 어쨌든 지금도 열심히 약 장사 부업 하면서 1인 체제 세력을 키우고 있을, 시진핑이 주장하는 공자학원엔 심지어 공자가 없다고 하네. '인', '선', '예' 등의 바른 사상으로 포장하지만, 그 뒤에 있는 정신이 악마적 사상에 뿌리가 있다면 얼마나 무서운 일이겠어? 인, 선, 예는 원래 권력자들의 위선에서 나온다는 얘기도 있잖아?? 그래서 나쁜 생각을 가진 지식인들은 핵폭탄보다 무섭고 파괴력이 오래 가는 거지."

"정말 그럴 것 같아요!"

"물론 시진핑이 지식인이라는 말은 아니지만... 일대일로 프로젝트를 봐도 보이지 않나? 거대 자본으로 개발도상국 도와준다는 대의명분을 가지고, 그들이 실제 행동하고 있는 모습들 안 보이나 몰라?? 그들의 그런 행동 어디에 인의가 있고, 선의가 있으며, 예의가 있냐고??? 그런 사회주의 추종자들이 만든 공자학원?! 그냥 안 봐도 비디오 아닌가?? 그리고 2년 전 발간한 '미중 경제안보위원회 보고서'에 '중국 공산당은 각국에서 여론 조작을 위해 다양한 수단을 활용하는데 그중 하나가 공자학원이라고 발표했다네."

"네! 저도 찾아봤는데 2013년 캐나다에서도 여론 조작, 스파이 활동 등 이슈가 많아 퇴출 운동 시작했다고 하고, 유럽 스웨덴도 2015년 공자학원 폐쇄했다는 기사 보았습니다. 그리고 이미 여러 나라들이 움직이고 있다고 일본도 빨리 실체를 알고 깨어나야 한다는 의견을 지지하는 사람들이 많아지고 있더라고요."

"그렇지! 그리고 트럼프 큰형님도 중공과 무역 전쟁이 단순한 무역이 아니라, 딥스에 최전방 앞잡이이기에 돈줄을 최대한 자르려는 전략일 거야. 그래서 큰형님이 선포한 딥스와의 전쟁은 더 이상 민주당과 공화당의 당쟁 이념의 밥그릇 싸움이 아니라, 선과 악의 대결 구도라고 봐도 무방할 정도다."

"비약이 심한 것 아닌가요?"

"아니! 모자랄 정도야!! 미국의 남북 전쟁부터 제1, 2차 세계대전으로 표면화된 보이지 않는 정부의 악행들은, 프리메이슨 라인을 통제하면서 세계 자유민주주의의 상징이었던 미국은 이미 그들에게 장악됐다고 봐. 더 이상 세계의 민주 경찰을 자처하던 긍지는 사라지고 민주주의 가면을 쓴 마피아 깡패가 되어, 세계에 총과 칼을 휘두르고 다니는 거지. 내가 트럼프 큰형님을 지지하는 가장 근본적인 이유는, 정치를 잘하고 못하고를 떠나서 누군가는 자유민주주의를 지켜야 하고, 그가 선봉장으로 나서 민중에게 진실을 알리려고 한다는 대의명분을 가지고 있다는 사실 하나로 충분하거든. 개인적으로 마음에 안 드는 부분도 조금씩 보이고 있지만…"

"저도 트럼프 대통령 다른 것은 몰라도 딥스와 전쟁 선포하신 건 멋있다고 생각했어요."

"바쁘실 거다. 큰형님이 새로운 금융 시스템을 구축 중이라는 소문도 있고! 전쟁하려면 돈줄을 끊어야 하는 건 당연한 수순이겠지만… 아마 딥스에서 이번 대선 목숨 걸고 막을 거다. 그런데 한 가지 크게 걸리는 점이 있어… 2016년 그의 딸 이방카를 유대인과 결혼시키고 공식 석상에서 '곧 예쁜 유대인 아기를 낳을 것이다' 발표했다네. 게다가 유대인의 영원한 수도 예루살렘으로 미국 대사관을 옮기겠다고 선언하면서, 유대인의 세력을 끌어안으려는 정치적 행보가 보인다는 점이야. 그러다 실제로 2017년 12월 5일 이스라엘 '텔아비브'에 있는 대사관을 예루살렘으로 옮기겠다고 주변국 정상들에게 공식 통보한 거야. 이것은 예루살렘이 이스라엘 공식 수도로 인정한 아주 민감한 정치적 발언이거든. 당연히 중동 주변은 난리 난 거지. 그 지역은 이스라엘과 팔레스타인의 화약고 같은 지역으로 중동 전체 긴장을 고조시키는 여파가 상당하는 사실을 알면서 유대인 손을 잡아준 거야.”

“딥스에 뿌리가 유대인들 아닌가요?”

“맞아! 이 사실에 대한 시사점은 정치적인 전략으로 딸을 팔아 '일시적 적과의 동침'인지, 대항할 수 없는 거대한 세력에 무릎 꿇고 들어간 것인지 아직 구분이 안 가...!! 만약 후자면 정말 끔찍한 상황인 거다. 딥스의 거대한 괴물 몸통에 좌민주, 우공화가 전부 그들에 손과 발이 되었다는 증명이 되니까...!!! 좀 더 자세히 리서치해 봐야겠지만, 아니라고 믿고 싶다. 그래서 난 이번 재선이 단순한 재선이 아닌 이 세계에 주는 메시지라고 생각해!! 표면화된 선과 악의 전쟁 시나리오! 거대해진 괴물과 싸우는 영화보다 더 영화 같은 현실!! 당연히 그들의 주특기인 정보, 여론 조작, 모략, 분열, 혼란, 양극화 등 모든 수단과 방법을 동원해 큰형님 저격하려고 하겠지? 게다가 마지막 히든카드인 선거 결과 조작 스펠까지!!! 그들에겐 부정과 조작이란 단어에 의미 자체가 숨 쉬는 것보다 자연스러운 거다. 그나마 다행인 것은 깨어나는 미국인들이 많이 늘어 탄탄한 지지 기반을 형성했다는 것이거든. 과연 조작된 언론에 휘둘리는 수많은 시민과 진실을 찾는데, 무척이나 수동적인 세대들이 무서운 진실을 맞이할 준비가 됐을까 싶다. 이것이 내가 데이비드를 손절한 이유이기도 해! 그전까지는 제안된 정보로 몰랐다고 해도 지금은 아니잖아. 나도 접근할 수 있는 정보가 그 녀석이 접근 불가능하다는 것이 말이 돼? 전에는 근본 없는 미국이란 나라에서 근본 있는 후손이 리더가 되어 진정한 평화 정치를 펼친다는 것은 멋진 일이고 아시아인 최초 대통령을 꿈꾸는 너를 응원한다고 했지만... 그런 꿈을 가진 놈이 자신이 지지하는 정당이 무슨 짓들을 하고 다니는지 리서치도 안 하고, 선봉에 선 인물에 대한 기본 조사도 없다는 것은 올바른 정치를 하고 싶은 것이 아니지. 다만 권력에 빌붙어 밥그릇 사이즈를 키우고 싶다는 방증 아니겠어? 그 머리 좋은 녀석이 하는 짓이란... 그래서 미련 없이 손절했다."

"삼상 그런 냉정한 모습이 무서워요."

"뭐야? 전혀 무서운 표정도 아니면서~ 아무튼 곧 큰형님이 공자학원 집단 제재 초치에 들어가지 않을까 싶다. 웃기는 건 이런 세계적 추세에도 한국은 점점 늘어나고 있다는 사실이지! 왜 그럴까?"

"중국이랑 가깝고 친중 세력이 많아서요?"

"빙고! 현 친중 사대주의에 선봉장 문 재앙 정권이 그렇지요. 한국 내 주변에도 그런 인물이 있어서 손절했지만... 대 놓고 깡패짓거리해도 찍소리 못하는 이유는 이런 친중 세력이 넘치고 항상 그들에 변명은, 국익을 위한 최선이라고 전혀 아름답지 않은 똥개 노래를 부르고 있지. 이런 식이면 점점 가랑비에 옷 젖는 호랑이 정도가 아닌, 진흙 속에 빠진 토끼가 돼서 허우적거리다 공산화라는 늪속으로 들어가 베네수엘라처럼 될 가능성이 커 보인다. 지금 정신 안 차리면... 그래도 다행인 건 요즘 개념 있는 유튜버들이 반중을 외치는 목소리들이 많이 들리고 있는데, 정치와 언론들이 무시하고 있어서 진실의 파동이 퍼지는 걸 막고 있다는 통탄할 현실인 것이지. 심지어 어떤 언론인들은 미중 무역전쟁에 트럼프를 비판하고 중공을 옹호하는 칼럼이 쏟아진다는 것은, 가스라이팅으로 이미 세뇌가 되었거나 매수당한 소위 지식인들도 많다는 증거인 거야. 그렇지만 변하지 않는 진실은 친중 세력을 외치는 놈들은 국익을 위함이 아닌, 자기들의 권력 유지와 개인의 영달을 위한 수단으로 진실을 가리고 국민을 개, 돼지 취급하며 우민화하고 있다는 사실이다."

"가스라이팅은 뭔가요?"

"심리적 조작으로 현실감과 판단력을 잃게 만드는 심리기술이지. 이름은 기억 안 나는데 미국의 정신분석 심리치료사이자 작가가 영화 〈Gaslight〉의 제목을 인용해 'Gaslight Effect'라는 용어를 만들었다고 해."

"그러면 인간 심리를 이용한 고도의 세뇌 테크닉이네요~ 갑자기 누군가 떠오르네요!"

"어? 나도 갑자기 누가 떠올랐는데?? 설마???"

"뭐 아시는 분만 아시겠죠?! 그나저나 일본도 중국 자본이 쓰나미처럼 들어와 시장 경제를 흔들고 있다는 내용과 혐한 극우 세력들을 지지하고 중국계 자본의 재정 지원이 많아졌다는 기사도 보았습니다. 심지어 일본에 거주하는 많은 중국 알바 인력을 동원해 여론 조작을 선동한다고 주장하는 유튜버도 있어요."

"당연히 그렇지 않을까 싶다. 한국도 이미 그렇다고 알고 있고... 온갖 공작전술만 교육 받은 공산 세력들의 참모습이고 악의 부역자들인 것이지. 그 거대한 자본으로 자국민 복지를 위해 고민할 생각은 하나도 없이, 최대한 인민을 통제하고 세뇌해 말 잘 듣는 우수한 개, 돼지로 육성하는 데만 두 눈 빨개진 공산당에 실체를 왜들 모르실까...? 그리고 세계 곳곳에 퍼진 최전선에서 중공사상이 주입된 인민들을 규합, 통제, 지령을 전달하는 곳이 공자학원인 것이고... 그러니 그들에 입장에선 한국과 일본이 친해지면 중공이 설 땅이 좁아지거든. 아마 한국에도 반일을 부추기는 세력에 기부금 또는 지원 세력을 까보면 백이면 백 중공자본이나 친중 권력에 지원이 있을걸... 그리고 이런 추세라면 정말 한국에 중공출신 정치가도 나오겠다 싶다. 뭐가 외국인 참정권이야? 중공인 참정권이지! 한국에 있을 때 나랑 곳곳에 중국인 물결 넘치는 곳 유쨩도 몇 번 같이 보았잖아. 얘기 들기론 서울 영등포구, 구로구, 건대입구, 경기도 시흥, 부천, 안산, 수원, 평택, 그리고 우리가 직접 확인한 인천, 전라북도 전주까지..."

"네! 기억납니다."

"이것이 지금 민주 정당이라고 외치는 대한민국 더불어민공당의 참모습이고, 일본 자공당의 모습인 거다. 물론 정말 순수한 마음으로 공부하고, 순수하게 감옥 같은 중공 세상이 싫어서 나온 이민자들도 있겠지만 과연 몇 프로나 될까? 2%?? 숫자로 보면 불법 이민자들까지 백만 명 가볍게 넘을 것 같다."

"진짜 심각한 것 같습니다. 일본 정계에도 일루미나티 세력들이 점점 강해지고 있다고 얘기하는 사람들이 늘어나고 있어요. 물론 집권당인 자민당을 얘기하는 것이겠죠?"

"웅! 당연하겠지. 더 심각한 건 많은 사람이 이런 사실조차 모르고 하루하루가 바쁘고 당장 내일이 걱정되어 앞날을 안 보고... 아니지, 못 보고 살아가는 사람들이 넘친다는 현실이고, 조금 여유 있는 사람들에겐 언론과 미디어가 눈과 귀를 막아 진실을 모르고 살아가게 만든다는 거지. 심지어 지식인이라고 자화자찬하는 인간들도 귀 막고 눈 가리고, 양심, 도덕 따위는 아무렇지 않게 던져 버리고, 자신의 영달을 위해 어제도 달렸고, 오늘도 달리고, 내일도 달릴 거라는 잔인한 현실이지. 그런데 이렇게 세계 곳곳에 퍼진 중공 암세포를 자각 못하는 인식보다 더~더~~더~~~ 무서운 건, 그들은 그저 꼭두각시의 일부라는 가려진 소름 끼치는 진실이 있다는 사실이지. 그래서 이 거대하고 무서운 세력들에 대항할 유일무이한 무기는 진실한 정보! 이것이 빛의 칼이라고 생각해!! 창조의 하나께서 인류에게 허락한 유일한 무기~ 장엄한 진리에 검!!! 진실의 펜을 갖고 싸우는 방법밖에 없어."

"왠지 만화에 나오는 어둠을 가르는 그런 찬란한 빛에 검이 떠오르네요~"

"맞아! 그런 느낌에 검~~~ 예전에 동경에 살 때 카즈짱과 처음으로 도쿄타워 구경하고 산책하다가 내가 뭘 발견한 줄 알아?"

"도쿄 미나토구 근처라면 제 구역 중 하나였는데 재미있는 뭔가를 찾았나요?"

"아니! 무서운 거!! 도쿄타워 보고 내려와 미나토구 산책하려 걷다가 바로 옆 건물인가? 아니면 그 옆인가?? 정확하지는 않지만 마소닉 센타 빌딩 1층에, 큰 스테인드글라스로 양쪽에 프리메이슨 상징을 버젓이 장식한 건물이 있더라. 그것도 두 개의 달이 뜬 하루키 소설 1Q84인 쇼와 59년에!!!"

"에? 마지데스까?? 마소닉 빌딩이면 지나가다가 가끔 본 건물인데... 전혀 몰랐어요! 잠시만요. 찾아볼게요."

그녀는 빠른 속도로 자료를 검색해 보고 손으로 입을 가리며 말한다.

"오~ 마이 갓! 정말 그렇게 나오네요. 어려서 지나다니면서도 몰랐어요. 어머 세상에...?"

"뭐! 어렸었고 그런 것들에 관심이 없었을 때였으니... 이런 세상에 살고 있어요."

아라가 부스스하지만 잘 잔 얼굴로 스크린 도어 앞에 서 있다.

"어? 아라 일어났다. 기분 좋게 잘 잤나 보다. 울지도 않고..."

"와~ 저 탄력 있는 꿀벅지 보세요. 운동도 안 하는데 어쩜 저렇게 생동감 있는 허벅지가 만들어졌는지..."

"타고 난거지요~ 어우~~ 기저귀도 빵빵하다."

그가 먼저 들어가고 그녀도 따라 들어가 기저귀를 가지고 오고 그는 아라를 눕혀 기저귀를 벗겨 준다.

"우리 예쁜 공주 잘 자고~ 잘 쌌네요~~ 좋은 꿈도 꾼 것 같고~~~"

"아라는 정말 예쁘게 클 것 같아요. 성격도 너무 착하고 얌전해요."

옆에서 곤이 실눈을 뜨고 미소 지으며 기지개를 켜고 뒹굴뒹굴 바닥 쿠션에서 돌다가 정신을 차린다. 곤의 표정도 충분히 만족한 낮잠을 잔 얼굴이다.

"오~ 아들! 더 길어졌는데? 너도 기저귀 바꾸자~~ 이 녀석도 빵빵 모드~~~"

그녀가 건네어 주는 기저귀를 받는 사이 에너지가 가득 충전된 곤은 다시 술래잡기 놀이를 시작하지만, 그는 쫓아가지 않는다.

"시원한가 보내요~ 잠깐 저렇게 그냥 놔두세요~~"

"그래~ 솔직히 저렇게 뛰어다녀도 자연스러운 게 부럽기는 하다~~"

아라가 그의 손은 잡고 무언가 원하는 듯 주방으로 이끈다. 냉장고 앞에 다가서서 아래 칸 냉동실을 주시하지만, 그의 표정은 단호하게 짓고 아라와 키를 맞추어 앉아 미소 지으며 얘기한다.

"아라! 아까 아빠하고 약속했지? 아이스는 너무 많이 먹으면 배 아파요. 더 주고 싶어도 아라 아프면 모두가 아프니깐 아빠 오늘은 안 줄 거야! 대신 사과나 바나나 먹을래??"

아라는 이해한 듯 그와 타협하고 고개를 끄덕인다.

"뭐 줄까? 사과??"

반응이 없는 아라에게 다시 묻는다.

"바나나???"

고개를 움직이며 표정으로 대답하고 곤도 바나나를 먹겠다는 눈빛을 발사해 준다. 바나나를 하나씩 까 주고 아이들은 TV 앞으로 달려가 그녀에게 자신들이 좋아하는 콘텐츠를 소환해 달라는 보디랭귀지를 능숙하게 한다. 프로그램 진행하는 MC들의 목소리와 화면이 나오자 TV 주변 공기와 공간은 아이들의 에너지로 활력이 가득 찬다.

"삼상! 아직 시장하지 않죠? 저녁은 1시간 정도 후 천천히 준비하겠습니다."

오렌지 주스를 들이켜던 그가 가볍게 대답한다.

"넹~"

또 한 명의 똥 마법사

그는 다시 작업 방으로 이동하고 자리에 앉아 작업을 시작하지만, 아이들의 웃음소리와 TV 소음에 집중하지 못하고 화면만 한참 쳐다보고 앉아 있다. 그렇게 30여 분을 멍때리고 있다가, 한 줄도 진도를 나가지 못하고 결국 그는 인터넷 서핑을 시작한다. 흑피옥의 다른 강의를 검색하다가 전라대학교 정재건 교수의 2015년 흑피옥과 한민족 옥 문화 동영상 특강을 열어 본다. 50분이 넘는 강의 내용은 허접하기 짝이 없는 강의에 샘은 적잖이 흥분하고 있다. 이미 최소 10,000년 이상의 방사성탄소연대측정 결과가 여러 곳에서 나왔음에도, 겸손히 5,000년 정도라 축소하며 이야기하고 홍산 옥 문화와 같이 묶어 흑피옥이 같은 문화라 설명한다. 심지어 흑피옥과 한민족 옥 문화는 깊은 연관이 있다고 설명하면서 토테미즘이라 자신 있게 정의한다. 조각품들이 상징하는 샤머니즘적 의미도 모른 체 토테미즘의 정수? 교수라는 작자가 검증도 없이, 잘못된 정보를 학생들에게 자랑스럽게 자신이 기존 학계에 없던, 처음으로 단어 표현법을 사용한다고 마스터베이션하고 있다. 홍산

옥의 뿌리가 이미 흑피옥 문화라고 많은 이들이 검증하고 발표하고 있는 상황인데도 말이다. 그리고 홍산옥은 다루기 쉬운 경옥이고 흑피옥은 현대의 기술로도 가공이 힘든 강옥으로 고도의 기술을 녹여 만든 유물들임에도, 같은 옥 재질과 같은 문화권역이었다고 버젓이 강의한다. 또한 홍산(적봉) 문화(B.C.4700~ B.C.2900)가 동서 인류 문명의 발상지라고 너무도 태연하게 선언한다. 어떻게 이런 어처구니없는 내용을 자랑스럽게 이야기할 수 있단 말인가??? 중국의 저명한 역사학자 '꽉순대' 교수가 '용봉문화의 기원이 홍산 문화이고 또한 홍산 문화의 정수는 옥기이다.'라는 얼토당토않은 발표를 인용하고, 자신의 연구 내용이 아닌 마치 중국 역사학자가 넘겨준 자료를 홍보하는 강의로 스스로 얼굴에 금칠하고, 아무 말 잔치를 벌이며 은근슬쩍 흑피옥 문화를 홍산 문화에 편입 시키고 있는 것이다. 만약 용봉문화원류가 한민족이라고 그가 외친다면 기립박수를 쳐주리라. 그리고 스스로 학자적 호기심과 의문으로 흑피옥 문화를 연구 조사했다는 작자가 언제? 누가? 왜? 어떤 의미로? 만들었는지, 단 하나도 제대로 규명 못하고 두리뭉실 여러 신화와 '백익(우임금)'의 저서 산해경을 들먹이며 인류학, 고고학, 인문학, 철학, 미술, 조각계의 발전에 본인이 씨를 뿌리고 있다고, 대학생들 앞에서 자화자찬하고 있다. 샘은 2부 강의까지 동영상으로 이어진다는 그의 마스터베이션에 구토가 올라옴을 느끼고, 세상엔 거짓 지식과 아집과 편견으로 가득 차 광적인 오류를 인지 못 한 영적인 까막눈들이 넘친다는 현실을 다시 인지한다. 영안이 닫혀 불러오는 정신적 결함은 자의식의 과잉을 만들고 스스로 눈과 귀를 멀게 만들어 '겉멀속병(겉은멀쩡속은병듬)'모드가 되어, 병신이 아 님에도 병신의 모습을 드러내는 치명적 결함이 나타난다. 그래서 채 박사가 성토했던 쓰레기 교수들의 작태에 분노했다던 그 감정이 그에게도 전이되어 헛구역질한다. 도대체 전라대학교는 저런 엉터 리 강의를 학교 이름을 걸고 하는 발표를, 용인 할 정도의 수준이 란 말인가란 깊은 의문을 품으며 열을 식히러 뒷마당으로 나간다. 씩씩대던 그는 문득 감나무 방향에서 '그~냥~~ 열 받지 말란 말이 냥~' 소리가 들리는 것 같아 피식 웃으며 앞마당으로 걸어가 담배 를 잡는다. 마당을 돌아다니고 그린이 뿜어 주는 산소를 흡입하고 연기를 내뿜어주며, 분노 게이지를 낮추고 서성이다가 그를 부르는 우유의 음성에 집 안으로 들어가 주방으로 향한다.

"오~ 앤 제목이 뭐야?"

"그냥~ 퓨전 찹스테이크요. 아스파라거스가 신선해 보여서 같이 넣어 봤어요."

"마늘은 버터에 구웠나...? 먹음직스럽다~ 문제는 소고기 냄새인 데... 천사들 어서 오세요? 엄마가 너희들 좋아하는 야채 스페셜 볶음밥 만들었다~"

"좀 전에 불렀는데 들은 체도 안 해요. 먼저 먹죠! 나중에 식으면 올지도 몰라요..."

"녀석들 엄마가 힘들게 만들었는데 쳐다도 안 보고... 이런 와인 이 빠졌네? 그럼 가볍게 아와모리??"

"넵! 와인을 깜빡했어요~~"

황동잔에 얼음을 반반씩 나누고 용을 반 잔씩 채워 그녀와 잔을 나누어 앉고 건배한다.

"자~ 보나뻬티!"

"이타다키마스~"

순식간에 시원해진 아와모리는 어떤 음식에도 부담이 없다고 그들은 느끼며 상쾌하게 들이키고 식사를 시작한다. 그는 스테이크를 빼고 파프리카와 마늘, 양파, 아스파라거스를 먼저 집어 맛을 본다.

"우마마마아잇~~"

"뭐에요? 메인은 건드리지도 않으시고..."

"오키나와 소고기는 이상하게 냄새가 안 맞아서..."

"냄새 뺀다고 빼긴 했는데..."

이번엔 그녀가 시식해본다. 고기와 야채를 골고루 집어 한입에 넣고 우물거리며 품평을 한다.

"흠... 야채와 같이 먹으니 그렇게 나쁘지 않은데요?"

"그래?? 그럼 나도~~"

다시 아와모리를 한입 가득 마시고 그녀처럼 고기와 여러 야채를 한꺼번에 입 안 가득 넣고 씹는다.

"흠...음... 정말 이렇게 먹으니 냄새가 좀 없어지네~~"

"여긴 정말 고기가 너무 힘들어요. 특히 소고기! 이상하게 미국산도, 호주산도 마찬가지로 본토나 한국에서 먹던 맛이 안 나요... 냄새가 특히 안 맞아요."

"그러게... 뭐가 문제일까? 유통?? 숙성??? 알 수 없지만 정말 그렇긴 하다. 특히 냄새가! 어? 공주 어서와~ 맛있는 볶음밥 먹자~~"

아라를 전용 의자에 앉혀 주고 전용 그릇에 담긴 볶음밥을 세팅해 준다. 맛있게 먹는 아라를 옆에서 지켜보던 곤도 다가와 우유 옆에 앉는다.

"아들 오셨어요? 먹어봐?? 너 좋아하는 야채 많이 넣고 엄마가 팔 아프게 흔들어 만든 거야."

"아라야? 이 고기도 먹어 볼래??"

웃으며 고개를 끄덕인다. 그는 식용 가위로 그녀가 먹기 좋은 크기로 잘라 그릇에 담아 준다.

"아라는 고기도 너무 좋아하고 정말 다 잘 먹어서 너무 편해요."

"곤도 아라 같이 잘 먹으면 얼마나 좋아? 그래도 볶음밥은 진짜 잘 먹네~"

"자기가 좋아하면 먹는 양은 아라도 못 따라가긴 하죠!"

"그러니깐! 녀석은 단지 까탈스러워진 거지!!

"아까 모르는 전화번호 누군지 알았어요. 마트 앞에서 사고 난 할머니가 전화 또 하셨더라고요. 아이들 과자라도 사주고 싶다고 하셔서 집 주소 가르쳐 드렸어요. 아마 내일 점심 전에 잠시 들린다고 하시더라고요."

"음... 그렇게까지 얘기하시면 어쩔 수 없지 뭐~ 그래도 경우를 모르는 분들은 아니네?"

"네! 몇 번 괜찮다고 했는데 막무가내시네요."

"그래! 그런 것까지 딱 자르면 또 정 없는 거겠지? 잘했어!! 이야~ 난 좀 아까 어떤 교수란 아저씨가 흑피옥 강의하는 것 듣고 토할 뻔했어."

"뭐라고 하시는데 구토까지...?"

"어린 학생들 옆에 모아 놓고 카메라 한번 학생들 한번 번갈아 가며 쳐다보고, 흑피옥은 홍산 문화와 형태와 재질이 같은 뿌리로 어쩌고저쩌고하면서 중국식 해석을 늘어놓으며 한국, 일본 모두 옥기 문화 뿌리가 중국 홍산 문화에서 출발했다는 거야. 그렇게 중공의 동북공정에 은근슬쩍 편승해 방송에서 마스터베이션하면서 씨 뿌리고 있더라. 전라대학교 교수라는 작자가..."

그는 남은 아와모리를 들이키고 일어나 다시 반 잔을 채우고 얼음을 3개를 추가 투하한다.

"잘은 모르겠습니다만... 학자답지 못한 학자분들이 넘치는 세상이 된 것 같습니다. 일본도, 한국도..."

"중국은 안 그러나? 아시아 전체가 그렇지! 아니지 세계적 추세인 거다. 그 악마들이 컨트롤하는... '석학 양심 상실의 시대' 아니? '인류 이성 상실의 시대'인가?? 뭐든 아주 살벌한 시대에 사는 건 분명하다."

"슬프지만 아니라고 말 못 하겠습니다..."

"그러게 말이다... 그래도 다행이고 감사한 것은 이렇게 안전한 공간에서 건강히 아이들이 자라고 있다는 우리에 현실인 거지...!"

"네~ 매일 느끼고 정말 감사하게 생각하고 있습니다."

"그래! 이 마음 변하지 않고 오래 가지고 가자!! 건배~~"

"넵! 건배~~~"

이들 가족은 오늘도 이렇게 평범하지만 평범하지 않은 또 다른 하루를 감사히 보내고 있다...

    09시 09분경 잠든 그가 가장 먼저 일어나 아침을 맞는다. 조용히 일어나 주방으로 이동하고 벽시계를 올려다보니 지금 시각 05:05분. 그는 시원한 물 한잔을 마시고 발코니 앞에서 여명이 서서히 밝아 오는 아침을 쳐다보고 있다가, 화장실에서 부르는 사인을 듣고 아침의 첫 비즈니스를 시작한다. 일을 마친 그는 발코니로 나아가 상쾌한 아침 공기와 같이, 습관적 흡연을 하며 마당 주변의 생명체들과 인사한다. 그러다 문득 한참 동안 연락 안 한 친구가 처음으로 등장한 간밤의 꿈을 생각한다. 그 친구는 고등학교 시절 미국 아이들에 엄마와 데이트 당시, 한국 나이트클럽에서 우연히 놀다 만나서 갑자기 친해졌던 친구로, 샘보다 1살 위였지만 당시 같이 놀러 왔던 그의 친구도 샘과 같은 빠른 1월생이라 다 같이 좋은 술친구가 되었었다. 그렇게 친해진 후 방학 기간 가끔 만나 술잔을 기울이다 보니, 바로 한석의 미국 고등학교 직속 선배이자 한석과도 친분이 남다른 사이였던 것이다. 희한한 인연으로 족보가 꼬여 버렸지만, 이미 친구로 맺어 돌이킬 수 없는 관계가 되어버렸었다. 그들은 친구 관계가 계속 이어져 미국에서 한석도 참석 못한 샘의 첫 번째 미시간 결혼식에도 상욱은 참석하고, 그곳에서 샘과 호형호제하는 빌리와 함께 재미있는 에피소드를 남긴 친구이기도 하다. 갑작스러운 이 친구의 등장에 잠시 지난 시절의 추억을 떠올려 보지만, 아직도 그는 먼저 연락하고 싶은 마음은 생기지 않는다. 왼손으로 추억을 만지면서 오른손으로 분노를 놓지 못하는 멍청한 심리 상태에 스스로 고개를 저으며 그는 주방으로 들어간다. 목적 없이 들어온 주방에 우두커니 서서 잠시 고민하다가, 그는 커피를 꺼내어 무심한 마음으로 콩을 부수고 있다. 원두 양 조절도 실패해 두 잔 이상의 가루가 나왔지만 돌이킬 수 없어 그대로 커피를 내린다. 커피 아로마 향기가 퍼진 주방은 그를 유혹하지만, 왠지 그는 마시지 않고, 향을 가두어 냉동고에 넣어 버리고 작업 방으로 터벅터벅 걸어간다. 평소 루틴도 잊은 채 그냥 우두커니 앉아 있다가 무언가 생각이 난 듯 노트북을 열고 작업 중인 파일을 열지만, 의미 없이 떠돌아다니는 단어들이 전혀 조합을 이루지 못한다. 그러다 혹시 몰라 스마트 X 전화번호 연락처에 상욱 번호를 찾아보지만 없다. 그러다 그는 인터넷을 열고 불현듯 이메일을 체크해 본다. 쿠로가와 선생에게 어젯밤에 온 이메일이 도착해 있었다. 그는 좋은 소식일지도 모른다는 설렘을 가지고 이메일을 열어, 먼저 대충이라도 내용을 확인하고 싶은 마음에 번역기에 돌려 본다...

어설픈 번역기 내용은 그동안 격조했음을 사과하고, 전반적인 안부 내용과 한석의 최근 근황을 묻는다. 그리고 본론으로 들어가 쿠란 프로젝트 건은 코로나바이러스로 검토 기회가 지연되고 있다고 말한다. 또 수니파와 시아파 해석 차이로 초등학생에게는 과제가 많아, 연구가 지연되는 경향이 있다고 얘기하지만, 그는 이해할 수 없는 번역이다. 어쨌든 그는 샘에게 한 가지 제안하고 싶어 한다. 이번 만화 기획을 이슬람 전반(종파를 초월)의 내용을 할 것인지, 시아파 또는 수니파 중 어느 쪽 파를 그릴 것인지 검토 부탁한다고 번역된다. 그리고 최종 전개(마켓. 출구)와 관련되므로 계획 입안 단계에서, 투자자의 상정 및 회수 방안 등과 관련하여 오지 않을까 생각한다는 애매한 번역이 나온다. 마지막으로 그들도 코로나바이러스를 어떻게든 피하면서, 변함없이 일상을 보내려고 노력 중이고, 샘과 가족도 무사하기를 기원한다는 안부로 번역이 마무리됐다. 역시나 어설픈 번역기 실력이지만, 최소한 그가 무엇을 원하고 말하고 싶어 하는 요지는 샘에게 전달되었다. 하지만 온도 차이랄까? 이해도의 차이랄까?? 쿠로가와 선생과 자신 사이에 작지 않은 갭이 존재한다고 분명히 느껴지는 답장이다. 그는 확실히 이번 기획은 시아파의 해석이 아닌 이슬람 90%인 수니파의 순수한 샤리아 쿠란 의미를 순수한 아이들의 시각에서 표현하는 것이 타당하다고 제안했고, 이 프로젝트의 메인 투자자인 U.A.E 연합 지도자들의 생각도 다르지 않다고 명시했는데 시아파 또는 수니파 중 어느 쪽 파를 그릴 것인지 검토 부탁한다고 오역이 되진 않았다는 사실에 그는 멍해진다. 또한 TF팀에 따라 펀드 규모와 조합 구성이 달라질 것이라 샘이 제안했지만 몇 단계를 넘은 최종 이익 분배를 얘기하는 답신에 머리가 아파져 온다. 일단 우유 이메일에 쿠로가와 선생의 이메일 내용을 공유하고 나중에 다시 생각해 보기로 한다. 그는 눈을 감고 차분히 숨쉬기를 시작하고 어지러운 생각들과 편두통을 날리기 위해 머릿속을 비워본다. 오로지 깨끗한 대기를 보라색 백회로 깊이 들여 마시고 남색, 파란색, 초록색, 노란색, 주황색을 지나 빨간색을 상상하며 회음까지 보내고 숨을 내쉬며 엉덩이, 허리, 등, 어깨, 뒤통수를 지나 머리 정중앙 정수리로 끝까지 내뿜고 3초 동안 기다렸다가 다시 반복한다. 이렇게 단순히 생각을 버리고 들어오는 가이아의 숨결을 들여 마시고 몸속 소우주를 돌아 내뱉으며 33번을 반복하고 눈을 뜨니 편두통이 사라지고 머리가 맑아졌다.

치우천황과 황제헌원 탁록전투

　편안해진 마음으로 유튜브를 열고 채 박사의 치우와 황제헌원의 탁록 전투에 대한 강의를 시청한다. 그 누구도 해석하지 못한 놀랍고도 놀라운 내용이다.

　치우천황으로도 불리며 2002년 월드컵 당시 전 세계를 떠들썩하게 만든 붉은 악마의 상징이 바로 치우천황의 존재다. 10년간 73회 전승하다가 74번째 마지막 전투를 벌인 치우와 황제헌원의 장대한 대전의 탁록전투 기록이 '환단고기', '사기', '부도지' 등 여러 고서와 갑골문에도 등장한다. 하지만 포톤벨트 기록과 에어럴의 인터뷰에서 일치하는 내용은 구제국(황제헌원)과 신제국(치우천왕)은 약 7,000년간 전쟁을 했다고 채 박사는 말한다. 중국은 치우천황조차 자신들의 조상이라 조작하고 있지만, 당나라 '장수절'과 송나라 '배인'이라는 인물이 사기를 주해한 내용에 '구려에 군주는 치우이다', '동이족의 제왕'이었음을 분명히 밝히고 있다. 그리고 모든 역사학자가 이야기하는 탁록전투의 위치는 탁록이란 지명과 아무 상관없는 것이라 채 박사는 설명한다. 이들은 일반 인간이 아닌 존재들로

몇천 년 이상 살아오며 신화 속에서 신들로 불린 존재들이 실존한 기록들임을 알 수 있다. 그리고 대부분의 지명을 신들의 이름으로 만들어진 것이라고 채 박사는 설명한다. '탁'이란 글자는 '색', '고'와 같은 의미이며 '고리' 즉, 고 성씨가 초승달 신이고 고구려의 시조 가 된다. 치우의 애칭 중 '두꺼비'와 '도깨비' 또한 같은 의미라 한 다. 샘의 어린 시절 집을 짓는 공사 현장 옆은 항상 모래더미가 있 었고, 그 모래를 가지고 아이들은 집짓기 놀이를 하던 때가 있었 다. 그때 오른손 팔위에 모래를 덮으며 의미도 모르고 부르던 노래 가 있었다. '두껍아~ 두껍아~~ 헌 집 줄게~ 새 집 다오~~' 이 노래 가 바로 집을 잘 지었던 선조들의 민요가 오늘날까지 전해 졌다는 놀라운 강의를 듣고 있다. 이들의 다른 이름이 회족이고 회족은 한자로 희랍이며 이들의 후손이 아랍인들이며 그들이 숭배하는 초 승달 신이 알라다. 곧 알라는 치우와 동일인임을 알 수 있다. 치우 와 황제헌원이 탁록전투 이전에 식수를 차지하기 위해 치열하게 전 투를 벌인 장소가 '판천'이란 들판이고 이곳이 '투르판'이며 넓은 들 판을 말한다. 이 투르판 지하에는 3,000km의 지하수로가 펼쳐져 있고 이곳을 '케레즈'라고 부른다. 케레즈는 로마에서 지신인 '데미 테르' 여신을 부르는 말이라고 강의한다. 샘은 몇 달 전 채 박사의 강의 내용을 기억하고 지금 강의 내용을 종합해 보면 케레즈는 '카 라', '가라', '가야'의 다른 이름이고 그리스 신화에서 제우스와 데미 테르(케레즈)가 결혼하여 '페르세포네'를 낳는다. 이 페르세포네는 '코레-Core'라 불리며 Corea 즉, Korea의 어원이 된다. 그리고 정 현진 선생이 저술한 내용에서도 공공이란 인물이 치우라고 주장하고 이 공공이란 인물은 순임금 시대에도 등장하고 요임금 시대에도 등장한다. 보편적 시선으로 보면 연대가 안 맞지만, 과거 우주에서 온 신이라 불린 존재들은 몇 만 년 이상을 살아왔다는 사실을 인정하면 전혀 이상하지 않다. 즉, 치우가 공공이며 카인, 풍백, 알라, 바알 등 여러 이름의 신들로 불려 왔었다. 그리고 황제헌원의 존재가 '제곡고신', '오시리스'이며 그의 아들 '호루스' 일루미나티 상징 전시안의 전신이 된다. 많은 이들이 알고 있는 그리스 신화에서 제우스는 헤라 여신과 결혼하고 두 아들을 낳는다. 불과 대장간의 신(불칸)으로 불리는 헤파이토스와 잘생긴 마르스이다. 어느 날 미의 여신 아프로디테(아쉬타르, 비너스)를 보고 첫눈에 반해서 사랑에 빠진 헤파이토스는 아프로디테에게 청혼하지만, 그녀는 못생긴 대장장이보다 멋지고 늠름한 마르스에게 관심이 있었다. 상심한 헤파이토스는 자신의 모든 기술적 능력을 녹여 대기에서 인공적으로 번개를 생성해 공격할 수 있는 무기를 만들어 아버지 제우스에게 빅딜을 한다. 강력하고 멋진 무기에 반한 제우스는 아프로디테와 헤파이토스와 결혼시켜준다. 하지만 그녀의 마음은 이미 마르스에게 가 있었고 바람을 피우다가 결국 들켜버려 마르스와 도망을 간다. 이렇게 분노에 가득 찬 헤파이토스와 마르스 형제간의 전쟁 신화가 바로 기자 단군 신화와 일치한다. 그리고 이 신화가 인도의 베다 신화이고, 이집트의 오시리스와 셋의 신화이며, 세미라미스 신화이다. 황제헌원과 치우 신화라고 채 박사는 주장한다.

성경 속 노아의 자손 중 '함'과'셈'이 있는데 함의 아들인 구스(제곡고신)가 셈의 자식인 '앗수르(앗시리아)'의 딸 '셈미라미스'와 결혼하여 '아브라함'을 낳는다. 이 아브라함이 유대인의 시조가 되며 모계를 계승하는 전통이 셈족으로 이어져 선택받은 '헤부르(유태)'민족 'choose' 과거분사 'chosen' 따라서 함과 셈의 자손들이 합해져 아브라함으로 이어진다. 사라와 그녀의 몸종을 취해 유대인의 조상이 되고 이들을 선택 받은 민족이라 불리며 그들의 다른 이름이 '기자조선'이다. 정리하면, 치우의 뿌리를 이은 천손민족 '단군조선'과 같은 뿌리로 이어진 형제 민족이라는 명백하지만 부끄러운 사실이다. 그리고 헤르메스의 다른 이름이 '해모수' 주몽의 아버지가 된다. 천손민족인 단군조선의 후예들은 북두칠성 족이 내려와 12환국 한민족을 형성하여 전 세계를 장악한다. 마한, 진한, 변한 각 1명의 황제로 나누어 통치하고 3명의 황제의 한 명의 최고신이 다스렸던 한민족 조상들이 모두가 신이었고 성 씨가 '고'씨였고 전 세계로 퍼져 문명을 이루었다고 강의한다. 그리고 신과 인간 사이에서 태어나 네피림들은 거인족이며 그들 역시 한민족 조상의 일부였다는 설명이다."

그리고 작년에 청취한 강의 내용 중 그가 주장을 기록한 노트의 내용 '26,000년 배달민족 이동 경로'는 이렇다.

한반도 남부에서 시작(25,800년 전-1플라톤 년*5= 129,600-원회운세주기)은 한반도에 지난 2012년 12월 22일에 1도씩 세차운동을 360도를 5번 돌고 돌아 129,600년 만에 거대 원회운세주기가 다시 처음 원점으로 돌아왔다고 설명한다.(원시반본 시작 점) 그리고 129,000년 전 당시 한반도 여수, 순천 바다 근처에 인어가 살고 있었다고 주장한다. 이렇게 주장하는 근거는 뛰어난 영능력자 '아모라 관인의 기억여행'이란 그녀의 저서에서 나온다고 얘기한다. 그래서 그녀가 누군지 조사해 보니 놀랍게도 우주인 중 플레이야데스 성단의 행성인 중 빛의 사자 '라'라는 존재와 채널링을 나눈다고 한다. 그녀의 이름은 천상계(플레이야데스성단)의 관음보살이 정해 준 아모라 관인으로 사용하고 있다고 하고, '아'는 '신성한 사랑'을 뜻하는 우주의 음이고 '모'는 어머니, 그리고 '라'는 거룩한 아버지를 뜻한다고 전한다. 이렇게 129,600년 이전에 지구 각지에 내려온 외계 존재들이 신비한 생명체 인어의 존재를 알게 되어 여수, 순천으로 모여 최초의 인간 형태의 씨앗이 그곳에서 탄생한다. 그때가 25,800년 전 플라톤 1주기가 시작된다. 이곳에서 시작된 가장 큰 이유는 온대 지방에 위치한 양대 거대한 갯벌이 자리 잡고 있어서 먹이가 풍부했다. 섬진강과 영산강이 바다와 합류되었던 장소이다. 특히 조개, 게, 낙지는 사방에 넘쳐흘렀다. 이미 크로마뇽인들의 주식이 조개였다는 사실이 과학적으로 증명되었다. 이후 지각변동, 잦은 해일과 대홍수로 높은 지대로 이동한다.

백두산(B.C.17,000년 전) 근처 평야 지대로 이동, 이곳이 흑피옥 발견지 주변이다. 홍산문명과 같은 장소지만 발견 지층이 틀리다. 흑피옥은 깊은 지층에서 출토된다.

중국 서안(B.C.15,000년 전)에 위치한 한무제의 릉이 단군릉이다.

사천성(B.C.14,000년 전), 운남성 곤명은 엔키가 다른 금 채굴을 위한 노동 인류 창조한다.

티벳 라사(B.C.13,500년 전) 니비루에서 내려온 엔닐이 하늘과 맞닿은 집 라사를 건설함. 운남성과 라사를 이어지는 길을 '차마고도'라 부른다.

마고성 호텐(B.C.13,000년 전)은 처녀자리 시대에 이곳에서 번성 후 4개 방향으로 모든 민족이 흩어진다.(B.C.11,000년경)- 부도지에 기록됨. 7대에 걸쳐 각 천년씩 7,000년을 다스린다.

황제헌원과 치우의 최초전투(아틀란티스와 레무리아 전투-B.C.10,000년경)는 티벳의 아리라사 전투가 벌어진다.- 핵 공격

대홍수(B.C.8,104년)는 운남성 곤명에서 서로 하늘에 궁창을 무너트려 소금물(바닷물)이 쏟아진다.

유웅 전투(B.C.6,000년)는 곤명에서 다시 전투가 발생한다.

판천(투루판-다시 핵전쟁)전투(B.C.5,000년)는 탁록 전투 후 대부분 전멸 한다.

에덴 우루무치-천산천지(B.C.4,000년)는 유대인 창조 신화 출발한 곳이기도 하다.

수메르로 이동 후 치우가 국가 건설(B.C.3,500년)- 황제헌원의 공격으로 파괴된다.

제곡고신(오시리스=기자=황제헌원)이 이집트 건설(B.C.3,000년)한다.

요임금이 앗시리아 건설(B.C.2453년)- 페르시아(부여)의 전신 엘람을 건설(B.C.2453년)한다.

힛타이트의 도시도 치우의 후손이 세운 도시(삼신과 관련)이다. 터키 끝 방향 왼쪽에 있다.

그리고 그리스와 이집트의 연합군으로 멸망(B.C.2,000년)한다.

멸망한 힛타이트족 트로이 일부가 마케도니아(치우 후손)로 이동한다.

다른 트로이 일부는 로마로 이동한다.(치우 후손)

그리스 알렉산더대왕(진시황제-신라)이 페르시아(부여=부루-단군의 아들)를 밀어내고 동부여로 이동한다.(이 과정에서 100년간의 역사 기록이 사라진다.)

동부여에서 해모수(헤르메스)의 등장으로 다시 북부여로 이동한다.

서안 피라미드와 이집트 기자의 피라미드의 유사성

흑피옥 문화와 이집트 문화의 관계

천산 아래 투루판의 유사성

고구려 집안 피라미드군과 이집트 초기 피라미드의 유사성

잉카, 아즈텍, 마야의 성전과의 유사성

반남고분과 고구려 고분과의 유사성- 윗부분 상단이 평평함, 옛 수메르 자리에 있던 이라크 박물관에 같은 독관(옹관)이 전시된다. 장례문화는 변하지 않는 고유의 전통이다.

수메르에서 문자 변천 과정 중 소리글자와 한글의 유사성이 발견된다.

명도전(동부여-페르시아)에 새겨진 한글과의 유사성이 증명된다.

실제로 수천 년 전의 대폭발 흔적이 세계 곳곳에 발견되고 있고 또 어떤 유물들은 8천 년 전에 만들어진 초고온 결정체도 전 세계 여러 곳에서 발견되고 있다. 이런 초고온 결정체는 핵폭발 같은 경

우에만 형성 가능하다고 과학자들이 증명하고 있다...

채 박사의 강의 경청할 때마다 샘은 틀을 부수는 엄청난 새로운 정보에 매일 전율한다. 오늘도 벅차오르는 감정에 흥분한 상태를 진정시키기 위해, 구름과자와 신선한 공기를 흡입하러 마당으로 나간다. 그리고 그의 상쾌한 마음을 마당 친구들과 물을 나누어 주며 강의 내용을 복기해 본다. 뒷마당까지 물을 뿌리고 앞마당으로 걸어오는데 발코니 앞쪽 나무에 위에서 아기새 소리가 들린다. 지난주부터 검은이마 직박구리 부부가 둥지를 완성하더니 드디어 새끼가 태어난 것 같다. 새 생명이 또 이 집 마당에서 태어났다. 그는 고개를 들어 둥지를 바라보며 새로운 식구들을 환영하고 있으니 발코니 문을 열고 그녀가 나와 인사한다.

"오하이오~"

"오~ 굿모닝~~"

"일찍 일어나셨네요?"

"5시 정도 일어난 것 같은데... 몇 시야?"

"7시 좀 넘었을 겁니다. 오늘도 날씨 좋네요~~"

"응. 마당 냄새들과 섞인 이 공기가 그냥 보약이네~~ 여기 봐봐~ 이 녀석들 아기들 태어났어! 보이진 않는데 부부가 서로 왔다 갔다 하면서 먹이 물고 오면 서로 밥 달라고 소리치네. 핫하하~"

"어머? 바쁘게 집 짓더니 드디어 태어났군요. 이 새들은 이름이 뭐예요?"

"찾아보니 직박구리 종류더라고. 검은 머리! 건강하게 잘 자랐으면 좋겠다."

"이 친구들도 3마리 낳았을까요? 지난번 입구에 있는 나무에서 태어난 작은 새들도 3마리 태어났잖아요??"

"그러게. 종류가 다르지만, 이번에도 3형제가 태어났을까? 나중에 확인해 보자~ 커피 내렸는데 마실래?"

"왠지 따듯한 커피보다 시원한 냉커피가 댕기는 데요?"

"어? 잘됐네~ 아까 내려놓고 냉동고에 넣었는데... 내가 선견지명이 있었나?? 딴생각하면서 뽑아서 진하게 나왔어. 얼어 버렸을까나??? 잠시만~~"

"오! 그래요? 감사합니다."

그는 주방으로 들어가고 그녀는 담배에 불을 붙인다. 냉동고 안에 넣은 커피는 살얼음이 얼려진 상태라 딱 먹기 좋은 타이밍이다. 유리잔에 나누어 얼음 4덩이씩 담고 커피를 채운다. 당분이 필요한 그의 잔은 꿀을 타 잘 휘저어 꿀을 희석한다. 그리고 마늘 버터 바게트 4조각을 청화자기 접시에 담아 쟁반에 들고 발코니로 나간다.

"우와~ 감동입니다~~ 벌써 눈이 번쩍 떠지네요! 이타다키마스~~~"

"도죠~ 진하게 내려져서... 얼음 녹이면서 마시면 적당할 듯하다."

"우마~ 우맛~~ 역시 삼상 커피는 맛있어요! 집중 안 해도 이런 맛이니 제가 밖에서 커피를 못 사 마시죠!! 그런데 무슨 딴생각 하셨나요?"

그도 담배에 불을 댕기고 냉커피 한 모금 마시며 대답한다.

"상욱이라고 대전에서 골드타워라는 빌딩 올리고 학원 경영한다는 친구 있었지?"

"글쎄요... 워낙 여러 친구들 얘기를 들어서 잘 기억이 안 나네요..."

"그렇군... 어려서는 친하게 지내다가 어떤 이슈가 있고 나서 거의 연락 안 하는 친구가 있어. 가끔 한석이를 통해 소식은 듣지만... 한석이의 미국 고등학교 직속 선배이기도 했고 버클리 나온 술고래 친구..."

"버클리...? 아?? 그럼 그분이 삼상 미국 신혼여행 때 샌프란시스코로 초대하셨다는 그분인가요???"

"그래! 그 친구~ 정치하고 싶다고 노래하고 다녔던 친구였지. 내 친구 중 유일하게 나랑 술 대작하는 친구였다. 아니지, 나도 겨우 겨우 정신력으로 버틴 친구다. 예전 미국에서 내 결혼식 전날에 다른 선배와 같이 와서 총각 파티 때 2차 끝내고, 우리 집에서 미국 친구들과 3차하고 있었어. 난 먼저 뻗어 버리고 마이크와 빌리가 대신 대작 해주고 있었는데, 그 주당들도 상욱이 술 마시는 거 보고 바로 무릎 꿇었다고 하더라~ 그 형들과 술 마시다가 새벽에 집에 술이 떨어져, 뉴욕에서 온 원정 형이 선물로 들고 온 코냑 1L 병 오픈하더니 아침까지 혼자 다 마시고 뻗었다고 들었다."

"네! 술고래였다는 그 친구분 생각나요~ 그분이 벤츠 번호판에 본인 이름 만들어 타고 다니셨다고 했었죠? 혹시 그분 아버님이 짜장면 한입에 드셨다는 그분이신가요??"

상욱 아버지는 당시 인천에 3선 국회의원이며 호탕한 캐릭터로 미국에서 아들의 차 사고로 한 달간 코마 상태로 있었다. 기적적으로 의식이 돌아와 사고 이후 안전한 자동차를 타고 다니라며 어머니가 선물해 준 차가 메르세데스 벤츠였다.

"어? 그건 정확히 기억하는구나~ 맞아! 인천에 미국 애들 엄마와 초대받아 놀러 갔다가 우리 짜장면 사주신다고 부르셔서 한입 신공을 보여 주셨었지. 인천 정치판에서도 유명한 분이셨다."

"그러셨군요... 그런데 그 친구분 이젠 다투고 연락 안 하신다고 했잖아요?"

"웅~ 12년 넘은 것 같은데... 어젯밤 꿈에 느닷없이 나타나더라?"

"어머? 설마 꿈속에서 또 싸우셨나요??"

"이젠 못 싸우지~ 그 친구 힘이 세서 주먹 한 대 잘못 맞으면 그냥 사망이다. 느닷없이 나타나 그냥 아무 일 없었다는 듯 같이 술 한잔하다가, 생뚱맞게 특유의 허스키한 목소리로 장난스럽게 '쒜꺄~ 내가 말이야~~ 그때는 미안했다!! 하고 사과하더라? 워낙 자존심도 세고, 의리 두툼하고, 특히 선배들에게 깍듯한 캐릭터였는데... 그래서 나도 미안했다고 말하고 편하게 나와서, 그냥 지나간 이런저런 얘기 하면서 어딘가 계속 걷고 있었어. 그러다 갑자기 어린 시절에 명산이라고 같이 놀러 갔던 인천 강화도 마니산 앞 바닷가가 나오더라. 그리고 길쭉한 항구 끝까지 걷다가, 자신에 새로운 요트라고 자랑하면서 배 타고 여행 떠날 거라고 나중에 보자~ 그러더니 휘리릭 사라지고 꿈 깼다."

"연락 한번 해보시죠?"

"그러게... 잠시 고민하다가 번호 있나 찾아보니 없더라... 나도 이제 밉다거나 서운한 감정은 없다. 뭐 나중에 기회 되면 한 잔 나누며 털어 버리면 되겠지."

"진짜 삼상도 한 고집 하세요. 한석 오빠한테도 손 박사님에게도 그렇고..."

"내가 생각하는 진정한 용서는 상대가 잘못을 인정했을 때 내 마음도 열려서, 자연스럽게 그 마음을 보여주고 서로의 감정을 나눈다고 생각해! 언제든 용서해 줄 마음도 가지고 있고... 아니지 이젠 깨닫게 해주어 고맙다고 해야 하나? 아니다! 전생에 미안했다고 오히려 사과 해야겠네~~ 나중에 기회가 있겠지 뭐~~~"

"깔깔깔~ 언제고 그러셨으면 좋겠네요~~ 오? 근데 얼음 좀 녹으니 정말 맛있어요~~~"

"그치? 난 지금이 딱 좋다. 빵도 같이 먹어봐! 잘 어울릴 것 같다. 야~ 아까 이메일 확인해 보니깐 쿠로가와 선생님 답장 왔는데 느낌이 좀 이상해..."

"아? 그래요?? 보여주세요! 빨리 보고 싶어요."

"전화기 작업 방에 있네~ 자기 이메일에 포워딩했으니깐 나중에 확인해 보셈~~"

"지금 열어볼게요~"

그녀는 빵 한 조각을 씹으며 바지 주머니에서 스마트 폰을 꺼내어 이메일을 확인해 본다.

"여기 있네요! 잠시만요..."

내용을 확인하는 그녀를 바라보며 그도 한 조각 빵을 씹는다.

"한석 오빠 어떻게 지내는지 요즘 근황 물어보시고... 전반적인 안부 내용은 생략하고 비즈니스 부분만 해석해 드릴게요. 코로나 때문에 검토가 늦어지고 있다고 말씀하시네요. 어린 친구들 대상이라 수니파나 시아파 해석 차이에 대한 고민이 있으신 것 같고, 삼상에게 두 종파를 초월하고 작업을 할 것인지 아니면 둘 중 어느 종파를 선택해야 하는지 의견을 물어보시네요."

"그래! 그 부분이 이상해!! 종파의 구분 없이 순수한 쿠란의 선한 메시지를 아이들에 눈높이에서 해석하는 작품이 최고겠지만, 군이 종파를 나누자면 분명히 이슬람 대부분을 차지하는 수니파를 타깃으로 해야 옳다고 말씀드렸는데... 이 프로젝트 투자해주실 분들이 U.A.E 연합 지도자들인데 당연히 수니파의 시각적 해석이 맞는 거지! 내 입장에선 종파를 초월하고 싶지만... 보내드린 이메일 번역이 잘못됐을 리가 없잖아?"

"잠깐만요. 보내드린 이메일 다시 한 번 확인해 볼게요."

그는 생각보다 잘 어울리는 마늘빵과 커피의 궁합을 즐기며 그녀의 대답을 기다린다.

"맞는데요? 삼상이 명확하게 그 부분을 이미 전달해 주셨는데... 이상하네요."

"그렇지? 음... 그리고 아직 어느 작가가 작품을 작업할지 결정도 안 된 상태에서 투자자를 결정하고, 수익 구조와 회수 방법을 얘기하는 건 기획 단계에서 빨라도 너무 빨라~~"

"삼상이 그 부분도 여기 얘기하셨네요. 'TF(Task Force)팀' 결정에 따라 펀드 규모와 조합 구성원이 달라질 것이라고."

"그래~ 오역이 된 것도 아닌데 뭐지? 왜 이렇게 견해 차이가 생길까??"

"전 잘 모르겠습니다만 서로 다른 곳을 보고 계신다는 느낌은

드네요."

"음... 그치? 좀 고민해보고 리턴 해야겠다."

"남은 한 조각 제가 먹어도 되나요? 맛있네요~~ 커피랑 밸런스 가 좋아요~~~"

"서로의 선택이 좋았지! 도죠~ 도죠~~"

이들은 간단한 아침 간식을 즐기고 각자의 작업 시간을 갖는다. 아이들과 같이 지내면 좀처럼 집중해서 작업할 수 있는 환경을 만 들기가 어렵다. 그래서 아이들이 잠든 시간을 이용해 각자 틈틈이 작업을 진행하고 있다. 그녀는 작업 방으로 그는 작업 방에서 노 트북을 가지고 거실 소파로 자리 잡는다. 그렇게 2시간 좀 안 되게 작업하고 있다가 정면 마당 입구 쪽에서 흰색 차량이 서서히 들어 오는 걸 샘이 발견하고 그녀를 부른다.

"유짱! 누가 마당으로 들어오는데? 우리랑 접촉 사고 난 그 할아 버지 커플인가??"

그녀가 거실로 나와 그들을 확인한다.

"네! 맞는 것 같은데요? 일찍도 움직이시네요~"

그들은 노인 커플을 맞으러 마당으로 나가고 곧 차 안에서 나오 는 그들과 마주하고 그녀가 먼저 인사한다.

"좋은 아침입니다. 일찍 오셨네요."

샘도 고개 숙여 인사한다.

"오하이오 고자이마스(좋은 아침입니다)~"

노인 커플도 반갑게 인사한다.

"네! 좋은 아침입니다."

할아버지는 마당을 둘러보며 말을 이어 나간다.

"아담하고 멋진 마당이네요~ 저 작은 연못은 직접 만들었나요?"

"네! 작은 취미로 제가 땅 파서 만들어 보았습니다."

"구경 좀 해도 될까요? 저도 물고기들을 좋아해 우리 집 마당에도 연못을 만들어 놓았죠."

그는 천천히 작은 연못으로 가까이 다가가 주변을 살피며 금붕어와 구피들을 구경하며 말한다.

"한국 사람 같은데 성함이... 오키나와에선 무슨 일을 하시나요?"

"김 씨입니다. 집에서 와이프와 같이 아이들을 돌보며 틈틈이 소설을 집필 중입니다."

"오호~ 기무상? 흥미로운 일을 하시네요??"

"그런가요? 재능이 없어 머리털이 계속 빠지는 요즘입니다만... 핫하하"

뒤쪽에서 할머니는 그녀에게 쇼핑백에든 아이들 과자 선물과 오키나와 전통 과자를 전해 주자 그녀가 한번은 사양하다가 결국 기쁘게 받고 있다. 할아버지는 할머니와 그녀가 있는 곳으로 서서히 걸어가 그녀에게 묻는다.

"그럼 아내 분은 따로 일하시나요?"

"아니요. 가사와 육아로 같이 있는 시간도 너무 바빠서 집에서만 일합니다."

샘이 대화에 들어와 부연 설명해준다.

"그녀도 틈틈이 그림 작업을 하고 있습니다."

할머니도 자상한 표정으로 말한다.

"이런! 우리 이시가와에 젊은 작가 부부가 계셨네요. 반가운 일입니다."

"고맙습니다만 둘 다 아직은 초보 작가들입니다. 두 분은 이시가와 어느 쪽에 사시나요?"

우유가 호기심 가득한 얼굴로 물어보고 할머니가 웃으며 대답해 준다.

"우리는 비오스 근처 작은 단독 주택에 살고 있어요. 비오스엔 와봤나요??"

"그럼요! 좋아하는 공원이라 가끔 가족들과 산책하러 다녀옵니다. 지역 주민이라 멤버십 70% 할인도 받아 저렴하게 다니고 있습니다."

"그러시구나~~ 우리도 가끔 그곳에서 산책한답니다."

할머니는 공감대를 발견한 듯 흐뭇한 미소로 고개를 끄덕인다. 비오스 언덕 공원(Bios Hill)은 미키 하우스에서 3분 거리로 이 집에선 7분 안쪽 거리의 공원이다. 오키나와 특유의 여러 자연 생태계가 잘 꾸며진 습지 호수 테마 공원으로, 미군 가족들과 본토에서 넘어온 관광객들 그리고 해외 관광객들에게도 인기 있는 10만 평 규모의 아열대 대자연을 감상할 수 있는 습지생태공원이다. 작은 유람선은 오키나와 특유의 진귀한 난들과 습지 식물들을 볼 수 있어 한 번쯤 꼭 타 볼만한 조화로운 자연환경을 제공한다.

"조용하고 멋진 곳에 사시네요. 비오스 언덕 전에 있는 골프 코스도 제가 좋아하는 코스 중 하나입니다."

"김 상 골프도 치시나 봐요? 나도 예전엔 골프를 좋아해 '야마지로' 골프장을 자주 다녔었지만, 지금은 힘이 들어 쉬고 있지요."

"그러시군요. 저도 운동 삼아 가끔 필드에 나가고 있습니다."

"그렇습니까? 좋군요~~"

그리고 여유로운 미소를 짓는 할아버지가 입고 있는 연한 하늘색 계열 얇은 여름 재킷에서 봉투를 꺼내어 샘에게 건네어 주는데 그냥 대충 보아도 돈 봉투다.

"이게 뭔가요? 에이~ 아닙니다. 이런 것 받을 수 없습니다."

그는 강하게 고개를 저으며 한사코 거부하자 우유에게 다시 건네려고 시도한다.

"괜찮습니다. 전에도 말씀드렸지만 앞으로 운전 조심히 해주시면 됩니다. 받을 수 없습니다."

그녀도 강하게 거부하자 할머니가 봉투를 받아 그녀에게 전해준 쇼핑백에 억지로 넣어 주며 말한다.

"사실 남편이 몇 번 접촉 사고로 이번에 다시 벌점을 받으면 면허 정지 상태였어요. 고맙게도 신고를 안 해주어 아직은 운전을 할 수 있게 되었어요. 이렇게 감사한데 우리 때문에 차량이 흠집이 나 버리는 손해까지 끼치고... 가만히 있는 건 도리가 아니라고 자식들에게도 혼이 났답니다. 홍홍홍~ 그러니 받아 주세요. 우리의 성의입니다."

진심으로 감사하는 할머니의 표정에 그들은 더 이상 거부할 수 없어, 돈 봉투를 받고 그녀가 말한다.

"안 그러셔도 되는데 그렇게까지 말씀하시니 감사히 받겠습니다. 하지만 운전은 접촉 사고도 정말 조심하셔야 합니다."

"운전을 이제는 안 하고 싶은데 운전을 안 할 수 없는 상황이라, 더 조심히 할 수밖에 없네요... 고마워요."

미소 짓고 얘기하는 할아버지의 표정이지만 말투 속에 쓸쓸한 느낌이 감돌고, 동시에 집안에서 아라의 울음소리가 들리자 할머니가 작별 인사를 한다.

"그건 오키나와 전통 과자 '친스코'인데 아이들이 좋아할지 모르겠네요. 그럼 이만 돌아가겠습니다. 고마웠어요."

친스코는 류큐 왕정시대부터 있던 전통 수제 과자로 밀가루와 설탕 그리고 돼지기름 라드로 만든다. 그녀가 유창한 한국어로 샘에게 입구 밖까지 에스코트해드리라고 부탁하고 그들에게 인사한다.

"감사합니다. 조심히 들어가세요. 전 아이 때문에 먼저 실례하겠습니다."

그도 그들과 인사를 나누고 먼저 걸어 나가 후진으로 잘 나올 수 있게, 집 입구에서 수신호로 에스코트해준다. 무사히 입구를 나온 그들이 창문을 열고 다시 인사하고 샘도 인사하며 그들을 배웅한다. 집 안으로 들어가니 곤도 일어나 새로운 과자 박스와 베니니모(자색고구마)로 만든 성인 엄지 크기정도의 친스코를 맛있게 먹고 있다.

"아이들 마음에 드나 보네. 이건 보라색 고구마 맛인가 보다. 나도 하나 맛 좀 볼까?"

"네! 아이들은 좋아하는 것 같은데 전 별로..."

바삭함 속에 부드러운 단맛이 있고 뒤에 짠맛과 함께 고구마 향도 올라온다.

"음... 나쁘진 않은데 내 입맛에도 별로... 그 박스도 과자?"

"이건 본토 스타일 전통 과자네요!"

"아이들 부식 득템했네~~ 봉투는 열어 보았어?"

"네~ 4만 엔이나 들어 있어요..."

"헐... 뭐 어쩌겠어! 이렇게라도 마음 담고 싶으셨나 보지!! 왠지 그분들 자식 교육도 잘하신 느낌이지? 요즘 젊은 친구들 같으면 럭키~ 외치고 끝날 것 같은데..."

"아마 보통은 그렇겠죠? 본토도 젊은 사람들 예절이나 매너가 없어져 여러 가지 이슈도 많았어요."

"다 그런 건 아니겠지만... 어디든 미꾸라지들이 존재하겠지? 한국은 안 그러나?? 그래도 '메이와쿠' 문화를 중요시하는 관습이 아직은 살아있네~ 그나저나 차는 지금 고치지 말고 나중에 혹시 또 사고 나면 그때 같이 처리하자~~ 파손적립금 확보다~~~"

메이와쿠는 일본에서 중시하는 문화로 남에게 민폐를 끼치는 것은 큰 실례라는 의식을 어려서부터 가르치는 문화를 말한다.

"넵! 그러시죠~~"

"근데 아이들 일어나자마자 과자 먹어서 아침 또 패스겠다~~"

"뭐~ 이런 날도 있는 거죠. 헤~~"

"그래~ 편하게 하자!"

코스타리카 가족

이들 가족 네 식구는 빠른 점심으로 부족하지 않은 식사를 마치고 아이들과 해변 산책하러 나가기로 한다. 캠핑용 접이식 이동 캐리어에 아이들이 올라타도 두툼한 바퀴가, 웬만한 지형은 부드럽게 통과할 수 있는 장비다. 지금은 캠핑용이 아닌 가끔 나가는 소풍용으로 사용 중이다. 그는 아이들 놀이용 아디다스 축구공과 드론, 물티슈를 챙겨 담고 저속 드라이브로 골목을 빠져나와 우회전해서 해변 방향으로 보도블록 위로 끌고 걷는다. 사이드 백에 텀블러에 얼음을 떠어 옥수수차를 담고, 사거리 신호등을 지나가 오른쪽 로손 편의점에 그녀만 들어간다. 그녀가 아이들을 위한 아이스콘 2개를 구매하고 나와서 목적지로 이동한다. 99m도 안 되는 전방에 이시가와 해변공원 입구가 보이고, 아이들은 즐겁게 아이스콘을 먹으며 주변을 살핀다. 한적한 주변은 언제나 편안한 산책길을 제공해 주며, 집집마다 키우는 식물들 구경하는 재미도 쏠쏠하게 즐긴다. 이곳 해변은 항상 유동 인구가 많지 않아 쾌적함을 유지한다. 그리고 이 공원에 산책 나올 때마다 다니는 이동 동선을 따라 좌측으로 간다. 높고 거대하게 자란 석천해솔길이 만들어 주는 그늘 길을 지난다. 해솔길이 끝나면 해변 모래사장 옆길로 다시 역방향으로 동선을 잡고, 파도 소리를 들으며 산책을 즐긴다. 아이스콘을 다 먹은 아이들의 입과 손을 물티슈로 닦아주고, 캐리어에서 내려주니 모래사장으로 뛰어가 공놀이 삼매경에 빠진다. 그는 드론을 띄워 아이들과 그녀의 노는 모습을 촬영한다. 햇볕에 반사되는 에메랄드빛 바다는 눈부시게 반짝이고, 그녀는 엄마 미소를 날리며 아이들이 바다에 들어가지 못하게 안전하게 가드해주며 같이 놀아준다. 고글과 스카이 컨트롤러는 놓고 나와서, 지금은 X로 가볍게 조절하여 주변 경관을 여러 방향과 각도에서 가족들의 즐거운 순간들을 촬영하며 그도 놀고 있다. 그리고 스마트 X로 옵션을 변경해서 '팔로우 미 모드'로 바꾼다. 스스로 자동 비행하여 설정한 피사체를 따라다니며, 360도 돌면서 역동적인 영상 촬영을 해준다. 그는 느긋하게 계단에 앉아 담배 피우며 가족들을 행복한 모습과 문명의 즐거움을 감상하고 있다. 하지만 6분이 채 지나지 않아 충전 경고등이 들어와, 이동 캐리어 안으로 드론을 조종해 안전하게 착륙시킨다. 그리고 그녀가 다가와 말한다.

"효~ 햇빛에 움직이니 벌써 힘드네요. 그런데 삼상 이젠 드론 조정 잘하시네요."

"조금은 실력이 늘었지? 하지만 나중에 한 촬영은 자동비행 모드로 촬영한 거야! 나보다 더 다이나믹하고 부드럽지?? 앉아서 한 대 빨면서 좀 쉬세요!"

그녀에게 담배와 라이터를 주고 그는 캐리어로 이동해, 텀블러를 가지고 와 시원한 옥수수차를 먼저 마시고 그녀에게 건네어 준다.

"오이시시시시시잇(맛있다아아앗)~~"

"그치? 해변이라 더 맛있다. 애들아 너희도 시원한 차 마시면서 좀 쉬어!"

아이들도 힘이든지 그들 곁으로 다가온다. 그녀가 뚜껑에 따라 준 차를 나누어 마시고 햇빛만큼 반짝이는 만족한 표정을 뿌려준다.

"아이들 얼굴 빨개졌네요."

"아라! 곤!! 이제 힘들면 그만 돌아갈까?"

아이들은 땀방울이 이마에 송골송골 맺혀 있지만 아쉬운 듯 고개를 젓는다.

"그래? 그러면 엄마 푸~ 끝나면 저 위쪽으로 캐리어 타고 가볼까??"

항상 그렇듯 아이들은 말보다 표정이 빠르게 대답한다. 따끈한 모래 위에 찜질 중인 축구공을 집어 들어 모래를 털어내고 캐리어로 걸어가 안쪽에 넣는다. 중앙에 착륙한 드론은 사이드 주머니 망에 담는다. 그리고 다시 돌아가 아라를 먼저 앉고 캐리어에 탑승시키자, 다가오는 그녀의 오른손은 곤을 잡고 다른 손엔 텀블러를 들고 온다. 곤이도 합승시키고 그가 외친다.

"자~ 그럼 출발합니다."

넓은 계단식 쉼터 군데군데 주변 공사장 노동자들인 것 같은 사람들이 편의점 도시락을 바다를 바라보며 먹고 있다. 간혹 낚싯대를 드리운 노인들도 보인다. 그들이 지나가는 계단 제일 꼭대기 자리에 외국인 부부가 점심으로 컵라면을 앉아 먹고 있다. 아라보다 좀 작아 보이는 귀여운 백인 아이가 유모차에 앉아 있다. 백인 여자가 먼저 눈인사하고 남아메리카 계열로 보이는 남자와 샘이 인사한다.

"안녕~ 좋은 날씨네~~"

"안녕~~ 아이들이 너무 귀엽다. 아까 드론 비행을 하는 것 같던데... 얼마나 연습하면 그 정도 비행이 가능해?"

적갈색 콧수염과 턱수염이 풍성한 얼굴에 억양이 느껴진다. 남아메리카 쪽 발음이지만 의사 표현에 문제는 전혀 없어 보인다.

"고마워~ 센스만 있다면 1달이면 이 정도는 충분히 가능할 거라고 생각해. 난 몇 달이 걸렸지만... 하하."

"오~ 그래! 나도 드론으로 자연을 촬영하고 싶은 마음이 있어서 물어보았어. 지금은 사진을 찍고 다니지만..."

캐논 풀프레임 DSLR바디에 EF 24-105㎜를 장착한 카메라를 보여준다. 프로들이 사용하는 장비는 아니지만, 실력은 장비와 비례하질 않는다는 사실을 샘은 잘 알고 있다. 왜냐면 그도 사진 촬영을 좋아해 어쩌다 프로의 장비를 가지고 있지만, 실력은 아직 초보를 조금 넘은 수준이다!

"이곳은 멋진 자연 풍경이 많아 좋은 사진 많이 찍었겠는걸?"

"응. 이곳은 처음이지만 벌써 좋아지기 시작했어."

이번엔 유창한 영어를 구사하고 주근깨가 많은, 미인형 백인 여자가 미소 지으며 우유에게 묻는다.

"아이들은 남매인가 보다. 귀여워~ 몇 살?"

그녀가 대답해 준다.

"남자아이는 3살이 좀 넘었고 여자아이는 거의 2살! 너희 아이는 몇 개월 정도?"

"28개월~ 너희는 근처에 살고 있나봐?"

샘이 대답한다.

"그래! 초등학교 근처에 살아. 너희는 이곳에 여행하러 왔나 보구나. 군인 가족처럼은 안 보이네."

"호우~ 어떻게 알았지? 이 근처 행사에 초대받아 오키나와부터 시작해서 본토 오사카 거쳐 동경으로 이동할 계획이야. 우리가 온 코스타리카도 자연이 아름답지만, 이곳은 이곳만의 멋과 색채가 있고 무엇보다 평온해서 아주 마음에 들어."

"아? 코스타리카에서 왔구나?? 아직 가보진 못했지만, 그곳도 울창한 숲속 풍경과 멋진 바다가 있다고 들었어! 그런데 화산은 조금은 조심해야겠다! 포아스(Poas)였나??"

샘의 개그 아닌 개그에 그들이 웃는다. 그리고 그들의 환한 웃음은 샘 부부의 마음을 밝게 만들어 주는 힘이 있었다.

"그래! 아는구나~ 포아스 볼케이노!!"

"하하 요즘 화산들 활동에 관심이 좀 많아져서~ 이런... 미안 너희 아직 식사 중인 것 같은데~~ 좋은 추억 많이 만들고 가길 바란다. 챠~우~~"

"고마워~ 대화 나누어 좋았다. 챠우~~"

짧았지만 즐거운 대화를 나누고 산책길로 이동하는 그들의 발걸음은 가볍다.

"저도 이름은 들어는 보았는데 코스타리카는 어느 쪽에 있나요?"

"남아메리카 멕시코와 콜롬비아를 길게 연결하는 섬 같은 나라."

"아항~ 어린아이 데리고 꽤 긴 여정 같은데 용기가 대단하네요~~ 왠지 우리 같은 히피 계열처럼 보이기도 하고요!"

"오~ 유짱도 느꼈구나~~ 역시 그런 것 같지?"

곤도 무언가 느꼈는지 알 수 없는 방언을 하며 동조한다. 이동하는 산책로는 완만한 커브로 되어 이시가와 하천과 바다가 만나는 장소다. 작은 다리를 건너면 바다 라인을 끼고 오른쪽 라인은 길이 끝나는 부분까지 무덤이 펼쳐진다. 오키나와는 곳곳에 무덤들이 많지만, 이곳 산책길 무덤은 관리인이 따로 있다. 무덤 형태도 일반 형식이 아닌 좋은 대리석과 오석들로 잘 손질되어 자손들의 정성이 많이 보이는 집안들의 무덤터로 보인다. 흥미로운 사실은 삼분의 일 정도가 '킨조(금성)'의 성을 쓴 무덤이 있다. 길 끝에서 썰물 때가 되면 바닷가 안쪽에 산호 동굴이 모습을 들어나는데 샘이 가끔 혼자 썰물 시간에 맞추어 글을 쓰러 오는 곳이기도 하다. 그들은 길 끝까지 가지 않고 중간 정도에 멈추고 잠시 아이들을 자유롭게 해주며 따라다닌다. 파도 웨이브를 듣다가 갑자기 샘의 배 안쪽에서 올라오는 큰 웨이브 사인이 느껴져 집으로 리턴을 결정한다. 돌아가는 길 작은 다리가 가시거리에 들어올 때, 코스타리카 가족이 걸어와 다시 만난다.

"어? 너희들도 이쪽 산책 코스를 선택했구나."

그녀가 밝게 웃으며 대답한다.

"그렇기도 하지만 이걸 전해주고 싶어서~ 혹시 내일 시간이 있으면 여기 근처에서 내가 하는 공연을 보러 와 주었으면 해! 사실 우리는 일본 교회 YWAM 단체에서 후원해 주어, 여러 곳을 여행 다니며, 남편은 간증하고 나는 영혼의 춤을 소개해주고 있거든.”

그녀가 건네어 주는 전단지를 받고 샘이 보지만 대부분 일본어로 된 소개가 많아 우유에게 보여주고 말한다.

“크리스천 단체인 거 같네. 댄서였구나~ 초대해 주어 고마워. 특별한 일이 없다면 방문할게. 약속은 못 하지만... 그나저나 난 샘이라고 해. 아내의 이름은 우유!”

“반가워 샘! 난 첼시고 남편은 고올지!!”

“반가워~”

“나도 반가워~~”

“좋은 시간 보내~~~”

“고마워~ 너희도~~”

서로의 이름을 확인하고 서로의 길을 걸어간다. 그들의 목소리가 안 들릴 정도의 거리로 이동하자 그가 얘기한다.

“영혼의 춤이라... 궁금하긴 하네~ YWAM 기독교 단체라는 것이 좀 걸리긴 하지만... 처음 들어본 단체야. 자기는 들어봤어?”

“아니요! 저도 처음입니다. 설마 이상한 사이비 종교는 아니겠지요? 오키나와도 이상한 종교가 몇 군데 있다는 얘기는 들어봤어요.”

“집에 가서 한 번 찾아보자! 이상한 사람들처럼 보이진 않았는데... 확인해 보면 알겠지 뭐~”

자동차로 돌아가는 길과 다르게 걸어가는 길은 더 멀게 느껴진다. 아이들을 끌고 가는 캐리어의 무게는 아까보다 확실히 달라진 무게감이 샘의 표정에 보이자, 그녀가 웃으며 친절하게 얘기한다.

"교환해 드릴까요? 삼상 땀나네요!"

"이 정도 운동은 해야겠지? 그렇지만 속도 안 좋고 덥다... 빨리 가서 비즈니스하고 시원한 오리온 한 캔 마셔야겠다."

"저도 댕기지만 천천히 가시죠?"

"뭐지? 이 악취미는??"

집에 도착한 그들은 현관에서 아이들 발을 먼저 털어주고 그녀가 아이들을 데리고 욕실로 들어간다. 그는 캐리어를 정리 후 주차장 안쪽에 보관하고 집 안으로 들어가 화장실로 점프한다. 편안해진 그도 세면대에서 손을 씻고 소란스럽게 물놀이를 시작하는 아이들을 바라본다.

"녀석들도 더웠나 보다!"

"네! 오늘도 변함없이 둘 다 좋아하네요~"

"하긴 언제는 물놀이 안 좋아했나? 자~ 우리는 맥주 한잔해야지??"

"그래야죠~ 오늘은 컵에 마시고 싶어요. 당신은 그냥 마실 건가요?"

"오~ 그럼 난 간만에 얼음 3덩이 띄워서 마셔 볼까나?"

"그것도 좋지요~"

보물 판매 아르바이트

그녀가 준비한 잔에 그가 얼음 3덩이를 투하하고, 그녀의 맥주 전용 잔에 한 캔을 가득 채운다. 자신의 잔에도 채우지만 조금 남아 바로 마셔 버린다. 그리고 그들은 각자의 잔을 들고 휴게실로 이동한다.

"수고하셨습니다. 치어스~"

"마마짱모 오쯔카레냥~ 간빠이~~"

그들은 삼분에 일 정도를 시원하게 들이킨다. 태양 빛의 광합성 치료와 비타민D 섭취 후 마시는 아일랜드 로컬 탄산 보리차는 언제나 옳다.

"화장실에서 YWAM 찾아보니 다행히도 사이비는 아니더라."

"정식 허가된 단체인가요?"

"비영리단체로 등록하고 활동하겠지?? 일본 YWAM은 1975년 오사카에서 출발해 북쪽 끝 북해도에도 있고, 남쪽 끝 오키나와까지 사역 활동을 한다고 하더라. 한국도 1967년 서울공대 기독학생회에서 사역을 시작했다네."

"규모가 얼마나 될지는 모르겠지만 국제 활동하는 단체인 것 같네요."

"응~ 그런 것 같아."

"그런데 YWAM는 무슨 약자인가요?"

불을 빨아들이며 그에게 물어본다.

"Youth With A Mission이라는데, 젊은 친구들에게 진정한 예수님의 성품과 세상을 구원할 방법을 찾기 위해 노력하며 전도하고 훈련하고.... 또 뭐라 그러더라? 아?? 구제 사역을 통해 하나님을 알리고 대업에 가능한 많은 사람을 동참시키는 것이 목적이라는데..."

"그래도 다행이네요. 이상한 사이비 종교는 아닌 것 같아서~~"

"모르지! 워낙 가짜 목사들과 가짜 장로들이 판치는 세상이라 모르겠다. 진짜 목사라면 말보다 얼굴과 행동에 나타나 좋은 기운으로 주변을 변화시키지 않을까? 불행히도 아직 그런 목사들을 본 기억이 없다. 해외 유명하다는 목사들 집회도 본 적이 있지만, 목사란 작자가 '성령 받아라!' 하면서 장풍 날리고 또 옆에서 '아~ 내게도 성령이 오셨어요~~' 하면서 사람들 장풍 맞고 쓰러지는 코미디 쇼는 몇 번 보았지만~~~"

"우호호호~ 그 장풍 쇼? 들어 봤어요. 한석 오빠 여자 친구 초대로 다녀오셨다는 그 집회였죠?? 욱이 오빠랑 술자리에서 같이 다녀오셨다고 들었어요."

"그래요~ 그 집회! 그 당시 내가 고려시대 보물 감지금니묘법연화경 맨데이트 계약하고 욱이와 욱이 친구 삼일회계법인 이사하고 팀으로 작업하고 있을 때였거든. 그런데 한석이 여자 친구가 나보고 자신이 기도하다 응답을 받았는데, 내가 방언의 은사 능력이 없어서 지금 진행하는 프로젝트가 쉽지 않을 거라며 같이 기도원에서 1박 2일 코스로 방언에 은사능력을 키워 주겠다고 하더라. 말은 고맙지만 사양하고 온 적이 있었다. 카즈도 듣다가 펄쩍 뛰더라고..."

"아! 저도 들어 본 적 있어요. 오빠 지인 중에 기도 능력이 뛰어나 한번은 본인 회사 주식이 많이 올라갔다고 자랑스럽게 얘기해 주셔서 아~ 그러셨구나 하고 말았어요."

"어? 유짱도 들었구나 그래! 그 얘기... 음... 그럼 혹시 구름을 움직인 얘기도??"

"네! 한석 오빠가 출장 때 태풍이 몰려와 기도로 방향을 바꾸셨다는 얘기 들었어요."

"음... 뭐 예수님 말씀처럼 정말 간절하고 완전하고 절대적인 믿음이었다면 그런 기적이 일었났을 가능성도 없진 않지만, 그냥 운이 좋았을 가능성도 크게 있는 거니깐..."

"보통 그런 얘기는 아무한테나 할 수 없는 조금 위험한 내용 아닌가요?"

"핫하하 아무나가 아니었나 보지! 유짱이~~"

갈증이 느낀 샘은 남은 탄산 보리차를 다 비우고 담배에 불을 댕긴다. 그리고 그녀에게도 불을 붙여준다.

"그런데 그 고려시대 보물은 어떻게 찾으셨나요?"

"내가 찾은 건 아니고 지인 중 건설사업 하시는 회장님이 선대에 가보로 물려받아 소장하고 있던 작품을 팔고 싶다고 연락이 오셨지. 회장님 말씀은 선친이 할아버지처럼 독실한 불교 신자셨고, 이 작품은 조선말까지 '구인사'에서 소장했던 작품이었다고 들었어. 그래서 원래 계획은 선대의 유지를 따라 자신이 죽기 전 다시 사찰에 기증할 생각이셨다는데, 건설 경기가 너무 나빠지고 자금 압박이 심해져 부득이하게 가보를 판매하게 되었다고 하셨어!"

"그런 고미술 작품에 진품 확인은 어떻게 하셨어요?"

한쪽 입꼬리를 올려 구름을 길게 내뱉으며 그가 대답한다.

"회장님이 2010년 12월 동국대학교 부총장 겸 한국불교연구원 이사장 정조병 교수가 써준 귀중한 진본이라는 소견서를 가지고 있었지만, 우리가 따로 확인 작업을 해야 했었어. 그래서 한국에 묘법연화경 관련 권위자들 리스트 업하고 욱이 친구 희성이 라인을 통해 작업하다가 '법화경 요품강의', '묘법연화경', '법화종요연구' 등 다수의 저서와 논문을 발표하신 현해 스님과 한국사경협회장 김경호 회장님을 만나 조언을 듣고 귀한 보물이란 작품 평을 받았지. 하지만 그분들도 100% 진품이라는 확인서는 발급해 줄 수 없다고 하셨어. 그래서 고민하다가 대한고미술협회장을 찾아 미팅했었지. 그랬더니 놀라운 얘기를 들었다."

"그 희성 씨라면 와이프가 40대 초반에 교수 됐다는 분이죠...?"

"맞아!"

"그러면 고미술협회에서 진품 보증서 만들어 주신다고 하나요??"

"그랬어! 하지만 미팅 중 이런 말을 하더라. '한국 고미술은 우리 협회에 소속된 교수들이 관련 논문 쓰고 자신이 보증하면 진품이 된다'라고... 그 말은 가짜도 자신들의 네트워크로 진품으로 만들어 준다는 얘기하고 뭐가 달라? 검증 방법이 과학적인 확인 절차가 아닌 지인들 네트워크로 보증할 수 있다는 개똥 같은 말을 자랑스럽게 하는 거야. 비용도 4천만 원이나 요구하더라! 그래서 면전에 욕은 안 하고 생각해 본다고 말하고 연락 안 했지!! 당시 한국 수준이 그렇더라고~~"

"지금은 몰라도 그때는 고증할 수 있는 과학적 검증 시스템이 없었나 보네요. 엄마가 동경예대에서 박사 받으시고 사실 문화제 중 고문서 복원과 감정전문가신데... 삼상과 좀 더 일찍 만났으면 쉽게 검증할 수 있었는데 아쉽네요."

"뭐 아쉽기는 해도 뭐든 때가 있는 거니깐! 아무튼 결국엔 방사선탄소연대측정으로 고려 말에서 조선 초기에 사경 되었다는 데이터를 받고 자신감을 가지고, 여러 라인을 통해 작품 구매자들을 찾아 다녔지!"

"그 정도 보물이면 가격이 얼마나 하나요?"

"그 프로젝트 사인하기 전 회장님은 30억 원만 자기에게 보장해 주면 나머지 금액은 팀들과 알아서 분배하라고 하셨어. 그래서 벨류에이션 해보니 90억 원 이상의 가치가 나오는 거지."

"그렇게나 많이요? 가치 선정 기준은 어떻게 하셨나요??"

"2002년인가 크리스티 경매에서 감지금니로 사경된 작품 한 권이 1.5밀리언 달러에 낙찰된 기록이 있어. 한화로 15억 원 이상이었지. 그렇기 때문에 우리는 최소 가치 60억 원으로 책정했었지."

"헐~~ 대박! 그런데 감지금니는 뭔가요?"

"아마 통일신라시대부터 화려한 금니를 사용한 사경이 시작되었다고 들었는데 고려시대로 넘어오면서 절정을 이루었다고 알고 있어. 법화경이라 불리는 묘법연화경은 한국 천태종의 모범 경전으로 크게 '감지금니묘법연화경과', '감지은니묘법연화경'으로 나누어지고 가끔 발색이 우수한 송연묵으로 작업한 사경도 나오기도 한다고 해. 당시 최고급 종이인 감지(닥종이에 푸른색으로 물들인 종이)에 금가루를 아교에 섞어 사경한 것과 은가루를 섞어 한 땀 한 땀 작업하는 고도의 정신집중력으로 글자 한 개 크기가 2㎜도 정도로 가늘어. 그리고 절첩장 형태 뒷면엔 사경된 법화경 내용을 묘사하고 함축한 그림인 변상도에 표현된 선은 0.1㎜되는 장인급 세필의 예술품인 것이지. 그것도 단순히 필사하는 것이 아닌 그 시대 명필가가 수행하는 마음으로 부처님 말씀을 세기는, 정교한 고도의 예술을 연꽃 같은 불자의 성심으로 작업을 수행한 거야. 이런 감지금니묘법연화경 작품이 총7완질본으로, 1권에서 7권까지 총 28품 전권을 소장한 곳은 한국에 내가 아는 한 단 한 곳도 알려진 사실이 없어. 아마도 일본 문화청에는 전권이 소장되어 있다고 들은 것 같아. 혹시 한국에 누군가 비밀리에 소장하고 있다면 홍라희 관장님 정도일까? 그나마 감지은니묘법연화경 전권이 호림박물관 아니면 리움미술관에 소장되어 있고, 금니는 리움 미술관과 국립중앙박물관에서 각 1권씩 소장되어 있다고 알고 있어. 그래서 더욱 가치가 있는 것이지."

"와우~ 엄청난 노가다 작업으로 들리네요. 역시 진정한 예술적 극상품은 피와 땀이 흘러야 탄생하는군요. 땀도 함부로 못 흘리는 대작업이지만... 그런 귀중한 보물을 왜 못 파셨나요? 구매자가 없었나요??"

"아니! 몇몇 구매 희망자는 찾았었어. 그런데 한국에 유명하다는 갤러리나 미술관은 거의 다 미팅하고 딜 해보았지만 가격이 안 맞았어. 이상하리만큼 자국에 국보급 문화제의 가치가 국내에서는 평가절하되고 오히려 해외에서 가치를 제대로 인정해주는 거야. 아니 그 이상 평가를 받더라고... 한국에서는 그나마 가장 높은 금액을 제시한 곳이 리움 미술관이었지만 30억 원!"

"헹? 그러면 뭐가 남아요??"

"당연히 그렇지! 3명이 5개월 매달린 프로젝트를 손해 보면서 팔수는 없는 거잖아? 심지어 R 갤러리에서는 41억 원 지불할 테니 거래계약서에는 41억 원으로 구매했다고 명시하고 10억 원 비자금으로 돌려 달라는 얘기도 있었다. 1억 원 이익을 위해 그들의 더러운 빨래까지 해줄 친절함도 여유도 우리에겐 없었다."

"저도 갤러리들이 그런 비슷한 방법으로 비자금 세탁한다고 들었습니다."

"맞아! 그 조건에 위험부담을 껴안을 아무 이유가 없었지. 하지만 일본과 영국에는 구매 희망자가 있었어. 그것도 현금 90억 원에 구매하겠다고... 팀들과 심각하게 고민해 보았지만 역시 드롭하고 말았지."

"잉? 왜 구매하고 싶다는 좋은 기회를 안 잡아요??"

"왜냐면, 국보급 문화제를 해외에 밀반출 자체가 심각한 범죄 행위라서... 목돈이 필요하긴 했지만, 불법으로 돈을 벌고 싶지는 않았거든. 그래서 아쉽지만 좋은 경험 했다고 생각하고 욱이랑 눈물 찔끔대면서 소주 마시고 털어 버렸었다."

"아... 그랬겠네요. 그래도 잘 결정하신 겁니다. 그런데 운이 좋아 한국에서 거래 성공하셨으면 삼상 인생에 단일 작품 거래로 최고 가격이었겠네요?"

"솔직히 한국에선 터무니없이 낮은 가격이라 만약 누군가 50억 원이라도 불렀으면 감사합니다 하고 넘겼을 거다~~ 하지만 최고 금액은 아니야! 범영 형지인 분 중 불교에 심취한 어떤 일본인 회장님이 평성12년(2000년) 12월 당시 넘쳤던 돈으로 중국미술협회 부주석 '정충현'이란 불교 미술 조각 인간 문화제급 아저씨에게 자신이 구매한 가공 안 된 1톤이 넘는 백옥 비취를 붙임 없이 통으로 조각 의뢰해서, 평성17년(2005년) 6월인가? 완성한 석가여래상 성물이 범영 형을 통해 나에게 거래 의뢰가 들어왔었던 적도 있었다. 그 회장님이 지불한 작품 구매 가격은 350억 원 정도였고 그 이상의 가치가 있는 완성도 높은 성물이 있었는데 버블 거품 빠지고 유동성 현금이 부족해 매매 희망하신다고..."

"손 교수님도 오사카에선 마당발이시네요~ 그런데 그 작품은 왜 못 파셨어요?"

"백옥 비취 석가여래상은 나만 맨데이트를 가지고 있는 것이 아니고 당시 3명이 동시에 진행하고 있어서 누군가 먼저 거래를 만들어 내면 끝내는 방식이었어. 한국에선 굵직한 클라이언트 몇 명 연락해 보았었지. 하지만 금액이 너무 커 구매자 찾기가 힘들었어. 그러다 미국 데이비드에게 부탁해서, 그 녀석이 소개해 준 아마존

'제프 베이조스' 회장의 개인 컬렉션 구매 담당자와 연결이 되어, 출장 중 시간 맞추어 미팅하고 돌아와 230억 원에 네고하고 있었어. 그런데 그사이에 일본에 미술품 거래 에이전트 어떤 사람이 먼저, 대만 클라이언트에게 210억 원에 딜 클로즈 했다고 미안하다고 형에게 연락해 오더라~ 그 뒤부턴 보물에 아무 미련 없이 안 쳐다보고 살고 있다."

"고생하셨는데... 그런데 삼상은 너무 큰 프로젝트만 보시는 것 같아요~ 일확천금이라고 하나요?? 아무튼 그런 느낌도 있습니다."

"물론 그런 면이 없지는 않았지만 내가 쫓아 다니며 일을 찾은 것이 아니고 기회가 생겨서 진행했던 것뿐이고, 메인이 아닌 마침 여의도 회사 일로 캘리포니아 출장 중 시간 내서 사이드 프로젝트 부업형식으로 움직였기 때문에 괜찮아~유~~ 죽자고 매달린 것 아니니깐! 어쩌면 그래서 성공 못 했을지도 모르지만... 그래도 가끔 유명한 '쿠사마 야요이'나, '살바도르 달리' 그림은 거래를 성공했었지. 핫하하~~~"

"어쨌든 재미있는 경험하신 건 틀림없네요. 보통 사람은 경험할 수 없는..."

"그래! 짧은 인생에서 그런 쫄깃한 경험해 본 걸로 만족하고 있다."

아라가 젖은 몸으로 나와 돌아다니고 있는 걸 발견한 그녀가 들어가고 그는 정원을 바라보며 취미 중 하나인 멍 모드로 들어간다.

"삼상! 아직도 있어요? 뭘 그렇게 생각하고 있어요??"

"어... 아무 생각 안 하는 생각?! 어?? 곤이는 아직도???"

"안 나오겠다고 버티고 있어서 더 놀라고 했어요!"

"물 온도는 괜찮을까? 오래 있으면 감기 걸리지도…"

"따듯한 물 틀어주어 온도 적당히 맞추어 주고 왔어요!"

"음~ 역시~~"

한동안 말없이 정적이 흐르다가 그녀는 다시 담배에 불을 붙이고 무언가 생각난 듯 말한다.

"삼상은 유토리 세대 들어 보셨나요?"

"응! 개념은 알고 있어. 유짱이 그 세대에 시작이지 않나?"

"네. 전 일본에서 태어났지만 1980년 중반 이후에 시절을 너무 어려서 경험 못 해보아 너무 아쉬워요. 어디서나 돈이 넘쳐흘렀다고 들었습니다. 도쿄 부동산 가격도 엄청나게 치솟아서 도쿄를 팔면 미국을 살 수 있다는 얘기도 사람들이 농담처럼 말했던 걸로 기억합니다. 역시 각 분야에 돈이 넘쳐서인지 노래, 패션, 만화 등 제가 좋아하는 근대 문화에 최고는 버블 호황기 때였지만, 거품이 빠진 긴축된 시대를 살아온 '유토리 세대'가 딱 시작된 슬픈 나이였죠."

"그러네. 당신- 새(유-도리)된 세대! 화려함의 극치가 빠져나가고 물질도 감정도 드라이해져서 겪은 세대 갈등의 주인공 중 한 명!! 나도 당시 일본 경제는 어마무시했었다고 들었다. 막대한 자금력에 편승한 양질의 콘텐츠가 쏟아져 나오고 한석이가 소개해 준 그때 일본문화는 정말 최고였는데… 특히 노래, 드라마, 만화, 에로 문화까지… 그때는 한국에서 일본문화 금지하는 정책 때문에 해적판, 밀수판을 반포, 명동 돌아다니며 구매해서 한석이와 많이 보고 들었다."

"에로?! 저도 돈이 넘치는 아저씨들의 전성기 시대라고 들었습니다. 그들의 지갑을 열기 위해 온갖 변태성 영업하는 곳이 넘치고 텔레비전 심야 방송도 정말 재미있었어요. 물론 부모님 몰래 보았지만..."

"나도 얘기 듣기론 그 당시 찻집에서 서빙하는 아가씨들이 가슴 다 드러내 놓고 노팬티에 에이프런만 걸치고 돌아다닌다는 곳도 있고, 어떤 곳은 노팬티로 짧은 치마 입고 다니는데 바닥이 거울이라 손님들이 바닥만 내려다보며 킥킥대며 즐겼다는 변태 아저씨들의 천국이었다고 들었다."

"여자로서 부끄럽지만, 그때는 건강한 몸만 있으면 여기저기 돈이 넘쳐 성노예들로 전락한 안타까운 아가씨들이 많았다고 알고 있어요. 부동산 부자들 중 나이 많은 노인들이 젊은 여자 스폰서로 집 사주고, 보통 사람 월급보다 많은 용돈 주면서 가끔 방문해 성노예 놀이하시는 '에로지지'들 얘기도 가끔 들었어요."

"사실 직업에 귀천이 있는 것이 아니고, 생각에 귀천이 있는 거지만... 그래서 '성진국'이라는 타이틀도 가지고 있지만 비단 일본뿐만 아니고, 어느 시대, 나라를 막론하고 물질이 넘치는 곳엔 성노예들도 넘친다. 내 주위에도 있었다. 내가 재미없는 얘기 하나 해줄까?"

"재미없다면서 왜 표정은 재미있어 보이죠? 궁금하게??"

"재미없어도 처음 듣는 얘기일 것 같아 말해줄게."

"넵!"

위대한 영혼으로 불린 자의 이중성

"인도에 어떤 할아버지가 79세에 총 맞아 죽은 사건이 있었어. 이 할아버지는 예전부터 교육, 직업 등 여러 분야에서 여성의 권리를 존중했고, 여성과 남성이 동등하다고 주장하고 다녔었지. 당시 인도의 남성 우월적 사상이 지배적이던 곳에서! 하지만 실제로는 강한 성욕을 억누를 수 없어 자제하지 못하고 많은 젊은 여성들을 괴롭혔다고 해."

"정력 넘치는 할아버지들 어느 나라든 있잖아요? 요즘은 좋은 약도 많이 나온다고 들었습니다."

"물론 드물게 건강을 오버하는 성욕을 가진 할아버지들도 있을 수 있지만, 이 할배는 차원이 다르다. 그는 평소에 스스로 말하길 '성욕을 억누르는 것은 칼날 위를 걷는 것과 같다'라고 고백하면서 대외적인 모습으론 '여성은 쾌락을 위한 섹스에 저항해야 한다. 섹스는 출산을 위해서만 존재해야 한다.'라고 여성을 비하했고, '남성은 동물적 욕망을 제어해야 하며 동시에 여성은 남편의 성적 욕망에 저항해야 한다'라는 개소리를 짖어대며 다녔다네. 그런데 이 할아버지는 13세라는 나이에 일찍 결혼하고 아내와의 관계에서 성욕의 즐거움을 포기하고 아내와 금욕을 선언해."

"13세요? 왜 그렇게 빨리 결혼해요??"

"뭐 나라마다 봉건적 풍습이 아직도 존재하는 나라도 있겠지만 중요한 것은, 아내와 더 이상 동물적 섹스를 안 하겠다고 사회적 얼굴로 선언을 한 거지. 당시 그 할아버지 나이가 38세에 아들 4명이 있었지. 그런데 문제는 금욕선포 이후에 아내보다 더 젊은 여성들과 섹스를 즐기고 다녔다고 해. 말로는 동물적 욕망을 억제한다, 금욕은 성스러운 행위다! 등등에 헛소리하고 다니지만 결국은, 아내가 동물처럼 보였는지 섹스가 재미없고, 즐겁지 않아서 다른 젊은 여자 찾아다닌 거잖아."

"그런 거네요!"

"한 번은 성욕을 주체 못하는 이 할아버지를 수행해주는 측근 남자가 있었는데. 그런데 어느 날 자기 아내가 벌거벗은 할아버지 위에 나체로 누워 있는 걸 발견하고, 솟아오르는 분노를 차마 욕지거리로 표현은 하지 못했다네. 그래서 자신이 스스로 나체가 되어 분노를 승화시켜, 아내 대신 할아버지 몸을 따뜻하게 해주겠다고 나섰더니 할아버지가 하는 말이... '성욕을 이겨내는 나만의 수행에 너는 아무런 도움도 의미도 없다'라고 점잖게 지랄하셨다는 일화도 있다."

"도대체 얼마나 대단한 분이어서 그런 헛소리가 가능해요?"

"그치? 문제가 바로 그거야! 대중의 인기와 정치적 권력이 막강한 이 할아버지는 여러 얼굴 중, 사회적인 모습의 자신이 뱉은 말과는 다르게 항상 성욕이 충만했었다네. 환갑이 넘었는데도 자신을 추종하는 여러 여성과 함께 한 침대에서 나체로 드러누워 있었데. 섹스 없이 스킨십만으로 신성한 의식을 한다는 핑계로, 수많은 어린 여성들과 변태짓을 벌이고 다녔다는 거야. 물론 변태라는 단어에 개인적, 관점적 차이가 존재하지만 이건 누가 보아도 아니지! 나야 옆에서 본 것 아니니깐 자세히는 알 수 없으나, 찾아본 자료에 나오는 얘기가 있어. 자기는 밤마다 오한에 시달려 젊은 여자가 벌거벗은 몸으로, 자신을 알몸으로 따듯하게 만져 주어야 제대로 잘 수 있다는 거야. 말 같지도 않은 똥개 소리로 사적인 마스터베이션을 하고 다닌 거지. 그런데 아이러니한 것은 이 권력 넘치는 할아버지에게 여성들은 서로 동침하려고, 난리 브루스를 추었다고 해. 심지어 여자들 중엔 자신의 친증손녀와 집안의 처녀들, 심지어 결혼을 앞둔 새 신부 그리고 조카며느리까지 데리고 잤다는 거야."

"사회적 유명하신 분이 어떻게 그런 일이 가능해요? 어떻게 주변 가족들은 가만있어요??"

"의아하지? 아마 그만큼 사회적 명성과 분위기를 업고 권력의 힘으로 누르며, 여기저기 찌르고 다녔겠지?? 당시의 정의는 그들이 보유한 것에 따라 정해지는 사회적 지위, 그리고 정치적 지위에 따라 결정되는 것이라고 누군가 말씀하셨지! 뭐 지금도 그렇지만...

그런데 이 로리콘(롤리타 콤플렉스-소아성애증)이 심한 할아버지가 이렇게까지 했던 이유는, 나중에 알려졌지만 서양의 회춘법인 '슈나미티즘(Shunamitism)'을 신봉했다고 하더라."

"슈나미티즘은 뭔가요?"

"나도 몰랐어! 그래서 궁금해 찾아보니 성경에 나오는 에피소드로 다윗이, 나이 들고 아파서 '슈나미'란 어린 여자를 왕에게 바쳐 동침시켰다는 스토리가 나오더라. 어쨌든 슈나미티즘이란 어린 소년, 소녀와 동침하면 아이들의 깨끗하고, 순결한 생체 에너지 넘치는 기운을 흡수한다는 거야. 장수를 원하는 권력자들이 선호한 회춘법으로 고대 그리스 의학에서 전해져, 로마 시대에도 존재했다네. 특히 18세기 말 파리에서 슈나미티즘 살롱까지 등장해 초경이 갓 지난 14세 처녀들을 데리고 노인들 양쪽에 붙어 자도록 했다는 기록이 있다네. 그런데 그냥 시체처럼 잠만 잤겠어? 그리고 동양의 '본초강목'에도 비슷한 얘기가 나오는데, 11세 이전의 어린 소녀와 동침하면 그 에너지를 흡수하여 양생에 좋다는 내용이 나온다네. 이건 마치 무슨 무협지에 나오는 마교 빌런 캐릭터들이 '흡성대법'이란 마공으로 여자아이들과 처녀의 정기를 빨아 내공을 쌓는 것처럼... 중요한 점은 이 할아버지의 변태적이고 문란한 성생활을 가까운 주변 지인들은 다 알고 있는 사실이었지만, 자신의 힘과 권위를 이용해 주변을 가스라이팅질 하고 돌아다녔다네."

"아동성애자들은 어느 시대 어느 나라든 있었군요."

"그런 거지! 이 뻔뻔하고 추잡하며 가증스러운 변태 소아성애와 성추행자였지만 위대한 영혼으로 불리고 권력을 누리며 죽어서도 추앙받은 이 노인의 존재에 대해 들어 봤어?"

"죽어서도 추앙받아요? 아니요! 지금 처음 들어 봅니다."

"이상과 현실에 괴리의 깊이가 끝이 없고, 가식적 이중성과 별의별 도착증이 충만했지만, 정치적 업적과 사회적인 영향력이 인도를 넘어 전 세계에 미쳤던 이 할아버지 이름이 궁금하지 않아??

"그렇게 유명한 인도 정치가가 누구죠? 들어본 적도 없습니다. 이렇게 대 놓고 로리콤 놀이하고 다녔다는 쓰레기 할아버지는요..."

"그래! 일반 상식을 가진 사람이라면 이런 반응이 옳은 거지. 이 전근대적인 할아버지 이름은 79세에 저격으로 암살당했지만, 아직도 많은 사람이 위대하다고 칭송하는 '마하트마(위대한 영혼-산스크리트어) 간디'의 숨겨진 모습들이야~~"

"에엥??? 마지데(진짜로)??"

그녀의 두 눈은 경악으로 말미암아 튀어나올 듯 휘둥그레졌다.

"그렇다니까! 그래서 더 이상 마하트마라는 칭호를 붙여주면 안 되지! 본명인 '모한다스 카람찬드 간디'로 불려야 타당하다고 생각해. 아니다!! 그냥 '변태 할배 간디'가 맞는 것이지. 사회적 지위와 권력을 이용해 자신의 더러운 욕망을 채운 간디 할아버지. 비폭력 평화의 상징이었던 이 할아버지는 정작 자신에 아내와 자식들에게, 가한 정신적 폭력은 어마어마했다고 전해진다. 물론 그 시대 인도가 '카스트제도' 아래 지독히도 가부장적인 사회이었던 것도, 어느 정도 작용 되었겠지만 그렇다고 팩트가 바뀌진 않는 것이지. 게다가 이 작자는 정치적 목적을 위해 폭동을 선동하고 속여, 수많은 인도 젊은이들의 순수를 도둑질해서 징병하고, 전쟁터 총알받이로 내 몬은 살인자이기도 했지."

"헐~~ 세상에나... 진짜요? 삼상은 이런 정보를 어디서 찾으셨어요??"

"어디겠어? Info 앞 바다에서 서핑 다니다가 우연히 '위대한 성욕'

마저 신성화한 독선과 위선-간디라는... 2010년인가? 포스팅된 블로거를 찾았지. 이름은 생각 안 나는데 무슨 Dream이란 분이 올린 내용을 보고 놀라서 다른 자료들 찾아보니 2011년 출간된『마하트마 간디 불편한 진실』이란 책도 있더라고, 물론 읽어 보진 못했지만, 대강의 내용을 책을 리뷰한 여러 사람의 의견은 읽어 보았지..."

"그렇군요. 정말 진실은 시간이 지나면 나타나는 것 같습니다."

"맞아! 영원한 비밀은 있을 수가 없는 법이지. 그것이 진리고~"

[만일 성욕이라는 것이 이토록 맹목적이고 조심성 없고, 경솔하여 사려가 없는 성질을 갖지 않았더라면 인류는 사멸하고 말았을 것이다. 원래 성욕의 만족은 전혀 종족의 번식과는 결부되어 있지 않다. 성교 시 번식의 의도가 수반된다는 것은 터무니없는 말이고 극히 드문 일이다.]

- 니체 -

"아마 킨짱이 들으면 놀랄 만한 스토리도 있다."

"오빠가 왜요?"

"나야 물리학에 문외한이지만 오랜 시간 물리학을 공부한 학도로서 아인슈타인의 존재 자체가 성스러운 아이콘이 된 현대사회에 그의 가려진 다른 얼굴과 숨겨진 존재에 대한 불편한 진실이 드러나는 세상이 되었으니까!"

"그건 또 무슨 소리인가요?"

"더 이상 아인슈타인이 주장하는 빛보다 빠른 것은 존재하지 않는다는 것은 더 이상 정설이 아니다. 그리고 빛은 속도는 언제나 일정하다는 그이 가설 또한 틀린 주장이라는 사실이 증명되었고! 그는 에테르(매질) 없이는 파동 자체가 전달 불가능 하다는 사실을 부정했는데 이 또한 증명된 사실이고!! 학자들은 그에게 질문했지. 그러면 어떻게 에테르 없이 빛을 포함해 모든 파동이 움직일 수 있냐? 그의 대답은 항상 그건 모른다! 하고 말했다고 해. 헛바닥을 내 놓고 있는 표정의 사진처럼, 세상을 대상으로 한 개구쟁이 장난 같은 가설로 다른 학자들의 과학적 증명을 부정했었지. 심지어 그의 논문 대부분은 그의 첫 번째 와이프 천재 수학자 '밀레바 마리치 아인슈타인' 논문을 자신의 이름으로 도용했다는 증거와 정보는 '비야크네스' 저서에서 '구제불능의 표절자-아인슈타인'에 자세히 기록되어 있다고 해. 그리고 그는 생전 논문에 관한 두 번의 고백을 했다고 전해져."

"에헹? 정말요?? 설마요...???"

"그치? 안 믿어지지?? 그렇지만 진실에 가깝다. 들어봐. 아인슈타인이 직접 한 첫 번째 고백은...

[독창성의 비밀은 당신의 출처를 어떻게 감추는지 아는 데 있다.] 와 "1955년 3월 엘리자베스 여왕에게도 고백한 2번째 기록이 있다." [제 일생에 대한 과장된 존경은 저를 몹시 불편하게 합니다. 저는 제 자신이 본의 아닌 사기꾼이라는 강박관념을 느낍니다.]라고 말했다고 하네. 그렇게 표절로 승승장구하던 그는 온갖 염문과 추문을 뿌리고 다녔었지. 또한 그는 자신에게 평생 희생한 부인 밀레바 마리치에게 잔인하고 굴욕적인 노에 계약 문서도 공개되기도

했었어. 그러다 1919년 이후 유대인 아인슈타인을 순식간에 막대한 자본과 출판물, 광고 등으로 세기적 천재와 성인으로 둔갑시킨 세력들이 존재했었지."

"설마...? 시오니스트인가요??"

"빙고! 이렇게 진실이 드러나는 정보혁명의 시대인 거야."

"헐... 오빠가 들으면 정말 놀라겠네요! 나중에 물어보아야겠어요."

"그리고 〈Extraordinary Science〉지 1994년 7~8월호에 실린 '상대성 이론—진짜 저자는 누구인가?'라는 글에 많은 증빙 자료와 설명이 기록되었다고 해. 킨짱보고 찾아보라고 해! 관심 많을 것 같다."

별안간 안쪽에서 곤의 울음소리가 들려 둘은 후다닥 욕실 방향으로 뛰어간다. 냉장고 앞에서 넘어져 울고 있는 곤을 발견하고, 그는 의자에 걸려있는 큰 타월로 그를 감싸 안아 올린다.

"곤? 몸 안 닦고 뛰어나오면 위험하다고 몇 번 얘기해~ 예전에도 이렇게 넘어져 아야 했잖아? 몸으로 배운 걸로 부족해서 더 연습하는 거야?? 이제 그만해도 돼!!"

곤은 아직도 넘어진 충격에 아파서인지 놀래서인지 울먹이고 있다.

"곤! 시원한 주스 마실래? 아니면 아이스바 먹을래??"

"아이스바..."

"핫하하~ 마마짱 들었어? 곤이 아이스 달라고 말한다!"

"곤이 가끔 말해요. 자기가 정말 필요하면~"

동영상 보던 아라도 뒤뚱뒤뚱 뛰어온다. 냉동고 문을 열어 주고 3종류의 아이스를 스스로 고르게 한다. 곤은 포도 아이스바를 선택하고 아라는 초코 미니 콘 아이스크림을 고르고 자신들의 놀이 공간으로 가볍게 점프한다.

진짜 외계인의 메시지-피닉스 저널

평범한 하루가 또 흐르고 평안하게 잠들어 있다가 곤이에 울음 소리에 눈을 뜬다. 오랜만에 악몽을 꾼 모양이다. 아이를 안고 보니 옆자리에 그녀가 없다. 가끔 혼자 거실에서 자는 그녀를 확인 하러 곤을 품 안에서 달래며 거실로 나가지만 그곳에도 없다.

"엄마 작업하나 보다..."

주방에서 한 손으로 냉장고 문을 열어 옥수수차를 한잔 마시고 작업 방으로 향한다.

"작업 잘 돼?"

"콘티 작업 중인데 나름 재미있어요. 곤이 때문에 깨셨나 봐요?"

"무서운 꿈 본 것 같아... 다시 잠들었네!"

"그래도 예전보다는 많이 좋아졌죠."

"그러게... 18개월 정도가 피크였지? 터프했다! 녀석 침대에 다시 눕히고 와야겠다."

"네~ 아침까지 잘 겁니다."

뒷마당 쪽 방문을 열고 들어가 아라 옆에 누이고 화장실로 이동해 그의 하루를 시작한다.

밖은 아직 어둠이 자리 잡고 희미한 마당 조명등은 수줍게 주변을 밝히고 있다. 마당을 바라보는 그의 눈은 시간을 보지 않아도 인시 근처를 통과하고 있음을 직감적으로 느끼며 짙은 회색 공간을 연한 회색 연기로 그림을 그린다. 그리곤 작업 방으로 다시 들어가 노트북을 챙기며 묻는다.

"커피 마셨어? 내려 줄까??"

"차 마셔서 지금은 괜찮아요."

"그려~ 그럼 수고해~~"

침실 방으로 들어가 충전된 X를 챙기고 거실 소파에 자리를 잡는다. 그러다 아직은 어둠이 깔린 마당을 바라보는 자기 모습이, 스크린 도어 창문에 비치고 있는 모습을 발견한다. 그러다 문득, 언젠가부터 코리안 디아스포라가 되어버린 자신을 생각하다가, 디아스포라의 어원을 찾아본다. 두산백과에서 정의한 내용을 보면 '~너머'를 의미하는 '디아(dia)'와 '씨를 뿌리다'를 뜻하는 스페로(spero)가 합성된 고대 그리스어라고 한다. 세계를 돌아다니며 미국과 일본에 씨를 뿌린 자신과 정확하게 부합되는 단어라 그는 소리 내어 웃는다. 원래는 셈 족계인 앗시라아의 침공으로 유대인들이 고향인 이스라엘 왕국이 멸망하여, 북부 팔레스타인을 떠나 세계 각지에 흩어져 살면서, 유대교의 규범과 관습을 유지하는 유대인을 지칭하지만, 현대에서는 본국을 떠나 타국에서 살아가는 이들을 가리키는 단어로 사용된다고 한다. 호기심이 발동한 샘은 좀 더 자세히 역사적 배경과 문화적 영향 등 여러 자료를 서핑한다.

세파라딕(Sephardic)과 아슈케나지(Ashkenazi)로 나누어진 유대인 관련 정보를 찾다가 엄청난 내용의 영어문서를 찾았다.

바로 '피닉스 저널(Phoenix Journal)- Truth forever with the Phoenix Journal'이다.

저자는 '게오르고스 세레스 하톤(Gyeorgos Ceres Hatonn)' 그의 저서 첫 페이지 타이틀은 'Truth from the "ZOG BOG"'라는 진실의 기록들이다. ZOG는 Zionist Occupation Government과 BOG는 Bolshevik Occupation Government를 의미한다. 먼저 그가 사용한 신묘하고 멋들어진, 심벌마크의 의미가 샘의 눈을 사로잡는다. 이중 정삼각형 안에 가득 찬 원 속에 힘차게 날아오르는 불사조가 그려져 있고, 정 중앙에 빛나는 별(샘은 북극성이라 생각한다)이 자리 잡고 있다. 원의 중앙에 빛나는 별은 놀랍게도 그의 광산 김씨의 가문 문장 마크와 일치한다. 저자 하톤은 이 기록을 통해 유대 시오니스트들과 볼셰비키 사회주의자들이 인류에 자행하는 만행과 계획된 악업을 디테일하게 밝히고 있다. 진리와 진실을 가리는 세계 언론들의 정체와 전 세계 인구를 반인류적으로 감축하고 노예화하는, 그들의 시스템을 정확한 사실을 기반으로 낱낱이 밝혀주고, 음모론이란 거짓 프레임으로 진실을 덮는 자들에게 경종을 울려주는 진리에 메시지를 공유해 준다. 이 글에 서문과 목차만 보아도 진실을 찾는 널리 알려져 인류가 빨리 깨어나기를 바라는, 그의 진심이 느껴지는 보물 같은 자료임을 느낀다. 샘은 설레는 마음으로 1993년 퍼블리싱된 200페이지 정도 분량의 이 영문 자료를 프린트한다. 게다가 모든 이들에게 진실의 메시지가 널리 퍼지길 바라는 저자의 진실함이, 저작권 설정 없이 공유하고 널리 퍼지길 바란다는 사실에도 잘 나타나 있다. 그래서 샘은 그가 도대체 어떤 삶을 살아와 이런 지식과 정보를 가질 수 있게 되었는지, 궁금한 마음에 게오르고스 세레스 하톤을 검색해 본다. 그리고 곧 그가 누군지 자신을 스스로 소개하는 구글 검색에 영어 문장들이 나온다. 샘은 순간 동공이 커져 놀란 고양이 눈처럼 확장되고, 입은 최대 크기까지 벌어져 턱이 빠질지도 모를 만큼 흥분하여 문장들을 읽어 내려간다.

[저는 게오르고스 세레스 하톤으로 지구 전환 프로젝트 총사령관 아쉬타 사령부 소속으로 은하 간 연맹 함대 플레이아데스 구역 비행 사령관이자 지구 전환 우주 위원회와 은하 간 연맹 위원회의 지구 대의원입니다. 당신은 저를 '하톤'이라 부르면 됩니다. 제가 누구인지 오해하지 마세요. 저는 지구 전환을 담당하는 4차원 프로젝트 사령관입니다. 이것은 나 자신과 다른 이들로부터의 다른 기록들에서 설명되었으므로 이 문서에는 따로 다루지는 않을 것입니다.]

"새벽부터 뭐를 그렇게 프린트 하세요? 뭐 잘못 누른 것 아니에요?? 아직도 나와요~"

질문을 던지고 무심히 주방으로 향하는 그녀를 따라 들어가 대답한다.

"유쌍! 드디어 진짜 우주인의 메시지를 찾은 것 같아!! 지금 프린트하는 내용이 지구 인류에게 전하는 선지식과 지구에 자행되는,

시오니즘으로 포장한 그림자 정부의 참모습이 자세히 나온 자료를 찾은 것 같아!!!"

"엥? 진짜요?? 정말이면 대박인데요??? 나중에 저도 보여주세요. 어느 행성에서 왔다는 얘기도 있나요?"

"아직은 잘 모르겠지만 일단 하톤이란 존재는 은하 연맹들 중 플레이아데스 구역을 담당하는 총사령관이라고 해! 플레이아데스 행성 출신일 가능성이 크겠지? 만약, 진실이라면 우리가 본 미확인 비행물체와 얘기했던 존재들이, 그냥 상상과 공상과학이 만든 허구가 아닌 실제 존재한다는 명확한 증거다. 그동안 조사하고 쓰고 싶었던 고도의 지적외계생명체의 지구 문명 개입설이 가설이 아닌 가슴 벅찬 진실이었던 거지~~"

"어머머~ 은하 연맹이라면 역시 거대한 그룹이겠네요? 그런데 인류에게 그런 메시지를 전하는 이유도 나오나요??"

"자세한 것은 읽어 보아야 알겠지만... 일단은 3차원 지구물질만능계의 차원 상승을 돕기 위해, 우주 연합에서 파견된 책임자라는 설명이 있어. 마치 고차원의 메신저 같은 느낌..."

사과주스를 꿀꺽 삼키는 그녀의 목울대 울림들에 그도 갈증을 느끼고 그녀의 컵을 뺏어 남은 주스를 비운다.

"더 마실래?"

"아니요~ 충분해요. 우리 나가서 한 대 피우시죠~~"

"웅! 그러자~~~"

프린터기는 아직도 기계음을 토해내며 움직이고 있다.

"또 어디서 그런 자료를 찾으셨나요?"

"인터넷은 관심만 있다면 거의 웬만한 자료는 잘 찾으면 나오는 정보의 바다잖아! 물론 고급 정보는 비용이 발생하지만... 이젠 서핑을 넘어 프리 다이빙 수준은 되는 것 같다. 마음 같아선 깊은 심해로 들어가 보고 싶다만 아직은 불가능하겠지?"

이 시간은 용맹한 호랑이가 검은 소를 물리치고, 절정의 힘찬 포효로 여명을 깨운다. 빠르지만 느린 속도로 일어난 불사조는 찬란한 날개를 펼치며 비상한다. 어둠에 눌렸던 지상을 정화하려 동쪽에서 날아올라 변함없이 내일을 위해 오늘을 자신을 또 불태우고 있다. 새들은 그에게 축가를 부르며, 또 다른 활기찬 하루의 시작을 감사하며 찬양한다.

"정말 외계인의 존재가 맞았으면 좋겠네요. 요즘은 워낙 가짜 정보도 넘치는 세상이니~"

"그렇지! 보편적인 UFO 관련 잡지나 사이트에서 가짜 지식과 정보를 의도적으로 퍼트려, 두려움을 조장해서 외계인의 진짜 의도를 오도하는 거지. 그렇게 해서 진실을 발견 못하게 의도적으로 거짓을 주입 시키는 것이 진정한 음모론이라고 생각해. 하지만 이 자료들을 공유한 저자에 대해서는 내 심장의 울림이 진짜 우주의 형제라고 얘기하네. 그래서 더더욱 다른 자료와 교차검증하면서 필터링해 보는 수밖에 없지. 그런데 일단 인덱스 키워드들이 너무 알차! 나중에 확인해 보면 알겠지. 아~ 이 시간대가 좋다~~"

"네~ 저도 지금 시간이 너무 좋고 담배도 맛있어요~~"

"핫하하~ 작업 후 담배 맛은 해본 사람만 공감할 수 있는 감각이지! 콘티 작업은 몇 장 정도 진행됐어?"

"세어보진 않았는데 81장은 넘은 것 같아요!"

"오~ 꽤 모였네!! 반 정도 더 나가서 예쁘게 다듬으면 흥미로운 작품하나 나오겠는데?"

"해봐야죠... 아직 모르겠습니다."

"간바레~ 마마짱~~ 같은 공간에 유짱 시각으로 표현되는 일상과 생각이 궁금해!"

"저도 본격적으로 처음 하는 만화 작업이라 힘들지만 조금씩 전진하고 있습니다."

"그래! 시작이 중요하지!! 나는 안 그런가? 우리같이 시작은 보잘것없어도 나중은 멋져 보일 거다. 성경구절처럼~"

"아! 예전 신림대에서 중국어 '도덕경(道德經)' 노자 수업 중 배운 말인데... '천리지행 시어족하(千里之行始於足下)'라고 들었습니다."

"흠~ 천리지행시어족하라... 아...? 나루호도(역시)! 천 리 길도 발 아래서 시작한다!! 지금 우리에게 딱 맞는 비유인데?"

"어? 삼상 아는 말이에요??"

"노자의 도덕경에 나오는 말인 줄은 몰랐지만, 한국 속담에 같은 말이 있어~ '천 리 길도 한 걸음부터'라고..."

"삼상은 한자는 쓸 줄 모르면서 뜻은 어떻게 잘 알아요? 저는 그게 더 신기해요!"

"잘 아는 건 아니고 음을 대충 들으면 뜻이 보이는 단어들이 있는 거지. 미국인 중 문맹이지만 의사소통은 문제없는 것과 비슷하다고 할까? 물론 그 정도 수준도 못되지만..."

"소리음이 같아도 뜻이 얼마나 여러 가지로 나누어지는데 그게 신기하다는 거죠!"

"그럼... 우연히 아는 단어가 나오고 상황에 맞게 눈치가 좀 있다고 하자! 그리고 난 딱딱하고 추운 북쪽 겨울바람 같은 공자의 유가 사상보다는, 그의 스승인 남쪽 따듯한 바람같이 온화해서 부드럽고 평화로운 노자의 도가 사상이 더 끌리기는 하다."

"아무튼 연구 대상입니다. 당신이란 사람은..."

"흥미 있다니 다행입니다. 당신이란 사람에게..."

"커피가 부르네요! 삼상은?"

"음... 그다지 날 부르는 것 같지는 않은데 마마짱이 내려주면 조금 마셔 볼까?"

"하이하이(네네)~ 와카리마시다요(알겠습니다요)!!"

그녀는 주방으로 커피를 뽑으러, 그는 인쇄물을 체크하러 이동한다. 인덱스와 북 리스트를 제외한 98장에 양면으로 인쇄된 내용을 클립으로 고정하고, 두근거리는 마음으로 첫 장을 읽어 내려간다. 그는 자신을 부끄럽게 만드는 질문들을 겸허히 받아들이고, 한 장 한 장 넘기지만 3장이 같은 내용이다. 묵직하고 공감 가는 헌정사 첫 페이지를 넘긴다. 진중한 마음으로 도입 부분에 설명과 심한 부정적 표현 내지, 사실에 대한 불편함에 친절하게도 양해를 구하지만, 그 정도는 샘에게는 아무런 문제가 되지 않고 오히려 감사하다는 생각으로 페이지를 넘기며 마리(Marie)가 남긴 글과 시를 읽는다.

우정(Friendship)

이것은 주거나 받을 문제가 아니다.

이것은 얻는 것이다.

호불호가 갈린다.

믿음이란~

도덕심

상호 존중과 신뢰

그리고 그것으로써

이것은 자연스러운 과정이 된다.

베풀고 뉘우치며,

지지하고,

나누며,

사랑하기 위해,

지속하기...(위해)

그리고 사려 깊은 신의 눈으로

그리고 그의 온화한 손으로

떡갈나무가 자라 듯...

진정한 우정이 그러할 것이다.

시작부터 가슴을 두드리는 메시지와 시를 읽고 기대에 부푼 마음으로 인쇄물을 들고 진한 커피 향에 끌려 주방으로 걸어 들어간다.

"앉으세요. 프린트는 잘 나왔어요? 찾으셨던 내용인가요??"

그도 식탁에 앉아 커피잔을 들고 콧구멍에 힘을 주어, 평수를 넓혀 향기를 음미하며 대답한다.

"웅! 목차랑 도입 부분 대충 읽어 보았는데, 근대에 일어난 큰 게이트 사건들과 빅 이슈들이 모두 하나로 연결된 느낌! 바로, 보이지 않는 정부 '딥스테이트'에 관한 내용인 것 같아. 정치, 경제, 종교, 사회, 의학, 문화, 엔터테인먼트를 넘어 우주까지 전 방위적으로 가려진 진실의 내용 다루는 것 같아. 예상은 했지만, 목차를 보니 그동안 찾아도 찾을 수 없어서 몰랐던 충격적 사실들도 많을 듯..."

"그렇게 딥스 자료 찾아 헤매시더니 드디어 정리된 자료 찾으신 것 같네요."

"오늘 커피는 나보다 맛있는데? 음모론으로 묻히기엔 너무 명확한 사실들이 흩어지고 가려져 있어서 그동안 필터링이 쉽지 않았는데, 감사하게도 누군가 이렇게 일목요연하게 정리해 주셔서 진실을 알아 가는 데 큰 도움이 될 것 같다. 특히, 로젠탈이라는 인물이 우리에게 주는 메시지에 귀를 열어 놓으라고 강조하시네. 더군다나 그동안 그렇게 찾아다니던 외계생명체의 진실한 메시지라서 더욱 설레고 흥분된다."

"오늘은 시작부터 파이팅 넘치시네요!"

"웅! 이 자료가 마치 나를 기다리고 있었다는 느낌마저 든다. 이 세상은 확실히 끌어당김에 법칙이 존재하는 걸 느껴!! 진심에 순수한 파동을 보내면 우주에서 답을 보내준다는? 론다 번의 저서 '더 시크릿의 비밀'처럼! 핫하하~"

"저도 어려서 재미있게 읽었어요. 한때는 매일 진중하게 한 가지씩 좋은 걸 끌어 오자고 의식적으로 정신을 집중했었지만, 언제부터인가 까맣게 잊어버리고 살고 있더라고요."

"그래! 정신 공부에 집중하며 살 수 있는 세상이 아닌걸 뭐... 그래도 잊지 않고 차곡차곡 쌓아가다 보면, 내공이 깊어져 어느 정도 경지에 오를 수 있지 않을까? 나보다는 훨씬 일찍 깨달은 유쌍이 더 높은 경지에 다다를 수 있다고 믿어! 당신이 얘기한 노자 할아버지 말씀처럼~"

"넵!"

그들은 하루를 시작하는 커피 아로마 향기를 나누며 그녀는 자신이 좋아하는 바다에서 서핑을 즐기고, 그는 바다에서 건지 자료들을 확인하며 말없이 공간을 공유한다. 시간이 흘러 흥분을 가라앉히기 힘든 그가 말한다.

"휴~ 안 되겠다. 오랜만에 좀 달리고 와야지!"

"별안간 왜 그러세요?"

"저널 읽다 보니 뛰고 싶은 충동이 불현듯 올라오네~"

"삼상 러닝 안 하신 지 오래되어 힘드실 텐데... 언제 마지막으로 뛰어 보셨나요?"

"음... 최소 10년은 넘은 것 같은데 기억이 안 난다."

"그러면 쉽지 않을 텐데... 그럼 무리하지 말고 천천히 달리세요! 가볍게!!"

"얍!"

영면의 파라다이스

　지금 시간 05:55분. 그는 땀 흡수가 잘되는 티셔츠로 갈아입고 트레이닝 칠보 반자지에, 낡았지만 쿠션이 살아있는 나이키 런닝화를 신고 집을 나선다. 거리는 아직 한산하다. 대략 12년 만의 조깅이라 그는 유산소 운동으로 생각하고 경보보다는 빠르지만, 천천히 뛰고 있다. 사거리 주유소 앞 신호등에서 멈추어 신호를 기다리다가, 파랑 신호등의 사인으로 서서히 스피드를 올린다. 두 블록을 지나 이시가와 해변공원 입구를 통과하고 다니던 산책 코스로 조깅 코스를 잡아 적당한 속도로 달린다. 이미 산책을 나온, 모르는 노인들과 가벼운 목례를 하고 달린다. 전신에 타이트한 검정 레깅스를 입고 흰색 모자에 이어폰을 끼고 달려오는 백인 여자와 눈이 맞아 스치고 지나가며 서로 웃으며 인사한다.

　"안녕!"

　"좋은 아침!!"

　해솔길을 통과하여 한국 야구팀에서도 가끔 전지훈련을 오기도 하는 야외 야구 연습장을 끼고, 해변 모래사장 윗길로 방향을 틀어 달린다. 아직 2㎞ 정도의 거리도 채 안 달렸지만, 그의 호흡은 헐떡이며, 몸은 비명을 지르기 시작했다. 하지만 그는 멈추지 않고 달려 무덤터로 진입하는 다리까지 뛰다가, 코를 찌르는 비릿하고 퀴퀴한 냄새에 주변을 둘러본다. 그러다 오른쪽 다리 아래 바다와 하천이 만나는 벽면 쪽 산호 바위 위에, 고양이 3마리가 무언가를 먹고 있다. 안경을 놓고 나와 자세히 보이지 않지만 뭔가 커다란 물체가 보인다. 순간 그는, 설마 사람 시체는 아니겠지? 라는 불길한 호기심에 끌려 조심스럽게 아래로 내려간다. 다가갈수록 진동하는 역한 냄새가 강하게 그의 코를 괴롭힌다. 그가 점점 다가가자 고양이들이 경계하며 쳐다보고, 물체의 식별 가능한 거리에 다가간다. 그의 몸통만 한 죽은 청새치가 눈에 들어온다. 이미 꼬리부터 1/3 정도 한쪽 부분이 고양이 먹이로 없어져 뼈가 드러나 있었다. 머리 부분은 파리떼가 달라붙어 있다가 그의 발걸음 소리에 놀라 순식간에 떼 지어 마이크로 드론처럼 날아오른다. 비릿한 생선과 친하지 않은 그는 올라오는 구토를 참고 위로 서둘러 도망치듯 올라간다. 다시 코스로 진입해 천천히 달린다. 하지만 그의 컨디션은 더 이상 달리면 쓰러질 수도 있겠다는 불안한 감각이 솟아오른다. 그는 길옆 바다 방향 계단 위에 털썩 주저앉는다. 더워서 나오는 땀이 아닌 식은땀이 줄줄 흘러, 이미 모자를 다 적시고 온몸에 흐른다. 양쪽 귓속에서 심장이 거칠게 쿵쿵 뛰는 소리가 서라운드로 진하게 울린다. 불현듯 현기증이 올라와 그대로 드러눕고 싶다는 생각이 강하게 들지만, 그는 호흡을 가다듬고 정신을 놓지 않으려고 애쓰고 있다. 3분 정도 앉아 있으니 안쪽에서 산책하고 나오는 중년 아줌마가 흠뻑 젖어 창백해진 그의 얼굴을 보고 진지한 표정으로 묻는다.

"괜찮나요? 구급차 불러 줄까요??"

대답하는 그의 목소리는 평소 자신의 목소리가 아니다.

"아닙니다. 잠시 어지럼증이 있었지만 조금씩 괜찮아지고 있어요. 감사합니다."

그의 원래 계획은 무덤터 끝 라인까지 찍고 돌아가려고 했지만, 지금 상태로는 안정을 취한 후 집으로 천천히 돌아가는 것이 상책이리라. 운동 전 수분을 여유 있게 보충하고 나왔어야 했다. 충동적이고 급한 마음에 그냥 나온 것을 후회하고 있지만 이미 벌어진 상황이다. 더 이상 무리하면, 좀 전의 청새치 꼴이 날지도 모른다는 생각에 그는 헛웃음이 나온다. 조금씩 정신을 차리지만, 체온은 점점 높아진다. 더 앉아 있으면 스마트한 X도 없는 상태에, 인적이 드문 이곳에서 쓰러지면 답이 없다는 판단에 그는 기운 내서 천천히 이동한다. 무엇보다 심한 갈증을 느끼는 그에겐 수분 보충이 필요하다. 돌아가는 길은 멀고도 힘들다. 중간에 보이는 편의점에서 생수를 한 통 마시고 싶다는 생각이 간절하지만, 그의 주머니는 비어 있다. 머리부터 발끝까지 젖어 있지만 입술은 바짝 메말라 있다. 평소의 3배쯤 되는 거리를 느끼며, 드디어 집에 도착 후 곧장 주방으로 향한다. 작업 방에서 작업을 하던 그녀가 무언가 얘기했지만 들리지 않는다. 타는 갈증에 냉수를 컵에 가득 부어 세 모금 마시다가 문득, 탈수 현상 후 찬물을 벌컥 마시면 혈전이 생길 가능성이 높아진다는 사실을 떠올린다. 그는 다른 컵으로 상온에 보관된 생수를 잔에 채우고 천천히 음용한다. 주방으로 들어온 그녀가 그의 얼굴을 보더니 한마디 한다.

"삼상! 갑자기 왜 그렇게 늙어 보여요? 다이죠부데스까(괜찮은가요)??"

마시던 물을 천천히 비우고 한숨 돌리고 느리게 대답한다.

"무리 안 한다고 하긴 했는데 무리가 좀 됐나봐... 구토하고 쓰러질 뻔했다."

"그래서 얘기 했잖아요. 오랜만에 달리면 조심해야 한다고~ 수분 보충도 안 하고 나가시고..."

"그러게... 나중에 얘기하자. 일단 좀 씻을게...!"

"좀 쉬다가 씻지요? 한 10년 후의 삼상 얼굴을 보는 것 같아요..."

"헐~ 큰 위로가 된다~~"

전신이 축축한 그는 탈의하고 욕실로 들어가 미지근한 물로 샤워기 온도를 맞춘다. 욕탕에 걸터앉아 물을 맞으며 온몸에 힘이 빠진 할아버지처럼 축 처져 있다. 6분가량 지나자 어지럼증을 넘어 두통이 오고, 한동안 괜찮았던 심장에서 오랜만에 통증이 찌릿하게 전해져 온다. 더 이상 샤워 아닌 샤워도 감당이 안 된다. 물기만 대충 닦고 나체로 좀비처럼 천천히 아이들이 있는 방으로 들어간다. 곧, 그녀도 침실로 들어와 뻗어 버린 그의 상태를 보고 걱정되는 말투로 묻는다.

"안색이 아직도 많이 안 좋아요. 어디 아파요?"

"두통약 혹시 있으면 줄래?"

"약 싫어하는 당신이 약 달라고 하는 것 보니 심한가 보네요. 잠깐만요!"

물 반 컵에 타이레놀과 큰 타월을 들고 온 그녀가 그를 부축해 일으켜 준다. 약을 물과 마신 그는 타월을 적신 머리에 깔고 다시 누워서 시체 모드로 들어간다.

"좀 누워있을게..."

"네! 쉬세요. 뭐 필요하면 부르세요!!"

간헐적으로 심장에 통증을 느끼는 그는, 오른손으로 가슴을 마사지하며 자기 몸과 대화한다. 바보 같아 미안하다고... 그리고 아주 천천히 깊고 길게 호흡하면서 그는 잠이 든다.

그는 적색 고운 모래사막을 걷고 있다. 걷고 걸어도 끝이 보이지 않는다. 물주머니도 없이 어느 곳으로 방향을 잡아야 할지도 모르고 걷다가 기어코 지쳐 쓰러져 눕는다. 뜨거운 태양이 그의 두 눈을 태운다. 등을 돌려 팔로 눈을 가리고 하늘과 땅의 뜨거운 시간이 흐른다. 어느덧 주변 온도가 내려가 추위를 느낀다. 눈을 뜨니 어느새 태양은 사라지고, 그 자리에 달이 대신 떠 있다. 하지만 달이 아니다. 청홍색 물결 태극이 영롱하게 빛나고 있다. 서서히 움직이는 신묘한 태극 달빛에 이끌려 그는 천천히 따라 걷고 걷는다. 태극 달 지나간 자리는 검은 벨벳 위에 은하수를 뿌려 신령한 다이아몬드가 쏟아져 흐른다. 저 멀리서 크고 작은 건물들이 희미하게 보인다. 입술과 목구멍이 찢어지는 갈증에 어쩌면, 어딘가에 물이 있을지도 모른다는 희망을 품고 힘겹지만 걷고 걷는다. 저마다 다른 크기의 수많은 역-피라미드가 무질서함 속에, 질서 있게 피보나치 수열처럼 거꾸로 펼쳐진 사원 같은 곳을 걷는다. 미풍조차 없는 무시무시한 절대적 적막이 흐르지만, 그에겐 엄습하는 공포보다는 호기심이 가득하다. 지구가 아닌 다른 행성에 존재할 것 같은 이곳은 마치, 천상의 금역 같다. 피라미드 각 층층 마다 벽면에 양각 조각된 황금빛 기호와 문자들은 고대 설형문자도, 산스크리트도 아니고, 요나구니에서 발견된 카이다문자도 아니다. 기존에 지구에서는 볼 수 없었던 알 수 없는 문자와 기호들이 마치, 암호처럼 연결되어 패턴을 이루는 무늬들은, 인간의 솜씨라고 생각할 수 없는 깊음과 장엄함이 흐른다. 현현한 호기심은 추위와 갈증을 압도하고, 번뜩이는 눈으로 두리번거리며 걷는다. 곧, 멀지 않은 곳에서 경쾌한 낙수 소리가 들린다. 조금은 가벼워진 발걸음으로 소리의 근원을 찾아, 서로 다른 크기의 뒤집어진 12층 피라미드 건축물 숲을 헤치고 지나간다. 이윽고, 웅장하고 거대한 역-피라미드 상층에서 사각 코너 방향에서 물줄기들이 보석처럼 반짝이며, 아담한 폭포수처럼 떨어진다. 그는 드디어 이글거리던 적색사막을 건너, 신기루가 아닌 천상에 오아시스를 만난다. 허겁지겁 갈증을 채운다. 신비하게도 물은 당분 없이도 꿀보다 달게 느껴진다. 고개를 들어, 호수 중앙에 떠 있는 형용할 수 없는 웅대한 건축물을 바라본다. 그리고 수면 위, 새하얀 빛으로 가득 찬 1층 입구를 발견한다. 마치 20대 경험한 온 사방과 위, 아래가 새하얀 빛으로 가득했던, 경이롭다는 단어로 부족했었던 그 순간을 떠올린다. 그의 강한 호기심은 저 입구로 들어가고 싶어 한다. 호수로 뛰어들어 수영으로 건너려 하지만, 수정처럼 맑은 물속은 일반 물과 전혀 다르다. 신성한 느낌마저 드는 이 물속은 압주(ABZU)같이 너무 무거워, 가벼운 그의 몸은 점점 가라앉는다. 마치 심해에 던져진 것처럼 전신을 짓눌리는 압력은, 허약하기 짝이 없고 보잘것없는 그의 육신을 자비 없이 조여 온다. 그러자 곧바로, 머리와 심장이 터질 듯 아파져 온다. 두 손을 모아 심장을 잡아 보지만 소용없다. 그는 더 이상 아픔에 저항을 포기하고, 눈을 감아 겸허히 받아들인다. 그러자 코와 입 그리고 피부 속으로 끊임없이 들어오는 물은 생명의 엘릭서처럼 거부감 없이 강렬하게 빨아들이고 있다. 어느새 물속의 압력과 균형이 맞아, 그의 전신을 압박하던 고통은 눈 녹듯 사라진다. 그러자 이마에서 보랏빛 빛나는 원 속에 금색 '만'자가 빠져나와 혼이 분리된 듯 가라앉는 자신을 본다. 더 이상 아무런 고통 없이 그의 몸은 물이 된 것처럼 편안히 자신을 관조한다. 어느덧 그의 몸은 아스트랄체로 분리되어 반짝이는 우주를 자유롭게 유영하고 있다. 모양도 없고, 시작도 끝도 보이지 않으며, 비어 있지만 가득한 공간이다. 합쳐진 피라미드는 크고 작은 다윗의 별이 되어 떠다닌다. 그리고 거대한 빨간 고래, 파란 고래 두 마리가 큰 원을 그리며 헤엄치고 있다. 그렇게 점점 위, 아래 구분이 없는 투명한 심연으로 천천히 일체화된다. 그런데 불현듯, 아라가 수면 위에 나타나 애타게 그를 부른다. 그는 무거워진 눈을 힘겹게 겨우 뜨고 멀리 보이는, 그녀의 손을 잡으려 팔다리를 허우적거리며 몸부림치다가 눈을 뜬다.

"파~파! 파~~파!! 파~~~파!!!"

"아라야! 파파 좀 쉬시게 이리 오세요~"

현실로 돌아온 그는 아내와 딸의 목소리를 인식한다.

"어? 삼상 일어났네요?? 아라가 깨워서 일어나셨군요. 어머! 땀 좀 봐... 괜찮아요???"

"어? 어...! 얼마나 잤어?? 지금 몇 시???"

"좀 전에 12시 34분이었어요."

그의 이마와 등, 허벅지는 땀이 홍건하다...

"와... 휴~~~ 다행히 두통은 없어졌네..."

자기 가슴을 만져보며 심장도 다행히 기능에 문제가 없는 것 같아, 안도하며 그녀에게 말을 건넨다.

"와우~ 침대가 축축하네. 시트 갈아야겠다. 샤워 좀 할게!"

"안색은 아까보다 많이 좋아졌지만 정말 괜찮은 거죠?"

"웅! 오카게사마데(덕분에)... 아빠 천사 아라짱~ 고!마!!워!!!요~"

한 마디 단어에 진한 파동이 묻어 나온다.

"잉? 뭐가요??"

"잠꾸러기 아빠 깨워줘서 고맙다고~~"

"아...!"

대답은 없지만 밝게 웃는 아라의 맑은 눈빛은 분명히 '천만에요', 'welcome back'을 말하고 있다. 아라의 눈빛을 통해 꿈속의 수정처럼 맑았던 그 압주에 물은 그의 눈에 눈물이 되어 괴어있다. 그리고 비로소 그는 다시 살아 돌아왔음을 느낀다.

그는 쏟아지는 샤워 물줄기를 맞으면서, 평생 처음 보는 희한한 꿈을 상기해 본다. 만약 아라가 그를 깨우지 않았다면 어떻게 되었을까? 라는 생각과 이런저런 신비로웠던 잡다한 상념에 빠져 시간은 분과 초들로 나뉘어 끊임없이 떨어지는 물줄기와 함께 하수구로 빨려 들어간다.

"다이죠부? 무슨 샤워를 40분 넘게 해요??"

접이식 두꺼운 방수 천막 문을 열고 그녀의 걱정 어린 잔소리가 들려온다.

"어? 벌써 그렇게 됐나...?? 죽은 세포들과 작별 인사가 길어졌네???"

한결 개운하고 가뿐해진 그는 젖은 머리와 몸을 꼼꼼히 닦고 나와 최대한 편안한 천 조각을 아래위로 걸친다. 그리고 상온에 놓인 생수를 보약 복용하듯 천천히 한 잔 깔끔히 음용한다.

"아이들 밥은 먹었어?"

"네! 한 시간 전에 저도 같이 먹었어요. 삼상! 배고프겠네요?"

"그랬구나! 아니...!! 아직 괜찮아~ 간만에 터프한 여행을 마치고 돌아온 개운한 기분이다."

"삼상! 이제 나이 생각하세요!! 아직도 활발했던 30대 인줄 아시나요?"

"아니요~ 아직 마음은 20대 후반에 머물고 있는데? 가끔은 몸이 이렇게 비명을 지르지만. 지금처럼... 다행히 잘 돌아왔다. 자! 돌아온 기념으로 한 대 빨아 볼까??"

"그러시죠!"

생기를 되찾은 그는 거실에서 놀고 있는 아라를 번쩍 안아 올리고, 말없이 감사의 스킨십을 두 팔에 가득 담아 전해 준다. 그녀도 작고 앙증맞은 두 팔로 그의 등을 톡톡 두드려 준다. 곤이도 다가 와 그의 왼쪽 다리를 힘주어 안아 준다. 뿌듯하고 고마운 마음으 로 곤의 머리를 쓰다듬어 준다. 아라를 내려주어 아이들의 걱정이 란 개념이 존재하지 않는 신나는 세상으로 다시 보내주고 발코니 로 나간다. 먼저 연기를 뿜고 있는 그녀가 그에게 불을 붙여주고 말한다.

"삼상은 어떻게 몇 시간 사이에 얼굴이 그렇게 틀려 질 수가 있 어요? 나이가 고무줄 같아요. 순간 늘었다가 줄었다가... 신기해 요!"

"뭐든 맘에 든다니 다행이네요. 와~ 아까 조깅하다가 무덤터 입 구 다리 아래에서 내 키만큼 큰 청새치 죽은 녀석 봤다."

"네? 청새치가 뭐예요??"

"어... 일본어로 '자지키?'인가...?? 비슷했던 것 같은데 잘 모르 겠다."

"엥! 아...? '카지키??' 코끝이 창처럼 날카로운 큰 생선이요???"

"그래! 그거~ 긴 칼처럼 뾰족하게 툭 튀어 나온 녀석!!"

"와~ 고급 스시 재료인데~~ 엥? 그렇게 큰 카지키가 거기에 죽어 있었다고요??"

"웅! 처음엔 누군가 죽어 있는 줄 알았어!! 와~ 썩는 냄새가... 휴~~ 아직도 냄새가 콧속에 남아 있는 것 같다."

냄새는 장면과 함께 기억 속에 조각된다. 그리고 그는 코로 연기 를 내뿜어 그 냄새를 중화시키고 있다.

"으우엑...! 비릿한 생선 냄새 싫어하시는 삼상이... 아!! 그래서 속이 안 좋았던 건가요?"

"음... 무리 안 한다고 했지만 살짝 무리가 됐던 것 같고, 가까이 다가가 그 냄새까지 맡아서 더 그랬던 것 같아!"

"아니? 왜 가까이 가서 그걸 확인하세요??"

"안경 안 쓰고 나가서 희미하게 보였어! 처음엔, 정말 누군가 죽어 있는 줄 알았어!! 진짜 나만 했다니깐~ 그래도 냄새는 심했지만, 다행히 주변에 굶주린 길냥이들이 포식하고 있는 것 같더라~~"

"그 동네 고양이들 잔치하고 있겠네요."

"응~ 파리떼들도 덩달아 바글바글 모여 빨대 꽂고 있더라고~~"

"그것도 자연의 섭리겠죠!"

"그래... 인간의 짧은 식견으로 어찌 그 섭리를 다 이해하겠어?"

"삼상 배고프지는 않아요?"

"웅! 이상하게 아직 생각 없다. 그냥 좀 쉬면서 자료나 읽어 보려고..."

"그래도 뭔가 드셔야 할 텐데요... 그러면 나중에 출출해지면 얘기해 주세요! 저녁에 교회는 가 볼 건가요?"

"어? 궁금하긴 하네... 어떤 영혼에 춤을 보여줄지?? 가보자~ 몇 시였지???"

"7시 시작한다고 했으니 저녁 좀 일찍 먹고 움직이면 될 것 같아요."

"그려! 그럽시다."

"저는 빨래 좀 돌리려 들어갑니다."

"오잉~ 수고~~"

아직 그의 머릿속은 아까 본 청새치 머리에 붙어 있던 파리떼처럼 잡생각이 바글바글하다. 그는 자세를 고쳐 잡고 바르게 앉아, 눈을 감고 머릿속을 비우기 위해 숨을 쉰다. 그리고 아직도 숨 쉴 수 있음을 집중해서, 들숨과 날숨을 통해 감사하게 받고 친절하게 보낸다. 반복하다 보니 윙윙거리던 똥파리가 하나, 둘 날아가 이윽고 사라진다. 한결 편안해진 머릿속으로 무지개를 떠올린다. 가늘고 길게 들이쉰 다음 보라, 군청, 파랑, 초록, 노랑, 주황, 빨강에서 가늘고 길게 뱉으며 등에서 나선형으로 올린다. 빨회음, 주장강, 노명문, 초영대, 파대추, 남옥침, 보백회로 날리고 잠시 멈춘다. 다시 쏟아지는 빛의 파동을 다시 감사히, 기쁘게, 그리고 천천히 백회로 빨아들이길 반복하며 무지개 타원을 그리고 또 그린다.

그의 신앙생활은 어려서부터 어머니를 따라 관악산 연주암을 불교의 의미도 모른 채, 다만 산을 오르락내리락 즐겁게 뛰어다녔었다. 매일 새벽이면 할머니의 천수경 반야심경 독경으로 아침을 시작했지만, 어린 그에겐 전혀 반갑지 않은 자명시계와 같았다. 또한 그에게 항상 하얀 한복을 입고 있는 훤칠하신 장신의 친할머니는 고래 같은 존재로 아버지와 자주 다투었고, 덕분에 항상 샘의 어머니에 등이 터졌었다. 싸움에 레퍼토리는 항상 같았다. '내가 너를 키우려고 그 먼 곳에서 패물만 들고 떠나서 팔자도 안 고치고 이렇게 혼자 너를 키웠는데, 어떻게 네가 나에게 그걸 수가 있느냐?'었다.

그리고 철이 들어 교회를 미국 아이들 엄마와 한석이에 손에 이끌려 처음 다니기 시작했었다. 그렇게 한국에서 10대 후반부터 미시간의 20대 중반까지 장로회 교회 생활을 했다. 주변 친구들보다 똑똑하지 못한 그의 기도 제목은, 항상 건강과 돈보다는 지혜를 간구했었고, 그러던 어느 날 불현듯 그는 응답을 받았다. 그것은 머릿속에 떠오르는 불필요한 쓸데없는 생각을 말로 표현하지 않는 것이라는 사실을 깨닫는다. 그러다 보니 남의 말에 좀 더 귀를 기울일 수 있게 되었고 그런 날들이 쌓이다 보니, 그는 어느덧 더 이상 멍청한 녀석이 아니었다. 그렇게 청년부 회장까지 지내다가 그 후 주변 대부분 사람의 예수님을 닮지 않은 거짓된 신앙들을 경험한 후, 미련 없이 교회 생활을 내려놓는다. 그리고 30대 후반까지 혼자 세상을 떠돌며 살면서 지혜보단 사랑을 나누고 함께하길 소원했었다. 그러다 40대가 넘어 가장 친했던 친구에게 'Man of Love'라는 별칭을 얻었다.

> "현명해지는 것은 무척 쉽다. 그저 머릿속에 떠오른 말 중에 바보 같다고 생각되는 말을 하지 않으면 된다. (It's so simple to be wise, just think of something stupid to say and then don't say it.)"
>
> - Sam Levenson -

그는 눈을 뜨고 한결 가뿐해진 몸 상태를 확인하고 거실로 들어간다. 아이들이 반갑게 다가와 그의 손을 이끌고 냉장고로 향한다.

"천사들! 아빠 기다렸어요~ 짜잔~~ 어떤 아이스크림 먹고 싶을까?"

냉동고를 열어주고 아이들이 선택할 수 있게 기다려 준다. 각자 취향대로 선택하고 비닐을 벗겨 나누어 준다. 그리고 프린트된 자료를 찾아보지만 보이지 않는다.

"마마~ 마마짱~~"

침실에 새로운 시트를 깔고 그녀가 주방으로 사뿐사뿐 걸어 나온다.

"배고프세요?"

"아니... 아직! 아까 프린트한 자료 어디에 치웠어?"

"아? 아이들이 만져서 작업 방 책장 안에 올려놓았어요."

"오~ 땡큐~~"

그는 무가당 오렌지 주스 한잔을 담아 작업 방으로 이동하고 자료를 찾아 자리 잡고 앉는다. 그리고 많은 내용 중 로젠탈이라는 인물이 주는 메시지의 목차를 찾아 먼저 읽어 내려간다...

.

.

- 다음 권에 계속 -